ROZEN IN DE SNEEUW

VERSCHENEN IN DE *WHISKEY CREEK*-SERIE

Eindelijk zomer
Nieuwe dromen
Kerstmis in Whiskey Creek
Een zonnige lente
Samen onder de kerstboom
Beter dan ooit
Het ideale plaatje

Brenda

Novak

ROZEN IN DE SNEEUW

Vertaling Titia van Schaik

HarperCollins

MIX
Paper | Supporting responsible forestry
FSC® C021394
FSC www.fsc.org

Voor het papieren boek is papier gebruikt dat onafhankelijk is gecertificeerd door FSC®
om verantwoord bosbeheer te waarborgen.
Kijk voor meer informatie op www.harpercollins.co.uk/green.

HarperCollins is een imprint van Uitgeverij HarperCollins Holland, Amsterdam.

Oorspronkelijke titel: *A Winter Wedding*

Vertaling: Titia van Schaik
Omslagontwerp: HarperCollins Holland
Omslagbeeld: © LouieLea, Shutterstock (399309250), © Marius Sipa Photography,
Shutterstock (543179284)
Zetwerk: Mat-Zet B.V.
Druk: ScandBook UAB, Lithuania, met gebruik van 100% groene stroom

ISBN 978 94 027 1897 3
ISBN 978 94 027 7611 9 (e-book)
NUR 302
Eerste druk in deze uitgave oktober 2025

Originele uitgave verschenen bij Harlequin Enterprises ULC, Toronto, Canada.
Deze uitgave is uitgegeven in samenwerking met Harlequin Enterprises ULC.
HarperCollins Holland is een divisie van Harlequin Enterprises ULC.

www.harpercollins.nl

Hoofdstuk 1

'Je ex is alweer aan de telefoon.'

Kyle Houseman kneep zijn ogen dicht en wreef over zijn voorhoofd. Er waren maar weinig mensen die hij net zo lastig vond als Noelle.

Beter gezegd: helemaal niemand.

'Hoorde je wat ik zei?' Morgan Thorpe, zijn assistente, keek hem vol ongeduld aan vanuit de deuropening van zijn kantoor. Noelle (die nog steeds zijn achternaam gebruikte, wat hem mateloos irriteerde, aangezien hun huwelijk maar een jaar had geduurd) had hem niet kunnen bereiken op zijn mobiel. Dat had ze het afgelopen kwartier driemaal geprobeerd en hij had niet opgenomen; dat had hij aan de voicemail overgelaten. En dus had ze hem op de zaak gebeld, iets wat hij haar uitdrukkelijk had verzocht niet te doen. Hij vond het vervelend dat ze haar ongenoegen over hem – en alles wat haar verder nog stoorde – uitte tegenover iedereen die maar wilde luisteren.

Zijn personeel vond dat ook vervelend.

'Ja, ik heb het gehoord,' antwoordde hij.

'Wil je haar telefoontje alsjeblieft nemen? Want als ik haar nog een keer aan de lijn krijg, ben ik bang dat ik haar eens precies ga vertellen hoe ik over haar denk.'

De manier waarop hij Morgan aankeek maakte duidelijk dat dat een vergissing zou zijn. Met haar vijfenveertig jaar was ze niet oud genoeg om zijn moeder te zijn. Toch behandelde ze hem vaak alsof ze dat wel was, waarschijnlijk omdat ze al bij hem was vanaf het moment dat hij First Step Solar was begonnen. Hij had haar aangenomen in dezelfde week dat ze uit de kast kwam en bij haar partner was ingetrokken, die net zo bescheiden was als Morgan uitgesproken. 'Nee, dat doe je niet.'

'Waarom niet?' riep ze uit. 'Noelle is een afschuwelijk mens! Ze verdient niet beter!'

'We zijn met elkaar getrouwd geweest. We wonen nog steeds allebei in hetzelfde stadje. Het zou te gek zijn als we niet samen door één deur konden.'

Morgan keek hem schamper aan. 'In dat geval vraag ik me af waarom je haar ontloopt.'

Die zat. Het had trouwens ook geen zin om haar telefoontjes te ontlopen. Als het nodig was, achtervolgde ze hem tot in zijn eigen huis of zelfs tot in een restaurant. Dat was iets wat ze voortdurend deed – om te vragen om een voorschot op de alimentatie, een 'kleine lening' om te voorkomen dat gas en licht werden afgesloten of geld om haar auto te laten repareren. Ze had hem zelfs een keer om vijfhonderd dollar gevraagd om haar borstimplantaten te laten vervangen (kennelijk stootte haar lichaam die telkens af, maar in plaats van er dan maar definitief van af te zien, probeerde ze steeds weer andere). Dat al die dingen zijn verantwoordelijkheid niet meer waren, leek er niet toe te doen.

'Verbind haar dan maar door,' zei hij zuchtend.

'Dat mens is onuitstáánbaar. Ik snap niet dat je het nog uithoudt met haar,' zei Morgan kortaf terwijl ze wegliep.

Dat snapte hij zelf ook niet.

Hij keek naar het knipperende lampje op zijn bureautelefoon. Noelle zou ongetwijfeld iemand anders vinden en vervolgens hertrouwen. Hopelijk heel snel. Dat zou hem vijfentwintighonderd dollar per maand schelen, om nog maar te zwijgen over de opluchting dat hij van haar af zou zijn. Maar inmiddels kreeg hij het gevoel dat ze dat vast niet zou doen zolang hij nog een flink deel van haar maandelijkse lasten betaalde. Ze was het type niet om zo'n zekere bron van inkomsten op het spel te zetten. Bovendien beschouwde ze zijn financiële steun als straf voor het feit dat hij nooit van haar gehouden had – en eerlijk gezegd zag hij dat zelf ook zo. Dat was de reden dat hij had ingestemd met dat hoge bedrag en waarom hij haar hielp wanneer hij maar kon. Het was zijn schuldgevoel dat sprak.

'Ooit,' mompelde hij terwijl hij opnam.

'Wat ooit?' informeerde Noelle.

Ooit zou hij van haar verlost zijn. Maar dat kon hij natuurlijk niet zeggen. 'Niets. Wat is er aan de hand? Waarom blijf me je maar bellen?'

'Waarom neem je niet op?' was haar wedervraag.

'Omdat ik niet zou weten waarom je me zo nodig moet spreken. We zijn gescheiden, weet je nog? En met al dat geld dat ik je de afgelopen paar jaar heb gegeven – alleen de afgelopen paar maanden al – heb ik de alimentatie minstens een halfjaar vooruitbetaald. Dus ik heb geen idee wat je van me wilt.'

'Het gaat om de boiler,' zei ze.

'Je wat?'

'Mijn boiler.'

Dus ze had toch iets nieuws weten te vinden om over te klagen? 'Wat is daarmee?'

'Die is kapot. Ik kan niet meer douchen of afwassen. Ik heb geen warm water.'

Hij leunde achterover in zijn stoel. 'Dan kun je beter de loodgieter bellen in plaats van je ex.'

'Waarom doe je zo vervelend? Ik bel jou omdat jij toevallig een bedrijf hebt dat zonnepanelen maakt. Kun je me die niet voor een zacht prijsje leveren? Zodat mijn gasrekening wat minder hoog wordt?'

'Ik maak zonnecéllen, Noelle. Die worden gebruikt in airco's en andere elektrische installaties. Dat heeft niets te maken met voorzieningen die op gas draaien.' Ze waren godsamme getróúwd geweest en nog wist ze niet wat hij deed voor de kost?

'Maar je weet ook veel van heetwatersystemen. Je hebt eentje geïnstalleerd voor de buren van Brandon en Olivia.'

Waarom had hij haar dat in godsnaam verteld? 'Mrs. Stein is bijna tachtig en heeft vorig jaar haar man verloren. Ik heb gezorgd dat ze een goede deal kreeg, meer niet.'

'Je hebt haar een boiler geleverd tegen inkoopsprijs en die hebben je zonnecelmonteurs voor haar geïnstalleerd.'

'Omdat ze wel wat hulp kon gebruiken. En omdat Brandon het vroeg. Ik mag mijn broer namelijk zo nu en dan graag een plezier doen.'

'Kom nou toch. Dat heb je echt niet voor Brandon gedaan.'

Hij raakte hoe langer hoe geïrriteerder, waardoor er een spiertje in zijn ooglid begon te trillen. 'Natuurlijk wel. We kunnen tegenwoordig prima met elkaar opschieten.' Dat was waar. Vroeger waren ze rivalen geweest. Ze hadden elkaar op de middelbare school pas leren kennen toen Brandons moeder met de vader van Kyle trouwde. Logisch dat twee jongens met een even grote geldingsdrang moeite hadden om zich aan te passen. Maar tegenwoordig was dat geen probleem meer. Ondanks alles wat er indertijd gebeurd was, en daarna met Noelle en Olivia, bekommerde Kyle zich om Brandon. En hij wist bijna zeker dat dat omgekeerd ook gold. Zijn stiefbroer zocht tenminste regelmatig contact. Hij zag Brandon en Olivia sowieso elke vrijdag bij Black Gold Coffee. Ze waren opgenomen in de hechte vriendengroep waarmee Kyle was opgegroeid.

'Hou toch eens op jezelf voor de gek te houden,' snauwde ze. 'Je zou alles doen voor Olivia. De manier waarop je haar nakijkt wanneer ze de kamer uit loopt – of juist níét naar haar kijkt als ze in dezelfde ruimte is – zegt genoeg. En zelf zien ze het niet, omdat ze het niet wíllen zien.'

Zijn bloeddruk steeg nog wat meer. 'Prima,' zei hij. 'Je wilt dus een zonneboiler? Dan kan ik je dezelfde deal geven die ik aan de buren van Brandon en Olivia heb gegeven.'

Ze leek ervan te schrikken dat hij zo snel capituleerde. Maar waarom zou hij dat niet toezeggen? Ze kon het toch met geen mogelijkheid betalen. Bovendien wilde hij het niet over Olivia hebben. Het was waar wat Noelle had gezegd. Olivia was haar zus – en misschien wel de voornaamste reden dat Noelle indertijd achter hem aan had gezeten – maar Olivia was nog steeds de liefde van zijn leven. Ze waren een stel geweest voordat ze Brandon had leren kennen.

'Dat is beter,' zei Noelle. 'Hoeveel gaat het me dan kosten? Ik heb bijna tweehonderdvijftig dollar op mijn bankrekening staan.'

Ze zei het met de nodige trots. Ze kon slecht met geld omgaan, dus dat was zeker een hele prestatie voor haar. Alleen had ze zoals gewoonlijk geen benul – of deed ze alsof, wat waarschijnlijker was.

'Dat dacht ik wel,' zei hij.

'Wat?'

'Je hebt niet eens genoeg om een gewone boiler te kopen.'

'Niet?' Het klonk verslagen. 'Hoe duur zijn die dan?'

'Een beetje boiler kost al gauw achthonderd dollar.'

'En zo'n zonneboiler?'

'Bijna drieduizend.'

'Wat? Dat méén je niet!' riep ze uit. 'Hoe moet ik dat ooit betalen?'

'Dat hoef je ook niet te betalen. Wat je moet doen, is naar de bouwmarkt gaan en kijken wat er in jouw prijsklasse verkrijgbaar is.'

'Met andere woorden, het kan je geen moer schelen dat ik een probleem heb.'

Hij voelde een hoofdpijn opkomen. 'Het spijt me dat je boiler de geest heeft gegeven, maar dat is niet mijn probleem.'

'Dus je wilt me niet helpen?'

Morgan tikte op het glas tussen haar werkplek en zijn kantoor en trok een gezicht.

Hij wuifde haar weg. 'Hoe bedoel je dat?'

'Jíj kunt vast veel goedkoper aan een zonneboiler komen,' antwoordde ze.

'Klopt. Ga maar eens kijken wat zo'n boiler in de winkel kost. Minstens zesduizend dollar. De groothandelsprijs is ongeveer de helft daarvan.'

'Kun je er dan niet een bij mij installeren dat ik die in termijnen afbetaal?'

'We zijn gescheiden! En je woont in een huurhuis. Bel je huisbaas maar.'

'Harry steekt geen poot uit. Ik mag hier wonen voor een fractie van de prijs die hij aan iemand anders zou vragen. Waarom denk je dat dat is?'

'Omdat hij je neef is?'

'Omdat de kosten van onderhoud en reparaties voor mijn rekening zijn.'

'Dan draai jij er zelf dus voor op.'

'Als je me niet wilt helpen met een zonneboiler, help me dan in elk geval met een gewone boiler. Als het klopt wat je net zei, kom ik maar vijfhonderdvijftig dollar tekort. Een paar honderd dollar betekent voor jou niets. Jij verdient veel meer dan ik.'

'Dat wil nog niet zeggen dat ik verplicht ben om dat geld aan je te geven. Vorige maand heb ik je ook al extra geld gegeven. En de maand daarvoor ook.'

'Omdat ik een curettage nodig had, Kyle. Sinds die miskraam heb ik allerlei inwendige problemen gehad. Of ben je dat soms vergeten?'

Zoals gewoonlijk had ze een onderwerp gekozen waar hij liever niet over doorvroeg, al had hij twijfels genoeg. Had ze echt een curettage nodig gehad? Of had ze hem vervalste formulieren laten zien? Voor hetzelfde geld had hij betaald voor een borstvergroting. Hij twijfelde er zelfs aan of ze de baby wel had verloren die een curettage noodzakelijk had gemaakt. Had ze vijfeneenhalf jaar geleden überhaupt een miskraam gehad? Misschien had ze het wel laten weghalen. Hij had altijd het vermoeden gehad dat ze tegen hem had gelogen, dat ze een abortus had laten doen nadat ze hem zover had gekregen dat hij met haar trouwde. In die tijd zou ze er het nut niet van hebben ingezien om haar figuur te bederven, iets wat in haar ogen het allerbelangrijkst was.

'Dat ben ik niet vergeten,' zei hij afgemeten. Ook daar wilde hij niet over praten. Het was eenvoudiger om zijn twijfels en achterdocht te verbergen en te proberen om het verleden te vergeten.

'Het kan je niets schelen.'

Misschien wel als hij had gedacht dat het allemaal echt waar was. Maar met Noelle wist je het nooit. Elke keer dat ze geld nodig had, verzon ze iets wat hij moeilijk kon weigeren – ze had een medische behandeling nodig, ze dreigde uit huis gezet te worden, ze zat zonder elektriciteit of eten.

'Hoor eens, die behandeling heb ik voor je betaald,' zei hij. 'In de hoop dat je er baat bij had. Goed, ik moet ophangen. Ik heb het nogal druk en –'

'Wacht! Hoe zit het nou met mijn boiler?'

'Hoe bedoel je?' vroeg hij korzelig.

'Als je me dat geld niet wilt lenen, dan zou je me op zijn minst in de boerderij kunnen laten wonen tot ik het geld voor een nieuwe boiler bij elkaar heb.'

Voor geen geld wilde hij haar in de buurt van zijn huis hebben. Geen sprake van dat ze daar kon wonen. 'Absoluut niet. Ik heb de boerderij laten schoonmaken zodat ik de ruimte kan verhuren.'

'De boerderij is al twee maanden klaar om te verhuren en hij staat nog steeds leeg. Waarom mag ik daar niet wonen tot ik weer boven Jan ben? Je vindt op dit moment toch geen huurder.'

Waar had ze het over? 'Hoezo niet?'

'De feestdagen. Mensen zijn druk bezig met shoppen en cadeaus inpakken en versieren.'

'Niet iedereen. Trouwens, er komt vanavond al iemand kijken. Die is voor negentig procent zeker dat hij de ruimte wil huren. Hij wilde het alleen nog even persoonlijk bekijken voordat hij het huurcontract tekent.'

'Wie dan?' wilde ze weten.

Hij keek op zijn bureaukalender, waar hij de gegevens had opgeschreven. 'Ene Meade.'

'Nooit van gehoord...'

'Hij komt uit Nashville. Hij wil voor een paar maanden een gemeubileerd onderkomen huren en dus –'

'Gemeubileerd?' onderbrak ze hem. 'Sinds wanneer heb jij een pakhuis vol meubels?'

'Er zijn bedrijven die complete woninginrichtingen verhuren. Ik heb een bedrijf in Sacramento gebeld, meubels uitgekozen op hun website en die hebben ze vervolgens neergezet. Het ziet er prachtig uit. De huurder kan er zo intrekken.'

'En al die moeite voor iemand die maar een paar maanden blijft? Ik dacht dat je het voor minimaal een jaar wilde verhuren. Dat is tenminste wat je tegen míj zei toen ik ernaar informeerde.'

'Hij betaalt het dubbele – bij wijze van compensatie voor de meubels, mijn tijd en moeite én de korte termijn. Mocht hij het huis helemaal niets vinden en moet ik de meubels weer laten weghalen, dan betaalt hij ook die kosten. Hoe dan ook, het gaat niet ten koste van jou omdat ik jou daar onder geen enkele omstandigheid wil hebben.' De laatste paar maanden had ze moeite gedaan om weer bij hem terug te komen. Het laatste wat hij wilde, was haar zo dicht in zijn buurt te laten komen – en dan had hij het nog niet eens over het feit dat hij nooit een cent huur van haar zou zien.

'Zelfs niet als ik een huurcontract voor een jaar zou tekenen?'

'Al wilde je het voor tien jaar huren.'

'Wat kun jij toch gemeen zijn,' zei ze.

Gemeen? Hij vond dat hij onwaarschijnlijk aardig tegen haar was – zeker als je bedacht dat hij zichzelf wel voor zijn kop kon slaan, alleen al vanwege het feit dat hij überhaupt met haar praatte. 'Hoe dan ook, daar hebben we het al eerder over gehad. Meade kan het krijgen als hij het hebben wil, en komende zomer vind ik vast wel een andere huurder.'

'Allemaal leuk voor jou, maar ik dan? Kan ik er niet wonen tot hij er daadwerkelijk intrekt?'

Het spiertje bij zijn oog begon wat sterker te trillen bij het horen van de kinderlijke klaagtoon waarop ze het vroeg. Geduld, hield hij zichzelf voor. Diep inademen en vooral vriendelijk blijven. 'Hij heeft niet gezegd wanneer hij er intrekt. Maar aangezien hij helemaal uit Tennessee hierheen komt om te kijken, is dat misschien vanavond al wel.'

'Met die storm die op komst is?'

'Waarom niet? Hij hoeft alleen zijn bagage maar naar binnen te brengen. Dat lijkt me nog wel te doen, storm of geen storm.'

'En mij laat je dus gewoon stikken – de vrouw die de moeder van je kind geweest zou zijn als dat kind in leven was gebleven?'

Voordat hij daarop kon reageren, klopte Morgan aan en deed de deur open. 'Je wilt me toch niet vertellen dat je nog stééds met haar aan het bellen bent?'

Hij fronste zijn wenkbrauwen om haar duidelijk te maken dat ze zich met haar eigen zaken moest bemoeien, maar daar trok ze zich niets van aan.

'Ik heb iemand uit LA aan de lijn,' zei ze. 'Iemand die korting wil op een order van tien megawatt.'

Dat was echt een grote order, eentje die hij echt zelf moest afhandelen. Hij bracht de telefoon naar zijn andere oor. 'Noelle, ik moet nu echt ophangen.'

'Dat meen je niet!'

'Wat wil je dan dat ik doe?'

'Jij hebt de contacten. Je zou me best een boiler op afbetaling kunnen geven, als je dat wilde.'

'Kyle?' drong Morgan aan, hem eraan herinnerend dat er op de andere lijn een veel belangrijker beller wachtte. Alsof hij daaraan herinnerd moest worden.

Hij stond op het punt om tegen Noelle te zeggen dat ze maar naar de bouwmarkt moest gaan en tegen de verkoper zeggen dat hij hem kon bellen voor zijn creditcardgegevens. Hij wilde haar kwijt, en zoiets hadden ze al eerder gedaan, toen iemand een steen door haar raam had gegooid (waarschijnlijk de vriendin van een vent met wie ze had staan flirten in Sexy Sadie's). Maar hoe meer hij haar gaf, des te meer ze van hem verlangde. Hij moest dat patroon doorbreken.

Gelukkig schoot hem net op tijd een oplossing te binnen die hij natuurlijk meteen had moeten zien. 'Ik heb er hier nog eentje staan,' zei hij. 'De oude boiler van de buren van Brandon. Als je iemand weet om hem op te halen en te installeren, mag je hem voor niets hebben.'

'Weet je zeker dat die nog goed is?'

Morgan zette haar handen op haar heupen en keek hem nadrukkelijk aan, duidelijk niet van plan om weg te gaan voordat hij het gesprek met Noelle had beëindigd.

'Toen mijn jongens hem weghaalden, deed hij het nog prima, dus waarom niet? Ze wilde alleen een zonneboiler om iets voor het milieu te doen.' Hij was van plan geweest om de boiler weg te geven aan een arm gezin. Maar Noelle voldeed ook aan die voorwaarde. Ze had weliswaar twee baantjes, maar verdiende niet veel. Overdag werkte ze parttime in een winkel en 's avonds en in het weekend in de bar. Wat ze daar verdiende, ging grotendeels op aan kleren en make-up.

'Goed. Bedankt.' Ze dempte haar stem. 'Mocht je er iets voor in ruil willen, dan ben ik je graag tot dienst.'

'Dank je, maar nee.'

'Zeker weten?'

Waar was ze op uit? 'Pardon?'

'Ik weet nog precies wat je lekker vindt…'

De suggestieve toon waarop ze dat zei beviel hem helemaal niet. 'Ik hoop niet dat je bedoelt wat ik denk dat je –'

'Ik weet dat je niet aan je trekken komt,' viel ze hem in de rede. 'Het zou ons kleine geheimpje zijn, een tijdelijke oplossing zodat je niet helemaal droogstaat. En zeg nou zelf, waarom niet? We hebben tenslotte wel vaker met elkaar in bed gelegen.'

'Ik zal maar net doen alsof ik dat niet heb gehoord,' zei hij, waarna hij ophing.

Morgan, die inmiddels van houding veranderd was en nu met haar armen voor haar borst gekruist ongeduldig op haar biceps stond te trommelen, trok haar wenkbrauwen op. 'Wat had ze nu weer?'

'Niets.'

'Die blik vol walging zegt genoeg,' zei ze. Ze begon te lachen toen hij gromde dat ze moest ophoepelen en de deur achter zich dicht moest doen.

Hij was net bezig het gesprek af te ronden met de klant uit Los Angeles toen Morgan opnieuw binnenkwam. Deze keer ging ze in de stoel tegenover hem zitten en wachtte tot hij klaar was.

'Zeg niet dat Noelle er nu al is,' zei hij toen hij de verbinding had verbroken.

'Nee. Dan hoop ik al weg te zijn. Dit is góéd nieuws.'

Hij ging wat meer rechtop zitten. Nadat uitgerekend zijn ex-vrouw zijn niet-bestaande liefdesleven ter sprake had gebracht kon hij wel wat goed nieuws gebruiken. 'Vertel op.'

'De gast die de boerderij wil huren heeft gebeld.'

'Niet om af te zeggen, hoop ik,' zei Kyle. 'Noelle vraagt constant of zij er niet een tijdje kan wonen. Ik zal blij zijn wanneer het verhuurd is en zij me daar niet meer lastig over valt.'

'Kan ze niet gewoon naar een andere stad verhuizen?' informeerde Morgan. 'Niemand zou haar missen.'

Nog een reden dat Kyle zijn uiterste best deed om haar fatsoenlijk te behandelen. Ondanks al het verwerpelijks dat ze had gedaan – met name waar het hem betrof – had hij medelijden met haar. Ze leek over het talent te beschikken haar leven steeds opnieuw te verzieken. 'Ze probeert aan de bak te komen als model. Misschien dat ze ontdekt wordt en naar New York of LA verhuist.'

'Ze is gek als ze denkt dat iemand haar betaalt om model te zijn! Ze –'

'Wat was dat nieuws waar je het over had?'

Morgan trok een gezicht. Ze had zich helemaal opgeladen om even lekker los te gaan en nu haalde hij haar doelwit weg. 'Oké dan,' zei ze met een zucht. 'Meade komt niet, maar...' ze hief een hand op om te zorgen dat hij niet meteen reageerde '...hij bleek überhaupt geen woonruimte voor zichzelf te zoeken.'

'Voor wie dan?'

'Voor een klant van hem.' Ze grinnikte. 'Zit je goed?'

'Ik ben een en al oor,' zei hij droogjes. Hoe graag hij zijn secretaresse ook mocht, zo af en toe werkte ze hem behoorlijk op de zenuwen. Na het telefoontje met Noelle had hij behoefte aan rust, zodat hij aan het werk kon. Hij had geen zin vanavond nog laat door te werken. Hij woonde niet ver hier vandaan, maar hij wilde liever niet midden in de storm belanden die verwacht werd. Het zou wel eens de ergste storm kunnen worden die ze in twintig jaar hadden gehad.

'Lourdes Bennett,' verkondigde Morgan.

Ze zei het bijna triomfantelijk.

'Bennett? Familie van onze politiechef?'

'Nee! Geen familie of zo. Zegt de naam Lourdes Bennett je niets?'

'Moet dat dan?'

'De countryzangeres!'

'Zou ik elke countryzanger en -zangeres dan moeten kennen?'

'Nee, natuurlijk niet, maar Lourdes heeft een paar grote hits gehad – en ze is op nog geen uur hier vandaan geboren en getogen.'

Nu pas realiseerde hij zich dat hij wel degelijk van Lourdes had gehoord. Hij had alleen niet verwacht dat de persoon die zijn boerderij wilde huren een beroemdheid zou zijn. 'In Angel's Camp, toch? We hebben het over de Lourdes Bennett die Stone Cold Lover zingt, hè?'

'Precies.'

'Wat zou zíj in vredesnaam hier te zoeken hebben?'

'Geen idee,' antwoordde Morgan, 'maar daar kunnen we nu elk moment achter komen. Ze is vanmorgen geland op het vliegveld van Sacramento en heeft daar een auto gehuurd. Ze is onderweg en kan zelfs elk moment al hier zijn.'

'In haar eentje?'

'Zo klonk het wel.'

Kyle krabde op zijn hoofd. 'Ik vind het maar vreemd.'

'Wat vind je vreemd?'

'Alles. Als ze geboren is in Angel's Camp, waarom gaat ze daar dan niet naartoe? Waarom zou ze de feestdagen willen doorbrengen in Whiskey Creek?'

'Dat moet je haar vragen,' zei Morgan. 'Tenzij je liever hebt dat ík haar rondleid in het huis. Dat wil ik met alle plezier doen.'

Hij keek op de klok aan de muur. 'Sorry, maar je werkdag duurt nog een paar uur en je hebt nog heel wat te doen. Ik neem Ms. Bennett wel voor mijn rekening.'

Ze trok een gezicht. 'Leuk hoor. Scheep mij maar op met je ex.'

'Stuur haar maar door naar het achterste deel van de opslagruimte, waar ik die gebruikte boiler heb neergezet.'

'Ik stuur haar met alle liefde door naar een heel andere plek.'

Hij grinnikte. 'Ik zou haar maar niet boos maken. Ze kan heel wraakzuchtig zijn.'

'Jij bent veel te aardig tegen haar. Ze verdient een man als jij niet, zelfs niet als ex.' Ze maakte een gebaar alsof ze haar mond dichtritste. 'Dat was het. Ik zal niets meer zeggen.'

'Fijn.'

Morgan trok de col van haar trui recht. 'Ik hoop echt dat Lourdes Bennett het huis neemt. Zou het niet ontzettend spannend zijn om haar hier een tijdje te hebben – en nog wel in jóúw huis?'

Daar was hij niet zo zeker van. Dankzij Noelle had hij zijn buik vol van moeilijke vrouwen. 'Tenzij ze een echte diva is. En als dat zo is, dan begrijp ik niet waarom ze mijn huis zou willen huren. Een diva zou iets chiquers willen – een optrekje in Bel Air of zo.'

'Whiskey Creek is misschien niet zo bekend als San Francisco of Los Angeles, maar het is hier wel heel mooi. En ze vindt het huis vast geweldig. Je hebt het ook zo fantastisch opgeknapt.'

Het huis was in de jaren dertig gebouwd als boerderij, en daarom werd het nog steeds zo genoemd. Toen hij de grond had gekocht om zijn fabriek uit te breiden, had hij besloten om het huis dat erop stond te renoveren en te verhuren. Hij had al een paar andere panden die hij verhuurde, dus voor hem was dat een logische keuze. 'Nou ja, het is niet echt groot natuurlijk.' Hij had de keuken en de woonkamer opengebroken en de studeerkamer vergroot, maar er waren maar twee slaapkamers en twee badkamers. Dat was te weinig voor een grote groep, dus als ze van plan was om haar hele entourage mee te nemen om er kerst te vieren, dan ging het hem niet worden.

'Het is meer dan groot genoeg voor één persoon,' merkte Morgan op.

'Als het maar om één persoon gaat.' Hij had de neiging om Lourdes' naam even te googelen. Hij luisterde wel eens naar countrymuziek, vaak genoeg om het nummer Stone Cold Lover te kennen, plus een ander nummer van haar waarvan de titel hem even ontschoten was. Maar hij wist niets over haar achtergrond, familie, leeftijd of burgerlijke staat, en opeens was hij daar erg benieuwd naar. Op de foto's die hij van haar had gezien, leek ze niet ouder dan halverwege de twintig, maar hij had geen idee hoe recent die foto's waren. Wie weet had ze eerst jarenlang in tweederangs kroegen en tenten gespeeld voordat ze eindelijk was doorgebroken.

Als hij niet bang was geweest dat Noelle zou arriveren voordat hij was vertrokken, zou hij een paar minuten de tijd hebben genomen om iets meer over zijn potentiële huurster aan de weet te komen. Beter om dat straks even op zijn telefoon te doen, wanneer hij goed en wel op weg was voor zijn afspraak.

Hij pakte zijn jas, wenste Morgan nog een fijne avond en stapte in zijn auto om naar de boerderij te gaan.

Hoofdstuk 2

Was dit nou waar alle roem en fortuin die ze tot dusverre had vergaard op neerkwam?

Met een frons tussen haar wenkbrauwen parkeerde Lourdes Bennett parkeerde haar auto naast de truck die bij het adres stond dat ze had gekregen. Ze zette haar zonnebril af om het huis beter te kunnen bekijken. Het landschap waar ze doorheen was gereden voelde vertrouwd aan – wat niet zo gek was, aangezien ze in een soortgelijke omgeving niet ver van Whiskey Creek was opgegroeid. En het huis, ouderwets, van hout en met een puntdak, was beslist charmant. De schommel op de veranda maakte de aanblik ervan nog huiselijker. Maar Whiskey Creek was niet de plek waar ze zou zijn als alles in haar leven op rolletjes verliep. Voorlopig was haar ballingschap nog vrijwillig, maar als het niet lukte om weer aan de top te komen, had het weinig zin om terug te gaan naar Nashville.

Er verscheen een man in de deuropening. De huisbaas, ongetwijfeld. Hij moest haar auto hebben gehoord.

Ze zette vlug haar zonnebril weer op – meer als schild tegen herkend worden dan om een andere reden – deed het portier open en stapte uit. Het begon al donker te worden, maar het was nog licht genoeg om wat te zien.

'Dus u hebt het kunnen vinden,' zei de man terwijl hij op haar af kwam lopen.

De wind was aangewakkerd en blies haar haren in haar gezicht. Ze hield het met een hand in bedwang. 'Een kwestie van de routeplanner volgen.'

'Ik ben blij dat die u niet de verkeerde kant op heeft gestuurd. Routeplanners zijn niet altijd even betrouwbaar hier. Het satellietsignaal komt niet altijd goed door met al die heuvels in Gold Country.' Hij stak zijn hand uit toen hij dichtbij genoeg was. 'Kyle Houseman.'

De huisbaas was tamelijk lang en had veel weg van Dierks Bentley, maar dan met donkerder haar. Ze had de afgelopen jaren diverse keren samen opgetreden met Dierks, dus ze kon beide mannen goed met elkaar vergelijken. Niet alleen leken hun gezichten op elkaar, maar ze oogden ook allebei fit, waren zo te zien halverwege de dertig en hadden een glimlach om voor te sterven.

'Ik ben Lourdes.' Ze liet haar achternaam achterwege. Ze baarde liever geen opzien. Daarom had ze Derrick ook gevraagd om een huurwoning voor haar te zoeken en had ze Whiskey Creek verkozen boven Angel's Camp. Dichter bij thuis dan Whiskey Creek kon ze niet komen als ze zich op de achtergrond wilde houden.

'Ik ken een paar van je songs,' zei Kyle. 'Geweldig dat je zo'n succes hebt.'

Haar eerste album was veel op de radio gedraaid, wat meer was dan de meeste beginnende artiesten ten deel viel. Het succes was leuk geweest, maar ook van veel te korte duur na de tien jaar die het had geduurd om een platenlabel van naam te vinden. 'Ik wil niet onbeleefd zijn, maar eerlijk gezegd ben ik op dit moment eigenlijk niet zo op zoek naar dat soort aandacht – of aandacht in het algemeen eigenlijk. Het enige wat ik wil, is een plek waar ik een paar maanden uit de schijnwerpers ben.' En een plek waar ze kon werken aan een comeback, aan het terugveroveren van datgene wat ze kapot had gemaakt met haar pogingen haar succes nog groter te maken door een uitstapje naar de popmuziek. 'Waar ik tot rust kan komen eigenlijk.'

'Geen probleem. Alleen...' Hij bestudeerde haar even zwijgend. 'Je bent in een kleine gemeenschap opgegroeid.'

'Ja.'

'Dan weet je ook hoe het daar gaat, dat er altijd gekletst wordt.'

'Zeker. Ik ben ook niet van plan om me veel te laten zien. En dit huis ligt nogal achteraf. Ik denk niet dat mensen me hier lastig zullen vallen, in mijn eigen huis... eh, jóúw huis bedoel ik.' In Angel's Camp was dat een ander verhaal. Nadat haar vader aan blaaskanker was gestorven, was haar moeder haar gevolgd naar

Nashville. Daar had ze altijd al naartoe gewild omdat ze zelf ook altijd had gedroomd van een carrière in de muziek. Niet lang nadat Lourdes' jongere zusjes, de eeneiige tweeling Mindy en Lindy, hun middelbare school hadden afgemaakt, had Renate daarom een mooi appartement met drie slaapkamers en twee badkamers gekocht, niet ver van Lourdes' eigen appartement. Vervolgens waren Mindy en Lindy enkele jaren later, na hun studie, ook in Tennessee komen wonen, waar ze samen een flat deelden. Hoewel haar familie nooit had verwacht dat ze hen financieel zou steunen, wilden ze allemaal deel uitmaken van alle nieuwe en opwindende dingen die ze meemaakte. Lourdes was maar al te graag teruggegaan naar Angel's Camp. Ze miste het. Maar haar vrienden van vroeger – en die van haar moeder en zussen – kenden haar zo goed, dat het niet eens bij hen op zou komen om haar privacy te respecteren.

'Nee, dat denk ik ook niet,' beaamde hij.

Ze keek langs hem heen naar de veranda die langs de voorkant liep. 'Dan bevalt het me hier nu al.'

'Het is niet groot,' zei hij, alsof dat een nadeel voor haar zou zijn.

'Ik heb niet veel ruimte nodig. Ik wil alleen maar een paar nieuwe songs schrijven.' Alleen maar. Het understatement van het jaar. Ze moest een nummer 1-hit schrijven…

'Werk je aan een nieuw album?'

'Ja, dat klopt.' Wist hij hoe slecht Hot City Lights het had gedaan? Als hij een beetje thuis was in de muziekwereld, dan vast wel. De recensies waren weliswaar goed geweest, maar het verkocht helemaal niet. Iedereen die ertoe deed, besefte dat ze bezig was alles wat ze had bereikt te verliezen. Ze moest haar fans terugwinnen en Derrick bewijzen dat hij niet op het verkeerde paard had gewed. En veel tijd had ze daar niet voor. Hoe langer het duurde voordat er een nieuw album verscheen, des te moeilijker een comeback zou worden. En voor haar relatie met Derrick was de timing nog veel kritieker. Hij had onlangs een nieuwe cliënte aangenomen, een beginnende zangeres die luisterde naar de naam

Crystal Holtree, een naam die in de media meteen was verbasterd tot 'Crystal Hottie'. Lourdes had wel gezien hoe hij naar Crystal keek en onwillekeurig teruggedacht aan de tijd dat hij op die manier naar háár had gekeken…

'Is er iets?' informeerde Kyle.

Lourdes hees haar tas wat hoger op haar schouder en richtte haar aandacht weer op haar toekomstige huisbaas. 'Nee, sorry. Ik was even in gedachten verzonken. Zullen we naar binnen gaan?'

Het huis was net zo mooi als op de foto's die ze ervan had gezien. Het was oud waar dat kon, met hoge plafonds, hardhouten vloeren, brede kozijnen en erkers, plus de originele deuren, compleet met beslag. En het was nieuw waar dat beter was, met een keuken met alles erop en eraan, twee grote slaapkamers, allebei met een inloopkast, en ultramoderne badkamers. En het mooist van alles waren misschien nog wel de prachtige openslaande deuren, die naar een werkkamer leidden die ze meteen bombardeerde tot muziekkamer.

Bij de inrichting had haar huisbaas misschien wat hulp gehad, maar ook dat was dik in orde. Het enige wat ontbrak, waren overgordijnen, al lag het huis zo afgelegen dat die misschien overbodig waren.

Derrick had helemaal gelijk gehad; het was perfect.

Maar waarom had hij dan op het laatste moment besloten niet met haar mee te gaan?

Omdat hij liever bij Crystal wilde zijn. Hoe stellig hij dat ook ontkende, Lourdes voelde het in het diepst van haar wezen…

Voor het eerst in jaren was ze alleen, zonder de man die ze liefhad, die ook de manager was die had beloofd haar weer terug te krijgen aan de top, en zonder de realistische hoop dat ze in staat zou zijn het momentum terug te krijgen dat ze zowel in haar privéleven als in haar carrière was kwijtgeraakt.

Maar ze had haar gitaar nog. Toen ze op haar achttiende naar Nashville was vertrokken, had ze toch ook niets meer gehad dan haar gitaar? Als ze erin slaagde om een paar echt speciale songs te maken, of liever gezegd baanbrekende songs, dan zou het misschien nog niet te laat zijn om het tij te keren. En deze plek, ver van iedereen verwijderd en tegelijk zo vertrouwd dat ze zich er veilig voelde, was precies wat ze daarvoor nodig had.

'Zeg maar waar ik moet tekenen,' zei ze.

Lourdes Bennett was maar een paar minuten na Kyle bij de woning aangekomen, en daarom had hij geen tijd gehad om nadere informatie over haar op te zoeken. Hij stond net op het punt dat te doen toen hij een auto had horen stoppen, en dus had hij zijn telefoon maar weer in zijn zak laten glijden. Maar nu hij weer thuis was en op zijn gemak op internet kon rondkijken, had hij minstens een uur doorgebracht op haar website en een paar links geopend die minder officiële informatie bevatten.

Het was lang geleden dat hij nerveus was geweest in de aanwezigheid van een vrouw, maar toen ze uit haar auto was gestapt en hij een eerste glimp van haar had opgevangen, had hij onverwacht en heel verrassend een beetje last gehad van knikkende knieën. Dat ze bekend was, maakte hem niet uit. Zijn beste vriend was met een filmster getrouwd die vele malen beroemder was dan zij. Nee, het kwam omdat ze zo aantrekkelijk was. Meestal zagen mensen er op foto's beter uit dan in werkelijkheid. Met Lourdes Bennett was dat niet het geval. Haar blonde haar hing als een dikke, golvende weelde op haar schouders. Haar huid was bleek, maar ook ongelooflijk gaaf en zacht. En haar ogen! Die deden hem denken aan het azuurblauw van de Caribische Zee.

'Natuurlijk heeft ze al iemand,' bromde hij toen hij een foto van haar zag die genomen was bij de uitreiking van de Country Music Association Awards en waar ze op stond met een man die volgens het onderschrift Derrick Meade was, haar manager. Kennelijk was haar relatie met Meade niet alleen zakelijk. In datzelfde onderschrift stond dat ze een liefdesrelatie hadden gekregen nadat Derrick had gezorgd dat Amerika haar 'ontdekte' en dat ze al een halfjaar bij elkaar waren, ook al moest hij minstens tien tot vijftien jaar ouder zijn.

De foto in kwestie was twee jaar oud, voor de release van haar laatste album, Hot City Lights. Het viel Kyle op dat er daarna veel minder over haar te vinden was, en over haar en Derrick samen helemaal niets meer. Hij nam aan dat ze nog steeds bij elkaar waren. Het was immers Derrick geweest die de onderhandelingen over zijn huis had gevoerd, toch? Dat betekende dat hij zo nu en dan wel langs zou komen, in het weekend of zo, en ongetwijfeld ook met kerst…

Ook al had hij geen enkele reden gehad om hoop te koesteren, hij liep niettemin een tikje teleurgesteld naar de keuken om een biertje open te maken. Toen maakte hij een sprongetje van schrik. Voor het raam stond iemand naar hem te gluren!

Een seconde later besefte hij wie het was. Noelle.

Vloekend zette hij zijn biertje neer.

'Wat moet jij hier?' informeerde hij nadat hij de deur had opengedaan.

Ze liep langs de struiken zijn veranda op. 'Lekker humeur heb je.'

'Wat had je dan verwacht? Je stond naar me te gluren!'

'Haal je maar niets in je hoofd, hoor. Je truck staat op de oprit en ik wilde alleen even kijken waar jij zelf was. Ik heb aangeklopt maar je reageerde niet.'

'Omdat ik niets heb gehoord.' Waarschijnlijk omdat hij te zeer verdiept was in zijn onderzoek naar Lourdes Bennett. 'Maar goed, wat is er?'

'Het lukte pas om iemand te vinden om te helpen met die boiler toen jullie al dicht waren. A.J. en ik hebben nog geprobeerd om binnen te komen, maar –'

'A.J.?' Die naam had hij nog niet eerder gehoord in Whiskey Creek.

'Ja. Die werkt ook bij Sexy Sadie's. Hij is in de plaats gekomen van Fisk toen die naar Vegas vertrok en er een vacature was.'

Er was een tijd geweest dat Kyle alle barkeepers van het plaatselijke café kende. Hij had er in de loop der jaren heel wat uurtjes doorgebracht. Er was voor de rest weinig vermaak in een stadje dat maar tweeduizend inwoners telde. Maar nu vrijwel al zijn vrienden getrouwd waren, werkte hij de weekenden meestal gewoon door.

'Ik hoopte eigenlijk dat ik de sleutel even mocht lenen,' zei Noelle. 'Dan brengen we die meteen weer terug zodra we de boiler hebben opgehaald.'

Geen haar op zijn hoofd die erover peinsde haar alleen naar zijn bedrijf te laten gaan. 'Ik rijd er wel even heen om jullie binnen te laten,' zei hij. 'Alleen... waarom heb je niet gewoon even gebeld? Dan hadden we daar kunnen afspreken.'

'Check je telefoon,' zei ze. 'Je nam niet op.'

Zijn telefoon was niet overgegaan; hij had zelfs niet getrild. Pas toen hij hem uit zijn zak haalde, zag hij de reden. Hij had per ongeluk de vliegtuigstand ingeschakeld.

Of misschien had hij dat ook wel onbewust gedaan. Hij had echt niet gestoord willen worden vanavond, en al helemaal niet door haar.

'Geef me een minuut. Ik kom eraan.'

Hij liep naar zijn slaapkamer om zijn jas te halen voordat hij de sleutels van het aanrecht pakte.

Het duurde langer om de boiler in de truck van A.J. te krijgen dan hij had verwacht. A.J. bleef maar vragen hoe hij het apparaat precies moest installeren. Kyle had bijna aangeboden om dat zelf maar even te doen. A.J. was kennelijk niet bepaald technisch en Noelle zou vast niet veel aan hem hebben. Maar toen kreeg hij een sms'je van een nummer dat hij niet herkende.

Lourdes hier. Ik krijg de verwarming niet aan de praat en het is ijskoud in huis.

'Wat is er?' vroeg Noelle.

Hij liet zijn telefoon zakken zodat ze niet kon meelezen. 'Mijn nieuwe huurder heeft een probleem. Ik moet er even heen.'

'O, dus die Meade heeft het huis genomen? Het is nu verhuurd?'

Hij aarzelde even. Zijn huurder was niet de man over wie hij haar eerder had verteld. Maar Lourdes wilde niet gestoord worden tijdens haar verblijf in Whiskey Creek. En als hij Noelle vertelde dat er tijdelijk een beroemde countryzangeres in hun midden woonde, dan wist de hele stad dat binnen de kortste keren. Hij achtte haar zelfs in staat doodleuk naar de boerderij toe te gaan onder het mom dat ze zijn ex was en daarom het volste recht had daar te zijn.

Dat kon hij niet laten gebeuren. 'Ja, het is verhuurd.'

'Zo snel al?'

'Hij was serieus. Ik vertelde toch dat hij wilde dat ik het meubileerde?'

Kennelijk voelde ze zich niet geroepen om A.J. even te helpen met het vastsjorren van de boiler. 'Dat wel,' zei ze. 'Ik vraag me alleen af wat iemand uit Nashville moet met een huis op een afgelegen stuk grond buiten Whiskey Creek. Het is niet bepaald Lake Tahoe. Was het maar waar, dan maakte ik misschien kans om ontdekt te worden,' voegde ze er wat sip aan toe.

Verhuisde *zíj* maar naar Lake Tahoe of Los Angeles. Of New York. Hoe verder weg, hoe beter. Maar jammer genoeg had ze daar het geld niet voor.

'Hij wil rust en ruimte,' zei hij. 'Even ontsnappen aan de hectiek van zijn normale leven.'

'Hoe lang blijft hij?'

'Een paar maanden. Dat heb ik toch verteld?'

'Balen. Je had het aan mij moeten verhuren.'

Hij voelde het spiertje bij zijn oog weer trekken. 'Wat is er mis met de duplexwoning waar je nu zit?'

'Dat is een bouwval vergeleken met de boerderij.'

'Misschien dat je na de kerst iets kunt vinden wat je beter bevalt,' zei hij, al had hij al gemerkt dat het deze keer niet nodig was om haar te ontzien. Haar gezicht verried dat ze met haar gedachten alweer met iets anders bezig was.

'Hoe oud is hij?' vroeg ze.

'Van onze leeftijd ongeveer.'

'Knap?'

Kennelijk was er niets romantisch gaande tussen haar en A.J., anders zou ze zoiets nooit gevraagd hebben als hij binnen gehoorsafstand was. 'Ik zou het niet weten,' antwoordde Kyle. 'Dat is niet de manier waarop ik naar andere mannen kijk. Het doet er trouwens niet toe. Hij heeft al iemand.'

'Is hij getrouwd?' vroeg ze.

'Dat weet ik niet, ik weet alleen dat hij al een paar jaar een relatie met dezelfde vrouw heeft. Zullen we het daar maar bij laten? Mijn huurder is geen optie voor jou.'

'Wat ben je chagrijnig,' zei ze op klaaglijke toon.

'Hoe kom je erbij? Ik heb net je warmwaterprobleem opgelost.' Bovendien stond hij vanwege haar hier te blauwbekken in de kou terwijl het elk moment kon gaan sneeuwen.

'Kom je nog?' riep A.J. terwijl hij op de grond sprong en om de auto heenliep naar de cabine.

'Ja, ik kom eraan,' zei Noelle. Tot Kyles verrassing omhelsde ze hem even. 'Je ziet er goed uit, weet je dat? Echt goed. God, wat mis ik je.'

Voordat hij kon reageren had ze hem al losgelaten en zich omgedraaid. Maar terwijl ze bij A.J. in de auto stapte, riep ze over haar schouder: 'Vergeet niet wat ik zo straks tegen je zei. Je bent vast eenzaam. En nu gaat zelfs Riley trouwen. Met wie moet je gaan stappen wanneer die straks net zo aan de leiband loopt als je andere vrienden?'

'Baxter komt terug,' zei hij. Met dat nieuwtje troostte hij zich al enkele weken...

'Baxter is homo, Kyle.'

'Dacht je dat ik dat niet wist?'

'Je bent onrealistisch. Ik denk niet dat hij interesse heeft om mee te gaan naar kroegen waar veel vrouwen komen.'

Met een frons tussen zijn wenkbrauwen keek hij haar de heen en weer zwiepende takken van de bomen. 'Maak je om mij maar niet druk.'

'Ik wil alleen maar zeggen dat ik je met alle liefde en plezier gezelschap kom houden.' Met een knipoog deed ze het portier dicht.

Zo wanhopig zou hij nooit zijn. Was hij maar nooit zo stom geweest om iets met haar te beginnen, dan zou híj nu met Olivia zijn getrouwd. Olivia, die nu met Brandon was getrouwd.

Hij wachtte tot Noelle en haar collega-barkeeper uit het zicht verdwenen waren voordat hij zijn telefoon pakte om Lourdes' sms'je te beantwoorden.

Ik kom er nu aan, tikte hij terug.

Lourdes droeg een versleten Budweiser T-shirt dat ze ooit had gekregen van een lid van haar crew, een joggingbroek van Victoria's Secret en een wijde trui met een ceintuur en een brede kraag die ze een jaar geleden met kerst van haar moeder had gekregen. Kleding die totaal niet bij elkaar paste, net zo min als haar dikke sokken, die ze alleen had gekocht omdat ze zo zacht aanvoelden. Jammer dat ze een stuk minder warm waren dan ze leken. Ze had haar gevoerde sloffen achtergelaten in Tennessee, wat een grote vergissing bleek. Het weer buiten was een prima geheugensteuntje voor het feit dat het zelfs in Californië koud kon zijn.

Tijdens het wachten op haar huisbaas overwoog ze om zich om te kleden. Niet alleen droeg ze vormeloze kleren die haar om het lijf slobberden, maar ze had ook haar make-up verwijderd en haar haren slordig opgestoken. Maar ze was te gedeprimeerd om zich daar druk over te maken. Wat maakte het uit dat Kyle Houseman een knappe vent was? Tien tegen een dat hij een relatie had. En ook al was dat niet zo, zij had er in elk geval wel een.

Een klop op de deur kondigde zijn komst aan. Ze liep erheen maar aarzelde nadat ze door het kijkgaatje naar buiten had gekeken. Wilde ze werkelijk dat hij haar zo zag? Het was niet alleen dat hij zo knap was; ze was eraan gewend geraakt om altijd rekening te houden met haar image. Beroemd zijn betekende dat mensen bepaalde verwachtingen koesterden, al waren die lang niet altijd realistisch.

Maar was dit niet precies de reden dat ze naar Whiskey Creek was gekomen? Wilde ze niet helemaal gek worden, dan moest ze ontsnappen aan de druk die ze voelde, aan de drang om de strijd aan te binden – zowel in de muziekwereld als in haar privéleven – met de onvergelijkbare en veel jongere Crystal. Ze moest een tijdje een gewoon iemand zijn. Gas terugnemen en de paniek en het neurotische gedrag uitroeien die haar in hun greep hielden en haar veranderden in iemand die ze niet langer kende.

Ze trok de ceintuur om haar trui wat strakker aan en opende de deur. 'Sorry dat ik je lastig moest vallen,' zei ze, een stapje opzijzettend om hem binnen te laten.

'Nee, het was juist goed dat je dat deed. Vervelend dat je de verwarming niet aan de praat kon krijgen. Die is net nieuw, dus ik kan me niet voorstellen dat het iets ernstigs is. Ik kijk wel even.'

Hij zette de gereedschapskist die hij in zijn hand had op de grond terwijl hij iets aan de thermostaat verstelde.

Instinctief sloeg ze haar armen over elkaar. Ze droeg diverse lagen over elkaar, en hij kon onmogelijk zien dat ze geen beha droeg. Maar hij had iets waardoor ze zich bewuster van hem was dan zou moeten. 'Dus reparaties doe je zelf?'

'Als het niet te moeilijk is.'

Ze wist zelf niet waarom ze zich ongemakkelijk voelde; hij had amper naar haar gekeken.

'Eerlijk gezegd ben ik niet zo'n klusser,' voegde hij eraan toe. 'Maar het is vijf uur geweest. Vandaar dat ik zelf aan de bak moet.'

Zijn huid was precies goed van kleur. Ook de donkere baardschaduw, die contrasteerde met zijn vriendelijke ogen en de lachrimpeltjes eromheen, beviel haar. Het gaf hem een wat ruig randje. 'Wat doe je dan voor de kost? Behalve huizen verhuren?'

'Ik maak zonnepanelen. Van hieruit kun je de fabriek niet zien door alle bomen en de heuvels, maar als je een kilometer naar het oosten rijdt, ben je er al.'

'Geen wonder dat je hier zo snel was.'

'Ik was daar toevallig toen jij me sms'te, maar mijn huis is zelfs nog dichterbij.' Met een frons tussen zijn wenkbrauwen stelde hij de thermostaat in. Het was een digitaal exemplaar met een verwarrend aantal programma's en cycli. Lourdes begreep niet waarom een apparaat dat zo simpel kon zijn – en dat vroeger ook was – zo ingewikkeld was gemaakt. Misschien dat de verwarming het niet deed omdat ze de verkeerde knoppen had ingedrukt en het programma in de war had gestuurd…

Ze ging op de armleuning van de bank in de woonkamer zitten. 'De zonnepanelenmarkt zal wel goed lopen, nu iedereen het heeft over zijn ecologische voetafdruk en zo.'

'Nu de prijs van zonnecellen omlaaggaat, zullen er steeds meer mensen de overstap gaan maken.'

'Dan zit je in de goede business.'

'Dankzij allerlei subsidieregelingen heb ik werk genoeg – en het zal alleen maar beter worden.'

Als het haar niet lukte om een album te produceren dat scoorde, kon ze misschien ook overstappen naar dergelijk lucratief werk. Alleen zou ze dan wel doodongelukkig zijn. Het enige wat ze ooit had gewild was zingen.

Ze pakte haar gitaar en sloeg een paar akkoorden aan. Ze gebruikte hem zo vaak en al zo lang dat hij bijna een verlengstuk van haar geworden was. Alleen het vastpakken ervan bood al verlichting. 'Heeft dit huis ook zonnepanelen? Doet de verwarming het daarom niet? Omdat de zon niet heeft geschenen?'

Hij grinnikte.

'Wat?' informeerde ze.

'Nee, niks. Ik moest iemand anders uitleggen dat… Of nee, laat maar. Hoe dan ook, dit huis is inderdaad voorzien van zonnepanelen, maar de verwarming gaat op gas. De zonnepanelen leveren elektriciteit. Dus de airco, de meeste apparatuur, het sprinklersysteem en de verlichting draaien allemaal op zonne-energie. Ik had de verwarming er ook op aan kunnen sluiten, maar dat leek qua kosten niet te kunnen voor een huurhuis.'

'Huurders betalen meestal zelf de energierekening.'

'Bij de meeste huisbazen wel, dat klopt.' Hij keek haar met gefronste wenkbrauwen aan. 'Voor zover ik kan zien ligt het niet aan de thermostaat. Ik ga even bij de ketel zelf kijken.'

Hij zocht zijn gereedschap bij elkaar en liep naar buiten. Lourdes legde haar gitaar weg en keek door het keukenraam de op en neer wippende zaklamp na. Hij zag er goed uit in die jeans, dacht ze – zichzelf meteen tot de orde roepend. Hoe haalde ze het in haar hoofd om hem bewonderend na te kijken.

Iets van een kwartier later was hij terug met de mededeling dat hij ook aan de ketel zelf geen mankement kon vinden. Hij dacht dat het misschien aan de stroomtoevoer lag en controleerde de stoppenkast.

Toen ook dat niets opleverde, probeerde hij de thermostaat nog een keer, zachtjes in zichzelf mopperend. Pas toen gaf hij met tegenzin toe dat hij het niet kon repareren. 'Het spijt me,' zei hij. 'Ik ben geen elektromonteur, maar ik kan wel zorgen dat er morgenochtend meteen eentje langskomt. Dat betekent wel dat het hier vanavond en vannacht koud zal blijven. Dus wat zeg je ervan om op mijn kosten te overnachten in een van de twee B&B's die we hier hebben? Ze zijn allebei goed en je kunt zelfs ontbijt op bed krijgen, wat meer is dan je zou krijgen als je hier bleef.'

Hij probeerde het zo aantrekkelijk mogelijk te maken. Ze kwam in de verleiding zijn aanbod aan te nemen, vooral toen hij er wat ongemakkelijk bij grijnsde en ze wist hoe vervelend hij het vond dat aan haar te moeten vragen. Alleen had ze absoluut geen zin om elders te overnachten. 'Dat zal moeilijk gaan,' zei ze. 'Ik wil liever niet gezien worden. Ik heb geen zin in al dat... dat sterrengedoe. Zoals ik al eerder zei, ik ben hier om ongestoord te werken.'

Zijn ogen werden iets groter. 'Ik wou dat ik een betere oplossing had, maar die heb ik niet. Hier kun je in elk geval niet blijven. Dat is te koud en het wordt nog kouder. Ik weet niet of je het hebt gehoord, maar er is een sneeuwstorm op komst. Inmiddels sneeuwt het al.'

Opnieuw trok ze de ceintuur wat strakker aan. 'Dat heb ik gezien.'

'Dus wil je alsjeblieft mijn aanbod aannemen? En naar een van de B&B's in de stad gaan? Een ervan wordt gerund door een goede vriendin van me. Ik bel haar wel even. Als ze er nog is, laat ze je wel door de achterdeur binnen.'

Lourdes had helemaal geen zin in contact met onbekende mensen. Ze voelde zich gehavend en gebutst door alle tegenslagen die ze de afgelopen tijd had meegemaakt. Het enige wat ze wilde, was zich ergens verstoppen. Dat was ook de reden dat ze hierheen was gekomen. Anders had ze ook meteen wel ergens een hotel of zo kunnen boeken.

'Liever niet.'

Hij leek niet te weten wat hij moest doen. 'Wat wil je dan?'

'Ik red me hier wel. Ik, eh... trek mijn jas wel aan en kruip onder een stapel dekens, dan kom ik de nacht wel door.'

'Meen je dat serieus?'

'Jazeker. Ik overleef het wel.'

Zijn gezicht betrok. 'Dat is helemaal niet zo vanzelfsprekend. Hoe dan ook, dat risico kan ik niet nemen. Ik zou te ongerust zijn. En denk eens aan al die mensen die zich geen raad zouden weten als er iets met jou gebeurde.'

Ze vroeg zich af of dat ook zou gelden voor Derrick. Of zou hij misschien toch ook ergens een tikje opgelucht zijn dat hij Crystal het hof kon maken zonder zich zorgen te maken over haar?

Die gedachte werd meteen gevolgd door schuldgevoel. Derrick zou haar nooit bedriegen. Hij zei dat hij van haar hield. Ze hadden het zelfs over trouwen gehad.

Maar dat was zes maanden geleden, voordat Crystal in zijn leven was verschenen. Sindsdien leek hij geen haast meer te hebben met hun trouwplannen.

Toeval of niet?

'Wil je liever wat dichter in de buurt zitten van waar je bent opgegroeid?' informeerde Kyle. 'Ik kan proberen een adres te vinden in Angel's Camp.'

Dat was al helemáál geen oplossing. Hoewel ze heimwee had naar de plaats waar ze was opgegroeid, was haar behoefte aan anonimiteit groter. 'Beslist niet.'

'Je zult toch ergens naartoe moeten,' zei hij.

Ze schudde haar hoofd. 'Nee hoor.'

Hij keek nu bijna boos. 'Zeker wel!'

Ze staarden elkaar aan in een zwijgende krachtmeting; toen slaakte hij een zucht en haalde een hand door zijn haar. 'Toe nou, Ms. Bennett. Werk nou een beetje mee. Ik probeer alleen maar een oplossing te vinden.'

'Prima, Mr. Houseman,' zei ze, al voelde het vreemd om een leeftijdgenoot zo formeel aan te spreken. Maar hij was begonnen. 'Als u dan beslist niet wilt dat ik hier blijf, dan ga ik wel met u mee naar huis.'

Zijn mond viel open. 'Wat?'

'Je vertelde dat je dichtbij woont. Dus dan gaan we daar maar naartoe. Zolang je vrouw het goedvindt dat ik vannacht op de bank slaap –'

'Ik ben niet getrouwd.'

'Des te makkelijker.'

'Maar... je kent me amper.'

'Ik denk niet dat ik meer gelegenheid schep door een nacht onder jouw dak door te brengen.'

'Wat bedoel je?"

'We zijn nu toch ook alleen? Bovendien heb je ongetwijfeld een extra sleutel van dit huis en zou je binnen kunnen komen wanneer je maar wilde.'

'Ik heb inderdaad nog een sleutel,' gaf hij toe. 'Maar die is alleen voor noodgevallen. Ik zou je nooit iets aandoen.'

De ontstelde blik in zijn ogen maakte zijn woorden des te geloofwaardiger. 'Ik bedoel maar. Ik ga even mijn tas pakken.'

Voordat ze dat kon doen, vroeg hij: 'Bij mij logeren... dát is de oplossing waar je voor kiest?'

'Als dat betekent dat ik niemand anders hoef te zien of te spreken, inderdaad.'

'Ik woon alleen. Ik heb zelfs geen hond omdat ik altijd aan het werk ben.'

'Zie je wel? Het is perfect – nou ja, zo perfect als onder de omstandigheden mogelijk is. Het is niet ver en je koelkast zal ook wel vol zitten.'

'Heb je honger?'

'Nou en of. Wat mij betreft los je je schuld af met een maaltijd. Jouw huis begint een steeds aantrekkelijker oplossing te worden.'

'Goed dan,' zei hij, al keek hij er zo verbijsterd bij dat ze bijna moest lachen toen ze wegliep om haar tas te pakken.

'Het spijt me echt van de verwarming,' riep hij haar na. 'Vrijwel alles in dit huis is nieuw. Het is gerenoveerd toen het goed weer was, vandaar dat ik de verwarming niet heb uitgetest. En nu denk ik dat de installateur dat ook niet naar behoren heeft gedaan.'

'Ik begrijp echt wel dat het geen opzet was.' Ze deed haar koffer dicht en tilde hem op, blij dat ze hem nog maar half had uitgepakt.

Ze trof hem geleund tegen de muur aan met zijn gereedschap bij zijn voeten en zijn handen in zijn jaszakken gepropt. 'Als je dat liever wilt, kan ik ook een vriendin vragen of je daar een nachtje kunt logeren,' zei hij. 'Dat heb ik niet aangeboden omdat... nou ja, ik had nooit gedacht dat je mijn huis zou verkiezen boven een B&B. Maar Callie is getrouwd en zwanger en woont bovendien buiten de stad. Het zou je daar vast goed bevallen.'

'Ik wil geen andere mensen ontmoeten, dus jouw huis is prima.' Ze pakte haar gitaar; die zou ze voor geen goud achterlaten. 'Zullen we gaan? Het wordt met de minuut kouder. En misschien heb je tijd nodig om te bedenken wat je me gaat voorschotelen.'

Hoofdstuk 3

Kyles keukenkastjes bevatten niet de ingrediënten die hij dacht nodig te hebben om een maaltijd te bereiden voor Lourdes Bennett – of welke andere vrouw dan ook op wie hij indruk wilde maken. Hij had al meer dan een week geen boodschappen gedaan en dat betekende dat hij was aangewezen op een paar kruidenierswaren, wat diepvriesvlees, een stuk of wat eieren en een half brood.

Terwijl hij de inhoud van de koelkast bestudeerde en zijn best deed iets te verzinnen wat hij kon maken, drentelde zijn onverwachte logee door de woonkamer. De scholiere die hij betaalde om zijn huis en kantoor schoon te houden, was gelukkig de dag ervoor geweest. Hij was nog nooit zo blij geweest dat hij zich had laten overhalen door Molly Tringette om haar een parttime baantje te geven, zodat ze kon sparen voor haar vervolgopleiding.

'Je houdt vast van oude huizen,' merkte Lourdes op.

Hij deed de koelkast dicht en liep naar zijn voorraadkast. 'Klopt, al ben ik daar nooit speciaal naar op zoek geweest. Dit huis stond toevallig op het land dat ik kocht om mijn fabriek neer te zetten. Het leek me logisch om dit dan maar als woonhuis te gebruiken.'

'Zo te zien is het nog niet zo lang geleden verbouwd.'

'Inderdaad. Eerst woonde ik in een kleiner huis dat nog dichter bij de fabriek staat – vijftien jaar lang, sinds ik klaar was met mijn studie. Dit huis is een hele tijd verhuurd geweest.'

'Toen ben je je bedrijf begonnen? Vijftien jaar geleden?'

'Ik wist vanaf het begin dat ik me op zonnepanelen wilde toeleggen.'

'Je ouders waren vast heel rijk dat je meteen na je studie zo'n groot bedrijf kon beginnen.'

'Nee hoor. Helemaal niet.'

'Hoe heb je het dan voor elkaar gekregen?'

Conserven. Crackers. Havermout... Niets wat hem inspiratie gaf. Niet dat hij echt had verwacht een caesarsalade, bacon en entrecôtes met gegratineerde aardappeltjes in de voorraadkast aan te treffen. Hij zou het moeten doen met de ingrediënten die hij had, en dat waren er niet veel. 'Op een of andere manier lukte het me om een lening van de bank los te krijgen. Tegenwoordig zijn er zoveel regeltjes waar je aan moet voldoen dat het me in deze tijd vast niet gelukt was. De directeur van de bank leende me het geld alleen maar omdat hij vertrouwen in me had.'

'Ik kan me wel voorstellen wat voor iemand je was – zo jong en zo ambitieus.'

'Ambitieus was ik zeker, maar zonne-energie was in die tijd een gok. Als ik eraan terugdenk, verbaast het me nog altijd dat het een succes werd.' Hij liet de voorraadkast voor wat die was en trok de koelkast weer open – alsof daar inmiddels misschien andere ingrediënten waren opgedoken.

'Waarom was zonne-energie toen zo'n gok? Voor de meeste mensen heeft dat de toekomst.'

'In die tijd was zonne-energie zo duur dat alleen echt rijke mensen daarvoor konden kiezen. Dat maakte het moeilijk te verkopen.'

'Ík zou mijn geld ook op jou hebben gezet. Meteen.'

Hij draaide zich om en keek haar aan. 'Waaraan heb ik dat compliment te danken? Aan mijn betrouwbare uitstraling?'

'Eerder aan dat ingebakken vertrouwen in eigen kunnen. Jij gelooft in wat je doet, wat dat dan ook is, en daardoor geloven de mensen om je heen er ook in.'

Waar haalde ze die wijsheid vandaan? Ze kenden elkaar amper. 'Ik had geen idee dat ik zo'n groot vertrouwen in mezelf heb dat volslagen vreemden dat merken.'

'Ik kan goed mensen lezen.' Ze gebaarde om zich heen. 'Dus... toen je je schuld aan de bank had afbetaald ben je het hier gaan opknappen?'

Hij vroeg zich af of ze het bezwaarlijk zou vinden als hij iets te eten ging halen in de stad. Het scheelde niet veel, of hij had het voorgesteld. Maar ze had gezegd dat ze honger had en hij had het idee dat ze liever niet zo lang wilde wachten. 'Niet meteen. Mijn bedrijf is altijd op de eerste plaats gekomen. Maar vorig jaar heb ik de grond gekocht met het huis erop dat jij nu huurt. Toen ik besloot dat op te knappen, dacht ik dat ik dan net zo goed dit huis ook kon aanpakken om er daarna zelf te gaan wonen.'

Noelle had het moeilijk kunnen verkroppen dat hij dat allemaal had gedaan, omdat ze tijdens hun huwelijk niet had kunnen wachten om een van zijn huizen compleet te verbouwen. Ze had aanvankelijk zelfs geprobeerd hem zover te krijgen om een villa voor haar in de stad te kopen – een huis dat status en rijkdom uitstraalde waar zij het stralende middelpunt van zou zijn. Hij had geweigerd, en die weigering was aanleiding geweest tot zoveel ruzies, dat hij zijn poot stijf gehouden had toen ze het uiteindelijk had opgegeven en gevraagd had of ze dan tenminste een van de twee huizen die hij bezat kon renoveren.

Dat was iets wat hem achteraf niet lekker zat. Hij had dat best toe kunnen staan; ze wilde het graag en het eindresultaat zou vast mooi geworden zijn. Maar hij was zich inmiddels zo aan haar oppervlakkigheid gaan ergeren en hij had zich zo ellendig in zijn huwelijk gevoeld dat hij koppig was blijven weigeren.

Terugkijkend begreep hij dat haar dwingen om in een oud huis te wonen dat hij weigerde op te knappen zijn manier was om wraak te nemen voor het feit dat ze hem in de val had gelokt.

'Je hebt vast dezelfde aannemer aan het werk gehad,' zei Lourdes peinzend.

'Ja. Een van mijn beste vrienden. Riley Stinson.'

'Een echte vakman.'

'Het is de bedoeling dat hij komend voorjaar het huis hiernaast gaat opknappen, dat momenteel verhuurd wordt aan een van mijn werknemers, en het huis dichter bij de fabriek dat momenteel leegstaat. Wanneer hij klaar is, ken je ze niet meer terug.'

Ze keek naar de sneeuw die neerdaalde in zijn achtertuin, of eigenlijk meer een grasveld dan een tuin. 'Hoeveel werknemers heb je?'

'Op dit moment zijn het er veertien.'

'Dan ben je vast en zeker de grootste werkgever in Whiskey Creek.'

Grinnikend schoof hij de ketchup en de augurkjes opzij om te zien of daar soms nog iets achter lag.

Boter. Geweldig!

'Misschien wel,' zei hij. 'Al zegt dat niet veel.'

'Ben je hier geboren?'

'Ja.' Gebakken eieren misschien? Geen driesterrenmaaltijd, maar hij had een plank vol huisgemaakte gelei die hij had gekocht van Morgans partner, die elk voorjaar nieuwe voorraad maakte en wat ze elders niet verkocht aan hem overdeed. Gebakken eieren met daarbij goede koffie was helemaal zo gek nog niet...

'Heb je ooit overwogen om hier weg te gaan?' vroeg ze.

'Weg uit Whiskey Creek? Nee, niet echt. Waarom zou ik dat willen?'

'Misschien omdat het je hier... benauwt?'

Hij dacht aan Noelle. *Zíj* vond het hier wel benauwend. Maar hij niet. Hij vond het hier fijn, kon zich niet voorstellen dat hij ooit ergens anders zou gaan wonen. Noelle was de enige reden dat hij eventueel ooit naar elders zou vertrekken. 'Nee. Mijn ouders wonen hier en die worden ook een dagje ouder. Mijn zus woont met haar gezin in Pennsylvania en dus is het aan mij om een oogje op pap en mam te houden. Ik wil niet alles alleen overlaten aan mijn stiefbroer, Brandon. Bovendien houd ik van de mensen hier, van het land, de vrijheid. De grote stad met al dat drukke verkeer en lawaai en vervuiling... dat is niets voor mij.'

'Ik begrijp het. Je bent een cowboy in hart en nieren.'

'Nee, geen cowboy. Ik rijd geen paard. Ik heb niet eens een paar cowboylaarzen of een cowboyhoed. Maar ik ben wel een echte plattelander.' Hij hield de doos eieren omhoog. 'Wat zou je zeggen van ontbijt als avondeten?'

Ze draaide zich af van het raam. 'Ik neem genoegen met alles.'

'Waarom ben je niet even een hapje gaan eten toen je geland was?' Even afgezien van het feit dat hij weinig in huis had, vond hij het geen probleem om voor haar te koken. Hij vroeg zich wel af hoe ze het voor zich had gezien in zijn huurhuis, met haar vaste voornemen om zich zo weinig mogelijk in het openbaar te laten zien. De kasten waren leeg; er stond alleen een pak koffie dat hij er bij wijze van service had neergezet. Hem was verzocht het huis te meubileren, niet om de voedselvoorraad aan te vullen.

'Dat had ik natuurlijk moeten doen,' zei ze. 'Maar ik had haast. Ik had je huis nog niet met eigen ogen gezien en ik wilde eerst weten of het wel geschikt was om me een tijdje terug te trekken. Ik had het idee dat ik tijd nodig had voor een plan B, voor het geval ik nog op zoek moest naar een alternatief.'

'Daar zit wel wat in, denk ik.' Hij vond een spatel, maar vroeg zich toen af of hij haar wat eten betreft geen alternatief moest geven. Niet iedereen wilde dierlijke producten. 'Of heb je liever soep? Ik heb tomatensoep en groentesoep in blik.'

'Nee, doe mij maar eieren.'

Hij pakte een koekenpan. 'Goede keus.'

Hij brak een aantal eieren boven de pan en wachtte tot ze zover waren dat hij kon omdraaien. Lourdes drentelde ondertussen naar de schouw om de ingelijste foto's te bekijken die op de schoorsteenmantel stonden. 'Is dat Simon O'Neal? Serieus?'

Hij begreep haar verrassing. Simon was een van de beroemdste filmsterren van Amerika. 'Ja, de enige echte,' zei hij. 'Een paar jaar geleden opende Gail, een van mijn beste vriendinnen, een PR-bureau in LA. Een van haar cliënten was Simon, en om een lang verhaal kort te maken, ze werden verliefd. Inmiddels zijn ze getrouwd en hebben drie kinderen.'

'En zie je ze vaak?'

'Ze wonen in LA en zijn vaak op reis, maar als ze hier zijn, komen ze altijd langs.'

Ze bekeek de rest van de foto's. 'En wie zijn dit allemaal?'

'Helemaal links zijn mijn ouders. De kinderen zijn mijn neefje en nichtje.'

'De kinderen van je zus? Uit Pennsylvania?

'Ja. Toen ze een paar jaar geleden hertrouwde, is ze daarheen verhuisd. Maar daarvoor heeft ze een tijdje in een van mijn huizen gewoond.'

'En die andere mensen?'

Hij wierp een blik over zijn schouder. 'Vrienden.'

'Je hebt heel wat vrienden,' zei ze.

'Jij vast ook wel.'

'Nieuwe vriendschappen zijn toch anders dan oude vriendschappen.'

Doelde ze soms op de paradox dat je beroemd kon zijn maar tegelijk eenzaam? 'Mis je thuis?' Hij dacht dat dat misschien de verklaring was dat ze naar de Sierra Nevada Foothills was gekomen.

'Ik mis íéts,' antwoordde ze.

Hij draaide de eieren om. 'En wel...'

Ze draaide de foto's de rug toen en liep naar de tafel. 'Niets. Het doet er niet toe.'

Lourdes genoot van het eten. Kyle – ze waren nu definitief van de formelere aanspreekvormen af – was een nuchtere man die niet onder de indruk leek van het feit dat ze een bekend persoon was. Hij was niet overdreven voorkomend, gewoon normaal. Op de een of andere manier stelde dat haar op haar gemak, voelde ze zich thuis waar ze zo lang op haar tenen had moeten lopen. Misschien dat hij niet onder de indruk van haar bekendheid was omdat hij gewend was aan de omgang met iemand die echt beroemd was.

Of misschien was het ook dat hij helemaal zichzelf leek te zijn. Had ze ooit eerder een man ontmoet die zo'n innerlijke zekerheid bezat? In haar werk zag ze meer dan genoeg arrogantie. En ijdelheid. Dat laatste was nog erger dan de arrogantie. Maar Kyle was anders. Hij leek tevreden te zijn met wie en wat hij was en al kende ze hem amper, ze bewonderde zijn stille kracht.

Hij was de kalmte in het hart van de storm, dacht ze, meteen een vonkje creatieve opwinding voelend. Dat was het! Haar eerste idee! Ze ging een song schrijven over het feit dat iemand een veilige haven kon zijn voor anderen die in chaos en verwarring verkeerden.

Ze klaarde meteen op, alleen al door het feit dat ze weer zin had om te schrijven. Dat was voor het eerst sinds haar laatste album...

'Wat lach je nou?' zei Kyle.

Ze keek hem aan. 'Zomaar. Het is gewoon een fijn gevoel om een volle maag te hebben. Om het warm te hebben.'

'Zet de thermostaat gerust nog wat hoger als je dat wilt, hoor.' Hij trok een wenkbrauw op. 'Al denk ik dat ik in dat geval liever in de garage slaap.'

Hij stond bij het aanrecht, en lachend liep ze naar hem toe om hem haar bord te geven voordat ze de tafel verder afruimde. 'Nergens voor nodig. Het is hier precies warm genoeg.'

'Gelukkig maar.'

'Dus... je bent alleen,' zei ze terwijl ze hem de koffiekopjes overhandigde.

'Ja,' antwoordde hij een beetje verbaasd.

'Vrijgezel in hart en nieren?'

'Dat niet. Ik ben gescheiden.'

Ze aarzelde even voordat ze terugliep om hun sapglazen te pakken. 'Heb je ook kinderen?'

'Nee. En gezien de vrouw die mijn ex is, is dat maar goed ook.'

Ze wilde hem nog meer vragen, dingen als hoe lang hij getrouwd was geweest, hoe hij zijn vrouw had leren kennen, of ze hier ook nog woonde. Ook wilde ze weten waarom ze geen kinderen hadden, maar dat zou ze nooit vragen. Maar toen ging haar telefoon en ze pakte hem van het aanrecht, waar ze hem eerder had neergelegd. Op het vliegveld en later na aankomst in Whiskey Creek had ze Derrick verscheidene keren ge-sms't, en nu reageerde hij.

Eindelijk...

'Neem me niet kwalijk,' zei ze, met de telefoon naar de logeerkamer lopend waar Kyle haar tas had neergezet.

Kyle probeerde het gesprek niet te volgen. Lourdes sprak op fluistertoon om de conversatie privé te houden, maar haar gefluister was zó luid, dat het alleen maar moeilijker was om niet ongewild mee te luisteren.

Misschien kon hij beter de televisie aanzetten. Wat ze Derrick

Meade ook te zeggen had – en hij wist dat die het was omdat ze zijn naam diverse keren zei – het ging hem niet aan. Maar toen hoorde hij tranen in haar stem en kon hij niet anders dan blijven staan om mee te luisteren.

'Je was vast bij haar... Waar was je dan de hele dag? Je moet geweten hebben dat ik zou proberen je te bereiken... Je hebt je telefoon altijd bij je. Je zou dat ding nog in je oor laten implanteren als dat kon... Ja, dat zeg je nou wel, maar zo voelt het niet... Waarom stel je de bruiloft dan elke keer uit? Voordat je Crystal ontmoette, had je juist zo'n haast... Dus het is om wat er in mijn carrière is gebeurd? Als ik niet de nummer één van Nashville ben, dan hoeft het voor jou niet meer? Dat snap ik, maar wat moet ik dan denken? Kom je nou nog hierheen of niet... Laat maar. Doe dan die dingen voor Crystal maar die je zo nodig moet doen... Nee, helemaal niet! Jij bent degene die stom doet... Weet je, laat ook maar. Ik heb ook van alles te doen. Ik red me hier prima zonder jou.'

Daarna bleef het stil; het gesprek was kennelijk afgelopen. Even later hoorde hij onderdruk gesnik. Ze leek te huilen.

Zou hij op de deur moeten kloppen en proberen haar te troosten? Hij was altijd iemand geweest die wilde helpen om dingen goed te maken, en daar hoorden ook de mensen in zijn leven bij. Aan de andere kant was dat waarschijnlijk te opdringerig. Ze kenden elkaar amper.

Ervan uitgaand dat ze prijs stelde op wat privacy, zette hij de televisie aan. Hopelijk zou de wekelijkse voetbalwedstrijd wat afleiding geven en zorgen voor wat achtergrondgeluid om haar snikken te verbergen.

Een kwartier later vloog de deur open en kwam ze de slaapkamer uit. 'Kyle?'

Hij zette het geluid wat zachter en keek haar aan. Haar ogen waren rood en dik en verrieden dat ze gehuild had. 'Alles goed?' vroeg hij.

Ze veegde over haar wangen. 'Niet echt, maar dat is al een tijdje het geval.'

'Wat is er dan?'

'Dat is mijn probleem en ik los het ook op, maar ik vroeg me af of je iets voor me wilde doen.'

Hij haalde zijn voeten van de lage tafel en ging rechtop zitten. 'Wat dan?'

'Het is misschien een beetje raar.'

Hij was meteen op zijn hoede. De omgang met Noelle had hem wel geleerd om voorzichtig te zijn als iemand dat zei. 'Ik luister.'

'Ik wilde eigenlijk vragen of je mijn manager wilt bellen en vragen naar Crystal Holtree.'

'Wie is Crystal Holtree?'

'Misschien ken je haar nu nog niet, maar binnen een jaar beslist wel. Dat is een zangeres – Nashvilles nieuwste lieveling. Derrick is ook haar manager.'

'En jij wilt weten of hij misschien meer managet dan alleen haar carrière.'

Ze haalde diep adem. 'Ja.'

'Weet je zeker dat het een goede zaak is om hem op deze manier te controleren?'

'Mijn hart zegt dat hij me nooit ontrouw zou zijn, maar mijn hoofd zegt wat anders. Die onzekerheid maakt me helemaal gek. Ik moet gewoon weten of het aan hem ligt… of aan mezelf.'

Hij wreef over zijn kin terwijl hij nadacht over haar verzoek.

'Het is een kwestie van een telefoontje, meer niet,' zei ze.

'Maar hij weet wie ik ben.'

'Nou ja, een telefoontje waarin je moet doen of je iemand anders bent dan.'

'Zoals…'

Ze haalde haar schouders op. 'Robin Graham.'

'Wie is dat?'

'Niemand. Die naam bedenk ik net. Je zou kunnen zeggen dat je journalist bent. Robin Graham van de Country Weekly of CMT. En dat je graag een interview met Crystal wilt. Dat is alles. Zo'n verzoek zou hij nooit afwimpelen. Als ze bij hem is, dan zal hij haar de telefoon geven en dat betekent dan dat hij tegen mij heeft gelogen.'

'Alleen heeft hij mijn mobiele nummer. Dat heb ik hem indertijd doorgegeven.'

'Heb je geen vaste telefoon dan?'

'Niet hier thuis. Ik zou mijn nummer natuurlijk kunnen afschermen...'

Onzeker beet ze op haar onderlip. 'Nee, een afgeschermd nummer zou ongeloofwaardig zijn.'

'Dan moeten we naar de zaak. Daar heb ik een extra lijn waarop de naam van mijn bedrijf niet zichtbaar is.'

Ze leek weer wat meer hoop te krijgen. 'Als je dat wilt doen?'

Hij kon zich er natuurlijk veel beter buiten houden. Bovendien sneeuwde het inmiddels behoorlijk. Hij hoorde de wind om het huis gieren. Maar hij had een auto met vierwielaandrijving, het was dichtbij en de storm leek lang zo erg niet als was voorspeld, zeker niet erger dan die ze de laatste jaren al een paar keer hadden gehad.

Daar kwam bij dat haar onzekerheid gewoon voelbaar was. Misschien bedroog Derrick Meade haar helemaal niet. Misschien kwam ze hierna tot rust en kon ze zich richten op het schrijven van de songs waar ze het over had gehad. Ze leek aardig wat tegenslag gehad te hebben, maar op een andere manier dan Noelle. Lourdes had grote successen gekend. Misschien was ze iemand die met een beetje hulp daarna op eigen kracht weer verder kon. 'Dat wil ik best doen, alleen...' hij keek op zijn horloge '... in Nashville is het bijna negen uur. Is het niet een beetje vreemd om zo laat nog te bellen voor zaken?'

'Niet voor een gestreste journalist die zijn deadline moet halen.'

'Oké,' zei hij. 'Kom mee dan.'

Hoofdstuk 4

Nadat Kyle haar zwijgend had gewezen dat ze in de stoel tegenover zijn bureau moest gaan zitten en de telefoon had gepakt, zat er voor Lourdes niets anders op dan handenwringend toe te kijken. Zou ze er zo meteen achterkomen of al die onrust en jaloezie die ze voelde werkelijk ergens op gebaseerd waren?

'Wat is zijn telefoonnummer?' vroeg hij. Dat had hij natuurlijk kunnen opzoeken, maar waarom zou hij, als zij het uit haar hoofd kende?

Ze ratelde het nummer op en keek vervolgens met ingehouden adem toe toen hij de cijfers intoetste. Onderweg had ze hem geïnstrueerd zodat hij zo geloofwaardig mogelijk overkwam, maar ze had geen idee hoe hij het ervanaf zou brengen als hij Derrick eenmaal aan de telefoon had.

'Hallo?'

Derrick had opgenomen! Ze voelde haar maag verkrampen.

Kyle schraapte zijn keel en ging staan. 'Mr. Meade? U spreekt met Graham... Gibb van de Country Weekly.' Hij keek haar aan en trok een gezicht waaruit ze opmaakte dat hij de naam die ze had bedacht was vergeten en snel iets had moeten verzinnen. Gelukkig had hij de naam van het tijdschrift wel goed, wat een geluk was omdat Derrick alle tijdschriften uit de muziekwereld kende. 'Ik heb begrepen dat u de manager bent van Crystal Holtree... Ja, dat nummer ken ik. Het is fantastisch. Sorry dat ik zo laat nog bel, maar ik kijk tegen een deadline aan en ik vroeg me af of ze misschien beschikbaar was voor een kort interview... Aha... Oké. Er is een kink in de kabel gekomen met het artikel dat ik oorspronkelijk zou inleveren, en het leek me een goed idee om dat om te zetten in een stuk over een rijzende ster... Ja... Prima.'

Hij legde zijn hand over de telefoon. 'Hij geeft me haar nummer,' zei hij geluidloos. 'Wat nu?'

'Hang op,' fluisterde ze.

'Krijgt hij dan geen argwaan?'

'Hij weet niet dat ik erachter zit. Ik heb nog nooit eerder zoiets gedaan.' Ze had nooit de behoefte gevoeld, niet voordat Crystal in hun leven was verschenen...

Kyle schudde zijn natte haar uit zijn gezicht en haalde zijn hand van het mondstuk. 'Sorry voor de interruptie. Ik hoor net van mijn vrouw dat mijn redacteur heeft gebeld en dat ze al een ander interview heeft geregeld, dus het gaat niet door. Mijn excuses. Ik zal Ms. Holtree in gedachten houden voor een volgend nummer. Ja, helemaal mee eens. Ze heeft veel talent. Ik zal zien of we snel een nieuwe afspraak kunnen maken.'

Hij verbrak de verbinding en liet zich toen in zijn stoel vallen. 'Geen idee hoe overtuigend dat was.'

Dat wist Lourdes ook niet. Ze had de grenzen van de geloofwaardigheid opgezocht door Kyle zo laat nog te laten bellen. Crystal stond wel zo in de belangstelling dat het niet ondenkbaar was dat een journalist zo laat nog contact opnam, maar de afgelopen tijd liet ze zich eerder leiden door haar emoties dan door logica. Daarom had ze ook een tijdje weg gewild uit Nashville. Ze moest haar prioriteiten op een rijtje zien te krijgen, dingen die onlangs waren gebeurd in perspectief plaatsen. 'Je hebt het goed gedaan.'

'Alleen zijn we geen stap verder gekomen. Misschien was ze er wel en is hij gewoon te slim om zichzelf op die manier te verraden.'

'Heeft hij mijn naam überhaupt nog genoemd? Eventueel voor een later tijdstip?'

'Nee, maar wie weet als het gesprek wat langer was geweest.'

'Een jaar geleden zou hij dat beslist hebben gedaan.'

Kyle trommelde met zijn vingers op het bureau. 'Misschien kon hij dat niet doen.'

'Denk jij dat ze bij hem was?'

'Dat heb ik niet gezegd.'

'Maar bespeurde je dan een zekere aarzeling of zo?'

Hij trok een gezicht alsof hij dat niet wilde toegeven, maar ze zag aan hem dat ze gelijk had.

Ze liet haar hoofd zakken. 'Shit.'

Voordat hij iets kon zeggen, ging de telefoon.

Hij keek haar aan. 'Het is de afgeschermde verbinding die ik net heb gebruikt, en ik zou niet weten wie me anders via die lijn op dit uur zou bellen.'

Haar hart begon sneller te kloppen. 'Wat gebeurt er als je niet opneemt?'

'Dan schakelt hij automatisch door naar de normale lijn en uiteindelijk naar de voicemail van First Step Solar.'

'Neem op dan!' riep ze, maar hij moest tot dezelfde conclusie zijn gekomen want hij had de hoorn al beet.

'Graham Gibb.'

Ze hield haar adem in. Als de beller informatie wilde over zonnepanelen zou hij of zij ongetwijfeld in verwarring zijn. Maar nog geen seconde later werd duidelijk dat Derrick terugbelde, precies zoals ze hadden gevreesd.

'Prima,' zei Kyle. 'Komt dat even goed uit...' Hij kneedde zijn voorhoofd met zijn ene hand, alsof hij spijt had dat hij zich had laten betrekken bij haar plannetje – of bezorgd was over de afloop. 'Natuurlijk wil ik haar graag spreken... Tuurlijk... Geef haar maar even...'

Derrick moest de telefoon aan Crystal hebben gegeven, want de volgende paar minuten kon Lourdes niet anders dan zwijgend luisteren naar Kyles voorgewende interesse in Crystals muzikale carrière. Zodra hij haar kon onderbreken zonder onfatsoenlijk te zijn, zei hij dat hij echt moest ophangen als hij zijn artikel vanavond nog af wilde hebben, dat het een genoegen was geweest even met haar te praten en dat hij contact met haar zou opnemen als er ruimte was voor een behoorlijk interview.

Toen hij de verbinding had verbroken, wreef hij met een hand over zijn mond. 'Wat zeg je daarvan?'

'Ze belde wel heel snel terug.'

'Derrick zei dat ze langskwam om iets te brengen vlak nadat ik had gebeld.'

Ze werd misselijk. Kon ze maar geloven dat het puur toeval was, zoals Derrick had gezegd. Alleen zei haar intuïtie iets anders.

'Wat zou Crystal in vredesnaam persoonlijk bij hem langs willen brengen?'

Kyle schudde zijn hoofd.

'Wat zei zíj eigenlijk?' informeerde ze.

'Dat ze me alleen even wilde laten weten dat ze altijd beschikbaar was voor een interview. Dat we samen konden gaan lunchen. Van die dingen.'

'Klonk het overtuigend?'

Hij leek er niet al te happig op er nog verder bij betrokken te raken.

'Kyle? Kreeg je de indruk dat Derrick net deed alsof ze opeens voor zijn neus had gestaan?'

'Dat is moeilijk te zeggen,' zei hij ontwijkend.

Ze blies op haar handen, die nog niets warmer waren geworden na hun rit door de kou. 'Omdat jij denkt dat ze iets met elkaar hebben.'

'Omdat ik het niet weet!'

'God, wat heb ik hier de pest aan,' zei ze. 'Dat ik het gevoel heb dat ze me voor dom aanzien. En dat ik het gevoel heb dat ik de man van wie ik hou niet kan vertrouwen.'

'Heeft hij je ooit eerder bedrogen?'

'Niet dat ik weet. Maar hij is ook nooit eerder zo afwezig en afstandelijk geweest. Zo betrokken bij iemand anders.' Wel had hij voordat hij Lourdes had ontmoet een buitenechtelijk avontuurtje gehad met een stagiaire, maar dat vertelde ze liever niet. Zelf had ze verkozen te geloven dat het een eenmalige misstap was geweest waar hij vreselijk veel spijt van had, maar ze begreep ook wel dat anderen hem misschien niet het voordeel van de twijfel gunden. Misschien was hij vooral gecharmeerd van Crystals potentieel, zoals hij zelf beweerde. 'Dat ze jonger en knapper is dan ik en dat ze meer talent heeft, helpt natuurlijk ook niet echt,' bromde ze.

Kyle keek haar vol ongeloof aan. 'Ze mag dan jonger zijn en misschien meer zangtalent hebben, al kan ik daar niet over oordelen, maar ze kan onmogelijk móóier zijn.'

Dat was een fijn compliment. Het klonk alsof hij het meende.

Als ze met haar gedachten niet zo bij Derrick was geweest had ze het misschien kunnen waarderen.

Kyle lag nog minstens een uur nadat hij naar bed was gegaan nog naar het plafond te staren. Hij voelde mee met Lourdes. Ze ging duidelijk door die unieke hel die gereserveerd was voor partners van een ontrouwe man of vrouw. Kan hij veranderen? Zal hij veranderen? Moet ik hem nog een kans geven? Houdt hij echt van mij – of houdt hij van haar? Kyle had die vragen de afgelopen drie uur uitgebreid met haar besproken. Terwijl het buiten maar bleef sneeuwen hadden ze een fles pinot noir gedeeld en had Lourdes hem verteld dat het weliswaar haar eigen idee was geweest om naar Whiskey Creek te gaan – om even weg te zijn uit het publieke leven zodat ze kon 'resetten' – maar dat Derrick had beloofd mee te gaan. Hij had gezegd dat ze alle tijd die ze niet besteedde aan het schrijven van nieuwe songs zouden gebruiken om aan hun relatie te werken, omdat die in een dal zat. Dus ook al had Derrick vanavond de waarheid verteld en was Crystal niet bij hem geweest, hij had Lourdes laten zitten. Daardoor dacht Kyle dat hij inderdaad te veel opging in zijn nieuwe cliënte. Dat hij zo snel na zijn telefoontje naar Derrick al iets van Crystal had gehoord was nogal verdacht, ook al had de man daar een verklaring voor gegeven. Een verklaring die op zijn minst ongeloofwaardig had geklonken.

Lourdes leek een aardige vrouw, die deze toestanden niet verdiende. Maar Kyle werd niet alleen in beslag genomen door de vraag of Derrick haar wel of niet bedroog. Het gesprek over haar problemen had hem met de neus op het feit gedrukt dat hij zelf ook aan verandering toe was. De vrouw die hij liefhad – altijd al had liefgehad – was met zijn stiefbroer getrouwd, wat elke keer dat hij hen zag voor een lastige uitdaging zorgde. En hij zag ze nogal vaak. Om de zaak nog erger te maken, had hij een ex-vrouw die niet los wilde laten, die beweerde dat ze nog steeds van hem hield, ook al had ze, naar hij zich herinnerde, hun huwelijk net zo verafschuwd als hij. En bijna al zijn vrienden hadden niet alleen een vaste partner gevonden, maar hadden inmiddels ook kinderen. Zij waren doorgegaan met leven, en hij niet. Hij voelde zich alleen en rusteloos als hij zich niet tot over zijn oren in zijn werk begroef. Dus maakte hij steeds maar langere dagen, wat het weer moeilijker maakte om iemand tegen te komen.

Hij liep tegen de veertig. Als hij nog wilde trouwen en kinderen krijgen, dan moest hij opschieten. Maar hij was de vrouw die Olivia kon vervangen nog niet tegengekomen – en hij was bang dat de kans daarop kleiner en kleiner werd.

Zijn telefoon zoemde. Hij kwam op een elleboog overeind om te zien wie hem sms'te. Riley Stinson, iemand uit het kringetje van zijn beste vrienden, die onlangs een partner had gevonden.

Nog wakker?

Kyle had eerder die dag een telefoontje van Riley gemist. Hij was vergeten terug te bellen en daarom hees hij zichzelf overeind in zittende positie, hoe moe hij ook was.

Zeker. Sorry dat ik je telefoontje heb gemist. Heb de boerderij verhuurd en was daar druk mee. Was er iets?

Hij wist eigenlijk niet waarom hij dat vroeg. Hij wíst immers wel wat er was. Na een maandenlange strijd om in het reine te komen met hun moeilijke verleden had Riley Phoenix Fuller eindelijk zover weten te krijgen dat ze met hem trouwde. Ze hadden 30 december geprikt als trouwdatum en het moest een grootse bruiloft worden. Het was het enige waar Riley nog over kon praten. Diep in zijn hart wist Kyle dat dat de reden was dat hij een stuk minder happig was op telefoontjes van Riley. Nu die op het punt stond zich te settelen, zou Kyle de enige van het groepje zijn die nog alleen was, even afgezien van Baxter. En, zoals Noelle al fijntjes had opgemerkt, de relatie met Baxter leverde nou niet veel contacten met vrouwen op.

In plaats van terug te sms'en, belde Riley. 'Hé, dus je hebt de boerderij verhuurd?'

Kyle hoorde de wind door de bomen gieren, maar het ergste leek achter de rug. 'Inderdaad,' zei hij, terwijl hij zich achterover in de kussens liet vallen.

'Aan wie?'

De woorden 'iemand uit Nashville' lagen op het puntje van zijn tong. Dat was wat hij tegen de meeste mensen zou zeggen. Maar Riley was een van zijn beste vrienden. Iemand aan wie hij zijn leven toevertrouwde. 'Lourdes Bennett.'

'Lourdes wie?'

'Bennett. De countryzangeres. Van Heartbreak en Stone Cold Lover'.

'Díé Lourdes Bennett? Geintje zeker?'

'Nee, maar tegen niemand zeggen dat ze hier is. Ze wil incognito blijven.'

'Ik hou mijn mond. Maar waarom huurt ze van jou en koopt ze niet zelf wat? Ze zal er vast rijk genoeg voor zijn.'

'Het is maar voor een paar maanden, tot ze voldoende nieuw materiaal voor haar volgende album heeft.'

'Laten de meeste bekende zangers hun songs tegenwoordig niet door een songwriter schrijven?'

'Sommigen wel, maar ik denk dat zij liever haar eigen songs schrijft.' Hij hoorde dat de wc beneden werd doorgetrokken. Ze was nog op – wat hem niet verbaasde. 'Belde je eerder vandaag trouwens voor iets speciaals?' vroeg hij aan Riley.

'Gewoon even om te horen hoe het daar gaat. We hebben het blijkbaar allebei zo druk met werken dat praten er steeds vaker bij inschiet.'

Het was niet vanwege hun drukke werk. Het was omdat Rileys privéleven ging zoals het moest en dat van Kyle niet. Maar dat zei hij niet. Niemand vond het leuk om andere mensen te horen klagen over iets wat ze niet kon krijgen. 'We zien elkaar morgen bij Black Gold toch?'

'Zeker, ik zal er zijn. En Phoenix trouwens ook. Dat was de andere reden dat ik belde. Ik hoopte dat we het even over de bruiloft konden hebben.'

De bruiloft. Natuurlijk. Georganiseerd door Olivia, dus ook met haar had Kyle het er regelmatig over. 'Nog maar… wat, vier weken? Krankzinnig.'

'Ja, het komt nou echt snel dichterbij. Vandaar dat ik ook niet langer wil wachten.'

'Om…'

'Ik wilde je vragen of jij ons wilt trouwen.'

Kyle liet zijn telefoon bijna vallen. Rileys tienerzoon zou getuige zijn. Hij had verwacht dat hij er zelf alleen maar bij zou staan, samen met de rest van de vriendengroep. 'Bedoel je… daadwerkelijk in de echt verbinden?'

'Dat is precies wat ik bedoel.'

'Moet je daar geen predikant voor zijn?'

'Kennelijk niet. Ik was afgelopen week bezig met een keukenrenovatie toen de man die me die klus had gegeven zei dat hij zijn dochter zelf in de echt had verbonden. Dat had hij gewoon online kunnen regelen.'

'Waar?'

'Googel dat maar even, dan kom je er wel achter. En zo niet, bel dan even. Dan vraag ik het aan die man.'

'En wat vindt Phoenix ervan? Heeft zij er geen probleem mee dat ik die rol speel?'

'Je weet hoe die over je denkt. Ze vond het een fantastisch idee.'

'Je ouders dan? Die verwachten natuurlijk dat je hun predikant vraagt.'

'Het is hun bruiloft niet. Ik ben van plan om Phoenix een onvergetelijke dag te bezorgen.'

Kyle lachte, al kon Riley dat natuurlijk niet zien. 'Je houdt echt van die meid,' zei hij. Hij begreep ook precies waarom. Zelf had hij ook een zwak voor Phoenix; hij wilde dat hij haar had geschreven toen ze in de gevangenis zat, om haar emotioneel te steunen. Ze had iets verschrikkelijks meegemaakt – ze was veroordeeld voor iets wat ze niet gedaan had. Toch had ze haar rug recht gehouden en had ze die moeilijke jaren alleen weten te doorstaan.

'Ze is de ware voor mij,' zei Riley. 'Ik kan niet uitleggen wat haar nu zo anders maakt dan alle andere vrouwen met wie ik heb gedatet, maar dat is ze wel.'

'Ik ben blij voor je.' Dat was iets wat hij de laatste tijd nogal vaak leek te zeggen. Hij was blij voor Brandon en Olivia en hun perfecte huwelijk. Hij was blij voor Riley en Phoenix, blij dat ze eindelijk samen zouden zijn – iets wat jaren geleden al het geval was geweest als het eerlijk toe zou gaan in het leven. Hij was ook blij voor Callie en Levi, die hun eerste baby verwachtten, en voor Eve en Lincoln, die een paar maanden geleden hun eerste kindje hadden gekregen. Iedereen had wel iets om te vieren.

Misschien dat hij, als Noelle een nieuwe partner vond, zélf ook iets te vieren zou hebben...

'Dus je doet het?' vroeg Riley.

Hij probeerde zich voor te stellen dat hij met Riley en Phoenix voor zich bij het altaar zou staan en voelde zich niet echt opgewassen tegen de taak, maar hoe kon hij nee zeggen tegen een van zijn beste vrienden? 'Ik kan naar eer en geweten zeggen dat ik nooit had gedacht dat ik ooit een huwelijk zou voltrekken. Maar ja, natuurlijk. Bedankt dat je het vraagt.'

'Top dat je het wilt doen. En in ruil zal ik op jouw bruiloft alles doen wat je maar wilt.'

'Verwacht je dat dat al gauw is?' informeerde hij, bij wijze van grap.

'Je weet nooit, man. Je had allang getrouwd kunnen zijn als je niet zo verrekte kieskeurig was.'

Zijn vader had praktisch hetzelfde gezegd. Maar voor zijn gevoel was hij dat helemaal niet; hij was alleen voorzichtig. Hij bleef liever de rest van zijn leven vrijgezel dan nog eens zo'n fout te maken. Een fout die hem zes jaar lang ellende had bezorgd.

Hij dacht aan het telefoontje van Noelle over haar boiler, aan het geld voor haar borstvergroting en haar energierekeningen. Ze bezorgde hem nog steeds ellende. Hij had nooit met haar moeten trouwen – maar hij had het akelige vermoeden dat ze, als hij dat niet had gedaan, de baby had laten komen, waardoor ze nog meer met elkaar verbonden zouden zijn. Hij had zich om te beginnen natuurlijk nooit door haar moeten laten verleiden. Het kwam allemaal neer op één dwaze, dronken nacht toen ze had gezegd dat ze aan de pil was…

'Ik heb er geen moeite mee om alleen te zijn,' merkte hij op.

'Noelle heeft je de stuipen op het lijf gejaagd. Logisch natuurlijk. Ze is een halve psychopaat. We wisten al voordat je met haar trouwde dat ze een probleem was, en dat zou je ook nooit gedaan hebben als ze niet zwanger was geweest. Zo'n fout maak je geen tweede keer.'

Alles was mogelijk. Daarom was hij nu meer op zijn hoede. 'Het was stom dat ik in de val ben gelopen.'

'Noelle is een extreem geval. Vergeet haar maar gauw.'

Kon hij dat maar. Liet ze dat maar toe…

'En dat meisje dan dat je afgelopen keer meenam naar het feestje van Ted… Danni Decker?' vroeg Riley. 'Dat leek een leuke meid.'

'Om te beginnen woont ze een heel eind weg. En ze heeft een enorm drukke baan.'

'Dat klinkt als iets negatiefs.'

'We lijken te veel op elkaar. Ze zou haar baan nooit opgeven om hierheen te komen. En omgekeerd geldt voor mij hetzelfde. Dus waarom zou ik een relatie met haar aanknopen als die bij voorbaat al gedoemd is te mislukken? Bovendien wil ze geen kinderen, en dan is het voor mij einde verhaal.'

'Ben je dan op zoek naar een huisvrouw?'

'Dat niet per se – maar wel een vrouw die echt moeder wil zijn. Al blijft het toch het belangrijkst dat ik iemand wil die genoeg heeft aan wie ik ben, wat ik doe en waar ik woon.' Hij kon onmogelijk gelukkig worden met een vrouw die hem constant aan zijn hoofd zeurde om Whiskey Creek te verlaten. Dat had hij al een keer meegemaakt.

'Dat lijkt me niet te veel gevraagd… al moet je wel eerst echt over Olivia heen zijn, Kyle.'

Dit was de tweede keer vandaag dat iemand een toespeling maakte op zijn ware gevoelens voor Olivia. Maar Noelle had het uit nijd gezegd. Hoe ironisch dat ze beweerde dat het zijn gevoelens voor Olivia waren die hun huwelijk hadden ontwricht, terwijl ze geweten had wat hij voor Olivia voelde toen ze hem aansprak, die avond in de kroeg. Hij had twee jaar verkering met Olivia gehad voordat ze hun relatie in de koelkast had gezet en naar Sacramento was verhuisd om een carrière als weddingplanner te beginnen.

'Dat ben ik al tijden,' zei hij, maar dat zei hij al sinds ze met Brandon was getrouwd.

Riley antwoordde niet.

'Ben je er nog?' informeerde Kyle.

'Ja. Alleen... Of nee, laat maar.'

Riley was sceptisch. Hij wist dat er niets veranderd was, maar dat Kyle dat niet kon toegeven, niet zonder zijn broer af te vallen. Hij wílde niets meer voor Olivia voelen; het zou zo mooi zijn als zijn hart een beetje mee zou werken. 'Zit over mij maar niet in,' zei hij. 'Ik heb geen vrouw nodig.'

'Toch zou ik er graag een voor je vinden. Het huwelijk kan heel anders zijn dan dat wat jij met Noelle had.'

Het probleem was... dat hij nooit een serieuze kandidate was tegengekomen. De meeste vrouwen van zijn leeftijd waren al bezet, zoals Olivia en zelfs Lourdes. Of ze hadden een drukke, veeleisende baan elders. Of er was geen vonk.

'Wie had ooit gedacht dat Phoenix en ik samen iets zouden krijgen?' zei Riley. 'Jij vindt ook wel iemand – de vrouw die voorbestemd voor je is.'

Niet zolang die vrouw was getrouwd met zijn stiefbroer. 'Zoals ik al zei, het is wel best zo.'

'Ik ben bekaf, dus ik hang op. Ik zal tegen Phoenix en Olivia zeggen dat jij het huwelijk voltrekt. Dat zullen ze allebei geweldig vinden.'

'Morgen na de koffie bij Black Gold ga ik uitzoeken hoe het precies zit.'

'Prima. Tof dat je het wilt doen.'

Net op het moment dat Kyle de verbinding wilde verbreken, zei Riley: 'Kyle?'

'Ja?'

'Mag ik je nog één ding vragen?'

Hij zuchtte. 'Gaat het over Olivia? Want daar ben ik nu wel klaar mee.'

'Ik wil alleen weten waarom je Brandon en haar hebt gevraagd om morgen ook te komen. En ik denk dat ik niet de enige ben die zich dat afvraagt.'

'Tja, wat moet ik zeggen? Hij is nu eenmaal mijn broer.' Er was geen ontkomen aan. En het was zíjn schuld dat de dingen waren zoals ze waren. Waarom zou Brandon er niet bij mogen zijn? Hij had niets verkeerd gedaan.

'Het valt vast niet mee om ze zo vaak te zien.'

'Noelle is degene die het me moeilijk maakt,' zei hij half gemeend, in de hoop het gesprek wat luchtiger te eindigen.

'Probeert ze nog steeds om het weer goed te maken?'

Kyle dacht aan haar aanbod om seks met hem te hebben en trok een gezicht. 'Ze belt me nog steeds veel te vaak.'

'Misschien verhuist ze wel. Ze heeft het er al jaren over om naar New York of een andere wereldstad te verhuizen.'

'Af en toe kom ik in de verleiding om haar het geld maar gewoon te geven, dan kunnen we allebei verder. Londen lijkt me wel wat.'

Riley grinnikte. 'Alleen zou ze met hangende pootjes terugkomen zodra het geld op was.'

'Daarom geef ik het haar ook niet,' zei hij. 'Nou, slaap lekker.'

'Ja. Tot morgen.'

Kyle verbrak de verbinding, legde zijn telefoon aan de lader en probeerde nogmaals de slaap te vatten. Maar hij hoorde onderdrukte geluiden waaruit hij opmaakte dat Lourdes opnieuw een verhitte discussie voerde met Derrick. Hij benijdde haar al dat geruzie niet – en ook de twijfel en de achterdocht die aan haar vraten niet.

Kennelijk werkte liefde niet voor iedereen.

Misschien was hij inderdaad beter af in zijn eentje…

Hoofdstuk 5

'O mijn god! Zit Lourdes Bennett echt bij jou in de boerderij?'

Kyle knipperde verbaasd met zijn ogen. Hij was net Black Gold Coffee in gelopen om koffie te drinken met zijn vrienden, die met zijn twaalven rond hun vaste tafel achter in de zaak zaten toen hij met de vraag in kwestie werd overvallen. Hij kwam van Callie Vanetta-Pendleton, de vrouw die hij Lourdes had aanbevolen, maar hij keek niet naar haar. In plaats daarvan zochten zijn ogen Riley. 'Je hebt het dóórverteld? Zei ik niet "tegen niemand zeggen – ze wil incognito blijven"? En "dit is Riley die ik mijn leven toevertrouw"?'

Riley keek schuldbewust. 'Eh, dat laatste herinner ik me niet echt.'

Dylan en Cheyenne waren er met hun peuter van één. En Addy en Noah met hun dochtertje Emily, die iets ouder was dan het jongetje van Dylan en Chey. Eve was er zonder man en kind; ook al woonden ze nu in Placerville, ze had nog steeds de leiding over de B&B van haar ouders hier in de stad. Ted en Sophia, Callies echtgenoot, Levi, Riley en zijn verloofde Phoenix completeerden het gezelschap – samen met Brandon en Olivia natuurlijk. Zoals altijd was Kyle zich meer dan bewust van dat laatste stel en lette hij erop dat hij niet te dicht bij ze plaatsnam. Waarschijnlijk zou hij zich de rest van zijn leven bewust blijven van dergelijke details, dacht hij, aangezien hij maar niet over Olivia heen leek te kunnen komen. 'Misschien niet, maar ik dacht het in elk geval wel.'

Er verscheen een schaapachtige uitdrukking op Rileys gezicht. 'Sorry, man. Maar als het iets belangrijks was geweest, iets meer dan een interessante ontwikkeling zonder al te veel impact op jou, zou ik geen woord hebben gezegd. En ik heb het alleen maar tegen deze mensen hier gezegd. En die kun je net zo blindelings vertrouwen als mij, toch?'

'Hopelijk wel wat meer dus.' Kyle, erop lettend dat hij niet naar Olivia keek, trok een stoel bij en zette die zo neer dat hun knieën elkaar niet zouden raken wanneer hij zat.

Sinds het tot haar doorgedrongen was dat ze Riley in de problemen had gebracht, had Callie geen woord meer gezegd. Maar nu boog ze zich naar voren. 'Je geheim is veilig bij mij, hoor. Bij ons allemaal. Het is gewoon zo spannend. Ik ben een enorme fan van Lourdes Bennett. Denk je dat ze haar gezicht zal laten zien in de stad? Misschien dat ik het zo kan regelen dat ik haar toevallig tegenkom.'

'Ze zal vast wel eens boodschappen gaan doen,' zei hij. 'Maar ze zit echt niet op aandacht te wachten, Callie, dus daar zou ik rekening mee houden.'

'Waarom is ze hier?'

Die vraag werd gesteld door Olivia, en dus moest hij wel naar haar kijken, al probeerde hij dat zo onbewogen mogelijk te doen. Met haar grote blauwe ogen en honingblonde haar vond hij haar nog steeds een van de mooiste vrouwen die hij kende. 'Ze heeft het momenteel een beetje moeilijk, maar ik denk niet dat ze het zou waarderen als ik daar verder op inging.'

'Wauw. Dat klinkt alsof ze jou verteld heeft wat er gaande is – en of je haar wilt beschermen.'

Kyle keek haar nijdig aan. 'Ik probeer haar alleen de ruimte en de privacy te geven waar ze om gevraagd heeft.'

'Is ze alleen gekomen?' informeerde Callie.

Dankbaar voor de afleiding wendde hij zijn ogen af van Brandon en Olivia en knikte.

'Dat meen je niet!' riep ze uit. 'Je wilt me toch niet vertellen dat zij en Derrick uit elkaar zijn?'

'Je weet hoe haar vriend heet?' zei Kyle. 'Dan ben je echt fan van haar.'

Callie legde een hand op haar dikke buik. Hij kreeg de indruk dat de baby bewoog, maar ze zei niets; ze werd te zeer in beslag genomen door zijn nieuws. 'Iedereen die haar op Twitter volgt, weet hoe hij heet. Een tijdlang ging het daar alleen maar over hun huwelijksplannen. Ze zette zelfs een paar foto's online van trouwringen die ze mooi vond. Maar hij heeft haar nog geen ring gegeven – dat wil zeggen, ze heeft er nog niets over getweet. Wat is er aan de hand?'

Kyle schokschouderde. 'Elke relatie kent zijn ups en downs.'

Eve keek hem met een frons op haar gezicht aan. 'Meen je dat? Meer ga je er niet over zeggen?'

'Ik probeer discreet te zijn.'

'Tegenover óns?' Callie klonk gekwetst.

Hij zuchtte. 'Ze hebben wat problemen, oké? Maar daar vertel ik je niets nieuws mee.'

'Is ze daarom hierheen gekomen?' vroeg Callie. 'Om wat afstand van hem te nemen?'

Shit. Hij had al te veel gezegd. 'Nee. Ze is hier om songs voor haar volgende album te schrijven. Ze heeft rust en stilte nodig. Dus... geen woord hierover tegen anderen.'

Callie ging weer wat verzitten. Kennelijk was ze in het ongemakkelijke stadium van een zwangerschap beland. 'Wordt het een countryalbum?'

'Zeker,' antwoordde hij. 'Waarom zou het dat niet zijn?'

'Omdat haar vorige album geen country was, en het slecht verkocht.' Cheyenne haalde haar mollige baby uit zijn draagzak. 'Persoonlijk vond ik dat het veel te ver af stond van het genre waarmee ze beroemd is geworden.'

'Ik ken het niet,' zei Kyle, die werd bijgevallen door verscheidene anderen, voornamelijk de mannen.

'Het was meer... pop,' legde Cheyenne uit terwijl Dylan haar hielp een flesje te maken.

'Ik vond het ook een stuk minder dan haar andere werk,' zei Addy. 'En ik ben dol op popmuziek. Lourdes Bennett is gewoon... authentieker als countryzangeres, als je begrijpt wat ik bedoel.'

'Jij luistert ook naar haar muziek?' vroeg Kyle.

'Jij niet dan?' was haar wedervraag.

'Ik ken een paar nummers van haar van de radio, maar ik heb nooit songs van haar op mijn iPod gezet of zo.'

Addy verfrommelde een servetje en liet het op haar lege bordje vallen. 'Is ze in het echt net zo knap als op de foto's?'

'Dat denk ik wel.' Het was de waarheid, maar hij zei het achteloos zodat hij niet verried hoe sterk zijn gevoelens wat dat betrof werkelijk waren. Hij keek naar de rij die bij de kassa stond te wachten, vooral om te ontsnappen aan alle aandacht die hij meteen na binnenkomst had gekregen. De rij had zich toen uitgestrekt tot buiten de deur. Hij had nog steeds geen koffie en geen muffin gehad; hij had willen wachten tot de rij wat minder lang was.

'Ze is vast heel bijzonder.' Addy's stem verried dat ze zich niet voor de gek liet houden. 'En ze zit in de boerderij? Dat is écht vlak bij jouw huis.'

'Ik stel voor dat je haar af en toe mee uit eten vraagt,' zei Noah, die ook een duit in het zakje wilde doen.

'Of beter nog, dat je dáár gaat eten,' viel Dylan hem enthousiast bij.

De rij was nog net zo lang. Misschien nog wel langer. En Kyle had helemaal geen zin om op zijn koffie te moeten wachten, niet wanneer Morgan hem koffie kon brengen zodra hij op zijn werk was. 'Ja, waarom niet? Ze is op dit moment trouwens bij mij thuis, en niet op de boerderij. Dus ik zou haar ontbijt kunnen brengen.' Hij wist wel beter dan het spelletje mee te spelen, maar kon het niet laten om even met ze te dollen.

Eve zette haar koffie zo snel neer dat de vloeistof over de rand klotste. 'Dus ze heeft haar vriend inderdáád gedumpt.'

'Nee.'

'Wat doet ze dan in jouw huis?' wilde Riley weten.

'Ze sliep nog toen ik wegging.' Hij wilde ze nog even op het verkeerde been laten staan.

'Holy shit!' riep Brandon uit. 'Heb jij de nacht doorgebracht met Lourdes Bennett?'

'Kyle, je moet echt beter oppassen!' zei Eve waarschuwend. 'Straks staat er een woedende vriend voor je deur.'

Tevreden met de reactie die hij had willen losmaken, hief hij zijn handen op. 'Ik zit jullie maar wat te dollen, jongens.'

Brandon liet het er niet bij zitten. 'Bedoel je dat ze níét bij jou is?'

'Jawel, maar louter uit noodzaak. Het lukte gisteravond niet om de verwarming in de boerderij aan de praat te krijgen en ik wilde niet dat ze verkleumde van de kou. En dus heeft ze vannacht in een van mijn logeerkamers geslapen.'

'En dat vond ze wel oké?' vroeg Noah. 'Ze ging gewoon met een wildvreemde vent mee naar huis?'

Hij haalde zijn schouders op. 'Ik heb aangeboden een kamer voor haar te regelen in Eves B&B, maar dat wilde ze niet.'

'Wat mankeert er aan mijn B&B?' informeerde Eve verontwaardigd. 'Het is de beste in de wijde omtrek – wat A Room With A View ook heeft gedaan om mij de voet zakelijk dwars te zetten.'

'Het heeft niets te maken met de kwaliteit van je B&B,' zei Kyle. 'En ze wilde trouwens ook niet naar A Room With A View. Ze wil zich niet in het openbaar vertonen omdat ze behoefte heeft aan rust, zoals ik zei.'

Brandon sloeg hem op de schouder. 'Bofkont. Ze is rijk én beroemd. Ik vind dat jij haar moet helpen die Derrick te vergeten. Blaas haar van haar sokken.'

Logisch dat Brandon zoiets suggereerde. Hij had er vast schoon genoeg van om net te doen of hij niet wist dat zijn broer verliefd was op zijn vrouw.

Ted Dixon, van beroep bestsellerauteur, en iemand die alles altijd heel rustig benaderde, schoof de suiker naar Levi toe. 'Vind je haar leuk?'

'Ja. Ze is wonderlijk genoeg net zo aardig als knap.' Kyle vroeg zich onwillekeurig af of het Olivia iets kon schelen dat hij een andere vrouw bewonderde. Hij schaamde zich dat hij dat zelfs maar dacht; vanwege dat soort dingen was hij familiebijeenkomsten gaan mijden. Er was een tijd geweest dat hij geloofde dat hij uiteindelijk wel over haar heen zou komen en dat alles dan weer normaal zou worden. Maar na zes jaar was er eigenlijk nog niets veranderd aan zijn gevoelens. Hij voelde zich alleen steeds schuldiger dat hij ze had.

Dylan veegde de kruimels van de muffin van zijn vingers. 'In dat geval zou ik er gewoon voor gaan.'

Kyle wuifde zijn woorden weg. 'Ze is hier maar voor een paar maanden. En ik denk dat ze het uiteindelijk wel weer goedmaakt met Derrick. Hij is perfect voor haar.'

'In welk opzicht?' informeerde Eve. 'Of heb je hem ook al ontmoet?'

'Nee, maar ze werken samen, hij begrijpt de muziekwereld, helpt haar met haar carrière, vindt het vele reizen geen punt. Zelf wil ik... iets anders.' Hij strekte zijn benen en sloeg ze over elkaar in de hoop dat hij nu genoeg over het onderwerp had gezegd. 'Zouden we niet nog wat dingen voor de bruiloft bespreken?' Hij grinnikte naar Riley. 'Bijvoorbeeld wie de ceremonie gaat leiden?'

'Riley zei dat *jíj* dat ging doen,' antwoordde Brandon, en gelukkig ging het gesprek vervolgens alleen nog maar over de bruiloft. Ze bespraken verdere details ervan, hoe ze het thema 'winterwonderland' zo goed mogelijk vorm konden geven, dat ze allemaal mee zouden helpen om een en ander te realiseren, en wat een geschikte datum zou zijn voor de twee vrijgezellenparty's. Toen dat allemaal was geregeld, zei Noah dat hij had gehoord dat Baxter nog voor de kerst terug zou komen, en dus belden ze hem met Noahs telefoon en zetten hem op de luidspreker. Hij vertelde dat de vijftiende zijn laatste werkdag zou zijn, maar zelfs als hij niet meteen terugkeerde, zou hij nog ruim op tijd zijn voor de vrijgezellenparty op de drieëntwintigste, dus dat was goed nieuws.

Gelukkig zei niemand tegen Baxter dat Lourdes Bennett tijdelijk in de stad woonde en hoefde Kyle niet nog iemand de belofte om te zwijgen af te dwingen.

Zodra het gesprek was afgelopen, stond hij op.

'Ga je nou je muffin halen?' Brandon knikte in de richting van de kassa waarvoor de rij inmiddels aanzienlijk geslonken was.

'Ja,' zei Kyle, 'maar ik laat hem inpakken. Ik heb nog een hoop te doen.'

Brandons wenkbrauwen schoten omhoog. 'Ga je nu al weg?'

'Drukke dag voor de boeg. Ik moet zorgen dat de man die de

verwarming in de boerderij heeft aangelegd nog voor het weekend langskomt om hem te repareren.'

'Waarom zo'n haast?' Riley grinnikte suggestief. 'Als het je wel bevalt om Lourdes Bennett over de vloer te hebben zou je de monteur ook pas maandag kunnen laten komen.'

Kyle rolde met zijn ogen. 'Ze is mijn type niet.'

'Hoe bedoel je, ze is je type niet?' wilde Ted weten. 'Je vond haar toch leuk, zei je net?'

'Ze is waarschijnlijk pas acht- of negenentwintig, dus een stuk jonger dan ik ben. En ik zou niet zo willen leven als zij,' legde hij uit.

'Misschien is ze bereid haar carrière op te geven,' zei Eve.

Hij keek haar ongelovig aan. 'Kom nou. Ze weet hoe het is om bekend te zijn. Het zit haar in het bloed.'

'Ik begrijp je aarzeling best,' zei Dylan. 'Ik zou nooit een relatie willen met iemand die in de publieke belangstelling staat. Gail en Simon gaan er goed mee om, maar ik zou het niet kunnen. Ik ben het liefst in mijn eigen omgeving en al dat rondreizen trekt me helemaal niet. En ik zou het verschrikkelijk vinden als Cheyenne altijd maar weg was.'

'Ik zou ook balen als Phoenix weinig thuis was,' zei Riley.

Eve schoof haar koffiekop opzij. 'Lang niet iedereen is in staat om de uitdagingen het hoofd te bieden die het hebben van een beroemde partner met zich meebrengt. Je moet hem of haar kunnen delen.'

'Dat lijkt me niet makkelijk,' zei Sophia.

'Fijn dat we het daar allemaal over eens zijn.' Maar of ze het er nu wel of niet mee eens waren, na Noelle kende Kyle zijn beperkingen. Hij keek op zijn horloge. 'Ik moet ervandoor. Geweldig om iedereen weer even te zien.'

'Tof dat je Noelle die boiler hebt gegeven,' zei Olivia voordat hij de daad bij het woord had kunnen voegen. 'Dat was ontzettend aardig van je.'

Wat Noelle had gedaan om hem zover te krijgen dat hij met haar trouwde, had jarenlang een wig tussen haar en Olivia gedreven. Maar afgelopen kerst hadden ze stappen gezet om hun relatie te herstellen en hoewel dat heel wat geduld, begrip en vergevingsgezindheid van Olivia's kant had gevraagd (zoals het geval was bij iedereen die met Noelle te maken had) gedroegen ze zich nu meer dan ooit als zussen. Kyle was blij dat er in elk geval in dat opzicht vorderingen waren gemaakt.

'Het was niets,' zei hij, haar dankbaarheid afschuddend. Hoewel ze zei dat ze hem vergeven had en hij degene was die uiteindelijk het meest geleden had, had ze vast gedacht dat hij zijn verdiende loon kreeg – het constante gezeur aan zijn hoofd van Noelle.

'Mocht je een feestje willen geven zodat we allemaal kennis kunnen komen maken met Lourdes, dan horen we dat wel,' zei Callie schertsend.

'Ik heb niet eens een kerstboom,' zei hij.

Eve keek hem stralend aan. 'Je weet hoe mijn B&B er met kerst uitziet. Dat regel ik zo voor je.'

'We zien wel.' Hij vond het geweldig om vrijdags met de hele vriendenclub bij elkaar te komen. Maar sinds Brandon en Olivia er ook bij waren, was dat wekelijkse ritueel een soort marteling geworden. Zodra hij buiten stond, haalde hij diep adem, net zo opgelucht dat hij verder kon met zijn dag als hij eerder was geweest om hierheen te gaan.

Lourdes kwam net onder de douche vandaan toen Kyle terugkeerde. Niet alles wat ze mee had willen nemen naar Californië had in haar koffer gepast. Ze had haar badjas thuisgelaten en dus had ze alleen maar een handdoek om zich heen gewikkeld toen ze hem in de gang op weg naar haar kamer tegenkwam. Zijn ogen gleden over haar heen; hij zag natuurlijk hoe schaars ze gekleed was, maar hij gaf haar geen bedreigend of beklemmend gevoel. Hij gedroeg zich alsof het niets voorstelde, als ze huisgenoten waren die elkaar wel vaker half ontkleed tegenkwamen.

Ze wist niet of ze nu opgelucht moest zijn dat hij de fatsoensgrenzen respecteerde of teleurgesteld dat hij kennelijk geen behoefte voelde daaraan te morrelen. Een beetje een vreemde reactie van zichzelf, dacht ze; een bewijs te meer van haar gebutste zelfvertrouwen. Nu ze de greep dreigde te verliezen op de zekerheden in haar leven had ze er behoefte aan om bevestigd te zien dat ze nog steeds in staat was de aandacht van een knappe vent te krijgen – vooral een die niets gaf om haar status. Alleen dat al had iets prikkelends.

Of misschien wilde ze gewoon niet toegeven dat ze zich aangetrokken voelde tot Kyle. Dat zou toch niet mogelijk moeten zijn wanneer ze verliefd was op een ander…

'Ontbijt.' Hij hield een zak omhoog met een logo erop van Black Gold Coffee. 'Ik zet het op het aanrecht voor straks.'

'Dat is aardig van je.' Haar ogen waren nog steeds rood en opgezet, maar ze zei er niets over en hij deed net of hij het niet zag. Hij begreep heel goed wat ze doormaakte. Gisteravond had hij haar niet veel over zichzelf verteld, maar wel dat hij verliefd was op een vrouw met wie hij twee jaar lang een relatie had gehad en die nu met zijn stiefbroer was getrouwd. Dat ging uiteraard gepaard met verdriet.

'Graag gedaan,' zei hij. 'Ik heb trouwens slecht nieuws. Misschien dat we even kunnen praten als je aangekleed bent?'

'Ben zo terug.' Haastig verdween ze in haar kamer en trok de kleren aan die ze de vorige dag ook had gedragen. Ze had het liefst haar haren nog willen drogen; ze voelde water op haar rug druppen. Maar ze wilde Kyles slechte nieuws liever zo snel mogelijk horen, dan wist ze of ze zich zorgen moest maken over een nieuwe crisis. Het zou haar niets verbazen als iemand de verwarming in haar huurwoning had willen repareren en daarbij zwarte schimmel had ontdekt, wat betekende dat ze een nieuw onderkomen had moeten zoeken – zónder Derricks hulp.

Achteraf bleek ze tijd genoeg te hebben gehad om zichzelf presentabel te maken, want toen ze naar de keuken liep, trof ze Kyle druk telefonerend aan.

In plaats van zich om te draaien en alsnog haar haren te gaan drogen, ging ze zitten. Ze was woedend op Derrick, en ze was vast van plan om zijn ontrouw te doorstaan, maar aan de andere kant voelde ze zich als verlamd door de vernedering, de afschuwelijkste die ze ooit had meegemaakt. Al die gevoelens slurpten haar energie op, en daardoor kon ze zich niet meer druk maken over hoe ze eruitzag of hoe haar haar zat.

'Wat is er aan de hand?' vroeg ze zodra Kyle zijn telefoongesprek beëindigde.

Hij schoof de zak met haar ontbijt erin dichter naar haar toe. 'Ik heb Owen, de man die de verwarming voor de boerderij heeft geleverd en geïnstalleerd vanmorgen meteen gebeld, maar hij bleek al bezig te zijn met een grote klus in Stockton.'

'Stockton is wat… hiervandaan een uur rijden?'

'Ja, zoiets. Maar hij denkt niet dat hij voor vanavond laat terug is, en morgen gaat hij met zijn vrouw een weekendje naar Lake Tahoe om haar verjaardag te vieren.'

Opgelucht dat het alleen maar over de niet-werkende verwarming ging en niet over het huis zelf, deed ze de zak open en haalde er een kartonnen beker met koffie plus een kaasbroodje, een bagel en een muffin met blauwe bessen uit. 'Allemaal voor mij?'

'Ja. Ik wist niet wat je lekker zou vinden.'

'Alles, jammer genoeg.' Ze was verdrietig genoeg om ze ook echt alle drie op te eten. Als ze niet oppaste, zou ze zo dik worden in haar tijd hier dat ze niet meer in de kleren zou passen die ze tijdens optredens droeg.

Nog iets om zich druk over te maken…

'Heb je gehoord wat ik zei over de verwarming?' vroeg hij.

'Ja. Je vertelt me dat de verwarming niet voor maandag wordt gerepareerd.'

'Het spijt me. Ik zou nog wat andere bedrijven kunnen proberen, maar ik denk dat die vandaag ook niet meer zullen komen. En als dat zo is, dan kunnen we net zo goed op Owen wachten. Er zit per slot van rekening nog garantie op.' Hij boog zijn hoofd om haar gezicht te zien. 'Ik hoop dat je niet al te erg van streek bent…'

Ze was waarschijnlijk de man kwijt met wie ze verwacht had de rest van haar leven door te brengen en tenzij er een wonder gebeurde, keek ze tegen de neergang van haar carrière aan. Een paar dagen wachten tot de verwarming in haar huurwoning was gerepareerd leek daarbij vergeleken niet meer dan een detail. 'Nee hoor.' Ze voelde zijn ogen terwijl ze een slokje van de koffie nam. 'Lekker.'

'Blij dat te horen. Nergens schenken ze betere koffie dan in Black Gold. Maar goed, wat wil je nu? Het aanbod om een B&B voor je te betalen, staat nog steeds. Maar je mag ook hier blijven tot de verwarming het weer doet.'

Ze had er geen behoefte aan om ergens anders naartoe te gaan; ze betwijfelde het of ze het in haar huidige toestand op zou kunnen brengen om een vrolijk gezicht te trekken voor de onbekende mensen die ze eventueel tegenkwam. Bovendien was het helemaal niet zo'n vervelend vooruitzicht om nog wat langer bij Kyle te logeren. Zijn huis was schoon en comfortabel en beschikte over genoeg ruimte. En gezien de situatie met Derrick was het misschien wel zo fijn om gezelschap te hebben. Ze wilde niet als eerste breken en Derrick bellen. De afgelopen nacht had ze hem tijdens het laatste telefoongesprek te verstaan gegeven dat hij haar niet meer hoefde te bellen, tenzij hij Crystal overdeed aan een andere manager. Ze was bang dat ze eerder geneigd zou zijn om toe te geven als ze alleen was. 'Het is maar voor een weekend,' zei ze. 'En als ik jou niet in de weg zit, vind ik het prima om hier te blijven.'

Dat leek hem te verrassen. 'Je blijft liever hier?'

Ze knikte. 'Dat er gisteravond iemand was om mee te praten... Dat hielp,' zei ze. 'Maar geen zorgen. Ik blijf niet uithuilen op je schouder.'

'Heb je nog kans gezien om het bij te leggen met Derrick?'

'Nee. Maar ik heb gedaan wat ik voelde dat ik moest doen.'

Hij vroeg niet verder, maar ze voelde dat hij het zich niettemin afvroeg en dus vervolgde ze: 'Ik heb alles in de wacht gezet tot hij weet wat zijn gevoelens voor Crystal zijn.'

'Heeft hij toegegeven dat hij iets met haar heeft?'

'Nee. Dat zou hij nóóit doen. Ik wilde het gisteren niet zeggen, maar... toen hij getrouwd was, heeft hij zijn vrouw bedrogen. Met een stagiaire van een van de grote platenlabels.'

'Was hij getrouwd?'

'Ja, maar niet lang.' Ze had hem geloofd toen hij vertelde hoe onredelijk zijn vrouw was, hoe gefrustreerd en ongelukkig hij was en hoe de dingen onbedoeld uit de hand waren gelopen toen die stagiaire met hem begon te flirten. Nu voelde ze zich een grote stommeling. Was het een eenmalige vergissing, zoals hij had gezegd? Of was hij iemand die niet trouw kon zijn en had hij meer schuld aan het mislukken van zijn huwelijk dan hij wilde toegeven?

Kyle had ook gezegd dat zijn huwelijk niet lang had geduurd, maar hij repte er nu met geen woord over. 'Dus dat was de reden dat hij gescheiden is?'

'Wie weet wat er in een huwelijk gaande is? Ik ken alleen zijn kant van het verhaal. Al weet ik wel dat zijn ex nog steeds heel verbitterd is over alles.'

'Dus je weet dat hij in elk geval één keer een affaire heeft gehad.'

'Ja, en het maakt me niet uit hoe vaak hij me verzekert dat hij veranderd is, ik vóél gewoon dat er iets gaande is. Dus tenzij hij Crystal helemaal uit zijn leven bant, kan ik niet bij hem blijven.'

'Knap dat je zo'n standpunt inneemt.'

'Als hij me wilde, zou hij dat wel duidelijk maken. Dan zou ik toch niet al die achterdocht en onrust en verdriet voelen?'

Hij hoorde kennelijk de twijfel die in haar stem was gekomen, want hij lachte haar vriendelijk toe. 'Wat rot voor je.'

Ze voelde een vertrouwde brok in haar keel, maar vocht tegen de tranen die daarmee gepaard gingen. 'Je begrijpt hoe dat is, hè? Dat het zo verdomd veel pijn doet.'

'Ja.'

'Geweldig. We hebben iets gemeen. Liefdesverdriet.' Ze lachte vreugdeloos. 'Misschien een idee om vanavond na je werk een fles wijn mee naar huis te nemen?'

'Dat gaat wel lukken. Red je het hier wel in je eentje vandaag?'

Wat dacht hij eigenlijk, dat ze zichzelf iets zou aandoen? Ze hoopte van niet, maar ze begreep wel waarom hij zich zorgen maakte. Hij kende haar niet goed genoeg om te weten hoe ze eventueel zou reageren op alle gebeurtenissen. 'Natuurlijk. Ik heb nooit zelfmoordneigingen gehad, als je dat bedoelt.'

'Gelukkig maar, want je hebt een hoop om voor te leven. Je nieuwe album bijvoorbeeld. Dat zal als een speer gaan, dus misschien moest je daar maar eens aan beginnen.'

Ze fronste haar wenkbrauwen omdat ze niet wist of ze zo'n enorme uitdaging op dit moment wel aan kon.

'Werken helpt om je aandacht af te leiden van... dingen. Het is een uitlaatklep,' ging hij verder.

Haar emoties waren te rauw om zich te kunnen concentreren. Voordat ze onder de douche stapte, had ze haar telefoon gecheckt. Derrick had niet geprobeerd haar te bereiken. Ze had gedacht dat hij, na de manier waarop het telefoongesprek de afgelopen nacht was beëindigd, meteen 's ochtends vroeg zou bellen om te zeggen dat hij Crystal aan de kant had gezet. In Nashville was het twee uur later dan hier, dus bijna elf uur. Hij moest al op zijn. En toch... niet eens een sms'je.

Was het echt voorbij? Na drie jaar en de hoop dat ze al snel zouden trouwen?

Het was bijna niet te bevatten dat zo veel zo snel kon veranderen. Hoe kon hij haar dit aandoen, na de enorme teleurstelling die ze afgelopen jaar voorgeschoteld had gekregen? Hij wist waar ze tegenaan liep, en toch leek het hem niets te kunnen schelen. Het enige waar hij het over had – in gesprekken met anderen die ze had afgeluisterd – was hoe getalenteerd Crystal was. Het leek alsof de hele muziekwereld zijn aandacht op Crystal had gericht en haar compleet was vergeten.

'Ik zal het proberen,' zei ze, maar Kyle had zijn hielen nog niet gelicht of ze kroop weer in bed, haar gitaar nauwelijks een blik waardig keurend.

Hoofdstuk 6

Na een kort praatje met Morgan, die hem op de hoogte bracht van de voortgang van de productie, liep Kyle linea recta naar zijn kantoor, deed de deur dicht en ging online op zoek naar verwarmingsmonteurs. Lourdes leek het geen probleem te vinden om een paar dagen langer bij hem te logeren. Hij kon de zaak laten rusten en wachten tot Owen volgende week opdook. Maar hij had het idee dat dat niet de beste of slimste strategie was. Ze was kwetsbaar nu ze het gevoel had dat de man van wie ze hield haar inruilde voor een andere vrouw – en afgaande op de manier waarop zijn lichaam had gereageerd toen hij haar in die handdoek had gezien, was ze niet de enige. Hij wilde dat wat een hechte vriendschap leek te worden niet riskeren door een verkeerde aanpak. Maar veilig was hij nooit. Hij leefde al zo lang zonder seks dat hij er veel te vaak aan dacht, op de onhandigste momenten en plekken. Dat hielp niet om discreet te blijven over wie er in zijn leven was.

Zijn zoektocht leverde aardig wat namen op. De meeste bevonden zich in Stockton, Modesto, Sacramento of de Bay Area. Ondanks de afstand nam hij contact op met enkele ervan. Misschien dat iemand bereid was vandaag nog te komen, als hij wat extra betaalde. De sneeuwstorm was inmiddels voorbij, dus het weer zou geen roet in het eten gooien.

Na enkele vergeefse pogingen kreeg hij contact met een vrouw die zei dat ze meteen een monteur langs zou sturen. Met de hoop dat zijn leven weldra weer terug zou zijn bij normaal, klikte hij de lijst met verwarmingsmonteurs weg en begon een zoektocht naar informatie over de voorwaarden om een huwelijk te mogen voltrekken in Amador County. Maar nog voordat hij alle informatie die hij nodig had verzameld had, belde de vrouw die hem eerder een monteur had toegezegd terug om te melden dat het helaas toch niet ging lukken om die dag nog een monteur naar Whiskey Creek te sturen.

Er zat niets anders op dan Lourdes vanavond aan haar lot over te laten, dacht hij nadat hij het gesprek had beëindigd. Het had geen zin om dichter naar haar toe te groeien. Ze was naar Whiskey Creek gekomen om alleen te zijn en aan haar nieuwe album te werken. Bovendien was het tijden geleden dat hij na het werk ergens iets was gaan drinken.

Waar zou hij eens naartoe gaan? Noelle werkte in de enige kroeg die de stad rijk was, dus daar kon hij niet heen – niet als hij een leuke avond wilde hebben. En in een andere stad kende hij weer niemand.

De aanblik van Lourdes in die handdoek dook weer voor hem op. Hij pakte de telefoon en belde Riley, die meteen opnam. 'Hé, man, zeg het eens.'

'Ik heb een aanvraag ingediend om officieel predikant te worden,' deelde hij mee.

'Wat? Moet je echt predikant worden? Dat had ik niet begrepen.'

'Alleen maar in naam. Op de site staat dat opleiding of ervaring niet nodig is, en dat geloof en achtergrond er evenmin toe doen. Ik hoef me zelfs niet bij de staat te registreren. Er schijnt maar één keiharde voorwaarde te zijn – ik moet ouder zijn dan achttien.'

'Het is alweer een tijdje geleden dat we achttien waren, dus dat zit wel goed,' zei Riley spottend. 'Hoeveel gaat het kosten?'

'Niks, en de licentie is levenslang geldig. Ze brengen alleen een bedrag in rekening voor reserveformulieren. Er stond een link op de site waar je kon zien hoe je een trouwvergunning invult, zodat die naderhand ingeschreven kan worden. Appeltje eitje.'

'Dat is een pak van mijn hart. Zie je er tegen op?'

'Waarom zou ik?' antwoordde hij. Hij had geen zin om Riley ongerust te maken, maar natuurlijk zag hij ertegen op. Hij had nog nooit eerder een huwelijk voltrokken en hij wilde de ceremonie niet verprutsen voor Riley en Phoenix, vooral niet omdat het voor hen beiden even geduurd had voordat ze het geluk hadden gevonden. Hun zoon zat al op de middelbare school, en nu pas waren ze bij elkaar.

Zijn gedachten keerden terug naar Lourdes en zijn huidige dilemma. 'Wat zijn de plannen voor vanavond?' vroeg hij.

'We gaan een ritje maken langs de kerstverlichting met Phoenix' moeder.'

'Wat? Lizzie Fuller komt haar woonwagen uit?' Dat was bijna niet te geloven. Phoenix' moeder had zwaar overgewicht, en ze was al heel lang niet meer in het openbaar verschenen.

'Ze ziet er enorm tegen op natuurlijk, al is ze wel wat afgevallen nu Phoenix voor haar kookt. En we hebben een limo gehuurd, die hopelijk groot genoeg voor haar is. Als ze die verrekte woonwagen nooit uit komt, trekt ze het straks met de bruiloft niet. En ondanks alle grootspraak wil ze voor geen goud het moment missen dat haar dochter ja zegt, al is het tegen mij.'

Kyle grinnikte. Riley was niet de enige aan wie Lizzie een hekel had. Dat had ze aan iedereen, ook aan zichzelf. 'Een belangrijke avond dus. Gelukkig dat het weer opgeknapt is.'

'Die sneeuwstorm was sowieso een lachertje. En maar onrust zaaien. "Zwaarste storm in twintig jaar" en meer van die flauwekul.'

'Het was anders hartstikke koud.'

'Dat wel, maar zelfs als het weer gaat sneeuwen, lukt het waarschijnlijk wel om Lizzie mee te krijgen. We willen graag dat ze zich op haar gemak voelt onder de mensen, zodat ze naar de bruiloft komt, en dan moeten we daar nu wel aan gaan werken.'

En hij wilde alleen maar even ergens iets gaan drinken – wat natuurlijk niets voorstelde, daarbij vergeleken. 'Komen Phoenix' broers ook op de bruiloft?'

'Ja. Ik betaal hun reiskosten. Maar zeg dat niet tegen Phoenix. Ik ben bang dat dat afbreuk zou doen aan haar blijdschap dat ze toegezegd hebben erbij te zijn.'

'Ik zeg niks.'

'En, wat zijn jouw plannen voor vanavond? Je kunt met ons meekomen.'

Hij haakte aan bij de voornaamste reden dat Kyle belde. Vroeger waren ze elk weekend samen op stap gegaan – voordat Phoenix opnieuw haar intrede deed in Rileys leven. 'Nee, geen zorgen, ik wilde je alleen maar even laten weten dat mijn vergunning zo goed als geregeld is. Dus dat kun je doorstrepen.'

'Fantastisch. We hebben onze handen vol aan die moeilijke familie van Phoenix.'

'Dat geloof ik graag.'

'Fijn dat je dit voor ons wilt doen.'

'Geen punt.'

Met een zucht verbrak Kyle de verbinding. Hij zou naar zijn ouders kunnen gaan – of naar Ted en Sophia, Cheyenne en Dylan of een van de andere stellen met wie hij bevriend was. Maar bij zijn ouders was vast niet veel te beleven, en de meeste van zijn vrienden hadden of kinderen of waren zwanger. Callie had een levertransplantatie ondergaan voordat ze met Levi trouwde, dus haar zwangerschap hield een risico in. Ze moest niet vergeten haar medicijnen te slikken en veel te rusten.

Eigenlijk kwam het erop neer dat hij weinig zin had om zijn vrijdagavond voor de televisie door te brengen en vervolgens vroeg naar bed gaan. Dat zou zijn gedachten niet afleiden van de mooie vrouw die bij hem logeerde.

Zijn mobiele telefoon ging. Hopelijk was het niet Noelle die hem wilde bedanken voor de boiler. Dat zou echt iets voor haar zijn. Ze gebruikte elke smoes om hem te bellen, ook al zat hij daar helemaal niet op te wachten. Hij had afstand nodig. Van haar.

Goddank was het Noelle niet, maar Brandon, al was dat misschien nauwelijks beter. Sinds Lourdes' komst was de hele kwestie met Olivia weer boven komen drijven – en opeens kon hij er een stuk minder goed mee omgaan dan de afgelopen jaren het geval was geweest.

Het voelde nog zo verdomd vers…

Maar dat was het natuurlijk niet, hield hij zichzelf voor. En dit was zijn stiefbroer, iemand van wie hij hield. En dus nam hij op. 'Hé.'

'Hé man, blij dat ik je tref.'

'Wat is er dan?'

'Ik vroeg me af of je straks even tijd hebt. Ik wilde even met je praten. Ik kan langskomen op de zaak.'

Kyle ging wat meer rechtop zitten. Praten? Waarover dan? Ze hadden elkaar die ochtend nog gezien bij Black Gold. Brandon had toen toch wel iets kunnen zeggen? Tenzij het persoonlijk was. Maar wat kon zo persoonlijk zijn dat hij het niet in het bijzijn van hun vrienden ter sprake kon brengen?

Zou hij hem eindelijk willen confronteren met het hete hangijzer dat Olivia was?

Kyle deed zijn ogen dicht en liet zijn hoofd tegen de rugleuning van zijn stoel rusten. Als dat Brandons bedoeling was, dan stond hem nog wat te wachten. Maar wat kon hij eraan doen? Hij was die oude gevoelens ook liever kwijt dan rijk. 'Prima. Ik ben de hele middag op kantoor, dus kijk maar wanneer het je uitkomt.'

'Oké,' zei Brandon.

Daarna deed Kyle weinig anders meer dan op de klok kijken en zich afvragen hoe Brandon de kwestie Olivia precies zou aansnijden – en wat hij dacht eraan te gaan doen.

Er was iemand binnen; Kyle moest thuisgekomen zijn.

Lourdes was niet van plan geweest de hele dag te slapen, maar toen ze geluiden uit de keuken hoorde komen en haar ogen opende, zag ze dat het buiten inmiddels donker was. Kennelijk was ze toch een paar uurtjes onder zeil geweest. Alleen, waarom voelde ze zich dan nog steeds zo uitgeput?

'Kop op,' zei ze hardop bij wijze van motivatie. Maar de korte opleving die die twee woorden haar gaven, werd meteen weer verpletterd bij de gedachte aan Derrick.

Had hij geprobeerd haar te bereiken?

Ze pakte haar telefoon om te checken.

Er was geen sms'je. En gebeld had hij ook al niet.

Haar hart werd zwaar. Gaf hij haar dan zo gemakkelijk op? Had hij werkelijk voor Crystal gekozen?

Een intens verdriet vlamde door haar heen en ze krulde zich op in foetushouding. Deze dingen gebeurden. Harten werden gebroken. Tegenslagen deden zich voor. Ze was niet alleen, en ze had dezelfde keuzes als iedereen. Ze moest haar uitdagingen het hoofd bieden, al leek dat nu bijna onmogelijk.

Om te beginnen moest ze het bed uit komen.

Zo meteen, zei ze tegen zichzelf, terugkruipend onder de dekens – totdat de geur die vanuit de keuken haar kamer binnenzweefde maakte dat ze rechtop ging zitten. Kyle had eten meegenomen. Eigenlijk was het maar goed dat ze gedwongen was bij hem te logeren. Anders zou ze nu alleen in de boerderij zijn geweest zonder eten, want op dit moment voelde ze zich absoluut niet in staat om inkopen te doen. Ze zou al blij zijn als ze het kon opbrengen om haar haar te kammen of wat make-up op te doen.

Het vooruitzicht van een maaltijd was net de prikkel die ze nodig had om zich uit bed te slepen. Ze bleef even staan om haar evenwicht te vinden en haalde toen een hand door haar haren om de ergste klitten eruit te halen. 'Dat ruikt goed. Wat heb je meegenomen?' vroeg ze terwijl ze al gapend door de gang slofte.

Even later stond ze in de keuken en zag ze dat het Kyle helemaal niet was. Bij het fornuis stond een vrouw van ongeveer haar eigen leeftijd. Ze was net bezig geweest om een paar dingen in de oven te schuiven, maar nu had ze zich omgedraaid en stond ze Lourdes met open mond aan te staren. 'Wie ben jíj dan?'

Dat was een vraag die Lourdes niet vaak werd gesteld. Tegenwoordig herkende bijna iedereen haar wel. Maar op dit moment leek ze natuurlijk niet erg op de vrouw van de foto's, dat realiseerde ze zich ook wel. 'Ik, eh... ik ben Kyles huurster,' zei ze, in de hoop dat ze zo kon vermijden haar naam te noemen en alle heisa die daarmee gepaard zou gaan. 'En wie ben jij?'

'Ik ben zijn ex-vrouw.'

Kyle had de indruk gewekt dat alles voorbij was tussen hem en zijn ex. Maar wat deed ze hier dan? Waarom maakte ze eten voor hem? En vooral eten waaraan ze zo te zien heel wat tijd had besteed?

De vrouw kneep haar ogen samen alsof het haar helemaal niet beviel een rivale aan te treffen in Kyles huis. 'Kom je net uit bed of zo?'

'Ja.'

'Maar, eh... als je de boerderij huurt, wat doe je hier dan?'

'De verwarming daar doet het niet.'

Kennelijk nam de vrouw daar genoegen mee, want ze schoof nog een schaal in de oven en klapte het deurtje dicht. 'O. Enne... waar is je man dan? Ik neem aan dat jij de vrouw bent van die gast uit Nashville, toch?'

Lourdes was niet van plan om uit te leggen hoe het precies zat met die 'gast'. 'Nee, ik ben alleen gekomen.'

De vrouw trok een gezicht. 'Kyle heeft niet gezegd dat hij het huis aan een vrouw heeft verhuurd. Ik vraag me af waarom niet...' Haar stem stierf weg toen het langzaam tot haar doordrong. Kennelijk had de verwijzing naar Nashville het verband in haar hoofd gelegd, zij het rijkelijk laat.

'O mijn god! Jij bent Lourdes Bennett, de countryzangeres! Ik hoor je songs constant op mijn werk. Bij Sexy Sadie's.' Ze zei de naam erbij alsof ze verwachtte dat Lourdes dan wel zou weten over welke kroeg ze het had.

'Is dat een bar of zo?'

'Ja. De enige kroeg van de stad.'

Dat verklaarde haar outfit. Een laag uitgesneden top en een minirok. Een serveerstersuniform van de gewaagdere soort. 'Dan ben je nu zeker op weg naar je werk.'

'Klopt. En ik mag niet te laat komen, anders word ik ontslagen. De manager is een enorme eikel.'

Omdat hij verwachtte dat ze op tijd op haar werk was? Lourdes deed er maar het zwijgen toe. 'Dus je hebt geen date met Kyle...'

'Nee, vanavond niet,' antwoordde ze. 'Het is dat ik moet werken, anders hadden we vast en zeker iets leuks gedaan vanavond.'

Echt waar? Kyle had niet de indruk gewekt dat hij nog plannen had met zijn ex, laat staan dat hij nog gevoelens voor haar koesterde. 'Weet Kyle eigenlijk dat je hier bent?'

'Nee. Ik wilde hem verrassen. Maar in plaats daarvan ben ik degene die verrast is! Wacht maar tot ik iedereen op het werk vertel dat we nog een ster in ons midden hebben, en dat je een paar maanden blijft! Simon O'Neal komt minstens drie keer per jaar in Whiskey Creek, maar blijft altijd maar een paar dagen. En waarom zou hij langer blijven, met al die schitterende droomhuizen die hij over de hele wereld bezit. Als ik hem was, zou ik nóóit naar Whiskey Creek komen.'

Lourdes hief een hand op. 'Je zegt dat je iedereen in de kroeg gaat vertellen dat ik hier ben. Maar wil je dat alsjeblieft niet doen? Ik... Ik ben hier voor mijn werk.'

'Ga je een concert geven? Waar?'

'Nee, ik bedoel dat ik songs ga schrijven voor mijn nieuwe album en dat ik dat liever ongestoord doe.'

'O.' Dat vooruitzicht leek ze veel minder opwindend te vinden.

'Mag ik vragen hoe je heet?' vroeg Lourdes.

'Noelle. Noelle Houseman.'

'Kyle is vast heel blij met het eten dat je gemaakt hebt, Noelle.'

Kyles ex keek met een tevreden gezicht naar haar creaties. 'Alle dingen die hij lekker vindt.'

'Wat... attent van je.'

'Bedankt.' Met de bedoeling alles perfect te maken, boog ze zich weer over haar gerechten. 'Ik moet nu weg,' zei ze een paar minuten later. 'Maar ik laat de citroenkip en de bonen met ananas op een laag pitje in de oven staan, dus misschien wil je even tegen hem zeggen dat hij die er nog even uit moet halen. De bonen kunnen er wel tegen, maar ik zou het vreselijk vinden als de kip gortdroog werd.'

'Komt voor elkaar,' zei Lourdes.

Na een laatste blik liep Noelle haastig naar de deur, waar ze zich nog even omdraaide. 'O, en als hij ernaar vraagt, wil je dan zeggen dat jij me binnengelaten hebt?'

Lourdes voelde haar wenkbrauwen omhoog gaan. Ze was ervan uitgegaan dat de deur niet op slot had gezeten. 'Eh... ik denk niet dat hij dat zal vragen. Ik ben hier immers.'

'Daar zit wat in.' Ze aarzelde nog steeds. 'Ik kan bijna niet geloven dat Lourdes Bennett de boerderij huurt,' zei ze. 'Wauw. Ik dóé Kyle wat dat hij niks tegen me gezegd heeft! Wacht maar tot ik hem te pakken krijg!'

'Dat is mijn schuld. Ik heb hem gevraagd om niets te zeggen.'

'O. Ik snap het. Oké, mag ik een foto maken van ons samen wanneer ik terugkom?'

Had Noelle überhaupt wel geluisterd naar wat ze gezegd had? 'Wat, kom je vanavond nog terug?'

'Nee. Ik werk tot heel laat. Maar morgen misschien?'

Lourdes hoopte eerlijk gezegd dat ze nooit terug zou komen. 'Oké. Dat wil zeggen… als ik me goed genoeg voel.'

Noelles blik gleed over haar heen. 'Wat is er dan? Ben je ziek of zo?'

'Zoiets.' Met een zucht van opluchting zag ze de deur achter Noelle dichtgaan en liep toen naar de tafel om het briefje te pakken dat Noelle daar tegen een fles wijn had neergezet.

Ze wist best dat het geen pas gaf om het te lezen. Het was voor Kyle bestemd. Maar ze had een raar gevoel overgehouden aan Noelles bezoek, alsof er iets niet klopte. En dat prikkelde haar nieuwsgierigheid. Ging Kyle nu wel of niet nog met haar om?

Ze haalde het kaartje uit de envelop.

Bedankt dat je me gisteren hebt geholpen. Heerlijk om weer warm water te hebben. Ik sta bij je in het krijt… en ik ben tot wederdienst bereid! XOXO

Haar telefoon, die nog in de slaapkamer lag, ging over en ze schoof het kaartje terug in de envelop. Misschien was het Derrick, die eindelijk terugbelde. Maar nee. Het was haar moeder die belde – ongetwijfeld om te horen of Lourdes veilig en wel in Californië was aangekomen.

Ze liet zich op het bed zakken, starend naar het schermpje. Haar moeder had het maar niets gevonden dat ze vlak voor kerst uit Tennessee was vertrokken. 'Je komt toch wel terug met de kerstdagen, hè?' had ze op weg naar het vliegveld wel vijf keer gevraagd.

Lourdes wilde helemaal niet teruggaan voor kerst. Ze wilde kerst niet eens vieren. Ze wist nu al bijna zeker dat dit de rotste kerst van haar hele leven ging worden.

Haar voicemail nam het over – ze kon het niet opbrengen om haar moeder terug te bellen.

Brandon kwam pas toen Kyle op het punt stond om naar huis te gaan. Lourdes zou ondertussen wel honger hebben, en aangezien hij nog boodschappen moest doen, wilde hij het niet al te laat maken.

'Ah, daar ben je,' zei hij toen Brandon op de openstaande deur van zijn kantoor klopte alvorens naar binnen te lopen. 'Ik begon al te denken dat je niet meer kwam.'

Zijn stiefbroer deed de deur achter zich dicht. 'Nee, ik wilde je niet storen bij je werk en ik had zo'n idee dat je het rond deze tijd zo ongeveer voor gezien zou houden.'

'Klopt. Perfecte timing.' Behalve dan dat hij zich de hele middag had zitten afvragen wat Brandon in vredesnaam wilde bespreken. 'Pak een stoel.'

Brandon liet zich in een van de twee stoelen vallen die voor Kyles bureau stonden.

'Alles in orde?' informeerde Kyle.

Zijn stiefbroer legde zijn ene been over het andere en wisselde bijna meteen weer. 'Dit gaat geen gemakkelijk gesprek worden, maar ik weet dat ik er niet onderuit kan.'

Dat intro stelde Kyle allesbehalve gerust. 'Ga door.'

'We hebben niet altijd goed met elkaar overweg gekund, maar... inmiddels kijk ik naar je op. Wat er vroeger dan ook wel of niet gebeurd is, ik weet in mijn hart dat jij een goeie kerel bent.'

Kyle zou zich misschien gevleid moeten voelen. Brandon sprak niet vaak op deze manier. Ze waren verder gegaan met hun leven zonder over het verleden te praten; er was nu eenmaal weinig wat ze konden zeggen dat de situatie anders of beter zou maken. Maar dit klonk als een inleiding op iets anders. 'Ik durf je daar bijna niet voor te bedanken omdat ik voel dat er iets anders aan zit te komen.'

'Je hebt misschien al geraden dat het over Olivia gaat.'

Kyles maag trok samen. 'Wat is er met haar?'

'Eerlijk gezegd zit het me dwars dat ik getrouwd ben met de

vrouw die jij wilde hebben. En hoe meer ik om je ga geven, des te moeilijk ik het daarmee heb. Het gekke is... ik had het idee dat we er langzaam overheen aan het komen waren.'

'Dat was ook zo,' zei Kyle. 'Ik bedoel, dat ís ook zo.'

'Nee.' Brandon schudde zijn hoofd. 'De laatste tijd lijkt het tegengestelde te gebeuren. Ik heb het gevoel alsof het verleden weer tussen ons dreigt te komen, en dat wil ik niet.'

'Dat zal niet gebeuren. Er gaat niets tussen ons komen. En even voor de goede orde, ik kan naar eer en geweten zeggen dat ik beslist niet hoop dat Olivia en jij uit elkaar gaan. Ik zit hier echt niet handenwrijvend achter mijn bureau af te wachten tot ik een nieuwe kans bij haar krijg. Dat is iets wat ik je allang wilde vertellen. Ik ben blij dat jullie samen gelukkig zijn. Dat verdienen jullie. En jullie verdienen elkaar. Ik zou ook alles doen om te voorkomen dat een van jullie verdriet wordt gedaan.'

Brandon kneep zijn lippen op elkaar en zette zijn vingers tegen elkaar. 'Dat is het hem juist. Daar twijfel ik niet aan. Ik geloof dat jij liever ziet dat ik gelukkig ben, zelfs als jij dat daardoor niet bent. Maar dat maakt de situatie alleen maar moeilijker.'

'Je piekert te veel,' zei Kyle. 'Daar zou ik mee ophouden.'

Brandon stond op. 'Ik kan er niets aan doen. Jij bent degene die aan het kortste eind heeft getrokken. Met alles. Ik kan er nog steeds niet bij dat je besloot om met Noelle te trouwen. Ik heb toen tegen je gezegd dat je een stommiteit beging, maar... het was ook nobel. En dat heb ik nooit tegen je gezegd. Dat ik je daar stiekem om bewonder.'

Kyle stond eveneens op. 'Geen medelijden alsjeblieft, Brandon. Dat maakt het er niet beter op. Ik heb alles aan mezelf te wijten, zoals je ook wel weet.'

'Je hebt een vergissing begaan, wat overigens heel begrijpelijk is. Olivia en jij waren in die tijd niet eens samen, strikt genomen.'

'Dat doet er niet toe. Ik ben met haar zus naar bed geweest.'

'Je was kwaad op Olivia. En haar zus heeft je willens en wetens verleid toen je dronken was. De combinatie van die twee dingen heeft je de das omgedaan.'

'Misschien. Maar daden hebben gevolgen, en ik ben bereid met die van mij te leven.'

Brandon trok een gezicht alsof hij geen genoegen nam met dat antwoord. 'Maar je "straf", als je het zo wilt noemen, had afgelopen moeten zijn met de scheiding. Getrouwd zijn met Noelle was erg genoeg.'

Kyle grinnikte. Hij moest eens weten hoe erg. 'Ze vormt wel een uitdaging, ja. Maar ik red me wel.'

'Zeker weten?' Hij stopte zijn handen in zijn zakken. 'Want volgens mam heb je het er moeilijk mee. Die zegt dat jij, elke keer dat ze je uitnodigt voor het eten, vraagt of Olivia en ik ook komen, en als ze dan ja zegt, dat je dan een of andere slappe smoes verzint om niet te komen.'

Was hij zo doorzichtig geweest? 'Heeft je moeder dat tegen je gezegd?'

'Even voor de duidelijkheid, ze beschouwt zichzelf ook als jóúw moeder, hoor.'

'Waarom probeert ze dan om ons uit elkaar te drijven?'

'Dat is haar bedoeling helemaal niet. Ze maakt zich zorgen. Ze wil dat ik iets doe om daar verandering in te brengen.'

Vandaar dat hij hier stond…

'Is het waar?' wilde Brandon weten.

Kyle wreef met een hand in zijn nek. 'Ik probeer er alleen maar achter te komen welke richting ik op wil met mijn leven, meer niet.'

'Daar was ik al bang voor.'

'Luister, het is niet jóúw probleem, oké? Ik wil jou er niet mee belasten. En Olivia ook niet.'

'Maar dat gebeurt nu juist wel! En wat ik je wilde vertellen zal je situatie er niet beter op maken.'

'En dat is…'

Hij boog naar voren en pakte de zijkanten van het bureaublad stevig vast. 'Kyle, weet je nog hoe moeilijk Olivia het had toen ze in februari die miskraam kreeg?'

'Ja, natuurlijk.'

'Ze durfde het bijna niet nog een keer te proberen, uit angst dat hetzelfde zou gebeuren. Maar… ik wilde het als eerste aan jou vertellen. We verwachten een baby.'

Kyle plakte een hopelijk geloofwaardige lach op zijn gezicht, net zoals hij steeds had gedaan nadat Olivia en Brandon met elkaar getrouwd waren. 'Dat is fantastisch! Wat ben ik blij vóór jullie!'

'Echt waar?'

Kyle, die vocht tegen de jaloezie waar hij al zo lang tegen vocht, liep om het bureau heen om zijn stiefbroer een klap op zijn schouder te geven. 'Ja, echt waar. En ik hoop dat alles deze keer wel goed gaat.'

'Het spijt me dat ik zo'n onuitstaanbare hufter was toen we jonger waren, Kyle. Ik geloof niet dat ik dat ooit tegen je heb gezegd.'

'Ik was ook niet bepaald aardig tegen jou.'

'Klopt,' zei Brandon, en toen moesten ze allebei grinniken.

'Tof dat je even langskwam,' zei Kyle. 'Dat waardeer ik echt.'

'Ik ben blij dat we even hebben gepraat.'

'Ik ook.'

Brandon haalde zijn sleutels uit zijn zak. 'Kom je zondag ook?'

'Waar?'

'Bij pap en mam. Doe maar niet zo onnozel. Mam heeft jou ook uitgenodigd.'

'O ja,' zei hij. 'Dat is waar ook.' Hij wilde zeggen dat het hem speet. Hij was niet van plan geweest om erheen te gaan, niet in zijn huidige gemoedstoestand. Maar dat zou Brandons gevoel alleen maar bevestigen, en hij wilde niet dat ze uit elkaar dreven, nu ze elkaar eindelijk als broers hadden gevonden. 'Is dat komende zondag?'

'Overmorgen, ja,' zei Brandon. 'We zijn familie, Olivia en ik. Probeer ons niet te ontlopen.'

Kyle zuchtte. 'Dat doe ik ook niet,' zei hij. 'Ik zal er zijn.'

Hoofdstuk 7

Toen Kyle zag dat er eten op tafel stond, was zijn eerste gedachte dat Lourdes boodschappen had gedaan en aan het koken was geslagen. Dat was een aangename verrassing, een die hij nooit had verwacht. Maar toen ze uit haar slaapkamer kwam, zag hij dat ze haar haar niet eens had gekamd, dus die maaltijd kwam vast niet van haar.

Zijn oog viel op de envelop die tegen de fles wijn op tafel stond. Hij zette de fles die hij zelf had meegenomen op het aanrecht en wilde de envelop net pakken toen Lourdes zei: 'Je ex was hier.'

'Mijn ex?' zei hij. 'Waarom?'

Ze haalde haar schouders op. 'Volgens dat briefje heeft ze het idee dat ze bij je in het krijt staat.'

Hij draaide zich om en keek haar aan. 'Heb jij dat dan gelezen?'

Ze keek met een schaapachtig gezicht terug. 'Ze is een interessant iemand. Ze maakte me op zijn minst nieuwsgierig.'

'Ze is geobsedeerd. Ik ben nergens veilig voor haar.'

'Zeg je nou dat je wordt gestalkt?'

'Zo voelt het inmiddels wel.'

'Dan zou ik om te beginnen je huissleutel maar eens terugvragen.'

Hij fronste zijn wenkbrauwen. 'Waar heb je het over? Ze heeft geen sleutel van dit huis.'

'Ze heeft zichzelf binnengelaten,' zei Lourdes. 'Ik was op mijn kamer toen ik haar bezig hoorde met al dat eten dat je hier ziet.'

Boosheid vlamde in hem op. 'Neem je me nou in de maling?'

'Nee. Ze vroeg of ik tegen je wilde zeggen dat ik haar binnen heb gelaten, maar ik ben jou meer verschuldigd dan haar.'

'Hoe komt ze nou aan een sleutel?' Dat was meer aan zichzelf gericht dan aan haar. Hij dacht na of er misschien toch een gelegenheid was geweest dat hij Noelle een sleutel had gegeven, maar er stond hem niets van bij.

'Ze woonde hier toch toen jullie getrouwd waren?' zei Lourdes. 'Die indruk kreeg ik tenminste gisteravond.'

'Het was toen een heel ander huis maar… Ik bewaar alle reservesleutels in een la.'

'Dan heeft ze zichzelf aan een sleutel geholpen, denk ik.'

'Ik had natuurlijk alle sloten moeten laten vervangen. Maar de plaatselijke slotenmaker is haar oom, en ik wilde niet dat haar familie dacht dat ik haar als een gevaar beschouwde. Ze was toch al zo overstuur omdat ik beslist op huwelijkse voorwaarden wilde trouwen, waardoor ze niet de helft van alles kreeg bij de scheiding. Ik heb geprobeerd een en ander zo soepel mogelijk te regelen. Ik heb alleen de sleutel teruggevraagd van het huis waar we samen woonden.'

'Waarschijnlijk heeft ze daar ook een reserve van laten maken.'

Daar zag hij haar best voor aan. En toch had hij gedacht dat ze net zo blij was hem kwijt te zijn als hij haar. Ze hadden zo veel ruzie gemaakt tijdens hun korte huwelijk; ze had hem uitgescholden voor dingen die hij zelfs zijn ergste vijanden nog niet zou toewensen. Maar afgaande op haar houding van de laatste tijd, alsof ze hoopte op een verzoening, was het heel goed mogelijk dat ze inderdaad sleutels achter had gehouden.

Hoe vaak zou ze zichzelf hebben binnengelaten om in zijn spullen te snuffelen?

Dat was een vraag die hij liever niet beantwoordde. 'Ik laat de sloten vervangen.'

'Dat zou afdoende moeten zijn.' Ze keek met gefronste wenkbrauwen naar de eettafel. 'Goddank dat er geen maaltijden meer vanuit het niets zullen verschijnen!'

Hij zag dat ze een grapje maakte, maar toen hij wat beter naar haar keek, zag hij ook de blos op haar wangen en de wat wazige blik in haar ogen en kwam tot de conclusie dat ze een tikje aangeschoten was. 'Ben je maar vast aan de wijn begonnen?'

'Ik dacht dat je dat niet erg zou vinden, aangezien je had beloofd een fles wijn mee te nemen. Wijn helpt goed om de gedachten een beetje te verzetten.'

'Zou je denken?' Hij keek sceptisch. 'Maar goed, nog nieuwe ontwikkelingen vandaag? Heb je al iets van Derrick gehoord?'

Met tranen in haar ogen schudde ze haar hoofd.

'Pech voor hem, Lourdes.'

Ze knipperde een paar keer. 'Precies. Dat hoor ik tegen mezelf te zeggen.'

'In dit geval is het ook echt zo. Je lijkt me echt een enorm aardig iemand.'

'Jij ook. Je bént het zelfs ook, met al die moeite die je voor me doet.'

'Nou, niet overdrijven. Ik heb de boerderij inclusief verwarming verhuurd, nietwaar?'

Ze schraapte haar keel; op een of andere manier lukte het haar om haar tranen te bedwingen. 'Je hebt je best gedaan. Maar, eh... zeg eens eerlijk, had je liever gehad dat ik hier niet was?'

Hij herinnerde zich hoeveel moeite hij had gedaan om een monteur te vinden voor de verwarming zodat ze terug kon naar de boerderij. Maar dat was niet omdat ze hem in de weg zat. 'Nee, helemaal niet,' zei hij.

'Zeker weten?'

'Heel zeker.' Hij legde zijn handen op de rugleuning van een van de stoelen. 'Herkende Noelle je eigenlijk?'

'Niet meteen. Later wel.'

'Ik wil wedden dat ze uit haar dak ging.'

'Ze zei dat ze niet kon wachten om het iedereen op het werk te vertellen. Ik kreeg de indruk dat ze serveerster is in een of andere kroeg waar ze mijn muziek draaien.'

'Sexy Sadie's.'

'Ik heb gevraagd of ze het tegen niemand wilde zeggen dat ik hier zit.'

'Dat maakt niet uit. Ik vind het vervelend om het te zeggen, maar je kunt je beter voorbereiden. Ze zal het vertellen aan iedereen die ze ziet.'

Lourdes sloeg haar handen voor haar gezicht, wreef in haar ogen en liet haar handen toen weer zakken. 'Daar zat ik echt op te wachten. Wie wil er nou niet aangegaapt worden als hij op zijn kwetsbaarst is?'

'Ik zal zorgen dat dat niet gebeurt,' zei hij. 'Zolang je hier zit, ben je veilig.'

'En wanneer ik straks weer in de boerderij zit?'

Dan zou hij niet veel meer voor haar kunnen doen. Hij was weliswaar haar buurman, maar hij woonde niet pal naast haar. 'Dat zien we dan wel weer.'

Ze knikte naar het briefje dat hij op tafel had laten vallen. 'Waarmee heb je haar eigenlijk precies geholpen?'

'Ik heb een boiler voor haar geregeld.'

'Zo romantisch.'

Hij grinnikte om haar sarcasme. 'Zo was het niet bedoeld.'

'Dus ze gelooft wat ze wil geloven.'

'Ze grijpt elke kans aan om me lastig te vallen. En dat is al zo geweest sinds de scheiding. Ze waagt een poging, ik reageer niet en dan geeft ze het op. Tot ze besluit het nog maar eens te proberen. Soms heeft ze een tijdje een vriend en dan heb ik even rust. Maar wanneer die relatie stukloopt – wat altijd gebeurt – voelt ze zich alleen en voor ik het weet, begint het hele gedoe weer van voren af aan.'

'Omdat er geen andere vrouw in jóúw leven is,' constateerde Lourdes. 'Ze snapt niet waarom zij die vrouw niet kan zijn, vooral omdat ze dat wel is geweest.'

Hij haalde zijn schouders op. 'Daar kan ik niet zoveel aan doen.'

'Misschien niet. Maar als je echt wilt dat ze je met rust laat, kun je misschien beter ophouden met haar van alles te geven. Zelfs boilers.'

'Geloof me, dat heb ik geprobeerd. Maar ze blijft net zo lang zeuren tot ik er niet meer tegen kan, en dan geef ik maar toe, louter en alleen om van haar af te zijn.'

'Ik val je niet aan – en ik zeg het ook niet uit bemoeizucht of zo – maar... als je nog steeds het bed met haar deelt, dan kom je misschien wel nooit van haar af.'

Hij ging rechtop staan. 'Dat doe ik helemaal niet!'

'Nou ja, ze biedt het anders wel aan.' Ze gebaarde naar het eten. 'Dat is de betekenis daarvan.'

'Ik ben niet geïnteresseerd.'

'Hoe lang is het geleden?'

'Dat we met elkaar naar bed zijn geweest?'

Ze knikte.

'Voordat we gingen scheiden.'

'En daarna is er niemand meer geweest?'

Hij schoot bijna in de lach. 'Vraag je me nou naar de laatste keer dat ik seks heb gehad?'

Ze maakte een verontschuldigend gebaar. 'Sorry. Vergeet maar dat ik dat vroeg. Mijn nieuwsgierigheid ging weer eens met me aan de haal.'

Nieuwsgierigheid en te veel alcohol. Maar Lourdes woonde niet in Whiskey Creek en zou niet lang blijven – in elk geval niet lang genoeg om vertrouwelijk te worden met de inwoners. En dus hoefde hij bij haar niet op zijn hoede te zijn. 'Iets meer dan drie jaar geleden,' zei hij.

Ze wreef haar handen droog aan haar joggingbroek. 'Wauw. Voor mij maar een maand, en dát voelt al als een eeuwigheid.'

'Is het met Derrick een maand geleden?'

'We hebben problemen gehad. Wat is jouw excuus?'

'Ik woon in een klein stadje. Dat biedt weinig mogelijkheden op het lichamelijke vlak. Hier moet een relatie serieus zijn voordat het... serieus wordt, als je begrijpt wat ik bedoel.'

'En dan is er nog die oude vlam die in de weg staat. Hoe heet ze trouwens?'

Had hij het maar nooit over Olivia gehad. Misschien dat hij haar niet meer zo zou missen, niet meer zo naar haar zou verlangen als hij zijn gevoelens voor haar ontkende. 'Er is niemand,' zei hij.

'Ik bedoel degene die met je stiefbroer is getrouwd,' zei ze.

'Dat weet ik wel. Laten we het daar maar niet over hebben.'

'Oké. Geen probleem. En ik begrijp precies wat je bedoelt met relaties in kleine stadjes. Ik kom ook uit zo'n klein stadje, weet je nog? Angel's Camp verschilt niet veel van Whiskey Creek. Maar drie jaar...' Ze floot. 'Je zou zo nu en dan eens naar een grotere stad kunnen gaan.'

'Misschien dat ik dat wel zou doen als ik tien jaar jonger was. Maar op mijn achtendertigste? Denk je ook niet dat het dan een beetje... oppervlakkig zou zijn ergens binnen te stappen, louter en alleen om een vrouw op te pikken?'

'Ja. Luister maar niet naar me,' zei ze. 'Ik ben dronken.'

'Dat is de reden waarom ik de dingen die je zegt met een korreltje zout neem. Het is trouwens niet alleen vanwege Olivia dat ik dat deel van mijn leven heb verwaarloosd. Ik breng mezelf niet graag in een ongemakkelijke situatie.'

Ze rimpelde haar neus. 'Geeft seks je een ongemakkelijk gevoel? Jee, dat zou ik nou nooit gedacht hebben.'

Hij rolde met zijn ogen. 'Nee. Het zijn de verwachtingen die me een ongemakkelijk gevoel geven, en er is niets wat zoveel verwachtingen schept als seks. De laatste vrouw met wie ik was –'

'Drie jaar geleden,' onderbrak ze hem.

'Ja. Dat hadden we al vastgesteld.'

Ze schudde haar hoofd. 'Het is gewoon zo moeilijk te geloven.'

Hij negeerde die laatste opmerking. 'Goed, die vrouw liet dus na amper twee weken mijn naam op haar arm tatoeëren.'

'Dan moet je wel heel goed zijn,' zei ze lachend.

'Dat kan het niet alleen geweest zijn.'

Ze klakte met haar tong. 'Jij brengt zeker de wilde kant in een vrouw naar boven.'

'Gelukkig heb ik dat effect niet op jou.'

'Dat is waar.' Ze trok een gezicht. 'Dat heeft Derrick al gedaan.'

Hoewel hij niet bepaald blij was dat Noelle in zijn huis was geweest terwijl hij er zelf niet was, knorde zijn maag inmiddels behoorlijk. En het eten rook echt heerlijk...

'In de oven staat citroenkip,' zei Lourdes toen ze merkte dat zijn aandacht nu meer bij het eten was.

'Ik ben dol op citroenkip.'

'Ze heeft alles gemaakt wat je lekker vindt.'

Dat verzachtte het feit dat ze zijn huis was binnengedrongen een beetje. Daar had Noelle waarschijnlijk op gerekend, aangezien ze weinig moeite had gedaan om dat feit verborgen te houden. Wat zou haar verklaring zijn geweest voor al dat eten op tafel als Lourdes hier niet was geweest?

Misschien zou ze beweerd hebben dat hij vergeten was de deur af te sluiten, wat soms wel gebeurde; hij werkte zo dichtbij en er was hier bijna geen criminaliteit. 'Eigenlijk zou ik alles moeten inpakken en bij haar voor de deur dumpen,' zei hij. 'Anders doet ze het de volgende keer weer.'

'Alleen is het wel fijn dat je nou niet meer hoeft te koken, toch? En misschien denkt ze gewoon dat jullie nu quitte staan. Jij hebt haar geholpen en dit is haar bedankje.'

'Zo kun je het ook opvatten.'

'Zonde om al dat eten te laten verpieteren.'

Net als hij had zij ook honger. 'Daar heb je gelijk in,' zei hij. 'Dit soort maaltijden krijg ik niet vaak meer.' En nu hij de zondagse etentjes met zijn familie vermeed, nog minder. 'Zullen we dan maar?'

Ze liep om de tafel heen en trok een stoel bij. 'Ik dacht dat je het nooit zou vragen.'

Hij grinnikte. 'Je hebt een aan mij gericht briefje gelezen en bijna alle wijn opgedronken, maar je vond het niet fatsoenlijk om vast aan het eten te beginnen?'

'Ik wilde niet te ver gaan,' zei ze met een ondeugend lachje.

Zelfs in haar huidige staat was ze een schatje. Derrick was niet goed bij zijn hoofd, dacht Kyle terwijl hij de citroenkip uit de oven haalde. Ze had gezegd dat Derrick veertig was. Wat kon die Crystal van drieëntwintig hem in vredesnaam voor interessants te vertellen hebben?

'Heb je plannen voor vanavond?' informeerde ze.

Hij was van plan geweest om uit te gaan, desnoods in zijn eentje. Hij wilde liever niet te veel tijd met Lourdes doorbrengen. Maar gezien de staat waarin ze verkeerde...

'Nee, ik blijf hier. Kunnen we samen een wijntje drinken.'

'Geweldig,' zei ze. 'Schenk nog maar eens in dan.'

Tegen tienen waren ze allebei dronken. En lacherig. Kyle had geen idee waarom alles zo grappig was, maar hij had zich in geen tijden zo laten gaan. Ze deden kaartspelletjes om een biertje. Op haar aandringen deden ze zelfs een wedstrijdje armpjedrukken; om een of andere vreemde reden dacht ze van hem te kunnen winnen, wat belachelijk was omdat ze daar nauwelijks de kracht meer voor had. Hij kon zich niet precies herinneren wanneer ze een film hadden opgezet, maar toen hij wakker werd, was het bijna drie uur 's nachts en lagen ze op de grond met een kussen en een deken – en lag Lourdes met haar hoofd op zijn schouder te slapen.

Hij voelde een lichte paniek opkomen toen hij dat ontdekte – tot hij zich realiseerde dat ze allebei hun kleren nog aan hadden.

'Hé,' zei hij, haar zachtjes wakker schuddend. 'Het is laat. We kunnen beter naar bed gaan.'

Toen ze hem aankeek, welde er een onverwachte tederheid in hem op. Voor iemand die zo bekend was, was ze opvallend bescheiden. En ook al was haar haar een warboel en had hij haar alleen maar in slobberige vrijetijdskleding gezien, hij vond haar nog net zo aantrekkelijk als de eerste keer dat hij haar had gezien, toen ze uit haar huurauto stapte.

'Watte?' bromde ze, nog half in slaap.

'Ik zei dat we beter in ons bed konden kruipen.'

Ze tilde haar hoofd op en keek naar de televisie, waar een of ander commercieel nachtprogramma bezig was. 'Heeft Derrick gebeld?'

'Geen idee,' antwoordde Kyle. 'Volgens mij heb je je telefoon niet gecheckt.'

'Nou, dat zegt genoeg,' zei ze. 'Ik denk dat ik de komende maanden – wanneer de breuk tussen ons bekend wordt en de bladen foto's van Crystal en hem gaan publiceren – wel overleef, als ik maar genoeg blijf drinken.'

Hij nam aan dat ze een grapje maakte. 'Wat je vast niet wilt.'

'Wat was daar ook weer op tegen?'

Nu wist hij zéker dat ze een grapje maakte, maar hij besloot er serieus op in te gaan. 'Je bent van plan om nummers voor een nieuw album te schrijven. Dat gaat niet als je dronken bent. Bovendien is er geen zoetere wraak denkbaar dan nieuwe successen te boeken – zonder hem.'

Bij dat laatste trok ze een nadenkend gezicht. 'Dat is zo. Dat zou geweldig zijn. Maar een comeback maken is zonder manager veel moeilijker. Ik zal een nieuwe manager moeten vinden, en dat is een stuk makkelijker wanneer je successen boekt. Er is nu geen manager, geen goede tenminste, die staat te springen om met mij in zee te gaan.'

'Zo moet je niet denken. Hoe dan ook, het is weekend. Gebruik de komende twee dagen om overeind te krabbelen en bel maandag wat rond.'

Ze haalde haar telefoon uit haar zak en keek naar het schermpje. 'Hij heeft niet gebeld. Ik kan het bijna niet geloven.'

Zelf kon hij niet geloven dat ze nog steeds niet bij hem was weggeschoven. Ze lagen tegen elkaar aan genesteld alsof... alsof ze elkaar heel wat beter kenden dan in werkelijkheid het geval was. 'Misschien heeft hij tijd nodig om een beslissing te nemen.'

'Als hij zo lang moet nadenken of hij al dan niet verder met me wil, dan wil ik hem niet eens meer.'

Hij streek het haar uit haar gezicht. 'Je hebt hem niet nodig.'

Ze reageerde niet. Hij wilde nog een keer zeggen dat ze beter elk naar hun eigen bed konden gaan, maar dat had hij al gedaan, en daar had ze niet op gereageerd. Hij kreeg het gevoel dat ze het nodig had, een paar armen om haar heen.

'Waarom ben ik niet verliefd geworden op zo'n aardige vent als jij?' vroeg ze.

Hij voelde iets trekken in zijn kruis. De manier waarop ze naar hem keek... het was bijna alsof ze hem vroeg om haar te kussen. Maar nee, dat was natuurlijk niet zo. En al was het wel zo, hij wist dat dat hen in een ongemakkelijke positie tegenover elkaar zou brengen. 'Omdat jij nooit gelukkig zou kunnen zijn in een klein stadje als dit,' antwoordde hij. 'Jij bent geboren voor grotere dingen.'

'Het zal eenzaam zijn komend jaar...'

Hoopte ze dat hij daar verandering in kon brengen? Hij voelde de plotselinge spanning tussen hen, wist wat die betekende. En haar blote hals lonkte… 'Maar uiteindelijk geneest je gebroken hart weer,' zei hij. 'En kom je iemand anders tegen.'

'Bedoel je dat ik over hem heen zal komen zoals jij over Olivia?'

Daar had ze hem te pakken.

'Heb je überhaupt wel eens een date?' wilde ze weten.

'Ik ga wel eens uit, ja.'

'Vast niet vaak, als je in geen drie jaar met iemand naar bed bent geweest.'

'Ik ben de juiste vrouw niet tegengekomen.'

'Misschien moet je naar haar op zoek gaan.' Ze grinnikte. 'Heb je daar ooit aan gedacht?'

Op dit moment kon hij maar aan één ding denken, en dat was dat hij zich enorm tot haar aangetrokken voelde. 'Ik heb een druk leven.'

'Dat is een smoesje, geen reden.'

Daar kon hij niets tegen inbrengen, en dus zweeg hij en bleven ze elkaar aankijken zonder iets te zeggen, bijna alsof ze waren bevroren in de tijd.

'Laat maar,' zei ze na een tijdje, haar hoofd afwendend. 'Het is niet mijn bedoeling je in verlegenheid te brengen. Het is geweldig dat ik hier een vriend heb gevonden. Ik dacht dat ik alleen wilde zijn om te werken, maar ik besef nu dat het verschrikkelijk zou zijn om in deze fase van mijn leven alleen te zijn. Dus dank je wel.'

Een vríénd… Probeerde ze hem iets te vertellen? Dat haar lichaam iets heel anders wilde dan haar hoofd? Hij was niet van plan om misbruik te maken van de situatie; hij zou het vreselijk vinden als hij iets deed om het haar nog moeilijker te maken. 'Het is niet echt een straf om jou over de vloer te hebben.'

Ze schoof een eindje bij hem vandaan en drukte zich op een elleboog overeind. 'Ik ga iets voor je doen,' deelde ze mee.

Hij had zijn handen weer vrij en verborg een gaap. 'En dat is?'

'Voordat ik vertrek, ga ik de perfecte vrouw voor je vinden. Ik ga zorgen dat je Olivia vergeet.'

Aangezien dat tot nu toe niet was gelukt, was hij niet overtuigd dat dat mogelijk was. 'Doe je best,' zei hij. Hij had geen idee waar zijn laatste woorden toe zouden leiden – dat merkte hij de volgende ochtend pas.

Hoofdstuk 8

'Kan ik een goede foto van je krijgen?'

Tot Kyles verrassing was Lourdes al bezig in de keuken toen hij binnenkwam. Ze hadden niet veel geslapen en het was nog maar net tien uur. Hij zou hebben begrepen waarom ze de slaap niet had kunnen vatten als ze weer had gehuild. Alleen zag hij geen sporen daarvan. Ze zag er... beter uit. Ze had gedoucht en droeg nu een lichtblauw huispak dat veel beter paste dan het slobberige joggingpak van de vorige dagen.

'Waar heb je een foto van mij voor nodig?' Hij trok de lege koelkast open en keek erin, in de hoop dat er inmiddels een fles sinaasappelsap in zou staan. Misschien dat Noelle die mee had genomen. Sinaasappelsap was toch ook een van zijn favorieten, of niet?

'We hebben bijna niets in huis,' zei Lourdes. 'Ik heb al gekeken. Tenzij je een restje citroenkip en pilav als ontbijt wilt, zul je toch echt naar de winkel moeten.'

Dat was iets wat hij de vorige dag al had moeten doen. Dat zou hij ook gedaan hebben als Noelle hem niet verrast had met een maaltijd. De wijn had hij meegenomen van zijn werk – een attentie voor kerst van een van zijn wederverkopers – en hij had besloten om eerst even langs huis te gaan om te horen wat Lourdes wilde eten. Maar toen er al eten bleek te zijn, was het niet nodig geweest om er weer op uit te gaan. 'Moet ik voor jou ook boodschappen doen?'

'Ik betaal mee, maar ik wil zelf niet naar de winkel. Ik wil geen aandacht trekken, weet je nog?'

Hij drukte een hand tegen zijn hoofd; hij was met een enorme kater wakker geworden. 'Je hoeft echt niet mee te betalen. Het is het minste wat ik kan doen als compensatie voor het ongemak dat je door mij hebt. Ik snap alleen niet hoe je zo hard kunt praten. Heb jij dan geen koppijn?'

'Ik had gelukkig wat paracetamol in mijn tas, want jij hebt helemaal niets van pijnstillers in huis. Ik kon tenminste niets vinden.'

'Volgens mij heb ik nog nooit pijnstillers gekocht. Ik heb ze nooit nodig.'

'Nou, nu dus wel. En ik had al zo'n idee dat je na gisteravond niet helemaal fris en fruitig wakker zou worden, dus er staat een glas en twee tabletten voor je klaar op het aanrecht.' Ze wees naar de plek in kwestie voordat ze haar aandacht weer op haar laptop richtte.

Wat attent van haar om daaraan te denken...

'Maar vertel eens... is dat een goed teken?' informeerde hij nadat hij de tabletten had doorgeslikt. 'Ben je aan het werk?'

'Nee, ik ben bezig mijn belofte aan jou te vervullen. Aangezien we maar drie maanden hebben, leek het me beter om meteen maar te beginnen. En het was een reden om vanmorgen uit bed te komen.'

'Vergeet dat album niet dat je wilde schrijven.'

'Ik weet het, ik weet het,' bromde ze. 'Alsof ik nog niet genoeg onder druk sta.'

Dat was wel het laatste wat hij wilde... 'Je hebt zeker nog niets van Derrick gehoord?'

'Eerlijk gezegd wel. Hij sms'te me vanmorgen om zes uur om te zeggen dat ik onredelijk ben.'

Dat wierp de vraag op wat Derrick afgelopen nacht had gedaan. Lourdes liet niet merken dat ze zich dat ook had afgevraagd, dus zei hij maar niets. Wel vroeg hij zich af of dat beknopte sms'je van Derrick genoeg was om verandering te brengen in de situatie. Misschien dat ze nu niet wilde blijven. Misschien dat ze terugvloog naar Nashville om te vechten voor haar vent. 'En wat heb je geantwoord?'

'Niets. Als hij vindt dat het oké is om mij een hele dag te laten bungelen, dan moet ik dat recht ook hebben.'

Hij lachte naar haar. 'Wat een stoere praat vanmorgen.'

Ze trok zachtjes aan haar onderlip terwijl ze nadenkend naar het scherm keek. 'Ik leid mezelf af van mijn verdriet.'

'Door mij een dienst te bewijzen.'

'Niemand kan een betere aanmelding voor een datingsite schrijven dan ik.'

Hij zette zijn glas met een klap neer en liep haastig om de tafel heen. 'O, nee,' zei hij. 'Dat doe je niet...'

Ze leek te schrikken van zijn reactie. 'Wat is er? Er is geen vrouw op de hele site die niet op deze advertentie wil reageren.'

'Ik doe niet aan online daten.'

'Nee, snap ik... je doet namelijk helemaal niet aan daten. Tot die conclusie waren we gisteravond al gekomen.'

Hij las wat ze tot dusver had geschreven. 'Ik lijk op Dierks Bentley? Nee, helemaal niet. Toe, haal dat weg.'

Ze keek hem ontstemd aan. 'Hoe moet je ooit over Olivia heen komen als je het niet eens wilt proberen?'

'Het is niet dat ik niet wil daten. Alleen heeft online daten zoiets... wanhopigs. Vooral op mijn leeftijd.'

'Helemaal niet, het is juist heel praktisch. Vooral voor iemand die zo weinig vrouwen tegenkomt.'

'Nee, Lourdes.'

'Sputter nou niet zo tegen!' zei ze. 'Dit is wat je nodig hebt. Je weet nooit wat eruit voortkomt. En geen zorgen, ik ga je helpen met het schiften van de vrouwen die reageren. Ik ga het je zo makkelijk mogelijk maken.'

'Als je er zo over denkt, waarom maak je dan voor jezelf ook niet een profiel aan?' Dat zou wel snel een einde aan haar plannetje maken, dacht hij.

'Dat kan niet,' zei ze. 'En je weet ook wel waarom niet. Niet alleen zou het ophef geven in de media en zouden zich allerlei gelukszoekers melden, maar ik ben ook nog verliefd op een ander. Daardoor ben ik emotioneel niet beschikbaar.'

Hij deed zijn mond open, maar zij was sneller.

'De persoon van wie jij houdt, is al bijna vijf jaar getrouwd met je stiefbroer. Je moet haar loslaten. Het is tijd.'

'Maar ik wil niet opgezadeld worden met een tweede Noelle – een gestoorde vrouw die alleen maar aan zichzelf denkt.'

Ze tikte met haar nagels op de tafel terwijl ze zijn laatste bezwaar overwoog. 'Klopt, er zijn horrorscenario's bekend over online daten. Maar er zijn ook heel veel mensen die elkaar op deze manier hebben ontmoet en die heel gelukkig zijn geworden samen. We moeten gewoon de ongewenste reacties eruit filteren.'

'Zo eenvoudig is dat niet. Anders zouden ongewenste types niet voortdurend het leven van onschuldige personen verzieken.'

'Als je naar de juiste variabelen kijkt, is het echt niet zo moeilijk,' zei ze. 'Je moet jezelf niet laten verblinden door een knap snoetje of flinke... nou ja, je snapt me wel.'

'Denk je echt dat ik daar zo makkelijk in zou trappen?'

'Nou, je bent een man, toch?'

'Wat een cliché!'

'Nou, een cliché is niet voor niets een cliché. Ik zag je wel kwijlen toen ik je tegenkwam met die handdoek om.'

'Kwíjlen?'

'Nou, het was meer een bepaalde glinstering in je ogen, maar dat was genoeg om me te vertellen dat je al heel lang geen vrouw meer hebt gehad. En daaruit concludeer ik weer dat je je misschien zou laten verblinden door uiterlijkheden.' Ze leek haar woorden te overdenken. 'Nu we het er toch over hebben, misschien is het beter om dat eerst te regelen. Als we een einde maken aan je celibaat, weet je weer wat je mist en doe je misschien meer je best om iemand te vinden. Misschien dat je dan bereid bent om je gebruikelijke grenzen en vooroordelen aan de kant te zetten.'

'Het zijn geen vooroordelen en grenzen. Het zijn toevallig de normen en waarden die ik koester. Je zult een andere manier moeten verzinnen om je problemen te vergeten dan de mijne op te lossen.'

'Waarom?' informeerde ze. 'Ik heb het gevoel dat we vrienden zijn. Ik wil graag dat je gelukkiger bent doordat je mij hebt ontmoet.'

'Dat ben ik ook. Ik heb veel om dankbaar voor te zijn. Ik ben tevreden met mijn leven.'

Ze streek haar haar achter haar oren. 'Maar dat ben je niet echt, niet zonder Olivia.'

'Olivia is nu met mijn stiefbroer. Hij heeft me gisteren net verteld dat ze hun eerste kind verwachten. Ik zou ze nooit verdriet willen doen.'

'En dus moet je haar loslaten.' Ze draaide zich om op haar stoel en liet haar arm op de rugleuning rusten terwijl hij naar zijn sleutels zocht. 'Wil je me vertellen waarom?'

Hij vond ze onder een stapeltje post dat hij nog moest uitzoeken. 'Waarom wat?'

'Waarom deed je dat? Waarom kroop je in bed met Olivia's zus?'

Zijn vrienden hadden hem honderden keren hetzelfde gevraagd. Hij had er geen goede verklaring voor. Die zou hij waarschijnlijk nooit hebben. Het was bijna alsof hij opzettelijk tegen een stenen muur was gereden. 'Dat heb ik al verteld. Olivia en ik waren tijdelijk uit elkaar. En ik was dronken toen Noelle me benaderde.'

'Gisteravond was je ook dronken, maar toch heb je je als een echte gentleman gedragen.'

Ondanks zijn gevoelens. Dus dat had ze gemerkt. Maar hij was inmiddels ouder en wijzer, zich bewuster van de consequenties van zijn daden. 'Het is moeilijk uit te leggen. Ik was klaar om met Olivia te trouwen toen ze naar Sacramento vertrok om haar bedrijf op te zetten. Toen ze ondanks mijn aanzoek toch vertrok, wist ik dat ik voor haar minder betekende dan zij voor mij.'

Lourdes frunnikte aan de rits van haar trui. 'Misschien was ze nog niet klaar om zich te settelen.'

'In mijn ogen had ze dat wel moeten zijn. Het was niet zo dat we net van school kwamen of zo. Achteraf begrijp ik dat ik iets terughoudender had moeten zijn en haar wat meer tijd had moeten geven. Ze is hier geboren en getogen en ze wilde wat meer van de wereld zien voordat ze zich bond. Maar ik had nooit gedacht dat ze onze relatie in de wacht zou zetten, en dat bracht me totaal van mijn stuk. Ik was bang dat ze iemand anders zou tegenkomen en nooit meer terug zou gaan naar Whiskey Creek. Ik had het gevoel dat ze misschien was weggegaan om een ander te zoeken.'

'Dat snap ik. Je was boos en gekwetst, en dus heb je het verprutst.'

'Het was meer dan dat. Na haar vertrek voelde ik me zo alleen dat ik me geen raad wist met mezelf. Het voelde eerder als een scheiding dan als een adempauze. Ik was gewend haar elke dag te zien. Samen te eten, samen te slapen. Toen ze wegging in plaats van bij me in te trekken, zoals ik had verwacht – zoals iedereen had verwacht – bleef ik verbijsterd achter, totaal de weg kwijt.'

Lourdes schudde haar hoofd. 'En dus dook je het bed maar in met haar zus? Kon je niet iemand anders nemen?'

'Ik ben er bijna. Ik zat er helemaal doorheen en ik was enorm gefrustreerd, ook seksueel. En ik werd constant herinnerd aan haar afwijzing. Andere mensen waren net zo geschokt als ik zelf. Bijna elke dag was er wel iemand die zei: "Maar ik dacht dat jullie zouden gaan trouwen," alsof zelfs hij of zij geloofde dat Olivia verder was gegaan zonder mij. Hoe dan ook, ik probeerde de leegte te vullen door steeds langere dagen te maken, maar als ik 's avonds niet kon slapen, eindigde ik vaak bij Sexy Sadie's.'

'Om wat te drinken.'

Hij trok zijn jas aan. 'Ik heb nooit meer zoveel gedronken als toen, daarvoor niet en daarna niet.'

'En Noelle werkte daar.'

'Toen nog niet,' verduidelijkte hij. 'Ze was er die avond gewoon als klant, net als ik.'

'En toen…'

Hij zag haar nog voor zich in die nietsverhullende, strakke rode jurk en die hoge hakken waarin haar benen nog langer leken. 'Ze kwam naar me toe en…' Zijn stem stierf weg toen hij zich herinnerde hoe ze haar onderlichaam tegen het zijne had gedrukt onder het dansen. Dat ze in zijn oor had gefluisterd dat ze zichzelf daar vaak streelde en dan net deed of hij het was.

'Hallo?' zei Lourdes.

Kon hij die herinneringen maar uit zijn geest bannen. Hij vond het verschrikkelijk dat ze hem in zo'n hufter had veranderd. '…en maakte al heel snel duidelijk waar ze op uit was,' besloot hij.

'Jou.'

'In feite wel. Kijk, ze flirtte wel vaker met me, en het had me nooit moeite gekost om haar te weerstaan. Maar die avond legde ze het er wel heel dik bovenop. En aangezien ik ervan overtuigd was dat ik Olivia voorgoed kwijt was, had ik geen reden om haar af te wijzen. Misschien dat er zelfs wel iets van wraak meespeelde omdat ze blijkbaar zo gemakkelijk afscheid van me had kunnen nemen.'

'Heb je Olivia naderhand verteld wat er was gebeurd?'

Hij wreef over zijn gezicht. 'Dat hoefde niet. De halve stad wist dat ik met Noelle mee naar huis was gegaan. Waarschijnlijk was ze zelf de bron van de praatjes. Ze wílde dat mensen het wisten. Ze was trots op zichzelf omdat het haar eindelijk was gelukt om me te… om mijn aandacht af te leiden,' zei hij, een eufemisme kiezend in plaats van de vulgaire uitdrukking te gebruiken die de situatie waarschijnlijk beter had omschreven.

'Dat moet afschuwelijk geweest zijn.'

'Het was het slechtste jaar van mijn leven.'

'Heb je het nog uitgepraat met Olivia?'

'Niet meteen. Nadat ik met Noelle naar bed was geweest ging ik ervan uit dat mijn kansen bij Olivia nu totaal verkeken waren. Ik wist dat ze het nooit zou kunnen vergeten. Dus heb ik één wanhopig weekend lang geprobeerd om open te staan voor Noelle, probeerde ik mezelf ervan te overtuigen dat ik met haar naar bed was geweest omdat ik me tot haar aangetrokken voelde, en dat het voorval niet mijn hele leven had verwoest.'

'Nou, ik kan wel raden hoe goed dat uitgepakt heeft.'

Al snel had hij zo'n hekel aan Noelle gekregen, dat hij haar gezelschap nauwelijks meer kon verdragen. Zó goed had het uitgepakt. 'Al na een paar dagen realiseerde ik me dat ik niets voor haar voelde. En dus probeerde ik een eind aan de relatie te maken.'

'Hoe ging dat?'

'Het was al met al nogal een zielige vertoning,' bekende hij. 'Idioot gewoon hoe snel ik er anders tegen aankeek. Olivia wilde er een jaar tussenuit om wat meer van de wereld te zien en haar bedrijf op te zetten, en opeens leek dat helemaal zo erg niet meer. Het drong tot me door dat ik een volslagen idioot was om mijn beste kans op geluk op te offeren.'

'Er was nog iemand bij betrokken. Olivia's zus had zich niet zo aan je moeten opdringen.'

'Je moet Noelle kennen om dat te begrijpen. Ze is haar hele leven al jaloers geweest op Olivia. Ze wilde altijd dat wat Olivia had en probeerde haar constant de loef af te steken. Dat is een deel van de reden dat ik me zo afschuwelijk voelde. Ik had mezelf laten gebruiken als het beste wapen dat ze ooit had kunnen vinden.'

'Eindelijk had ze een grote stok gevonden om haar zus mee te slaan.'

'Precies. Alleen probeerde ze zichzelf als een onschuldig slachtoffer af te schilderen door tegen haar familie te zeggen dat ik stiekem al jaren achter haar aan zat. Dat ze te veel had gedronken en dat ik me op een kwetsbaar moment aan haar had opgedrongen.'

'Precies het omgekeerde dus!'

'Ja.'

'Ze geloofden haar toch zeker niet?'

'Het was gemakkelijker om haar leugens te geloven dan de waarheid onder ogen te zien – dat ze het willens en wetens had gedaan om haar zusters geluk te verwoesten. Ik kreeg de indruk dat haar vader het niet echt geloofde, maar haar moeder? Die wel, denk ik.'

'Je hebt niet gezegd hoe het werkelijk was gegaan?'

'Ik zag het nut er niet van in om er ruzie over te gaan maken. Ik had nooit met Noelle mee naar huis moeten gaan. Bovendien was ik van ons tweeën degene die Olivia het gemakkelijkst uit zijn leven kon bannen. Familie is familie. Voor altijd. Een ex-vriend daarentegen…'

'Ze vond dat jij meer schuld had dan haar zus?'

'Ze had meer van mij verwacht. Wat Noelle deed, was geen verrassing voor haar.'

'Ik begin zo langzamerhand te denken dat Olivia er mettertijd misschien wel overheen was gekomen, gezien het feit dat ze haar zus zo goed kende.'

'Ja. Alleen net toen ik weer hoop begon te krijgen dat het misschien weer goed kon komen, belde Noelle om te zeggen dat ze zwanger was.'

'Nee!'

'Ja.'

Lourdes stond op en liep naar hem toe. 'Was het überhaupt wel van jou?'

'Ik kon alleen maar aannemen dat dat zo was – in elk geval tot de baby was geboren en we een vaderschapstest konden doen.'

'Je vertelde me toch dat je geen kinderen hebt? Je wilt toch niet zeggen dat de baby van iemand anders bleek te zijn toen jullie goed en wel getrouwd waren?'

'Wie zal het zeggen? Na een paar maanden kreeg ze een miskraam, en niet lang daarna zijn we gescheiden.' Als ze een miskraam had gehad tenminste. Hij wist dat ze in verwachting was geweest; ze had hem de uitslag van haar zwangerschapstest laten zien. Maar wat er nu precies gebeurd was met de baby was nog steeds een raadsel voor hem. Noelle was op een keer huilend uit de badkamer gekomen en had gezegd dat ze bloedde.

'En nu doet ze een nieuwe poging om weer bij je in de gunst te komen?'

'Ze weet dat Olivia gelukkig getrouwd is en dat ik haar nooit terug zal krijgen. En zoals je al eerder zei, zal ze me vermoedelijk lastig blijven vallen tot er iemand anders in mijn leven is.'

'Ze heeft wel doorzettingsvermogen, dat moet ik toegeven.'

'Ze heeft een erg dikke huid.'

'Kennelijk. Maar waar ze geen rekening mee heeft gehouden… ben ik.'

'Jíj?'

'Ja. Ik hou je hand vast tijdens dit hele proces, ik help je zoeken naar een vrouw die alles heeft wat je zoekt. Iemand op wie je hopeloos verliefd kan worden, zo verliefd dat het zal lijken alsof er nooit een Olivia is geweest.'

Haar enthousiasme was zo aanstekelijk, dat hij bijna geloofde dat dat mogelijk was. 'En dat dankzij online daten.'

'Je kent iedereen in de wijde omtrek, toch?'

'Iedereen die single is en in mijn leeftijdscategorie valt.'

'Dan wordt het tijd om nieuwe mensen te leren kennen.'

Hij wilde er nog steeds niet aan. 'Dat zullen mensen zijn die niet uit de buurt komen.'

'Ja, en?'

'Het bevalt me hier. Ik wil niet verhuizen.'

'Ik weet zeker dat we iemand kunnen vinden die niet te ver weg woont.'

'Dan nog. Ik kan niet verwachten dat zij wel verhuist terwijl ik daar niet toe bereid ben.'

'Doe niet zo overdreven eerlijk. Mensen verhuizen constant om dichter bij hun geliefde te zijn. Misschien tref je een vrouw die op zoek is naar verandering.'

'Op mijn leeftijd?'

'Hoe oud ben je?'

'Achtendertig.'

'Je doet net of dat stokoud is.'

'Het is oud genoeg om ergens te zijn geworteld. En als dat niet zo is, dan is dat misschien een waarschuwingssignaal dat er iets mis met ze is.'

'Dan gaan we voor een slag jonger.'

Hij keek haar sceptisch aan. 'Hoe jong?'

'Achtentwintig, negenentwintig.'

'Nee. Dat is tien jaar verschil.'

'Wat is er mis met tien jaar?'

'Noelle werkte me onder andere op de zenuwen door haar puberale gedrag. Ik dacht dat ze nooit volwassen zou worden. Hoe dan ook, een huwelijk is hard werken, ook zonder zo'n groot leeftijdsverschil.'

'Er zijn mensen zat die een oudere partner hebben en waar het leeftijdsverschil geen enkel probleem is.'

'De kans op succes is groter met een vrouw van mijn eigen leeftijd. Negenentwintig is te jong.'

Daar leek ze aanstoot aan te nemen. 'Ho eens even. Ik ben negenentwintig. En je vindt mij toch ook leuk?'

'Jij telt niet mee,' zei hij, en hij verborg een glimlach toen ze beledigd haar wenkbrauwen fronste.

'Hoezo niet? Verveel ik je soms? Erger je je aan me?'

'Nee, natuurlijk niet. Maar ik zou niet met je daten als je een van de vrouwen was die op mijn profiel reageerde, omdat je te jong bent.'

Ze zette haar handen op haar heupen.

'Wat nou?' Hij zag dat ze het niet leuk vond dat hij haar uitsloot en daar tegelijk ook niets tegen in kon brengen. Want ze was niet alleen gekwetst en verdrietig om de breuk met een man van wie ze nog steeds hield, ze woonde ook niet in de buurt.

'Je beseft toch wel dat je mijn werk er zo niet gemakkelijker op maakt, hoop ik,' zei ze, maar hij wist dat dat het niet was wat haar stoorde. Het was alleen de veiligste reactie.

'Het was anders jouw idee om de leiding te nemen over mijn liefdesleven,' merkte hij op.

'Het is nog steeds een puik idee! Oké, krijg ik nu een foto van je? Of wacht… ik maak er met mijn telefoon wel eentje.'

'Nee. Vergeet het maar,' zei hij. 'Ik ga nu weg om ontbijt voor ons te halen.'

Hij was halverwege de deur toen ze zijn naam zei. Zodra hij zich omdraaide, maakte ze de foto.

'Wacht even,' zei ze, de foto bekijkend. 'Oké. Ga maar.'

Hij was bijna teruggegaan om de foto te zien. Hij kon zich niet voorstellen dat ze een erg flatteus plaatje van hem had geschoten. Maar aangezien haar inspanningen toch bij voorbaat tot mislukken gedoemd waren, besloot hij het erbij te laten. Hoe kon een ander nu de juiste vrouw voor hem vinden?

'Ik zet erbij dat je op zoek bent naar een partner tussen de vijfendertig en de veertig,' zei ze. 'Al sluit je daarmee in mijn ogen een grote groep zeer geschikte kandidaten uit. Vijfentwintig of ouder zou echt véél beter zijn.'

'Geen sprake van!'

'Dertig dan? Anders krijg je niks anders dan tweedehandjes.'

'Tweedehandjes?' herhaalde hij, de deur vasthoudend. 'Hoorde ik dat nou goed?'

'Ja. Mensen die al getrouwd zijn geweest, die kinderen hebben, een ex die moeilijk doet, enzovoort.'

'Mensen zoals ik, bedoel je.'

'Nou, niet helemaal. Jij hebt geen kinderen. En dat met Noelle was een vergissing. Geen echt huwelijk.'

'Het voelde anders echt genoeg. En voor het geval ik mocht vergeten dat het wel degelijk echt was, ze gebruikt nog steeds mijn naam.'

'Ze is er trots op dat ze je vrouw is geweest.'

Hij zuchtte. 'Het is een constante herinnering aan mijn eigen stupiditeit.'

'Je hebt toegelaten dat een kwaadaardige vrouw je in haar macht kon krijgen… en nu, met mijn hulp, ga je ontsnappen aan haar klauwen en aan de schade die ze heeft toegebracht.'

Hij kneep zijn ogen tot spleetjes. 'Ik weet eigenlijk niet of ik dat wel aan jou toevertrouw.'

'Kom kom, een beetje vertrouwen. Jij hebt mij gered. Nu red ik jou.'

'Wat heb ik dan gedaan?'

'Je hebt me onder je hoede genomen. Ik bof dat de verwarming in het andere huis het niet deed. Anders zou je niet op deze manier in mijn leven zijn gekomen.'

Was ze alleen op zoek naar vriendschap? Na afgelopen nacht was de verhouding tussen Lourdes en hem een beetje verwarrend geworden. De aantrekkingskracht tussen hen leek niet samen met de drank uit hun systeem verdwenen – al was hij absoluut niet van plan om weer de fout in te gaan doordat hij zich tot de verkeerde vrouw voelde aangetrokken. 'Je hebt vast wel andere vrienden die je anders hadden gesteund.'

'Dat zou niet hetzelfde zijn geweest. Ik ben altijd veel te veel in mijn werk opgegaan om veel vrienden te maken. En die vrienden zouden allemaal een mening hebben. Jij zegt niet dat ik met Derrick moet breken en ook niet dat ik het weer goed moet maken. Jij stelt je neutraal op maar bent me tegelijk tot steun. Perfect.'

Vond ze dat echt? Want hij stond allesbehalve neutraal tegenover haar, en dat zat hem dwars. 'Ik ken Derrick niet, anders zou ik je waarschijnlijk meer advies geven. Dus voel je alsjeblieft niet verplicht om me een wederdienst te bewijzen. Er is wel vaker een date voor me geregeld, en dat werd ook niets.'

'Deze keer wel. Let maar op. Ga voor dertig. Later zul je me dankbaar zijn.'

Ze leek zo overtuigd van haar gelijk; hij wist dat het moeilijk werd haar dit uit het hoofd te praten. En echt gemotiveerd om voet bij stuk te houden was hij toch al niet. Hij vond het leuk dat ze belangstelling had voor zijn liefdesleven, ook al was dat alleen om een andere vrouw voor hem te vinden. Dus besloot hij haar dat pleziertje te gunnen. Hij zou gewoon iedereen weigeren die hem niets leek. Dat zou wel lukken toch, tot Lourdes haar belangstelling verloor? Nog even en ze ging terug naar Nashville om aan haar carrière te werken in plaats van hem aan de vrouw te helpen. Hij betwijfelde het of ze dan ooit nog aan hem zou denken.

Met een diepe zucht zei hij: 'Prima, doe maar dertig dan,' en vertrok.

Hoofdstuk 9

Noelle belde toen Kyle net in de supermarkt stond.

'Ik kan nog steeds niet geloven dat Lourdes Bennett bij jou logeert,' zei ze zodra hij opnam.

Hij nam haar telefoontje alleen maar aan omdat hij vond dat hij het niet kon maken om haar niet te bedanken voor het eten – en meteen even tegen haar kon zeggen dat hij de schalen wel terug kwam brengen. Hij wilde haar geen excuus geven om nog een keer terug te komen. Met een beetje geluk kon hij het zo uitkienen dat ze dan op haar werk was en alles in een doos op de stoep zetten. 'Ze is erg gesteld op haar privacy, Noelle. Hopelijk respecteer je dat.'

'Natuurlijk! Ik zeg het tegen niemand!'

Hij durfde er iets om te verwedden dat ze het al aan heel wat mensen had verteld. Waarschijnlijk had ze het nergens anders over op het werk. 'Ik meen het.'

'Doe niet zo chagrijnig. Als het bekend wordt, ligt dat niet aan mij.'

'Jawel,' hield hij halsstarrig vol. 'Jij bent de enige die het weet.'

'Nietes!'

In plaats van een winkelwagentje te pakken en de winkel in te lopen, ging hij naar opzij, uit de buurt van de automatische deuren. 'Uit het feit dat je dat zegt, blijkt al dat je het in elk geval aan iemand hebt verteld.'

'Alleen aan Olivia. Aan mijn zus. En háár vertrouw je toch wel? Dat moet wel, want je had het tenslotte zelf al aan haar verteld.'

Zuchtend haalde hij een hand door zijn haar. 'Ik wil alleen maar zeggen dat... Lourdes niet lastiggevallen wil worden, oké?'

'Dan moet jíj misschien ophouden aan andere mensen te vertellen dat ze hier is!'

'Ik heb het alleen verteld aan de mensen die ik vertrouw.' Noelle moest er bij Olivia over begonnen zijn, want die zou dat anders nooit hebben gezegd.'

'Nou, ik ook!'

Het spiertje bij zijn oog begon weer te trekken. 'Laat ook maar,' zei hij. 'Ik heb geen zin om er ruzie over te maken. Ik vraag alleen discretie van je. Trouwens nog bedankt voor het eten.'

'Vond je het lekker?' Ze leek zo opgetogen door zijn bedankje, dat ze hem zonder tegenwerpingen van onderwerp liet veranderen.

'Ja. Het was echt heerlijk.'

'Zie je wel? Ik weet wel hoe ik jou een plezier moet doen. Dat weet ik nog maar al te goed.'

Hij worstelde met de afkeer die in hem opwelde. Hij wist niet precies waarom hij zich zo negatief voelde naar haar toe, terwijl ze toch iets aardigs voor hem had gedaan. Misschien omdat hij het idee had dat ze er een bedoeling mee had gehad. Hij negeerde wat ze zei over dat ze wist hoe ze hem een plezier moest doen; het was overduidelijk dat ze doelde op de dingen die hij lekker vond in bed. 'Ik breng de schalen later vandaag wel even langs. Moet je vanavond werken?'

Als ze ja zei, zou hij het doen zodra ze naar haar werk vertrokken was...

'Dat was wel de bedoeling, maar ik heb de laatste tijd zoveel uren gedraaid dat ik wel een vrije avond verdiend heb. Ik dacht dat we Lourdes misschien konden meenemen naar San Francisco.'

Hij geloofde zijn oren bijna niet. 'Dat meen je niet.'

'Waarom niet?'

'Lourdes wil niet naar San Francisco, Noelle.'

'Hoe weet je dat nou? Heb je het haar gevraagd dan?'

'Ik weet dat ze hier is om ongestoord aan haar nieuwe album te werken.'

'Nou, ze kan toch niet dag en nacht doorgaan? We zouden pas laat kunnen vertrekken – om een uur of acht of negen. In de leukste clubs wordt het toch pas na tienen gezellig.'

Hij slikte de woorden in die hij had willen zeggen om haar eraan te herinneren dat ze elkaars ex waren en niet elkaars vriend. Ze zou hem alleen maar verwijten dat het gemeen was om zoiets te zeggen.

Hij haalde diep adem in een poging om kalm te blijven en koos voor een kort: 'Nee.'

'Wat nee?'

'We gaan niet met zijn drieën uit.'

Het bleef een tijdje stil. Toen: 'Dus jullie gaan zónder mij uit?'

Hij drukte een hand tegen zijn voorhoofd; de pijnstillers waren kennelijk uitgewerkt. 'Lourdes heeft een vriend. We gaan helemaal niet uit. Ik ben haar huisbaas. Ze logeert alleen maar bij mij thuis omdat de verwarming in de boerderij het niet doet. Zodra die gemaakt is, gaat ze weer terug.'

'Vind je haar niet aantrekkelijk dan?'

Hij was niet van plan om ook maar íéts toe te geven. 'Ze is te beroemd voor mij. Al die aandacht is niets voor mij.'

'En niemand kan Olivia vervangen,' zei ze zuur. 'Ik weet heus wel wat je denkt.'

Hij drukte zijn vingers tegen zijn schedel en deed zijn ogen dicht – tot hij opeens een hand op zijn arm voelde. 'Kyle, is alles in orde?'

Hij deed zijn ogen open en zag dat Mrs. Higgins, een weduwe op leeftijd die ook in de buurt woonde, hem nieuwsgierig aankeek.

Met een geruststellend lachje knikte hij. 'Ja. Natuurlijk ben ik in orde. Hoe gaat het met ú dan?'

'Ik voel me krakkemikkig. Maar dat is niets nieuws. Dat is de leeftijd,' zei ze opgewekt, waarna ze hem alleen liet om zijn telefoongesprek af te maken.

'Waar ben je?' vroeg Noelle.

'In de supermarkt.'

'Waarom kom je niet even langs? We moeten even praten. Het lijkt wel of je steeds gemener doet naarmate ik aardiger ben.'

Haar opmerking hielp hem niet bepaald om te kalmeren, maar hij deed nog wat meer zijn best om zijn irritatie te onderdrukken. 'Sorry,' zei hij kortaf. 'Dat is niet de bedoeling.'

'Dat is beter. Dus ik zie je zo?'

'Nee.'

'Omdat…'

'Omdat er niets valt te praten. Ik heb jou een boiler gegeven. Je hebt me daarvoor bedankt met een maaltijd. En nu probeer ik te bedenken wat een goed moment is om de schalen terug te brengen. Zo ben ik beleefd genoeg, toch?'

'Belééfd? Maakt het dan niet uit dat we getrouwd zijn geweest? Olivia krijg je toch niet, Kyle. Dus kun je net zo goed voor mij kiezen.'

Zó wanhopig zou hij nooit worden. 'We zijn gescheiden, Noelle. Gescheiden mensen gaan niet meer met elkaar om.'

'Dat is niet waar. Veel gescheiden mensen zien elkaar nog regelmatig. En soms komen ze weer bij elkaar.'

'Het spijt me, maar dat zit er voor ons niet in. Nooit.'

'Waarom niet? Je bent eerder met me getrouwd, dus er is vast wel iets aan mij dat je leuk vindt.'

Was ze vergeten dat ze zwanger was geweest? Was ze de baby vergeten waarmee ze hem had gedwongen met haar te trouwen?

'Ik ben veranderd,' vervolgde ze. 'Gaf je me de kans maar om dat te bewijzen. Maar je bent gewoon een en al wrok.'

'Nee, helemaal niet. Ik ben zo aardig mogelijk.'

'Je vecht tegen je gevoelens omdat je niet nog een keer gekwetst wilt worden. Maar dat ben ik niet van plan. Deze keer zal ik een betere vrouw voor je zijn. Dat beloof ik.'

Kyle legde zijn hoofd in de nek en keek hulpzoekend naar de hemel. Dit kon niet echt gebeuren. Had hij haar ooit ook maar een spránkje hoop op een verzoening gegeven? 'Het spijt me, maar nee, ik ben niet geïnteresseerd.'

'Je wilt er zelfs niet over nadenken? Wacht maar tot je ziet wat ik aan heb.' Haar stem kreeg een zwoele klank. 'Je zult me niet kunnen weerstaan.'

'Noelle...'

'Je mag me vastbinden aan het bed. Dat zou je wel leuk vinden, toch? Ik zal het hele weekend je seksslaafje zijn en je mag met me doen wat je wilt.'

'Hou op!' zei hij kwaad. 'We hebben het geprobeerd. Het werkte niet.'

'We zijn niet meer de mensen van toen. Waarom zouden we alleen oud worden als we het leven zo veel leuker en... gemakkelijker kunnen maken voor elkaar? Ik werk me uit de naad, maar ik kan er nauwelijks van rondkomen. Jij verdient genoeg, maar je hebt er vast genoeg van om alleen in bed te liggen. De een heeft wat de ander nodig heeft.'

'Hou alsjeblieft op om seks als een worst voor mijn neus te laten bungelen. Dat is...' Hij zocht naar een aardiger manier om te zeggen wat hij eigenlijk had willen zeggen. 'Dat is geen optie, oké? Ik vind het prima zoals het nu is.'

Haar stem kreeg bijna meteen een harde klank. 'Je wilt mij niet als je vijand, Kyle.'

Wat bedoelde ze daar in godsnaam mee? Het klonk als een dreigement. 'Pardon?'

'Je hebt me wel gehoord,' antwoordde ze, waarna ze de verbinding verbrak en Kyle verbluft naar zijn telefoon starend achterliet.

Kyle was na zijn terugkeer niet erg spraakzaam. Hij had flink wat boodschappen gedaan, maar leek niet in een al te best humeur. Lourdes vroeg zich af of het vooruitzicht van een online date hem uit zijn humeur had gebracht, of zijn kater, of misschien de drukte in de winkel.

'Alles goed?' vroeg ze terwijl ze worstjes bakte die ze bij de wentelteefjes wilde serveren die hij aan het maken was.

'Ja natuurlijk. Hoezo?'

'Je lijkt wat van slag.'

Hij ging door met eieren loskloppen in een grote rode kom en gaf geen antwoord.

'Kyle?'

'Ik ben niet van slag,' zei hij. 'Alleen wat geïrriteerd. Mijn exvrouw werkt me enorm op de zenuwen.'

'Heb je haar vanmorgen gesproken?'

'Ze belde en ik nam alleen op omdat ik wilde weten wanneer ik de schalen kon terugbrengen en ze anders misschien weer langs zou komen.'

'Dat stel ik erg op prijs. Maar, eh… zij niet zo, neem ik aan?'

Zijn gezicht vertrok. 'Ze probeert me maar in bed te krijgen. Je zult me wel voor gek verklaren dat ik dit zeg, maar ik zie nog liever van seks af… voor de rest van mijn leven.'

Ze gaf hem een por. 'Nog even volhouden. Het komt helemaal goed.'

Hij verraste haar door in lachen uit te barsten. 'Hoe weet je dat zo zeker?'

'Er staan een paar heel interessante kandidaten op die datingsite. Knap ook. Na het ontbijt kunnen we wel even naar de vrouwen kijken die op mij het geschiktst overkomen. Als je dat wilt tenminste.'

Hoewel hij ophield met lachen, leek hij nieuwe moed uit haar woorden te putten. 'Nou ja, waarom ook niet?'

Toen haar moeder even later belde, bood hij aan om even op de worstjes te letten, maar ze schudde haar hoofd om aan te geven dat hij maar verder moest gaan met zijn wentelteefjes.

'Hallo, mam. Sorry dat ik je gisteren niet heb teruggebeld.' Ze hield haar telefoon in de ene hand en keerde de worstjes om met de andere. 'Ik had het onwijs druk.' Druk met een einde maken aan haar relatie met Derrick. Ze vroeg zich af hoe haar moeder op dat nieuwtje zou reageren. Ze was er benieuwd naar, maar wilde er eigenlijk ook niet over beginnen. Haar moeder keek zo naar de bruiloft uit. Eigenlijk had ze geen zin om de teleurstelling van haar familie ook nog eens op haar dak te krijgen. Ze had wel even genoeg aan haar eigen emoties. Misschien was het beter om zichzelf eerst nog wat tijd te geven om de klap te verwerken. Per slot van rekening hadden ze nog geen datum geprikt en was nog niemand bezig kosten te maken voor de huur van een locatie of zoiets.

'Ik wilde alleen even weten of je goed was aangekomen en of het huis aan je verwachtingen voldoet,' zei haar moeder.

'Het huis is perfect. Nog mooier dan ik had gehoopt.'

'Dat is een hele opluchting. Derrick zorgt maar goed voor je.'

'O?' De afgelopen zes maanden had hij het anders mooi laten afweten.

'Hij is toch degene die dat huis heeft geregeld?'

'O. Ja.' Op haar verzoek…

'Komt hij al gauw naar je toe?'

Ze deed een stapje naar achteren zodat Kyle de olie uit het kastje bij haar hoofd kon pakken. 'Dat was oorspronkelijk wel de bedoeling, maar…'

'Het loopt anders?'

'Derrick heeft het druk. Ik weet niet of het hem lukt om zich vrij te maken.'

'Wacht even… bedoel je dat hij je daar in je eentje laat zitten?'

'Het is beter dat hij niet hierheen komt,' antwoordde ze. 'Ik moet me concentreren op mijn werk.'

'Maar zul je je dan niet alleen voelen? Je kent geen mens in Whiskey Creek. Of was je van plan om naar Angel's Camp te gaan?'

'Dat zou ik heel graag doen. Ons oude huis zien, vrienden van vroeger opzoeken. Maar ik wil eerst de songs voor mijn album af hebben.' Hopelijk had ze dan de controle over haar leven een beetje terug en voelde ze zich meer in staat de ontelbare vragen te beantwoorden die ze ongetwijfeld ging krijgen over de staat van haar carrière en haar plannen voor de nabije toekomst.

'Hoe lang gaat dat duren?'

'Wie zal het zeggen? Dit moet het beste album worden dat ik ooit gemaakt heb. Geen haastklus.' Ze moest zich eerst sterker voelen, meer zelfvertrouwen hebben voordat ze kon gaan schrijven. En op dit moment voelde het nog alsof ze door een bus was geschept en ergens langs de kant van de weg was achtergelaten. Alleen de kersverse vriendschap met Kyle hield haar nog op de been.

'Ik begrijp niet waarom je niet hier aan je album kunt werken,' zei haar moeder. 'Er is vast niets aan om daar helemaal in je eentje te zitten, vooral niet in deze tijd van het jaar.'

Kyle duwde haar zachtjes opzij alsof ze hem in de weg stond, en ze glimlachte. Gelukkig was ze minder alleen dan ze had gedacht. 'Het is hier prima.'

'Maar kerst vier je toch wel thuis, hè?'

De worstjes sisten in de pan toen ze ze omdraaide. 'Dat weet ik nog niet.'

'Bedoel je dat je dáár blijft?'

'Zoals ik al zei, heeft mijn album nu de hoogste prioriteit. Dus als het nodig is, blijf ik hier.'

Daar kon haar moeder weinig tegen inbrengen. Ze begreep ook wel dat Lourdes' toekomst als zangeres van dit nieuwe project afhing. En ze steunde haar door dik en dun. Niemand begreep Lourdes' aspiraties zo goed als haar moeder, die haar eigen droom over een carrière als zangeres had opgegeven voor een bestaan in een klein stadje en een gezin. 'Zullen we anders daarheen komen? Zeg het maar, dan doen we dat.'

De tranen sprongen haar in de ogen. 'Nee, ik heb geen ruimte om iedereen onder te brengen. Maar heel lief dat je dat aanbiedt.'

'Je klinkt een beetje vreemd. Weet je zeker dat alles in orde is? Wat is er aan de hand? Waarom komt Derrick niet naar je toe, zoals het plan was?'

Lourdes had bijna gezegd dat ze uit elkaar waren, maar slikte de woorden in toen ze zich haar moeders reactie voorstelde – ongeloof, boosheid, teleurstelling. Dat kon ze er op dit moment even niet bij hebben. Dat was echt te veel. 'Ik zei toch dat hij het druk had? En dat geldt ook voor mij.'

Ze kletsten nog wat over haar zussen en over de boom die haar moeder had opgezet. Toen zei Lourdes dat ze moest ophangen. De worstjes waren klaar, en Kyle had een wentelteefje op een bord gedaan en naast het fornuis neergezet.

'Je moeder vindt het maar niks dat je er met kerst niet bent, hè?' zei hij toen ze haar telefoon op het aanrecht had gelegd.

'Dit wordt de eerste kerst dat we niet met de hele familie bij elkaar zijn.'

'Je zou voor een paar dagen terug kunnen gaan.'

'Nee. Dat zou het alleen maar moeilijker maken om alles te verwerken. Derrick is in de buurt. En Crystal. Ik zou de waarheid onmogelijk voor mijn familie verborgen kunnen houden en het hele kerstfeest zou één grote jankpartij worden. Dat wil ik ze liever niet aandoen – en mezelf trouwens ook niet.' Januari was vroeg genoeg om haar familie op de hoogte te brengen. Er was geen kans dat Derrick en haar moeder in de tussentijd met elkaar zouden praten. Derrick had het altijd veel te druk gehad met zijn werk om veel tijd te steken in de relatie met haar familie. Ze hadden zijn mobiele nummer niet eens.

'In dat geval kom je kerst gewoon bij míjn familie vieren,' zei Kyle.

Ze keek hem aan. 'Met Brandon en Olivia bedoel je?'

'En zijn moeder en mijn vader.'

Op de een of andere manier was het vooruitzicht om kerst te vieren met Kyle en zijn familie vreemd aanlokkelijk. 'Misschien doe ik dat wel.'

Hoofdstuk 10

Lourdes had een goed gevoel over de vrouwen die ze voor Kyle had geselecteerd. Er waren verschillende bij die hij interessant en aantrekkelijk vond. Gelukkig waren ze het eens over wie het geschiktst was.

'En deze dan?' vroeg ze. 'Deze heb ik aangevinkt als misschien.'

De foto toonde een tamelijk gespierde vrouw in work-outkleding. Ze zag er goed uit.

'Waarom is die maar een misschien?' wilde hij weten.

Lourdes fronste haar wenkbrauwen. 'Wat ze in haar profiel heeft gezet, kan me niet zo boeien. Het heeft iets oppervlakkigs. Ze gaat maar door over bodybuilden en legt er te veel de nadruk op dat ze iemand wil ontmoeten die net zo "actief" is als zijzelf. Dat interpreteer ik als een eufemisme voor dat ze verwacht dat haar date net zo verslaafd is aan de fitnessclub als zij.'

Ze wachtte tot Kyle zelf het profiel had gelezen.

'Ik kom niet vaak in een fitnessclub maar ik loop wel bijna elke dag hard,' zei hij. 'En drie keer in de week doe ik thuis aan gewichtheffen. Jij dacht dat ze dat niet genoeg zou vinden?'

'Het is meer hoe je ertegenover staat.' Ze had de gewichten zien liggen in de logeerkamer. Ze kon aan hem zien dat hij ze gebruikte. Maar hij leek niet geobsedeerd door zijn lichaam. 'Jij staat veel nuchterder tegenover fitness dan zij, denk ik. Jij doet het vast om wat gezonder te leven.'

Zijn gezicht verried dat hij haar niet goed begreep. 'Zijn er dan nog andere redenen om aan sport te doen?'

'Ja. Fitness is haar leven. Dat lichaam is een tempel.'

'Je weet maar nooit,' zei hij. 'Misschien is ze wel oké. De meeste mensen willen er goed uitzien, vooral als ze op zoek zijn naar een date en hun foto te zien is op dit soort sites.'

'Dat is mogelijk en lief van je om dat te zeggen, maar ik denk dat ze daarbij heel kieskeurig is wat ze eet. Een vrouw wordt niet zo gespierd zonder de nodige offers te brengen wat eten betreft – of door anabolen te slikken.'

'Dat is meer iets wat ze in de stad doen,' zei hij nadenkend. 'Ik ben hier maar zelden vrouwen tegengekomen die aan gewichtheffen doen.'

'Ik ken er bosjes. Oud nieuws.'

'Doe jij aan gewichtheffen? Of aan een andere sport?'

'Thuis ga ik elke dag naar de sportschool. Ik moet wel, als ik de concurrentie bij wil houden.' Crystal was een plaatje. 'Maar ik kan slecht tegen dat fanatieke streven naar fysieke perfectie.'

'Van wie moet dat dan? Ik bedoel, weet je zeker dat je niet zelf degene bent die je onder druk zet?'

'Om te beginnen de bladen. Je had eens moeten lezen wat ze over Kirstie Alley, Wynonna Judd, Garth Brooks en Kelly Clarkson te zeggen hadden.' Dat waren de namen waar Derrick haar voortdurend mee om de oren had geslagen – wanneer ze iets at wat ze niet zou moeten eten, wanneer ze de sportschool een keertje had overgeslagen. Hij had tegen haar gezegd dat ze, als ze niet oppaste, nog als het volgende zielige dikke meisje op de omslag van de National Enquirer kwam te staan en dat ze dan beslist van haar voetstuk zou duikelen, want het succes van een zangeres was vooral afhankelijk van haar uiterlijk. 'Noem eens één zangeres die dik en lelijk is,' zei hij altijd wanneer ze aanvoerde dat haar beroemdheid was gebaseerd op haar zangkwaliteiten. Dat kon ze niet – tenzij het om iemand ging die jaren en jaren geleden was begonnen, toen ze nog jong en mooi was. Ze kon genoeg zangers bedenken die fysiek niet in topvorm waren, maar dat leek er op een of andere manier minder toe te doen.

Niettemin waren Derricks opmerkingen behoorlijk irritant, vooral omdat hij zelf niet sportte. 'Ik sta niet op de bühne,' placht hij te zeggen.

'Het hoort nu eenmaal bij de showbusiness,' zei ze tegen Kyle. 'Goed, ik stel voor dat we deze barbie vergeten. Het gaat erom dat we een partner voor je vinden – niet een vrouw die vooral door uiterlijk wordt geobsedeerd.'

Hij haalde zijn schouders op. 'Ik vind het best om eerst maar eens te kijken hoe het met die andere vrouwen gaat. We kunnen deze dame later altijd nog benaderen.'

Lourdes vond het fijn dat hij leek te begrijpen wat ze bedoelde. 'Heb je trouwens een foto van Olivia?' vroeg ze.

Hij keek op van het computerscherm waar hij verdiept was geweest in het profiel van een andere kandidaat, ene Mandy Suffolk.

'Waarom wil je haar zien?' vroeg hij.

'Ik ben gewoon nieuwsgierig.'

Na een korte aarzeling haalde hij zijn telefoon uit zijn zak en liet haar een trouwfoto zien.

'Wat? Stond jij in de felicitatierij van je stiefbroer toen hij met de vrouw trouwde van wie jij houdt?' vroeg ze ongelovig.

'Olivia stond in Noelles rij toen Noelle met mij trouwde. Dat was misschien nog wel erger, omdat wat ik gedaan had nog maar zo kort geleden was.'

'Wat Noelle en jij samen gedaan hebben,' corrigeerde ze hem, maar hij negeerde dat.

'Ik kan nog steeds niet geloven dat Olivia's moeder haar heeft gevraagd om de bruiloft te organiseren,' mompelde hij.

Lourdes schoot overeind. 'Heeft Olivia je bruiloft georganiseerd?'

'Ze is huwelijksplanner, al doet ze daar tegenwoordig weinig meer mee. Brandon is beroepsskiër geweest en heeft geld genoeg. Maar af en toe pakt ze haar oude beroep weer op. Zo is ze nu bezig met de bruiloft van een andere vriend.'

'Maar toch… de bruiloft van je zus organiseren, terwijl die je vriendje heeft ingepikt? Hoezo, zout in een wond wrijven?'

'Het scheelde haar ouders een hoop geld. Het was een praktische oplossing. En, zoals ik sindsdien heb geleerd, familie is familie.'

'Niet altijd. Er zijn families zat die uit elkaar gegroeid zijn.'

'In een klein stadje liggen dat soort dingen veel moeilijker. Bovendien zou een verwijdering tussen de twee zussen voor hun ouders veel moeilijker geweest zijn. En die hoeven niet gestraft te worden voor iets waar ze part noch deel aan hebben.'

'Daar zul je wel gelijk in hebben.' Lourdes bestudeerde de bruid. Olivia was ontegenzeggelijk aantrekkelijk – heel wat aantrekkelijker zelfs dan Noelle. Misschien dat Noelles jaloezie daar vandaan kwam. Misschien werd ze in alle opzichten voorbijgestreefd door Olivia en had ze besloten dat het nu haar beurt was.

Brandon zag er ook niet slecht uit, constateerde ze. Al was ze niet van plan dat tegen Kyle te zeggen natuurlijk. 'Dus je houdt van blondines?'

'Eigenlijk maakt dat me niets uit,' zei hij.

'Gelukkig maar, want alle vrouwen die ik voor je heb geselecteerd hebben donker haar.'

'Ik zag dat sommige van hen ook kinderen hebben.' Hij pakte de muis en klikte door de diverse profielen heen. 'Ik dacht dat je iets tegen "tweedehandsjes" had.'

'Dat niet, ik denk alleen dat het een relatie ingewikkelder maakt, vanwege de complicaties die kinderen met zich meebrengen.' Ze pakte de muis en klikte op het mailicoontje naast het profiel van een vrouw die Ruby Meyers heette. 'Zullen we deze dames dan maar een berichtje sturen?'

'We?' herhaalde hij. 'Geen sprake van. Dat deel kan ik alleen wel af. Later.' Hij stond op en pakte zijn jas. 'Het is drie december – drie weken voor de kerst. Ik vind dat we een boom moeten halen.'

'Wil je dat ik met je meega?' vroeg ze. 'Naar buiten?'

'Waarom niet? Niemand ziet je. We rijden een eind het bos in en hakken onze eigen boom om.'

Ondanks alles voelde ze een sprankje opwinding. De afgelopen jaren had ze het zo druk gehad met haar carrière, dat ze niet veel aandacht had geschonken aan de diverse feestdagen, ook niet aan kerst. Dit herinnerde haar aan Kerstmissen van vroeger, toen ze een klein meisje was en ze er met het hele gezin op uit trokken om een kerstboom te halen. 'Is dat traditie bij jou?'

'Nee. Mijn secretaresse heeft op kantoor een kunstboom neergezet. Meestal laat ik het daarbij omdat ik daar toch het grootste deel van mijn tijd ben. Maar... ik denk dat jij wel een boom kunt gebruiken.'

'Ik?'

Hij grinnikte naar haar. 'Ik ben niet degene die heeft lopen huilen.'

'Hoe kan een kerstboom daar nou iets aan doen?'

'Dat weet ik niet, maar het kan denk ik geen kwaad om je te herinneren dat er nog andere dingen zijn die belangrijk zijn.'

Daar zat wat in. 'Oké,' zei ze. 'Laten we dat maar doen dan.'

Kyle had net de boom omgehakt die Lourdes had uitgekozen. Hij was zo groot dat hij betwijfelde of hij in zijn huis paste, maar ze was er zo van overtuigd dat hij perfect paste, dat ze er vijftig dollar om durfde te wedden.

'Ik voel me net een ijspegel,' zei ze, stampvoetend en handenwrijvend. 'We hebben warme chocolademelk nodig.'

Hij begreep niet dat ze het zo koud had. Ze had geen warme kleren meegenomen en daarom droeg ze zijn dikke jas, zijn muts en zijn gevoerde handschoenen. Aan de andere kant... hij had al het werk gedaan. Hij was bang geweest dat de boom boven op haar zou vallen als hij haar haar gang liet gaan – al was het waarschijnlijker dat haar inspanningen tot niets hadden geleid; het was duidelijk dat ze nooit eerder een bijl had vastgehouden.

'We kunnen even langs de winkel rijden en chocolademelk kopen voor thuis,' zei hij. 'Of we kunnen naar de Gas-N-Go gaan. Zeg het maar.'

'Gas-N-Go. Ik wil er slagroom op.'

Hijgend van de inspanning rechtte hij even zijn rug om op adem te komen voor de volgende stap. 'Je lijkt niet erg gedeprimeerd.'

'Ik voel me eigenlijk wel... gelukkig,' gaf ze toe. 'Zo lang ik maar niet aan Derrick denk.'

Voor zover hij wist, had ze sinds hun vertrek haar telefoon niet meer gecheckt. En dus ook nog niet gereageerd op Derricks eerdere sms'je. 'Ja. Het is natuurlijk ook enorm spannend om mij een boom te zien omhakken.'

Ze giechelde. 'Dat komt door jou. Jij zorgt voor afleiding van mijn ellende.'

Hij trok een gezicht. 'Je vindt het leuk om voor koppelaar te spelen. En om te praten over de vrouwen die je hebt gevonden.'

Ze hield haar hoofd scheef. 'Al lijk je niet echt haast te hebben om met ze in contact te komen.'

'Dat komt nog wel. Mijn profiel staat in elk geval online.'

'Wat bedoel je daarmee?'

'Dat ze contact met me kunnen opnemen als ze geïnteresseerd zijn.'

'Wat arrogant!'

'Als ik het tegenovergestelde zei, zou ik een seksist zijn,' plaagde hij.

Toen ze haar telefoon te voorschijn haalde, dacht hij eerst dat ze ging kijken of er misschien nog een berichtje van Derrick was. 'Heb je hier wel bereik?' vroeg hij.

'Weet ik niet. Ik ga een foto maken.' Ze hield haar telefoon omhoog. 'Lachen!'

'Nog een foto voor mijn profiel?' vroeg hij. 'Wat is de bedoeling, me neerzetten als iemand die helemaal losgaat met kerst?'

'Deze is voor mezelf. Het lijkt me gewoon grappig om te zien hoe je in je eentje die enorme boom in je truck krijgt.'

Hij pakte de stam wat beter vast en tilde de boom op. 'Zo. Nu kan iedereen op de datingsite zien dat ik geen sportschool nodig heb,' zei hij opgewekt.

Ze lachte, en haar adem was zichtbaar als een wit wolkje. 'Opschepper!'

Na tien minuten sjorren en duwen en trekken was het hem eindelijk gelukt om die verrekte boom in de laadbak van zijn truck te krijgen. Hij bond hem stevig vast. 'Als ik hem straks niet door de voordeur krijg, ben ik niet echt blij,' zei hij, zijn werk in ogenschouw nemend. 'Ook al ben ik dan vijftig piek rijker.'

Ze stampte de sneeuw van haar laarzen, die veel te groot waren omdat ze van hem waren. 'Hebben we onze weddenschap wel bekrachtigd met een handdruk?'

'Moest dat dan?'

Ze keek hem sceptisch aan. 'Ik wed niet meer met jou. Die boom lijkt nu een stúk groter dan eerst.'

Hij keek haar quasidreigend aan. 'Die weddenschap staat. Ik heb je nog gewaarschuwd maar je wilde niet luisteren.'

'Kan zijn dat ik me vergist heb,' zei ze met een schaapachtige grijns. 'Maar goed, we kunnen er altijd nog een stuk af zagen. Zodat hij wel past.'

Moe van de inspanning klom hij in de cabine, en zij deed hetzelfde aan de andere kant. 'Het duurt even voor de verwarming op stoom is,' zei hij. Hij draaide de knop helemaal open, al dacht hij niet dat ze al die warme lucht nodig had. Ze was zo dik ingepakt dat ze leek te verdwijnen in zijn dikke winterkleren. 'Moet je jezelf nou eens zien,' zei hij, opzij buigend om de muts wat verder omhoog te schuiven, uit haar ogen, omdat ze dat met die grote handschoenen zelf moeilijk kon doen.

'Je weet wel hoe je een meisje moet amuseren,' zei ze plagend.

Hij zette de auto in zijn achteruit. 'Ik heb de boom omgehakt. Jij mag hem versieren.'

'Prima,' zei ze. 'Heb je ballen en slingers?'

'Nu je het zegt, ik geloof het niet,' antwoordde hij. 'Maar ik denk dat mijn moeder wel wat versiering overheeft die we kunnen gebruiken.'

'Jouw moeder of die van Brandon?'

'Brandons moeder. Mijn stiefmoeder.'

'Wat is er met je eigen moeder gebeurd?'

'Die is gestorven aan vruchtwaterembolie toen ik vijf was.'

'Daar heb ik nog nooit van gehoord...'

Hij wist eigenlijk niet of hij haar nu moest uitleggen wat dat was of niet. Hij wilde haar niet bang maken om later kinderen te krijgen. 'Het komt heel weinig voor.' Hopelijk nam ze daar genoegen mee.

Dat deed ze niet. 'Oké, maar wat ís het?'

'Zoals ik al zei, het komt maar heel zelden voor. Het is een complicatie tijdens de bevalling.'

'Dus ze kreeg een baby? Is die in leven gebleven?'

'Nee. Door een of andere oorzaak kreeg ze voortijdig weeën. De artsen waren druk om het leven van mijn ongeboren zusje te redden en toen kreeg mijn moeder opeens een hartstilstand. Ze hebben het geen van beiden overleefd.'

'Wat afschuwelijk. En wat erg ook voor jullie.'

'Ik wilde ook dat het nooit gebeurd was. Maar goed, het is al heel lang geleden.'

Zijn telefoon ging op het moment dat hij van het smalle grindpad de weg op wilde draaien die naar deze afgelegen bossen voerde. De oproep schakelde al bijna door naar de voicemail voordat hij het verrekte ding uit zijn zak had weten te wurmen – en toen wist hij niet of hij het telefoontje wel wilde aannemen.

'Het is Derrick.' Hij bleef stilstaan en liet de motor lopen terwijl hij haar het schermpje toonde, waarop een nummer uit Tennessee te zien was.

Lourdes beet op haar lippen. 'Waarom zo hij jou in 's hemelsnaam willen bellen?'

'Geen idee. Misschien is hij erachter dat ik die journalist van dat countryblad ben en wil hij even zijn gal spuwen.'

'Niet opnemen,' zei ze, maar hij legde snel een vinger tegen zijn lippen om te beduiden dat ze stil moest zijn omdat hij de knop al had ingedrukt.

'Hallo?'

'Kyle?'

'Ja?'

'Je spreekt met Derrick Meade. De manager van Lourdes.'

'Ik dacht al zoiets toen ik je nummer zag. Wat kan ik voor je doen, Derrick?'

'Ik heb Lourdes de hele dag niet kunnen bereiken en nu vroeg ik me af of... of jij misschien even bij haar langs kunt gaan om te kijken of alles in orde is.'

Kyle wierp een blik op de vrouw in kwestie. 'Dat wil ik wel even doen. Heb je trouwens een speciale reden om bezorgd te zijn?'

'Nou, ik heb haar een paar keer proberen te bellen en een paar sms'jes gestuurd, maar geen reactie gekregen.'

'Ik snap het. Ik rijd er straks wel even langs.'

'Bedankt.'

'Geen dank.'

Kyle verbrak de verbinding en legde zijn telefoon tussen de beide voorstoelen.

'Wat wilde hij?' informeerde Lourdes.

'Hij zei dat hij maar niets van je hoort. En of ik even bij je langs wil gaan om te kijken of alles in orde is.'

'Waarom heb je niet tegen hem gezegd dat ik naast je in de auto zit?'

'Ik dacht dat hij er dan misschien achter zou komen dat dat telefoontje van laatst nep was en dat wij er samen achter zaten... terwijl jij in alle afzondering aan je album zou moeten werken.'

Ze deed de handschoenen uit en trok de muts van haar hoofd. 'Ik sms hem wel even,' zei ze, maar ze vertelde niet wat ze ging zeggen.

Hoofdstuk 11

Kyle stopte bij de Gas-N-Go om warme chocolademelk te halen voor Lourdes. Daarna ging hij bij zijn ouders langs om wat kerstversiering te lenen. Maar toen hij bij zijn ouderlijk huis arriveerde, waren zijn vader en Brandon buiten bezig om kerstverlichting op te hangen – en bij het geluid van zijn truck draaiden ze zich meteen om, dus doorrijden zat er niet meer in.

'Shit,' bromde hij toen zijn vader zwaaide, daarmee bevestigend dat hij de auto van zijn zoon herkende.

'O jee. Dat is toch Brandon, hè?' Lourdes' ogen gingen van zijn vader naar zijn stiefbroer.

'Ja. Het spijt me. Ik had niet gedacht dat er iemand buiten zou zijn.' Bij de Gas-N-Go had hij gezegd dat hij even snel naar binnen zou gaan om de kerstversiering te pakken terwijl zij in de auto wachtte.

'Het is oké,' zei ze. 'Tenzij ze helemaal in de countrymuziek zitten, herkennen ze me waarschijnlijk toch niet.' Ze keek in de achteruitkijkspiegel. 'Jakkes! Ze zullen me sowieso niet herkennen. Mijn haar zit plat en ik heb geen make-up op. Bovendien heb ik jouw jas aan waar ik bijna in verdrink.'

Misschien dat zijn vader zich niet zou realiseren wie ze was, maar Brandon zeker. Kyle had hem en de rest van de vriendenclub in de Black Gold verteld dat ze in de stad was, dus kon Brandon wel raden wie ze was, ook al herkende hij haar niet. 'Blijf anders maar in de auto. Ik zeg wel dat jij mijn huurster bent en dat ik je heb geholpen met een kerstboom. Dat accepteren mijn ouders heus wel.'

Ze leek er niet erg happig op om de uitweg die hij haar bood te accepteren. 'Ik wil niet dat ze denken dat ik onbeleefd ben…'

'Dat denken ze heus niet.'

'Natuurlijk wel.'

'Wat maakt het uit?'

'Ik wil gewoon niet dat andere mensen negatief over me denken.'

'Ik zeg wel dat we haast hebben. Dan is het wel goed.'

Ze keek naar het huis waarin hij was opgegroeid. 'Is Olivia er ook, denk je?'

Dat was een onverwachte wending. 'Ik denk het wel. Ze zijn meestal samen, als Brandon niet aan het werk is.'

'In dat geval ga ik mee naar binnen.'

Hij pakte haar bij de arm voordat ze het portier open kon doen. 'Waarom?'

'Omdat ik haar graag wil ontmoeten – zien waar mijn kandidaten het tegen moeten opnemen.'

'Dat lijkt me een slecht plan,' zei hij met een frons. 'Hoe minder mensen je zien, hoe beter, toch?'

'We hoeven niet te vertellen wie ik ben. Als ze er op eigen houtje achter komen… dan is dat niet anders. We hebben het over vier mensen. Jouw familie. Het zou anders zijn als ik een kamer vol onbekenden in zou lopen.'

Hij deed zijn mond open om haar te waarschuwen dat hij al tegen Brandon had gezegd wie ze was, maar ze was al uit de truck gesprongen voor hij dat kon doen.

Voor de auto haalde hij haar in.

'Hé, kijk eens wie we daar hebben!' Zijn vader was van de ladder geklommen die hij tegen het huis had gezet en kwam nu op hen af. 'We hadden verwacht je morgen pas te zien,' vervolgde hij. 'Is er iets mis? Waarom ben je niet aan het werk?'

'Het is zaterdag,' antwoordde Kyle.

'Dat maakt voor jou toch geen verschil? De afgelopen maanden in elk geval niet.' Hij schoof de pet iets verder op zijn hoofd zodat hij beter zicht had op Lourdes. 'En wie hebben we hier?'

Die vraag bracht Kyle in een lastig parket; hij wist niet of Brandon thuis had verteld dat er een countryster in de stad logeerde. Daarom kwam hij met een ontwijkend: 'Dit is, eh… mijn nieuwe huurster.'

Maar Lourdes deed een stap naar voren, stak haar hand uit en noemde haar naam. 'Aangenaam. Hoe maakt u het?'

Zijn vader grinnikte en vroeg, zonder zijn ogen van haar af te wenden: 'Waar heb je deze dame opgeduikeld?'

'Van een internetsite waarop huurhuizen uit het hele land worden aangeboden.'

'Ze komt zeker niet uit de buurt. Zo'n knappe meid was ons vast niet ontgaan.'

'Ze komt uit Nashville.' Bob, zijn vader, toonde geen enkel teken dat hij haar herkende. Kennelijk had Brandon zijn mond dichtgehouden.

'Dan had je dat misschien eerder moeten doen,' zei hij lachend.

'Toen had ik nog geen huis om te verhuren,' merkte Kyle op.

Ook Brandon was nu maar beneden gekomen. 'Goed je te zien, broer.'

Kyle vroeg zich af of Brandon zou laten merken dat hij wist wie Lourdes was, maar dat deed hij niet. Hij stelde zich alleen met een lach op zijn gezicht voor en schudde Lourdes daarbij de hand.

'Pa heeft je flink aan het werk gezet.' Kyle wees naar het snoer met lichtjes dat aan de laatste haak bungelde.

'Eigenlijk was het mam die vroeg of we langs wilden komen,' zei Brandon. 'Ze wilde dat Olivia haar hielp met koekjes bakken voor de kerstbijeenkomst van de kerk vanavond.'

'Zei je koekjes?' informeerde Kyle. 'Zijn die al klaar, denk je?'

Brandon grinnikte. 'Ik hoop het. Ik lust er wel een. En wel meer ook!'

Hun vader had zijn pet afgezet en leunde met zijn armen op de laadbak van Kyles truck. 'Zet je dit jaar een boom op?'

'Het is toch bijna kerst?'

'Precies. Andere jaren was dat aan jouw huis niet te zien.'

Kyle wreef zijn handen stevig tegen elkaar. Hij had ze gewassen bij de Gas-N-Go, maar de hars was bijna niet weg te krijgen. 'Ik moet toegeven dat ik een kerstboom een wat zinloze vertoning vind.'

'Krent,' zei Lourdes zachtjes.

'Ik dacht dat dit mijn idee was.' Hij wees naar de boom waar hij zoveel moeite voor had gedaan en werd beloond met een plagend lachje.

'Ga mee naar binnen.' Zijn vader gebaarde naar het huis. 'Zo'n leuke verrassing voor je moeder.'

'Nergens voor nodig om de bakkers lastig te vallen,' zei Kyle. 'We kwamen alleen even langs om te zien of jullie toevallig nog wat kerstversiering overhebben.'

'Natuurlijk hebben we dat. Paige heeft zo veel kerstversiering, dat ze niet eens meer weet wat ze ermee moet. Maar je kunt het niet maken om niet even naar binnen te gaan om dag tegen haar te zeggen.'

'Dan moesten we dat maar even gaan doen.' Lourdes zei het zo liefjes om Kyle eraan te herinneren dat ze graag naar binnen wilde. Ze wilde Olivia ontmoeten. Persoonlijk vond hij dat een slecht idee. Hij had Lourdes iets bekend wat hij de afgelopen zes jaar tegen niemand anders had gezegd – omdat hij nooit had verwacht dat beide vrouwen elkaar ooit zouden ontmoeten.

Het probleem was dat hij er niet onderuit kon om even naar binnen te gaan, niet als hij zijn moeders gevoelens niet wilde kwetsen. 'Prima. Alleen even dag zeggen dan. Meer niet.'

Maar eenmaal binnen was het duidelijk dat dit wel wat langer ging duren dan zijn bedoeling was geweest. Zijn stiefmoeder herkende Lourdes – of Olivia daar wat mee te maken had of niet, dat kon hij niet zeggen. Paige stond al bijna te stuiteren van opwinding nog voordat zijn vader haar naam had gezegd.

'Je hebt toch zo'n prachtige stem. Je bent zó getalenteerd,' zei ze.

Lourdes liet toe dat ze haar omhelsde, maar Kyle voelde zich helemaal niet op zijn gemak bij al dat enthousiasme. Lourdes vond het vast niet fijn dat iedereen haar altijd maar wilde aanraken.

Als dat al zo was, dan liet ze dat in elk geval niet merken. 'Bedankt,' zei ze. 'Wat hebt u trouwens een beeldig huis.'

'Het is niet groot, maar we wonen er graag.'

Lourdes keek naar Olivia. 'En jij bent...'

Kyle verborg een glimlach; voor hem was het duidelijk dat Lourdes veel geïnteresseerder was dan ze deed voorkomen. 'Dit is de vrouw van Brandon.'

'Olivia.' Brandon, die samen met zijn vader naar binnen was gegaan, noemde haar naam.

'Leuk je te ontmoeten,' zei Olivia.

'Insgelijks,' zei Lourdes. 'Wonen jullie in de buurt?'

'Ja,' antwoordde Brandon. 'Misschien vijf minuten hier vandaan.'

Opnieuw probeerde Lourdes Olivia in het gesprek te betrekken. 'Volgens mij heb ik je zus ontmoet.'

Olivia keek even naar Kyle. Ze vroeg zich ongetwijfeld af in hoeverre Lourdes op de hoogte was van de situatie.

'Noelle kwam gisteravond eten langsbrengen om me te bedanken voor de boiler,' legde hij uit.

'O.' Olivia zuchtte. 'Wat vervelend. Ik zeg de hele tijd tegen haar dat ze Kyle niet lastig moet vallen, maar...'

'Het eten was heerlijk,' zei Lourdes.

Kyle dacht aan de merkwaardige dingen die Noelle had gezegd toen ze hem die ochtend had gebeld, maar besloot daar niets over te zeggen. Het zou wel meer een kwestie zijn dat Noelle zulke dingen zei omdat ze nu eenmaal was wie ze was. Haar emoties gooiden haar van het ene in het andere uiterste. Het ene moment was ze verliefd op hem; een minuut later haatte ze hem hartgrondig.

'Wil je misschien een stukje fudge proeven?' vroeg Paige. 'Die hebben we net gemaakt.'

'Hoe kan ik daar nou nee tegen zeggen?' vroeg Lourdes, die zich door Paige liet overhalen om aan tafel te gaan zitten en van alles wat ze gemaakt hadden een stukje te proeven.

Gaandeweg leek ze zich meer en meer op haar gemak te voelen, al ging haar blik steeds weer naar Olivia, die al even nieuwsgierig naar haar leek te zijn. Als hun blikken elkaar kruisten, glimlachten ze naar elkaar en keken dan weer weg. Kyle probeerde opnieuw om haar zo snel mogelijk mee te krijgen, maar Paige dwarsboomde al zijn pogingen door Lourdes telkens weer iets anders voor te schotelen. Er zat niets anders op dan nog een paar minuten geduld te hebben.

Op een gegeven moment stond hij op. 'Waarom doe je niet wat in een doosje om mee naar huis te nemen?' stelde hij voor. 'Lourdes wordt nog misselijk als ze nog meer van al dat lekkers eet.'

'Prima idee!' riep Paige uit.

Terwijl zijn moeder liep te redderen in de keuken, kwam Olivia naast Lourdes zitten. 'Hoe lang blijf je hier?' vroeg ze.

'Dat weet ik eerlijk gezegd nog niet. Ik moet nog heel wat werk verzetten. Zodra dat klaar is, ga ik terug.'

'Het zal wel eenzaam zijn zo ver van huis, vooral met kerst. Ik weet dat ik ook namens Kyles ouders spreek als ik zeg dat we het fijn zouden vinden als je met kerst bij ons kwam eten.'

Lourdes leek even niet te weten hoe ze moest reageren op zoveel vriendelijkheid. Kyle had hetzelfde gezegd, maar dat was anders. Deze keer zei Olivia het. 'Dank je wel. Ik zal er serieus over nadenken.'

'Ik hoop echt dat je komt,' zei Olivia, en toen was Paige ook eindelijk klaar.

Gewapend met een lading fudge en koekjes en aanwijzingen waar de overtollige kerstversiering precies stond in de garage, dirigeerde Kyle Lourdes naar buiten.

'Heb je er nu geen spijt van dat je beslist mee naar binnen wilde?' zei hij toen ze de versiering hadden gevonden en weer samen in de truck zaten.

Lourdes keek hem verbaasd aan. 'Nee. Helemaal niet. Ik wilde alleen dat ik haar niet zo aardig had gevonden.'

'Olivia?'

Ze trok een gezicht. 'Wie anders? Niet je moeder, want het is natuurlijk onmogelijk om háár niet aardig te vinden.'

Hij startte de auto. 'Je wilt me toch niet vertellen dat de moed mijn kleine koppelaarster in de schoenen zinkt?'

'Nee, ik voel me hooguit een tikje overweldigd door de uitdaging die ik op me heb genomen,' zei ze. 'Maar ik heb voor hetere vuren gestaan.'

Hij reed weg. 'Precies. En het zal je ook deze keer vast wel lukken.'

Toen ze glimlachte, wist hij dat ze begreep dat hij niet doelde op de uitdagingen in zíjn leven.

'Het is weg.'

Kyle was er net in geslaagd de boom naar binnen te wurmen. Hij had nog eens een halve meter van de onderkant af moeten zagen, en de top van de boom zat dubbelgevouwen tegen het plafond, waardoor de boom meer op het middenstuk van een grotere boom leek. Maar het was hem in elk geval gelukt om de boom in de houder te krijgen, al had hij in het begin gedacht dat ze beter terug konden gaan naar het bos om een kleinere boom te kappen. 'Wat is weg?' vroeg hij afwezig, de naalden van zijn kleren vegend.

'De schalen,' zei Lourdes. 'En ook het eten dat over was.'

Nu had ze zijn volle aandacht, want hij had geen idee waar ze het over had. 'Welke schalen? Wat voor eten?'

'Dat je ex heeft gebracht. Ik was van plan om de kliekjes op te warmen zodat we eerst een hapje konden eten voor we de boom gingen versieren, maar... alles is weg.'

Zijn ogen gingen naar de tafel waar hij de lege schalen opgestapeld had achtergelaten. Ze waren weg, precies zoals ze had gezegd. 'Ze had vier kipfilets gebracht en we hebben er maar twee opgegeten.'

Lourdes verstijfde toen haar nog iets anders opviel. 'O, jee...'

Haar stem had een andere klank gekregen en hij wist meteen dat haar uitroep niets te maken had met zijn opmerking over de kip.

Ze schoof de wanten en de muts die ze op het aanrecht had gelegd opzij en overhandigde hem datgene wat haar aandacht had getrokken – een briefje.

'Fuck you!' stond er. Het was niet ondertekend.

'Dat moet wel haast van Noelle zijn, toch?' vroeg ze.

Hij kende verder niemand die kwaad op hem was. Bovendien had ze een sleutel. 'Dat moet wel,' beaamde hij.

'Wauw. Wat is er gebeurd? Ze was zo aardig toen ik haar sprak.'

Kyle bleef naar de twee woorden staren en naar de diepe lijnen die de pen had achtergelaten in het papier. Het was duidelijk dat Noelle woest was geweest toen ze de woorden neerpende. 'Geen idee. Ik heb niets gedaan om zo'n reactie te krijgen.'

'Zou ze kwaad zijn dat ik hier logeer... bij jou? Denkt ze misschien dat er iets gaande is tussen ons?'

Soms – zoals de vorige avond, en toen ze de boom haalden, en zelfs in het huis van zijn ouders – voelde het inderdaad of er iets gaande was tussen hen. Maar dat kon hij moeilijk hardop zeggen. Als Lourdes dat ook voelde, zou ze het gewoon ontkennen. Elke keer dat ze elkaar toevallig aanraakten of elkaar een seconde te lang aankeken, zou ze de vrouwen ter sprake brengen die ze op internet had gevonden.

'Nee,' zei hij. 'Ze weet wel beter.' Hij herinnerde zich Noelles vele pogingen om hem over te halen samen op stap te gaan, de suggesties dat hij wel naar Sexy Sadie's kon komen wanneer zij daar aan het werk was – en ook de onverholen uitnodigingen van later datum. 'Ze krijgt haar zin niet en dus wordt ze woest.' Hij had dat eerder meegemaakt, heel vaak zelfs. Maar toen waren ze nog getrouwd. Bezig te scheiden. Het was niet iets wat nu zou moeten gebeuren.

'En wat wil ze dan precies?' informeerde Lourdes.

'Verdergaan met mij.'

'Dat heeft ze tegen je gezegd?'

'Dat hoefde niet. Dat wist ik zo ook wel. Maar ja, vanmorgen begon ze erover dat het nergens voor nodig was om alleen te blijven wanneer we elkaar konden hebben.'

Lourdes keek hem nog eens goed aan. 'Weet je zeker dat jullie niet meer met elkaar slapen? Want ik ken geen enkele vrouw die zoiets zou doen als –'

'Omdat je nog nooit zo iemand als Noelle hebt ontmoet,' viel hij haar in de rede. 'Ik heb haar met geen vinger aangeraakt, ondanks haar openlijke invitaties. Ze vroeg of ik vandaag langs wilde komen. Ik heb geweigerd. Dat is alles. Ik heb geprobeerd haar vriendelijk maar beslist af te wijzen, maar dat is gewoon onmogelijk. Ze blijft net zo lang doorgaan tot je wel bot móét zijn.'

'Moet je je zorgen maken?'

Je wilt mij niet als vijand, Kyle... Hij wist dat ze tot alles in staat was en zelden last had van haar geweten, maar het was moeilijk voor te stellen dat ze iemand echt kwaad zou doen. Maar pesten en treiteren... daar achtte hij haar niet te goed voor. 'Nee, niet echt.' Hij keek om zich heen, zich afvragend waar ze nog meer was geweest. Dit was duidelijk een machtsspelletje, een manier om hem te laten zien dat hij niet zo onbereikbaar was als hij dacht. 'Maar ik denk dat het goed zou zijn om de sloten te laten vervangen.'

'Zou dat überhaupt helpen? Je zei toch dat haar oom slotenmaker is?'

'Hij is betrouwbaar.' Was het niet zo dat dergelijke situaties mettertijd gemakkelijker werden? Het was nota bene al vijf jaar geleden dat ze gescheiden waren.

Maar Noelle had in al die jaren niemand anders gevonden. Daarom kon ze niet verder met haar leven, kon ze hem niet vergeten. En ze dacht dat hij stinkend rijk was en dus geld genoeg had om al haar problemen op te lossen.

'Nou, ze weet anders wel de ware kerstgeest de nek om te draaien,' zei Lourdes.

Kyle verfrommelde het briefje en gooide het weg. 'Het stelt niets voor. Vergeet het maar gauw.'

Dat leek wat te veel gevraagd. 'Misschien is het beter dat we vannacht in de boerderij slapen. Daar heeft ze toch geen sleutel van, hè?'

'Nee.'

'Gelukkig. Ik zou niet graag in een aflevering van Opsporing verzocht terecht willen komen.'

Hij was er bijna zeker van dat ze een grapje maakte, maar toch voelde hij zich niet lekker bij Noelles plotselinge woede-uitbarsting. Omdat hij niets had gedaan om die uit te lokken en omdat hij niet wist hoe hij haar moest kalmeren. Maar één ding stond vast: hij zou niet naar haar teruggaan. 'Het is te koud in de boerderij. We zullen ons hier prima redden.'

Hoewel ze zijn jas had uitgetrokken omdat het warm was in de kamer, wreef ze nu over haar armen alsof ze het koud had. 'Een versmade vrouw kan gekke dingen doen.'

'We zijn meer dan vijf jaar geleden gescheiden! Dat zou toch verschil moeten maken. Ze is vast niet zo gehecht aan me als ze denkt.'

'Misschien ben je moeilijker te vergeten dan je zelf denkt.'

Hun ogen ontmoetten elkaar in een van die momenten dat geen van beiden in staat leek om weg te kijken, al zou dat wel moeten. 'Olivia had daar anders weinig moeite mee,' zei hij, om het moment te verbreken.

Met een frons tussen haar wenkbrauwen keek ze hem aan. 'Ze geeft nog steeds om je. De meeste mensen hebben nauwelijks een goed woord over voor hun voormalige partner, maar Olivia bewondert je oprecht en ze wil dat je gelukkig bent. Dat is tenminste de indruk die ik kreeg.'

'Nou ja, we zijn nu natuurlijk min of meer familie.'

'Dat heeft er volgens mij niets mee te maken.'

Omdat hij koste wat kost de tinteling verborgen wilde houden die hij voelde in Lourdes' gezelschap, liep hij naar de andere kant van de keuken en trok de koelkast open. 'Ik had Noelle pas op de kast moeten jagen wanneer we het eten op hadden. Zoveel is die boiler toch wel waard.'

'Je hebt flink ingeslagen vanmorgen,' zei ze. 'Ik flans wel een maaltijd in elkaar.'

Hij draaide zich om. 'Kun jij dan koken?'

'Had je zeker niet gedacht?'

'Wat ga je maken?'

'Als jij nu eens de lichtjes in de boom gaat hangen, dan verras ik je straks.'

Hoewel hij meer zin had om Noelle te bellen en haar eens goed de waarheid te vertellen, stemde hij in. Zijn huis binnendringen wanneer hij er niet was – ook al was het om haar eigen serviesgoed op te halen – was een bewijs te meer van de waan waarin ze verkeerde. Het maakte niet uit dat ze getrouwd waren geweest. Wat was er zo moeilijk aan 'gescheiden' dat ze niet begreep?

'Ik word gestoord van dat mens,' mopperde hij. Maar Lourdes had kerstmuziek gevonden die ze via haar telefoon liet weerklinken, en er kwamen zulke heerlijke geuren uit de keuken dat hij het al snel zonde vond om de leuke tijd die hij met Lourdes kon hebben te laten verpesten.

En dus bande hij zijn ex en haar nare briefje uit zijn gedachten.

Hoofdstuk 12

Derrick bleef haar maar sms'en.

> Waarom reageer je niet? Wat is er aan de hand met jou? Ben je helemaal gek geworden? Heb je enig idee hoeveel geld het me zou kosten als ik Crystal overdeed aan iemand anders?

Hij zei nog veel meer dingen, maar het kwam er uiteindelijk op neer dat hij gewoon Crystals manager wilde blijven. Hij hamerde er zo op dat Lourdes onredelijk was, dat ze op het laatst aan zichzelf begon te twijfelen. Reageerde ze overtrokken op de opwinding die een manager uiteraard zou voelen als hij een veelbelovende nieuwe cliënt binnenhaalde? Liet ze haar jaloezie en haar angst te falen na een fantastisch eerste album het enige pluspunt overschaduwen dat ze nog in haar leven had – haar relatie met de man die ze liefhad? Derrick had het er vaak over hoe snel sommige van zijn succesvollere cliënten 'divagedrag' vertoonden. Iets wat hij verafschuwde en wat hij haar ook wel verweet als hij het idee had dat ze te ver ging.

Maar haar gevoelens hadden niets te maken met divagedrag. Er was geen enkele vrouw die het fijn vond als haar verloofde te veel aandacht besteedde aan een rivale. 'Wat je ook doet, gedraag je niet zoals Miriam,' had Derrick gezegd, verwijzend naar een van de ergste van zijn eerste cliënten, een vrouw over wie hij vaak liep te klagen.

'Is het eten bijna klaar?'

Toen Kyle de keuken in kwam, schoof Lourdes haar telefoon buiten haar bereik zodat ze niet in de verleiding zou komen er steeds op te kijken en roerde in de pastasaus die op het fornuis stond te pruttelen. 'Ja, bijna. Hoe staat het met de boom?'

'Die is klaar. Kom maar kijken. Hij is echt mooi geworden.'

Ze moest lachen om zijn jongensachtige enthousiasme. 'Zal ik doen. Maar zou jij eerst het knoflookbrood uit de oven willen halen voordat het verbrandt? Dat zou jammer zijn.'

'Waar heb je knoflookbrood vandaan gehaald?' vroeg hij terwijl hij haar zachtjes opzijduwde zodat hij de ovendeur open kon doen.

'Ik heb het brood dat over was van de wentelteefjes besmeerd met boter en knoflook.'

'Zelfgemaakt hè? Dat had ik nou nooit achter zo'n verwende beroemdheid als jij gezocht.'

Hij plaagde maar wat. Dat zag ze aan de twinkeling in zijn ogen. Maar in het licht van haar eerdere overpeinzingen kon ze niet nalaten zijn woorden serieuzer op te vatten dan hij bedoelde. Gedroeg ze zich werkelijk als een verwend nest met Derrick? Of probeerde ze hem mee te trekken in de neerwaartse spiraal waarin haar carrière leek te verkeren? Dat was een van Derricks recentste beschuldigingen. Aanvankelijk had ze dat bespottelijk gevonden, maar in haar hart moest ze toegeven dat zijn opwinding over Crystal nog meer stak vanwege haar eigen situatie.

'Wat is er?' Kennelijk had Kyle gemerkt dat ze zijn opmerking anders opvatte dan die bedoeld was.

'Volgens Derrick laat ik onze relatie verpesten door mijn onzekerheid.'

'Omdat hij weet dat hij je kwijtraakt en in paniek raakt. Dat wil nog niet zeggen dat het waar is wat hij zegt.'

'Zou je denken? Of heb ik meer schuld aan de moeilijke tijd die we doormaken dan ik zelf denk? Ik heb helemaal niet het gevoel dat ik sterk sta. Ik voel me gekwetst. Ik heb het idee dat hij deel van het probleem is, niet iemand op wie ik mijn boosheid en verdriet afreageer. Maar misschien kan ik daar niet over oordelen omdat ik er zelf bij betrokken ben.'

Kyle bestudeerde haar even. 'Misschien wordt het tijd om er iemand bij te halen.'

'Er iemand bij te halen?' herhaalde ze.

'Een privédetective.'

Ze drukte een hand tegen haar borst. 'Om hem te bespioneren, bedoel je?'

'Je wordt gek van je twijfels. Misschien dat een privédetective die twijfel kan wegnemen zodat je rust krijgt en verder kunt met je leven – met hem kunt trouwen, zoals het plan was.'

Een privédetective kon natuurlijk ook juist het tegenovergestelde bereiken.

Maar zou het niet beter zijn om het zeker te weten? Om een einde te maken aan al haar twijfels?

Haar hart begon sneller te kloppen. 'Dat vind ik achterbaks. Ik wil niet zo'n partner zijn die haar toevlucht neemt tot dat soort methoden.'

'Hij doet zo ontwijkend, dat ik niet weet of je veel keuze hebt. Je hebt me verteld dat hij nooit zou toegeven dat hij je bedriegt.'

Dat was waar. Behalve als hij van plan was om haar in te ruilen voor Crystal, en ze betwijfelde of hij zoveel zelfvertrouwen bezat, dat hij ervan overtuigd was dat zo'n jonge vrouw hem wilde hebben. Hij zou het risico niet willen nemen dat hij hen allebei kwijtraakte. Er moest altijd een vrouw in zijn leven zijn; hij kon niet alleen zijn. 'Als hij de voorkeur geeft aan haar, zal hij me dat toch een keer moeten vertellen.'

'Hij moet weten wat hij riskeert met zijn gedrag. Als hij je bedriegt, dan is hij niet op zoek naar een ander. Dan wil hij alleen zijn pleziertjes.'

Ze kon zich best voorstellen dat Derrick seks met Crystal zou vergoelijken door tegen zichzelf te zeggen dat het emotioneel niets te betekenen had, en die gedachte maakte haar misselijk. 'Dus hij eet van twee walletjes, zoals het cliché luidt.'

Kyle haalde zijn schouders op. 'Ik probeer je niet in een bepaalde richting te duwen. We weten het natuurlijk niet zeker.'

'Maar een privédetective zou zekerheid kunnen bieden.'

'Dat lijkt me wel, als je iemand neemt die zijn werk goed doet.'

Ze voelde zich opeens wat trillerig en hield zich aan het aanrecht vast. 'Ik zal erover nadenken.'

Ze zetten het eten op tafel, maar voordat ze gingen zitten om te eten wilde ze beslist de boom zien, omdat hij zo tevreden was geweest met het resultaat. 'Hij is prachtig geworden. Goed gedaan.'

Zichtbaar trots op zijn werk, stond hij er met zijn handen op zijn heupen naar te kijken. 'Bedankt. Aan jou de eer om hem af te maken.'

'Ga ik doen... maar dan neem ik hem ook mee naar de boerderij,' zei ze.

Hij keek haar quasiverontwaardigd aan. 'Gaan we nou echt vechten om de voogdij over onze boom?'

Ze lachte. Hij was niet alleen knap, maar ook zo charmant. Zo ongeveer moest haar vader geweest zijn toen haar moeder hem ontmoette – geworteld in het stadje waar hij was opgegroeid, iemand die wist wat hij wilde in het leven, gelukkiger achter de coulissen dan ervoor. Waarom zou Renate anders haar dromen voor hem hebben opgegeven? 'We gaan er niet om vechten, tenzij jij me daartoe dwingt.'

'Dat zou ik nooit doen,' zei hij. 'Niet wanneer hij meer betekent voor jou. Maar...' hij klakte even met zijn tong '... ik kijk er niet bepaald naar uit met die boom te moeten sjouwen. Dus ik hoop dat je van gedachten verandert.'

'Daar heb je een punt. Hmm, misschien dat ik hem dan toch maar niet meeneem.'

'Nou spreek je als een vrouw naar mijn hart.' Hij gaf haar een knipoog en wilde teruggaan naar de keuken, maar ze pakte hem bij de arm.

'Ik denk dat ik toch wel...' Ze slikte toen hij zich omdraaide en haar aankeek. Ze reageerde zo intens op zijn nabijheid, en elke keer weer schrok ze er zelf van. Hoe kon ze zich zo bijna instinctief aangetrokken voelen tot een andere man en tegelijk zo van streek zijn door het gedoe met Derrick?

'Wat wil je toch wel?' drong hij aan.

'Een privédetective inschakelen.'

Hij fronste zijn wenkbrauwen. 'Dat kan aardig in de papieren lopen, dus hou daar rekening mee.'

Ze knikte ten teken dat ze het begreep. 'Het zal het waard zijn. Ik moet weten of mijn twijfels gegrond zijn of niet.'

Die avond kreeg Callie weeën. Kyle werd gebeld toen ze net klaar waren met eten en hij met Lourdes overlegde welke film ze zouden gaan kijken. Na de kater die ze die ochtend hadden ervaren waren ze geen van beiden van plan om deze dag verder nog een druppel te drinken.

'Maar... is dat niet te vroeg?' vroeg hij aan Levi, die hem belde toen hij met zijn vrouw op weg was naar het ziekenhuis.

Lourdes was bezig geweest de vaatwasser te laden, maar staakte haar werkzaamheden.

'Ze is zesendertig weken zwanger,' zei Levi. 'Dat is... niet zo erg als het had kunnen zijn.'

Niet zo erg als het had kunnen zijn... dat was niet bepaald het geruststellende antwoord waarop Kyle had gehoopt. De ongerustheid in Levi's stem wakkerde zijn eigen bezorgdheid nog eens extra aan. 'Dat is goed. Zesendertig weken is... goed,' zei hij, al had hij Callie horen zeggen dat een volledige zwangerschap ruim veertig weken duurde. Een maand. Hoeveel verschil kon een maand nou maken?

Het was een heel ander verhaal als het om het maken van een baby ging. Dan waren vier weken een lange tijd...

'Wil jij de rest bellen?' vroeg Levi. 'Ik moet me op... op haar concentreren.'

En tegen zijn angst vechten... 'Ja, natuurlijk. Komt goed. Zorg jij nou maar dat je zo snel mogelijk in het ziekenhuis bent, dan komen wij er zo gauw mogelijk aan.'

'Wat is er?' informeerde Lourdes toen hij de verbinding had verbroken.

Hij dacht aan Callie zoals hij haar de laatste keer had gezien bij Black Gold, zoekend naar een comfortabele zithouding. 'Een van mijn beste vriendinnen krijgt nu haar baby.'

'Het komt vast wel goed,' zei Lourdes, die kennelijk de ongerustheid van zijn gezicht aflas. 'Ik geef toe dat vier weken te vroeg niet ideaal is, maar de overlevingskansen met zesendertig weken zijn heel goed.'

Hij voelde zo'n emotie in zich opwellen dat hij bijna tranen in zijn ogen kreeg. Zijn moeder was in het kraambed gestorven, en die was zo gezond als een vis de verloskamer in gereden. 'Ik maak me geen zorgen over de baby,' zei hij. 'Of in elk geval minder dan over de moeder.'

'Je zei toch dat zo'n... zo'n embolie maar heel zelden voorkomt?"

'Dat klopt. Maar Callie is een paar jaar geleden bijna gestorven aan leverfalen,' legde hij uit. 'Op het laatste moment vonden ze een donor en konden ze een levertransplantatie doen, en sindsdien gaat het goed met haar. Maar ze gebruikt medicatie om afstoting tegen te gaan en die maken haar vatbaarder voor infecties. Een baby krijgen wanneer je gezondheid toch al te wensen overlaat, is in mijn ogen de goden verzoeken. Als ze mijn vrouw was, zou ik nooit hebben ingestemd met een zwangerschap.'

Lourdes ruimde de laatste borden op. 'Echt rot voor haar dat ze het zo moeilijk heeft gehad. Wat was er mis met haar lever?'

'Ze had niet-alcoholische leververvetting. En vraag me niet wat dat precies is, want dat schijnt niemand te weten.'

'Is ze dan per ongeluk zwanger geworden? Was het de bedoeling niet?'

'Nee. Haar arts zei dat een geplande zwangerschap voor iemand in haar situatie niet ongewoon was. Ze liep natuurlijk extra risico's, maar ze was bereid die te nemen zodat ze met Levi een gezin kon stichten.' Hij pakte zijn jas.

Ze schoof haar gitaar aan de kant en ging op de bank zitten. Ze had er sinds haar komst naar zijn huis niet op gespeeld, maar hij was wel altijd onder handbereik, had hij gemerkt. 'Je kunt altijd nog adopteren.'

'Hij zei dat hij daarvoor openstond, maar Callie wilde in elk geval één kind van zichzelf.'

'Misschien is hij daar dan in meegegaan omdat hij wilde dat ze gelukkig was. Dat kan ik me best voorstellen, gezien alles wat ze heeft meegemaakt.'

De herinnering aan die dag in het ziekenhuis, wachtend op het bericht of Callie de transplantatie had overleefd, stond nog steeds in zijn geheugen gegrift als een van de langste, zenuwslopendste dagen van zijn leven. 'Hij kan haar verliezen. We kunnen haar allemaal verliezen.'

Ze pakte haar gitaar en trok hem op haar schoot. 'Ik hoop dat alles goed gaat.'

'Ik ook.' Hij zocht naar zijn sleutels en ontdekte ze op het aanrecht. 'Ik moet naar het ziekenhuis. Red jij het hier in je eentje?' Ze was weliswaar van plan geweest om haar tijd hier in Whiskey Creek alleen door te brengen, maar toch zat het hem niet helemaal lekker om haar hier alleen achter te laten, in zijn huis, waar ze samen de avond hadden zullen doorbrengen.

'Ja, natuurlijk.'

Hij liep naar de deur, ondertussen het nummer van Dylan en Cheyenne bellend om die als eerste op de hoogte te brengen van het nieuws, toen ze hem nog even tegenhield.

''Wil je me sms'en?' vroeg ze. 'Me laten weten hoe het gaat? Misschien een vreemd verzoek omdat ik Callie helemaal niet ken, maar ik merk dat ik me er toch bij betrokken voel.'

Inmiddels had Dylan de telefoon opgenomen, dus knikte Kyle alleen en haastte zich naar buiten.

De uren kropen voorbij. Ze hoorde weinig van Kyle, aangezien hij het ziekenhuis uit moest lopen om haar te kunnen sms'en. Niet dat er veel te melden was. Alleen dat Callies baby niet met de keizersnee ter wereld zou komen. De artsen hadden gezegd dat haar kansen groter waren als ze op de natuurlijke manier beviel. Maar dat was dan ook het enige nieuws.

Ze probeerde afleiding te zoeken van de verleiding om Derrick te bellen door online te gaan zoeken naar mogelijke complicaties waar Kyles vriendin mee te maken kon krijgen. Volgens een van de sites die ze bezocht, kreeg veertig procent van de vrouwen die een nier- of levertransplantatie hadden gehad een te vroeg geboren kind, dus vermoedelijk had Callie nog geluk dat haar zwangerschap nog zo lang had geduurd. Vier weken te vroeg was helemaal zo gek nog niet.

Callie keek niettemin tegen een lange lijst met gevaren aan – hoge bloeddruk, nierinfectie, zwangerschapsvergiftiging en galstuwing, om er maar een paar te noemen. En ook de baby liep gevaar – achterblijvende groei, hepatitis-B, hepatitis-C, allerlei infecties en immuunreacties, zelfs misvormingen. En om de zaak nog erger te maken, waren niet alle nieuwe middelen om afstoting van een orgaan te voorkomen even goed getest, dus het was onmogelijk te zeggen welke effecten die op de baby konden hebben. Lourdes had natuurlijk geen idee welke middelen Callie precies gebruikte. Het kon gaan om corticosteroïden, cyclosporine, azathioprine, tacrolimus of een van de talloze andere middelen die ze op de diverse sites zag staan. Maar sommige zou Callie ongetwijfeld slikken. Alles wat ze las, wees erop dat iemand in Callies situatie die bijna verplicht gebruikte. Bovendien had Kyle ook al zoiets gezegd.

Ze begreep heel goed dat hij zich zorgen maakte. Dat deed ze zelf ook. Aan de andere kant werd ze altijd onrustig als ze iets over bevallingen las. Ze wist bijna zeker dat ze later ook kinderen wilde, maar ze zag dat niet echt gebeuren als ze op de huidige koers verderging. Derrick leek niet speciaal geïnteresseerd in kinderen. Hij praatte er nooit over en als zij het ter sprake bracht, begon hij over iets anders. Ze had het idee dat hij er op zijn veertigste wel meer mee bezig mocht zijn, als hij ze ooit nog wilde. Ze werden allebei te veel opgeslokt door de voortdurende uitdagingen die de muziekindustrie kende. De jacht op succes was een allesverterende drug, zo allesverterend dat al het andere er niet meer toe leek te doen wanneer ze in Nashville was.

Maar hier in Whiskey Creek vroeg ze zich af of het najagen van haar droom betekende dat ze andere belangrijke dingen in het leven liet liggen.

Hou op, zei ze tegen zichzelf. Zelfs al overwonnen Derrick en zij hun huidige problemen, een kind zat er voorlopig niet in. Ze kon haar carrière wel vergeten als ze er een paar maanden langer tussenuit moest – en het zou bijna net zo moeilijk zijn om hem daarna weer op te pakken als om opnieuw te beginnen. Lange dagen en laat naar bed waren onmogelijk te rijmen met een baby.

Ze liep naar de bank en sloeg een paar akkoorden aan, maar ze kon het idee niet van zich afzetten dat ze op een kruispunt in haar leven stond. Ze moest opeens denken aan een gedicht van Robert Frost, Het pad dat ik niet nam. 'In een geel bos gingen twee paden uiteen...'

Bood de neergang in haar carrière misschien een gelegenheid tot bezinning? Een kans om pas op de plaats te maken en na te denken, om erachter te komen of ze wel echt roem en geld wilde nastreven, ten koste van al het andere?

Haar telefoon ging. Ze pakte hem van de eettafel en zag dat het Derrick was – en drukte hem weg. Maar toen hij het steeds weer opnieuw probeerde, nam ze het gesprek uiteindelijk geïrriteerd aan.

'Wat wil je?' vroeg ze kortaf. Door haar onzekerheid wat hem – en veel andere dingen in haar leven – betrof, was ze er nog lang niet aan toe om met hem te praten.

'Niet boos zijn. Toe, schatje. Ik mis je. Je meent vast niet serieus wat je over Crystal zei. Je hebt niks van haar te vrezen.'

Hij had gedronken. Dat hoorde ze meteen. 'Bóós? Jij denkt dat ik boos ben? Dat alles weer bij het oude is wanneer ik niet boos meer ben?'

'Dat hoop ik wel. Je bent vast ongesteld, anders zou je niet zo pinnig doen.'

Ze kon haar oren bijna niet geloven. 'Het is me nu wel helemaal duidelijk dat mijn gevoelens er voor jou helemaal niet toe doen. Hoe weinig respect je hebt voor vrouwen in het algemeen ook.'

'Ik zou het niet zeggen als het niet waar was. Zo gedraag je je altijd wanneer het die tijd van de maand weer is.'

'Nee, helemaal niet,' betoogde ze fel. 'Ik heb een serieus probleem met de aandacht die je voor Crystal hebt, en dat heb ik al maanden. Hoe durf je dat toe te schrijven aan mijn hormonen!'

'Je bent gewoon jaloers, dat is alles.'

'Ik voel me vooral misleid!'

'Vrouwen!' riep hij uit. 'Jullie zijn allemaal hetzelfde! Waarom moeten jullie altijd zo verdomd onzeker zijn?'

Ze pakte haar telefoon steviger vast. Ze had genoeg van het geruzie, maar met die laatste opmerking gooide hij weer nieuwe olie op het vuur. 'Als je bedoelt dat je ex-vrouw zich net zo gedroeg, dan moet je maar denken dat ze daar een goede reden voor had. Je bedroog haar – en wel vaker ook dan die ene keer die je aan mij hebt bekend.'

'Omdat ze me niet gelukkig maakte.'

'Dan had je bij haar weg moeten gaan!'

'Ik had je nooit moeten vertellen wat er is gebeurd,' zei hij. 'Ik had kunnen weten dat je me dat op een dag voor de voeten zou gooien.'

'Was dat de enige keer?'

'Het is nog een paar keer gebeurd, maar pas nadat ons huwelijk op de klippen was gelopen. Er was geen redden meer aan. Dat wilde ik trouwens ook niet.'

'Dus ja, je hebt haar vaker bedrogen.' Aan het einde van de kamer draaide ze zich met een ruk om. 'Waag het niet om te suggereren dat ík degene ben die fout zit!'

'Ik heb je iets verteld wat ik niet iedereen zou vertellen. Ik vraag alleen om niet te hard over me te oordelen, meer niet.'

Was ze werkelijk ongevoelig en onredelijk? Een kreng dat het verleden oprakelde?

Ze slikte een onaardige opmerking in en boorde haar nagels in haar handpalm. 'Ik wil alleen maar weten hoe het zit, Derrick,' zei ze zo kalm als ze kon terwijl ze naast de tafel bleef staan. 'Als we verder met elkaar willen, moeten we eerlijk tegen elkaar zijn.'

'Ik ben niet verliefd op Crystal.'

Weer drukte ze de emotie weg die in haar opwelde en slikte de bijbehorende reactie in. 'Daar gaat het in eerste instantie niet eens om. Ik vraag of je met haar naar bed bent geweest. Een simpel ja of nee is genoeg.'

Er volgde een lange stilte. Hoe langer die duurde, des te meer de angst haar om het hart sloeg.

'Derrick?' zei ze met een smekende klank in haar stem. 'Vertel me de waarheid. Alsjeblieft. Ben je met haar naar bed geweest?'

‘Verdomme, Lourdes. Waarom kun je het niet laten rusten? Nou, goed dan. Ja, ik ben met haar naar bed geweest. Nu tevreden? Het werd op een avond heel laat en toen… nou ja, van het een kwam het ander. Ik zou het je wel verteld hebben, maar ik wist dat je het veel zwaarder zou opnemen dan het was.’

Haar hele lichaam was slap geworden toen hij ja zei. Ze had amper nog de kracht om rechtop te blijven staan en de telefoon vast te houden. Ze hoorde Derrick praten – smeken en draaien en excuses maken. Hij zei minstens één keer dat hij van haar hield. Op gepaste momenten was hij even stil omdat hij kennelijk een reactie verwachtte, maar ze kon geen woord uitbrengen. Een luide stem dreunde door haar hoofd, als een misthoorn die maar doorging. Hij heeft het toegegeven! Hij heeft het toegegeven! Je had al die tijd gelijk!

‘Lourdes? Ben je er nog? Je moet me geloven, schatje. Het was stom en… en mechanisch. Het stelde niets voor. Ik zweer het.’

Duizelig wankelde ze achteruit naar de bank, zich vasthoudend aan alle meubilair dat ze tegenkwam. Toen liet ze zich erop zakken en drukte haar hoofd tussen haar knieën.

‘Heb je dan niets te zeggen?’ vroeg hij. ‘Toe maar. Scheld me maar uit. Ik heb het verdiend. Als je maar weet dat het… dat het niet jouw schuld was. En dat ik nog steeds hetzelfde voor je voel.’

Ze kneep haar ogen dicht. Adem.

‘Lieverd? Til er niet te zwaar aan, oké? Ik wilde je het meteen al vertellen. Dat moet je van me aannemen. Maar je bent zo gevoelig wat Crystal betreft. En je zit al genoeg in de put doordat je carrière niet zo… lekker loopt op het moment. Ik wilde het niet nog erger voor je maken.’

Waarom had hij dat dan wel gedaan? Kennelijk vond hij het geen punt om haar alleen te laten worstelen met haar carrière terwijl hij lag te vozen met zijn nieuwe cliënt.

‘Het was altijd al mijn bedoeling om het je te vertellen – later. Dit leek me gewoon geen goed moment,’ zei hij toen ze verder luisterde.

‘En wat zou dan wel een goed moment zijn geweest?’ vroeg ze ademloos. ‘Nadat we getrouwd waren?’

'Het had geen haast. We hebben nog niet eens een datum geprikt.'

'Door dit gedoe.'

Daar had hij niets op te zeggen.

Ze ging rechtop zitten en voelde haar eten omhoog komen. Ze kon het maar net binnenhouden. Uit een of ander raar soort masochisme kon ze zichzelf er niet van weerhouden naar de details te vragen. 'Hoe vaak?'

'Eén keertje maar.'

Dat had hij ook gezegd over het bedrog van zijn vrouw. 'Wanneer?'

'Een maand geleden. Dat was de enige keer.'

Brandende tranen rolden over haar wangen. Ze haalde haar neus op in een poging ze tegen te houden.

'Niet huilen,' zei hij. 'Ik haat mezelf dat ik het heb gedaan.'

Ze veegde haar wangen droog. 'Waarom wil je haar dan niet vragen om een andere manager te zoeken?'

'Omdat het, zoals ik al zei, een stomme vergissing was. Er is geen enkele reden om alles daardoor te laten verpesten. Ik ben afhankelijk van mijn cliënten. En voor jou heb ik goede contacten in de muziekwereld nodig. Dat is de enige manier waarop ik je kan helpen terug te komen aan de top.'

Dat was hem. De draai die hij eraan gaf. Hij hield Crystal aan als cliënte omwille van háár, ook al had ze hem gesmeekt het tegenovergestelde te doen. 'Ik moet gaan,' zei ze.

'Hoe bedoel je? We zijn hier toch nog niet over uitgepraat? Je zei dat je wilde dat ik eerlijk was, en dus heb ik mijn fout opgebiecht. Laat me niet zitten terwijl ik alleen maar heb gedaan wat je vroeg.'

Dat was in bijna elk opzicht zo verkeerd dat ze geen idee had waar ze moest beginnen met hem duidelijk maken dat ze hem niets schuldig was voor zijn bekentenis. 'En anders?' informeerde ze. 'Dan vertel je het me volgende keer niet weer?'

'Nee...' Hij leek even te moeten nadenken voordat hij een acceptabel antwoord had bedacht. 'Het zal niet weer gebeuren. Dat beloof ik.'

Maar ze wist nu hoeveel zijn beloftes waard waren. Hij had haar hetzelfde beloofd nadat hij haar had verteld dat hij zijn vrouw had bedrogen.

Langzaam begon het tot haar door te dringen dat het niet uitmaakte of hij Crystal al dan niet overdeed aan een andere manager. Crystal was het probleem niet. Híj was het probleem. 'Ik zou wel verder met je kunnen praten,' zei ze, 'alleen heeft dat weinig zin.'

'Hoezo?'

'Omdat het voorbij is tussen ons,' zei ze bedrukt, waarna ze hem wegdrukte.

Hoofdstuk 13

Kyle was pas om drie uur 's nachts terug, en het verbaasde hem dan ook dat Lourdes nog op was. Ze zat op de bank met haar gitaar op schoot, maar ze speelde er niet op. Ze keek televisie.

'Hoe is het gegaan? Je sms'te op een gegeven moment niet meer,' zei ze, haar gitaar wegleggend waarna ze opstond en naar hem toe liep om hem te begroeten.

'Ja, sorry. Het werd later en later en ik dacht dat je inmiddels wel naar bed zou zijn gegaan. En ik wilde je niet storen met het gepingel van binnenkomende berichten.'

'Dat had ik niet erg gevonden. Ik was ongerust.'

Ze had gehuild, dat zag hij aan haar dikke ogen. 'Alles goed met je?' informeerde hij.

'Ja.' Ze rechtte haar rug alsof ze zich niet kon voorstellen waarom hij dat vroeg. 'Hoe is het met Callie? Want daar gaat het nu om.'

Hij glimlachte vermoeid. 'Achteraf hebben we ons zorgen om niets gemaakt.'

'Dus er waren geen complicaties?'

'De artsen houden haar goed in de gaten, maar... nee.'

'Dat is fantastisch!'

Het na-ijlende effect van de adrenaline die zich tijdens de bevalling in zijn systeem had opgehoopt, had hem overvallen tijdens de lange rit terug van het ziekenhuis in Sacramento. Hij kon zijn ogen nauwelijks openhouden. 'Ze is zó gelukkig.'

'Dus dan is alles met de baby ook goed.'

'Ja. Kleine Aiden weegt niet meer dan vijf pond, maar voor de rest lijkt hij prima in orde te zijn. Ik begreep van de artsen dat de longen als laatste volgroeid zijn, en dus zijn ze extra alert op een klaplong, die zich kan voordoen wanneer er lucht ontsnapt via kleine gaatjes in het longweefsel. Als dat gebeurt, krijgt hij extra zuurstof en als dat niet helpt, gaan ze hem beademen totdat de gaatjes zijn dichtgegroeid. Om een of andere reden komt zoiets vaker voor bij vroeggeboren jongetjes dan bij meisjes.'

Ze legde haar gitaar op een veiliger plek. 'Maar toch, geweldig nieuws. Levi is vast enorm opgelucht dat zijn vrouw en kind er zo goed doorheen zijn gekomen.'

Het verraste Kyle dat ze Levi's naam nog wist. 'Klopt. Ik heb hem nog nooit zo emotioneel gezien als vanavond.' Hij grinnikte toen hij aan de tranen in de ogen van zijn vriend dacht. 'Hij is altijd zo'n stoere vent, een man van weinig woorden. Dus hij krijgt later nog wat te horen.'

'Als hij echt zo stoer is, kan hij dat wel hebben.'

'Hij mag de rest van de groep zelf ook graag een beetje pesten.' Hij gooide zijn sleutels op het aanrecht. 'Klaar om je bed op te zoeken?'

Ze knikte.

Hij wilde naar Derrick vragen, weten of er iets was gebeurd tijdens zijn afwezigheid, maar hij wilde haar niet van streek maken, vooral niet vlak voor het slapengaan. 'Ik ben blij dat het morgen zondag is,' mompelde hij. Dan was er alleen het etentje bij zijn ouders maar waar hij zich druk om hoefde te maken...

'Sinds ik hier ben, lijken de dagen erg op elkaar,' merkte ze op.

'Dat wordt wel anders wanneer je straks aan het werk bent.'

'Ja, vast wel.' Erg overtuigd klonk het niet, maar ze ging er verder niet op in. Hij liep naar het aanrecht om een glas water te drinken, en zij zette ondertussen de televisie uit en liep richting gang.

'Welterusten,' riep hij haar na.

'Welterusten,' riep ze terug. 'Ik ben echt blij dat het goed gaat met je vriendin... en met de baby.'

'Bedankt.' Tegen de tijd dat hij zijn glas leeg had en zelf ook de gang in liep, was haar deur al dicht. Maar toen hij bij zijn kamer was, ging die weer open.

'O, het is trouwens niet meer nodig om een privédetective te huren om Derricks gangen na te gaan, hoor, dus die moeite kun je je besparen.'

Met zijn handen in zijn zakken leunde hij tegen de muur tegenover haar deur. 'O? Wat is er gebeurd? Is het hem gelukt je te overtuigen?'

'Nee.' Ze glimlachte verdrietig. 'Hij heeft het toegegeven.'

Verrast schoot hij overeind. 'Ik dacht dat je zei dat hij het nooit zou toegeven.'

'Dat dacht ik ook.'

Hoe had ze hem zover gekregen dat hij het opbiechtte? Hij deed zijn mond open om het te vragen, maar hij kreeg de kans niet. Ze glipte terug haar kamer in en deed de deur zachtjes achter zich dicht.

De volgende ochtend zag Kyle Lourdes pas weer toen het al bijna tijd was om naar zijn ouders te gaan. Ze kwam bijna wankelend haar kamer uit, naar haar hoofd grijpend alsof ze een kater had, al dacht hij dat ze vorige avond niets gedronken had. De wijn was op; het enige wat hij in huis had, waren een paar flessen sterke drank die helemaal achter in de kast stonden; daar was niet meer van gedronken sinds afgelopen Halloween, toen hij de gastheer was op het jaarlijkse feestje dat ditmaal bij hem was gehouden.

'Hoofdpijn?' informeerde hij, de televisie zachter zettend toen ze de keuken in kwam.

Ze pakte haar tas van het aanrecht en begon erin te rommelen. 'Ik denk dat het migraine is.'

'Heb je daar vaker last van?'

'Nee. Maar het lijkt alsof mijn hoofd elk moment kan ontploffen en dus is het veel erger dan een gewone hoofdpijn.' Ze vond de pijnstillers, slikte er een paar en schuifelde terug naar haar kamer.

Hij stond op en ging haar achter na. 'Zal ik ontbijt voor je maken?' riep hij door de gesloten deur heen. 'Misschien dat je je beter voelt als je wat eet.'

'Nee, dank je,' zei ze. 'Ik moet gewoon even slapen.'

Hij vroeg zich af of hij wat meer moest aandringen. Wat eten zou vast en zeker wel helpen. 'Je kunt beter geen pijnstillers slikken op een lege maag.'

Toen ze niet reageerde, ging hij terug naar de keuken, maakte roerei en toost en keerde terug naar haar deur. 'Lourdes?' zei hij, aankloppend.

Niets.

'Ik kom binnen. Niet schrikken.'

Ze zei niet dat het niet mocht, dus opende hij de deur. Het was donker in de kamer en het rook er vaag naar parfum. Ze had de gordijnen dichtgetrokken om de zon buiten te sluiten en ze was zo diep weggekropen onder de deken dat alleen een pluk haar zichtbaar was.

Hij liep naar het bed. 'Hier, ik heb iets te eten voor je gemaakt.'

'Probeer me niet te helpen,' antwoordde ze mat. 'En verwacht niet dat ik vriendelijk doe. Ik moet een paar dagen zwelgen in zelfmedelijden.'

'Dat is prima, maar dat wil niet zeggen dat je niet wat kunt eten, toch? Honger maakt het er echt niet beter op.'

Op het nachtkastje zoemde haar telefoon. Hij keek ernaar, maar zij verroerde zich niet. In het schermpje stond Klootzak.

'Dat is Derrick, denk ik,' zei hij.

'Ik wil niet met hem praten.'

Na enkele seconden schakelde de oproep over naar de voicemail.

'Ik moet ervandoor,' zei Kyle. 'Eten bij mijn ouders, weet je nog?'

'Veel plezier.'

Hij schoof haar telefoon opzij zodat hij het bord neer kon zetten en ging toen zelf op de rand van haar bed zitten. 'Rot dat het zo is gegaan met Derrick.'

'Ik kan er beter nu achterkomen dan later,' zei ze. Tenminste, hij dácht dat ze dat zei, maar haar stem werd gesmoord door de dekens.

'Precies. Gelukkig ben je nog niet met hem getrouwd... en zijn er geen kinderen bij betrokken.'

'Zeg dat niet,' bromde ze. 'Niet over kinderen beginnen.'

Hij wilde haar alleen maar wat moed inspreken zonder de situatie te bagatelliseren. 'Misschien klinkt dat te praktisch, maar het is wel waar.'

Abrupt gooide ze de dekens van zich af en keek hem aan. 'Wat moet ik nu?'

'Je krabbelt overeind en klopt het stof van je af,' zei hij.

'Hoe?'

'Je zou om te beginnen iets kunnen eten.' Hij schoof het bord dichter naar haar toe. 'Wat vind je? Als eerste stap is dat niet zo heel moeilijk, toch?'

Met een somber gezicht pakte ze de vork en stak een stukje ei in haar mond. 'Twee jaar geleden was ik met kerst in Parijs. Derrick liet vijftig rode rozen en een doos van de allerlekkerste bonbons ooit bezorgen in onze penthousesuite.'

Kyle grinnikte. 'Ik kan ook wel een bosje bloemen en een reep chocola voor je meenemen, als dat helpt.'

Sniffend liet ze de vork zakken. 'Ik zit niet op bloemen en chocola te wachten. Het punt is... Het ging fantastisch toen. Ik stond bovenaan in de hitlijsten. Heb je enig idee hoe weinig mensen – hoe weinig vróúwen – dat ooit bereiken? Dat jaar won ik CMS's verkiezing voor Beste Nieuwe Zanger. Ik was de enige genomineerde vrouw.'

'Dat is ongelooflijk.'

'En nu eindigt het zo? Ik val met een enorme dreun uit de zevende hemel... en mijn manager is er niet om me overeind te helpen?'

'Wat is er precies misgegaan met je carrière?'

'Ik wilde per se een popalbum uitbrengen en ik heb mijn platenmaatschappij verlaten om dat te kunnen doen – overigens tegen het advies van Derrick in, wat het alleen maar erger maakt. Hij wilde dat ik op veilig zou spelen, terwijl ik vond dat het tijd was om risico te nemen. Maar goed, het komt erop neer dat ik heb gegokt en verloren. De meeste mensen in de muziekwereld vonden het een goed album, maar mijn fans dachten daar anders over. Toen heb ik gezien hoe snel de mensen die zeiden van mij en mijn werk te houden in mijn grootste critici konden veranderen.'

Hij zag dat dat een zware wissel op haar had getrokken. 'Heeft dat voor problemen tussen Derrick en jou gezorgd?'

'Dat ook. We hadden er heftige discussies over.'

'Maar je hebt de songs waarmee je populair bent geworden nog steeds. Die kan niemand je afnemen. Ga terug naar wat je fans mooi vonden aan je eerdere nummers en bouw daarop voort.'

'Dat was het plan. Maar nu heeft mijn zelfvertrouwen zo'n opdonder gehad en is mijn privéleven zo'n enorme puinzooi dat ik niet weet of me dat gaat lukken. Zeker niet zonder Derrick.'

'Hij doet niets anders dan je sms'en en bellen. Je zou hem kunnen vergeven en hem terugnemen.'

Ze gaf het bord aan hem terug en trok haar knieën op zodat ze er met haar kin op kon steunen. 'Ja, dat zou kunnen, alleen wordt het daar niet anders van.'

'Hoezo niet?'

'Het is niet een kwestie van vergeven, het is een kwestie van karakter. Hij heeft de kans gehad om te veranderen en die kans heeft hij niet gebruikt. Hij heeft niets geleerd van het bedriegen van zijn vrouw. En nu heeft hij mijn vertrouwen ook beschaamd.' Ze leunde met haar hoofd tegen het hoofdeinde en staarde naar het plafond. 'Daar komt nog bij dat ik me de grootste idioot ter wereld voel.'

'Omdat je iemand een tweede kans hebt gegeven?'

'Omdat ik een oogje heb dichtgeknepen.'

Kyle keek met gefronste wenkbrauwen naar de eieren, die ze nauwelijks had aangeraakt. 'Waarom ga je niet mee naar mijn ouders? Derrick en je problemen met hem spoken nu lang genoeg door je hoofd. Volgens mij helpt het niet om maar over jullie relatie te blijven piekeren.'

Ze pakte het bord terug en schoof nog een hap roerei in haar mond. Maar aan haar gezicht was te zien dat ze nauwelijks proefde wat ze at, laat staat dat ze ervan genoot. 'Nee, bedankt. Ik eet dit wel op. Ik wil vandaag geen andere mensen zien.'

'Verandering van omgeving helpt misschien wel.'

'Ik zou een vrolijk gezicht moeten trekken. Dat gaat gewoon niet. Maar het komt goed, dus maak je geen zorgen over mij.'

'Oké.' Hij stond op. 'Dan ga ik nu maar mijn familieplicht vervullen.'

'Succes.' Ze nam nog een hap voordat ze het bord wegzette en weer onder de dekens kroop.

Kyle had gehoopt om eerder dan Brandon en Olivia bij zijn ouders te arriveren, zodat hij zich al comfortabel op de bank had geïnstalleerd om samen met zijn vader naar sport te kijken voordat zij binnenkwamen. Maar omdat hij wat te eten had gemaakt voor Lourdes en wat langer bij haar was gebleven dan hij van plan was, bleek hij nu juist aan de late kant te zijn. Zodra hij arriveerde, dirigeerde zijn vader hem naar de keuken, waar iedereen in opdracht van Paige al bezig was om het eten op te dienen.

'Het ruikt goed hier,' zei hij.

Ze begroetten hem hartelijk en Paige viel lang genoeg uit haar rol van commandant om hem met een omhelzing te verwelkomen. 'Fijn dat je er bent, lieverd. Zonder jou is het toch niet hetzelfde.'

Hij had bijna gezegd dat hij kwam zo vaak hij kon, maar dat was tegenwoordig niet echt waar, en hij was bang dat iemand hem erop zou aanspreken. Dus zei hij alleen: 'Fijn om je te zien.'

'We eten iets wat jij lekker vindt. Braadstuk.'

Dat ze hem bemoederde, maakte het op een of andere manier nog erger. 'Kan ik nog iets doen?'

'Die pan met puree even vasthouden zodat ik die in een schaal kan leegschrapen.'

Hij deed wat ze vroeg. Toen zette ze er een opscheplepel in en vroeg hem de puree op tafel te zetten.

'Ik had gehoopt dat je Lourdes mee zou brengen,' zei zijn vader, die achter hem liep met het braadstuk.

'Ik heb het gevraagd, maar ze voelde zich niet zo goed.'

'Wat zei je?' riep Paige hem na.

'Ik zei dat ik Lourdes gevraagd heb om mee te gaan, maar dat ze zich niet zo goed voelde,' herhaalde Kyle op luidere toon.

Zijn vader beduidde met zijn hoofd dat Kyle een paar waterglazen aan de kant moest schuiven zodat hij het braadstuk kwijt kon op tafel. 'Wat mankeert haar dan?'

Olivia en Brandon, die aan kwamen lopen met de asperges en de jus, zetten hun schalen op tafel en keken hem afwachtend aan, maar hij wilde niets loslaten over de breuk tussen Lourdes en Derrick. Ze won er niets bij als hij persoonlijke dingen vertelde over iets wat ze voor zichzelf wilde houden. 'Niets ernstigs,' zei hij. 'Hoofdpijn. Morgen is ze weer de oude.'

'Dus ze is nu alleen bij je thuis?'

'Ja. Ze doet een dutje.'

Paige kwam binnen met drie biertjes. Ze dronk geen sterke drank, en nu Olivia zwanger was, uit solidariteit ook geen bier. 'Komen ze morgen de verwarming in de boerderij repareren?'

Kyle maakte plaats voor haar. 'Ja.'

Zijn vader nam plaats aan het hoofd van de tafel terwijl zijn moeder terugliep naar de keuken om te kijken of ze niets vergeten was. 'Vond je het niet moeilijk om een volkomen vreemde in je huis te laten logeren?'

'Nee, helemaal niet. We kunnen het goed met elkaar vinden.'

'Je denkt niet dat jullie ooit verkering krijgen?' vroeg zijn moeder, die binnenkwam met de zelfgebakken broodjes.

'Nee,' zei Kyle.

'Waarom niet?'

'Om allerlei redenen.'

Ze fronste teleurgesteld haar wenkbrauwen. 'O.'

Olivia ging tegenover hem zitten en Brandon nam naast haar plaats. Nadat zijn moeder aan het andere eind van de tafel was gaan zitten, was alleen de stoel naast Kyle nog leeg. Het feit dat hij de enige vrijgezel van de familie was, had hem nooit eerder gestoord, maar dat deed het nu wel – vooral omdat hij nu in elke groep de enige zonder partner was.

'Wat is er met jou en Noelle aan de hand?' vroeg Olivia.

Kyle vergat zijn ongemakkelijke gevoel. Hij vergat zelfs het heerlijke eten dat zijn moeder op tafel had uitgestald. 'Wat bedoel je?'

'Ze kwam vandaag bij ons om te douchen.'

'Waarom? Doet de boiler die ze van mij heeft het niet?'

Olivia keek hem eens goed aan. 'Die heeft ze er door een vriend van haar uit laten slopen en in de tuin laten gooien. Ze zei dat ze niets van je wilde aannemen.'

Noelle had anders nog nooit een van zijn maandelijkse alimentatiecheques geweigerd, maar dat zei hij niet. 'Je weet hoe ze is.'

Olivia trok haar wenkbrauwen op. 'Meer heb je er niet over te zeggen?'

Hij keek met een uitgestreken gezicht terug. 'Wil je echt het laatste nieuws horen?'

'Ik wel,' zei Brandon. 'Wat is er aan de hand?'

'Het komt erop neer dat ze wil dat we weer bij elkaar komen. Ze heeft zeker genoeg van de zoektocht naar een nieuwe man en kan wel wat financiële ondersteuning gebruiken.'

Er verscheen een rimpel in Olivia's anders zo gladde voorhoofd. 'Dat is niet wat zij zegt.'

Kyle schoof heen en weer op zijn stoel, geïrriteerd dat Olivia zijn woorden in twijfels trok. Vooral zij zou toch moeten weten hoe Noelle was? 'Wat zegt zíj dan?'

'Dat je haar maar lastig blijft vallen voor...' ze keek even naar Paige '... je weet wel. Dat ze daarvoor past als je niet officieel een relatie met haar wilt hebben.'

Met een luid gekletter viel de vork die hij net had opgepakt op zijn bord. 'Dat kun je verdomme niet menen!'

'Kyle!' riep zijn moeder. 'We zitten aan tafel! Let alsjeblieft op je woorden...'

Zijn uitroep was eruit geweest voordat hij het wist – het gevolg van een jarenlang opgehoopte frustratie waar het Noelle betrof. Hij had er gewoon niet bij nagedacht. 'Sorry, mam, maar...' Verbijsterd schudde hij zijn hoofd. 'Aan wie vertelt ze die onzin allemaal?'

Toen Olivia een kleur kreeg, dacht hij even dat ze waarschijnlijk de leugens van haar zus tot op zekere hoogte had geloofd. 'Mijn ouders. Noelle zei dat je een tegenprestatie verwachtte voor die boiler en dat ze dat heeft geweigerd.'

'Ze geloofden haar toch zeker niet?'

Olivia keek hem aan met een mengeling van sympathie en bezorgdheid. 'Ik ben bang van wel. Ze was heel overtuigend. Ze zeiden dat ze trots op haar waren omdat ze zoveel ruggengraat toonde. Dat ze jou niet nodig had omdat zíj wel een nieuwe boiler voor haar zouden kopen.'

Kyle schoot overeind en stootte daarbij zo hard tegen de tafel dat de glazen wiebelden en bijna omvielen. 'Wat een verdomde flauwekul!'

'Kyle!' zei Paige weer, maar niemand besteedde aandacht aan haar vermaning.

'Waarom zou ze zoiets zeggen?' vroeg Bob, zichtbaar geschokt.

'Omdat ze gestoord is.' Brandon gebaarde dat Kyle weer moest gaan zitten. 'Rustig maar, broertje. We weten dat ze liegt. Ze liegt overal over.'

Olivia keek haar man gekwetst aan, alsof ze verscheurd werd door een loyaliteitsconflict, en dat was voor Kyle de druppel. Hij was blij dat de zussen een staat van vreedzame co-existentie hadden gevonden, maar hij vond het ongelooflijk dat Olivia, die hem zo goed kende en die in de loop der jaren zo had geleden onder Noelles gedrag, de onzin geloofde die zijn ex-vrouw over hem rondvertelde.

'Dat mens heeft écht een probleem,' zei hij, waarna hij naar buiten stormde.

Hoofdstuk 14

Op weg naar huis reed hij langs Noelles huis en inderdaad, de boiler lag op het grasveldje voor haar huis, met een flinke deuk erin, zichtbaar voor iedereen. Dat betekende dat Noelle haar verhaal ook aan anderen had gedaan. Zo zouden de buren ongetwijfeld weten dat hij probeerde Noelle terug te krijgen in zijn bed, en god mocht weten aan wie ze het nog meer had verteld.

Jammer dat degene die Noelle had overgehaald de boiler eruit te slopen het ding niet in zíjn tuin had gegooid. Dan had hij hem kunnen weghalen. Maar ze had natuurlijk een punt willen maken, het drama flink willen aandikken.

Typerend...

'Stomme trut.' Hij parkeerde aan het eind van de straat en bleef kwaad naar haar gedeukte japanner zitten kijken, die op haar oprit stond. Wie dacht ze wel niet dat ze was? Dacht ze echt dat ze het recht had zijn naam door het slijk te halen? Zelf had hij dat zes jaar geleden al genoeg gedaan, toen hij iets met haar kreeg.

Ze maakte alles kapot wat ze aanraakte. In plaats van boos te zijn, kon hij God beter op zijn blote knieën danken dat hij geen kind bij haar had, dacht hij.

Hij startte zijn truck en reed langzaam dichter naar haar huis toe. In zijn hart wilde hij niets liever dan bij haar aanbellen en haar precies te vertellen hoe hij over haar dacht. Zijn secretaresse had gelijk. Hij was veel te aardig geweest. Hoe vaak had hij zijn tong er niet bijna af gebeten omdat hij zich nauwelijks kon bedwingen om haar te vertellen dat ze moest ophoepelen uit zijn leven. Dat wilde hij nu ook tegen haar zeggen.

Alleen wist hij ook dat dat de zaak alleen maar erger zou maken. Ze probéérde een confrontatie uit te lokken. Dus weerstond hij de aandrang en bleef net lang genoeg staan om de boiler in de laadbak te tillen. Toen zwaaide hij even naar Prinley Pendergast, die aan de overkant van de straat met een van haar kinderen naar buiten was gekomen.

Toen ze niet reageerde, maar strak naar hem bleef kijken, alsof hij het eens moest wagen om haar overbuurvrouw kwaad te doen, stapte hij weer in zijn truck en reed weg.

Hij was bijna thuis toen hij een sms'je van Noelle kreeg. Hij las het toen hij voor een rood stoplicht moest wachten.

Wel verdomme! Heb jij mijn boiler meegenomen?

Zijn vingers jeukten om te reageren, maar hij reed verder en toen hij uiteindelijk thuis was en zijn auto naast Lourdes' huurauto had geparkeerd, werd zijn aandacht meteen in beslag genomen door de aanblik van Lourdes, die dik ingepakt in zijn winterkleren op de veranda zat.

Hij stopte zijn telefoon weg zonder te reageren op Noelles sms'je, zette de motor uit en opende het portier. 'Is het niet wat te koud om buiten te zitten?'

'Dit is Californië,' zei ze. 'Ik doe net of het warm is.'

Echt koud kon ze het niet hebben in zijn donsgevoerde jack, dikke muts en gevoerde handschoenen, dacht hij.

'Blij te zien dat je uit bed bent,' zei hij, 'ook al is het alleen om zonder reden buiten in de kou te gaan zitten.'

'Ik probeer te resetten.'

'En dat betekent...'

'Dat ik opnieuw begin. De toekomst omarm.'

'Ik begrijp het.'

'Je hebt helemaal geen kerstverlichting hier,' zei ze, naar de dakgoten kijkend. 'En kerstversiering zie ik ook nergens.'

'Ik versier de tuin pas als ik kinderen heb,' zei hij. 'Het heeft geen zin om dat alleen voor mezelf te doen. Ik zou het toch niet zien.'

Ze ritste haar jack wat hoger dicht. 'Geldt dat ook voor kerstverlichting?'

'Nou, daar ben ik minder uitgesproken over. Als jij graag verlichting wilt, kunnen we de boerderij wel versieren.' Alles om te zorgen dat ze zich wat beter voelde...

Ze sloeg haar armen over elkaar en leunde achterover. Ze leek bijna in zijn jack te verdwijnen. 'Ik weet eigenlijk niet of ik wel terug wil naar de boerderij.'

Hij verstijfde even en deed toen de auto op slot. Nu hij wist dat Noelle de sleutels had van zijn huis en ze uit was op wraak, wilde hij haar geen gelegenheid geven om zijn auto te saboteren. Morgen zou hij de slotenmaker laten komen, zodra hij klaar was met de monteur in de boerderij. 'Wat wil je daarmee zeggen?' vroeg hij. 'Dat je teruggaat naar Nashville?'

'Nee. Absoluut niet.'

Hij voelde zich opgeluchter dan hij zou moeten, wat hem bijna net zo dwarszat als de woede die hij voor Noelle voelde. 'Ga je dan naar Angel's Camp? Of naar een andere plaats?'

'Nou, ik hoopte eigenlijk dat ik hier bij jou kon blijven wonen.'

Hij liet zijn sleutels bijna vallen. 'Hier?'

Ze liep hem tegemoet. 'Ja, waarom niet? Ik blijf wel gewoon huur betalen voor de boerderij natuurlijk. En als we elkaar in de weg blijken te lopen of ons aan elkaar ergeren, of als er geen werk uit mijn vingers komt, dan verhuis ik.'

Ze wilde niet langer alleen zijn.

Hij voelde zich gevleid dat ze het gevoel had dat ze er met zijn steun weer bovenop dacht te komen. Maar of ze nu zo veilig bij hem was als ze dacht... Olivia of niet, hij kon niet die onverwachte schok van aantrekkingskracht vergeten toen hij Lourdes die eerste keer uit haar huurauto had zien stappen. Dat was trouwens niet de enige keer geweest dat hij zich sterk tot haar aangetrokken voelde. Die nacht bijvoorbeeld dat hij haar in zijn armen had gehouden.

'Eh...'

'Jij zou de boodschappen kunnen halen en ik zou voor ons kunnen koken,' zei ze, in een poging hem over te halen. 'Niet dat ik nou zo'n geweldige kok ben, maar er zou in elk geval 's avonds als je thuiskomt een warme maaltijd op je staan te wachten.'

Dat laatste klonk meer dan aanlokkelijk. Dat was een luxe die hij niet meer had ervaren sinds zijn scheiding. En ook daarvoor had Noelle vaker niet dan wel zin gehad om te koken.

Bovendien was het niet meer dan een tijdelijke regeling, hield Kyle zichzelf voor. Want ook al zei Lourdes dat ze het helemaal had gehad met Derrick, het was mogelijk dat ze zich weer met hem verzoende en dat zou haar plannen helemaal omgooien.

Waar was hij dan bang voor? Ze zou niet lang genoeg blijven om serieuze gevoelens voor haar te krijgen, laat staan voor een relatie...

'Zo mag ik het horen,' zei hij. 'Dus ja, waarom niet? Lijkt me gezellig.'

Ze keek hem onderzoekend aan. 'Zeker weten?'

Zijn aarzeling had haar aan het twijfelen gebracht, had haar het gevoel gegeven dat hij er misschien niet zo happig op was om zijn huis met haar te delen. 'Natuurlijk,' zei hij. 'Ik was alleen bang dat je hier niet de privacy hebt waar je naar op zoek was, maar –'

'Ik voel me op mijn gemak bij jou,' verzekerde ze hem. 'Het bevalt me hier goed.'

Als ze zelf geen boodschappen hoefde te doen, had ze geen last van nieuwsgierige blikken en opmerkingen die haar anders ongetwijfeld ten deel zouden vallen. Als het nieuws van de breuk met Derrick bekend werd, had ze nog meer reden om zich niet in het openbaar te vertonen. Hij wilde niets liever dan haar tegen ongewenste aandacht beschermen, maar dat kon natuurlijk ook als ze in de boerderij woonde...

Maar misschien ook niet. Als ze niet onder één dak woonden, was het best mogelijk dat ze zich bezwaard zou voelen om hem te bellen om te vragen of hij iets voor haar wilde doen.

'Laten we het deze maand proberen en dan zien hoe het gaat,' zei hij. Het minste wat hij voor haar kon doen was haar door de kerstdagen heen helpen...

Ze glipte onder zijn arm en sloeg haar eigen arm om zijn middel. Zo liepen ze samen naar de deur. 'Dank je wel.'

Met een zucht sloeg hij zijn arm om haar schouders. Het voelde fijn haar zo dichtbij zich te hebben. Té fijn. Hij zou haar terug moeten sturen naar de boerderij, want hij was haar vriend niet. Zelfs nu voelde hij zijn lichaam op haar reageren.

Maar ze had hem nodig en hij kon haar niet teleurstellen. 'Waar heb je anders vrienden voor?'

Noelle zat samen met vriendin en collega Genevieve Salter op de grond in haar slaapkamer haar teennagels te lakken. Ze was blij met de felrode lak die ze had gekocht. Misschien leuk om er uit de losse pols wat witte sneeuwvlokjes op te maken, dacht ze. Rood met witte teennagels pasten perfect bij het seizoen, al was het moeilijk om uit te kijken naar kerst of andere leuke dingen wanneer ze zo kwaad was op Kyle. Volgens de overbuurvrouw, die een paar minuten geleden had gebeld, had hij de boiler meegenomen die ze in de tuin had gegooid, maar niet de moeite genomen om even langs te komen. Hoe waagde hij het om haar gewoon te negeren! Deed het hem niks dat ze overstuur was? Was hij niet van plan daar iets aan te doen?

'Volgens mij denkt hij dat hij Lourdes Bennett kan krijgen,' zei ze tegen Genevieve. 'Heb je ooit zoiets bespottelijks gehoord? Een beroemde countryzangeres? Nou ja, Kyle ziet er goed uit en zo, maar laten we wel wezen. Lourdes kan wel iemand krijgen die écht rijk is. Een ster, net zoals zijzelf. Waarom zou ze een of ander ondernemertje kiezen dat weigert dit achterlijke dorp te verlaten om ergens te gaan wonen waar het een stuk leuker is?'

Genevieve bleef met een geconcentreerd gezicht over haar knieën gebogen zitten om geen fouten te maken. 'Ik vind het ook leuk in Whiskey Creek.'

Noelle rolde met haar ogen. 'Ja, omdat jij hier vorige jaar pas bent komen wonen, dus voor jou is het nieuw... én omdat je wat meer vrijheid hebt nu je moeder je helpt met Tommy.' Die nu goddank bij Genevieves moeder was. Hij was twee maar wist precies wat hij wilde, en als hij zijn zin niet kreeg, zette hij het op een brullen. Noelle kon het kleine monster niet uitstaan.

'Het is gewoon een schattig stadje. Zodra mijn moeder hierheen verhuisde, wist ik dat ik hier ook naartoe wilde.' Ze permitteerde zich een licht schouderophalen. 'Maar jij bent hier opgegroeid. Daarom waardeer je het niet.'

'Wat valt er te waarderen?' Noelle verwijderde een rode veeg van de zijkant van haar grote teen. 'Dat ik nooit een geschikte vent zal vinden hier, tussen al die hillbillies?'

'We zijn in Californië. Hier zijn niet veel hillbillies,' zei Genevieve lachend, wat Noelles irritatie alleen maar groter maakte. 'Of je moet een heel stuk verder naar het noorden gaan, naar houthakkersland. Maar als je een échte hillbilly wilt zien, moet je naar de Appalachen. Je bent gewoon kwaad op Kyle.'

'Ja, natuurlijk ben ik kwaad op Kyle! Hij denkt dat hij me kan verneuken wanneer hij daar maar zin in heeft.'

De nagellakgeur werd sterker toen Genevieve een flesje topcoat opende. 'Jou verneuken? Is dat niet wat overdreven? Wat heeft hij gedaan? Hij betaalt trouw de alimentatie. Dat weet ik toevallig omdat we afgelopen maand van zíjn geld naar San Francisco zijn geweest.' Ze lachte samenzweerderig naar Noelle. 'Je zei tegen hem dat ze op het punt stonden om je af te sluiten van gas en elektra, weet je nog?'

'Dat was ook zo. Ik heb het bedrag dat ik nodig had alleen wat opgehoogd. Heb ik het recht soms niet om een keertje uit te gaan en wat plezier te hebben? Dat doet hij toch ook?'

'Hij heeft je tenminste geholpen. En hij heeft je een boiler gegeven toen die van jou kapotging, toch?'

Genevieve was toevallig langsgekomen toen ze bezig waren de boiler te installeren. Anders zou ze dat nooit aan haar verteld hebben. Nergens voor nodig om Kyle aardiger te laten lijken dan hij in feite was.

'Dit gaat niet om geld,' zei Noelle.

'Oké… maar je maakt mij niet wijs dat hij zo'n rotvent is. Je zou míjn ex eens moeten meemaken.' Ze wees naar een rafelig litteken op haar slaap. 'Daar heeft hij mij geraakt met de scherpe kant van een klauwhamer. Wie weet wat er gebeurd was als ik niet net op tijd een stap naar achteren had gedaan?'

Noelle keek haar boos aan. 'Waarom moet het altijd maar weer over jóúw ex gaan? We hadden het nu niet over Doug.'

'Ook goed. Jee, wat heb jij toch? Ik wil het best over Kyle hebben, als je dat wilt. Alleen lijkt hij geen rotvent, en ik dacht dat je het daarmee eens was. Je was echt blij met die boiler, weet ik nog. Je zei dat het je misschien wel duizend dollar had gekost als je een nieuwe had moeten kopen.'

'Zo zie je maar weer hoe gemakkelijk ik me door hem laat afkopen.'

Genevieve draaide de dop op het flesje topcoat en ging rechtop zitten om haar nagels te laten drogen. 'Heeft dit soms iets te maken met dat eten dat je voor hem gemaakt had? Vond hij het niet lekker of wilde hij het niet hebben of –'

'Ja, hij vond het lekker,' zei ze. Dat eten was een bewijs te meer hoe goed ze haar best deed. Ze had er genoeg van om altijd maar genegeerd te worden, om voor lief te worden genomen, om het gevoel te hebben dat ze niet goed genoeg voor hem was. Zelfs toen ze nog getrouwd waren, had hij haar behandeld alsof ze een besmettelijke ziekte had, alsof hij liever niet te dicht bij haar wilde komen. Ze vrijden alleen als zij het initiatief nam, en al zorgde hij wel dat zij aan haar trekken kwam, zelf leek hij er niet veel plezier aan te beleven.

Hij had nooit van haar gehouden, haar nooit de kans gegeven die ze verdiende. Nu ze aan al het verdriet en de ellende dacht die hij haar had aangedaan, kon ze niet geloven dat ze ooit een goed woord voor hem over had gehad.

'Moet ik blijven raden of zo?' vroeg Genevieve. 'Waarom vertel je me niet gewoon wat hij heeft gedaan, dan is dat maar klaar.'

'Ik ga er liever niet te diep op in. Iedereen vindt hem altijd zo geweldig. Nou, ze moesten eens weten.'

'Kom op,' zei Genevieve. 'Niet zo geheimzinnig. Wat heeft hij gedaan dat je zo kwaad op hem bent?'

Behalve het feit dat hij haar de afgelopen zes jaar een rotgevoel had gegeven? Alsof dat niet genoeg was. Ze herinnerde zich de dag dat ze de baby had laten weghalen. Een paar avonden daarvoor hadden ze knallende ruzie gehad. Ze wilde het hem betaald zetten, iets wegdoen wat hém verdriet zou doen. En dus had ze abortus laten plegen. Ze had gedacht dat hij spijt zou hebben dat hij zo rot tegen had gedaan als ze tegen hem zei dat ze een miskraam had gehad, dat hij dan wat liever en aardiger tegen haar zou zijn. Maar zelfs de troost die hij had proberen te bieden had iets onechts gehad. En hij had haar aangekeken met twijfel in zijn ogen, alsof hij wíst dat ze geen miskraam had gehad, wat ze ook beweerde. Erger nog was dat hij haar daarna geen echte seks meer met haar had willen hebben. Hij gebruikte zijn handen, zijn mond en soms zelfs een vibrator om haar aan haar gerief te helpen. Alles om de kans op een volgende zwangerschap te voorkomen.

Hij had haar nooit een eerlijke kans gegeven, dacht ze bij zichzelf. Hij had haar gelukkig kunnen maken als hij dat had gewild. Maar hij zag alleen het slechtste in haar en daarom zou ze ervoor zorgen dat hij aan den lijve ondervond hoe dat voelde.

'Noelle?' drong Genevieve aan.

Noelle maakte zich los uit de hel van haar eigen gedachten. 'Ik wil er niet over praten. En het is ook zo ingewikkeld.'

'Dus... nu haat je hem?'

Zou ze hem niet moeten haten? Het enige wat ze ooit had gewild was dat gevoel dat hij haar dat eerste weekend had gegeven. Nog nooit van haar leven had ze zoiets intens of opwindends meegemaakt. Maar al snel was zijn interesse in haar verflauwd. Na de eerste paar dagen had hij zich gedragen alsof het een opgave was om bij haar te zijn.

Ze wilde niet meer aan die eerste tijd denken en richtte zich in plaats daarvan op de wraak die ze op hem had genomen. 'Ik heb tegen mijn familie gezegd dat hij maar blijft proberen om me weer in bed te krijgen.' Ze had precies geweten hoe haar ouders zouden reageren op die beschuldiging. Ze hamerden er altijd zo op dat ze naar de kerk moest gaan, dat ze haar leven op orde moest krijgen en wat meer zelfrespect moest hebben, dat ze meteen achter haar waren gaan staan.

Of Olivia haar ook geloofde, daar was ze niet helemaal zeker van. Haar zus probeerde haar weliswaar zoveel mogelijk te steunen, maar ze moest ook rekening houden met Brandon.

Genevieves wenkbrauwen gingen omhoog. 'Is dat waar?' Toen Noelle haar schouders ophaalde, begon ze te lachen. 'Want als dát je probleem is, stuur hem dan maar door naar mij, hoor. Ik zou er helemaal geen bezwaar tegen hebben om hem in míjn bed te –'

'Hou toch je kop!' snauwde Noelle. 'Moet je per se de stomme slet uithangen?'

Genevieve bond meteen in, gekwetst. 'Sorry, hoor. Het was niet de bedoeling om je... van streek te maken. Het was maar een grapje.'

'Nou, erg grappig vond ik het anders niet.'

'Zulke grapjes maak je anders zelf ook wel eens, heb ik gehoord.'

Noelle werd nog bozer door de verongelijkte toon waarop ze dat zei. 'Het kan me niks schelen wat je hebt gehoord. Donder op.'

'Wil je dat ik wegga?' Genevieve keek haar vol ongeloof aan.

'Ja, en als je van die stomme dingen blijft zeggen, hoef je nooit meer terug te komen.'

'Maar –'

'Schiet op, mijn huis uit!' schreeuwde Noelle, die achter haar vriendin aan liep en haar letterlijk de deur uit duwde.

'Heb je al gegeten?' vroeg Kyle toen hij een paar dingen uit de koelkast had gehaald. 'Zal ik een sandwich voor je maken?'

Lourdes was met hem mee naar binnen gegaan, maar eenmaal binnen was ze met haar gitaar op de bank gaan zitten. 'Zeg niet dat je honger hebt,' zei ze. 'Je bent net terug van eten bij je ouders.'

Hij glimlachte een tikje grimmig. 'Eh, ja, dat liep dus wat anders.'

Ze vond al dat hij wel heel snel terug was...

Ze legde haar gitaar weg en liep naar het aanrecht. 'Je was maar een uur weg of zo, maar ik ging ervan uit dat je al gegeten had.'

'Nee... al had ik beter kunnen blijven. Nu moet ik er later weer heen om mijn moeder mijn excuses aan te bieden.'

De geur van eten drong haar neus binnen, en opeens voelde ze dat ze wel degelijk honger had. Ze haalde een paar sneetjes van het brood dat hij had gepakt. 'Wat is er gebeurd? Je hebt toch geen ruzie gehad met je broer of zijn vrouw?'

'Nee. Noelle is weer eens bezig.'

'Wat heeft ze dan gedaan?'

Hij besmeerde een snee bruinbrood met mayonaise. 'Geloof me, dat wil je niet weten.'

'Nou, toch wel,' zei ze. 'Misschien leidt het me af van de puinzooi die mijn eigen leven is. Dus vertel op.'

'Het komt erop neer dat ze niet blij is dat ik niet ontvankelijk ben voor haar avances.'

Lourdes pakte het mes uit zijn hand zodra hij daar klaar mee was. 'Meer van hetzelfde dus? Waarom heeft dat het etentje verpest?'

'Omdat ze deze keer verder is gegaan. Kennelijk is ze erachter dat ik nooit meer bij haar terugkom... en nu is ze boos.'

'Gelukkig maar dat ik het koken voortaan voor mijn rekening neem.'

Hij belegde zijn brood met een paar plakjes kalkoenfilet en schoof de vleeswaren toen naar haar door. 'Weet je zeker dat je dit wilt horen?'

'Ja, natuurlijk. Laat je niet misleiden door mijn betraande wangen.'

Zijn glimlach maakte plaats voor een bedenkelijke uitdrukking. 'Laten we hopen dat ze het laat bij de schade die ze al heeft aangericht.'

'En die is...' Ze nam nog een paar plakjes kalkoen maar geen kaas; die extra calorieën kon ze niet gebruiken.

'Ze vertelt leugens en verspreidt geruchten om mij in een kwaad daglicht te stellen.'

Ze lepelde wat mosterd op haar brood. 'Je bent toch niet bang dat mensen haar zullen geloven? Ze kennen je allemaal toch... en haar ook? Ja toch?'

'Dat wel, maar we hebben ook elk onze eigen vriendenkring. En haar ouders hebben nu de schurft aan me door wat zij ze heeft verteld. Verder heb ik het gevoel dat Olivia twijfelt. Ze wil haar zus heel graag geloven en voor de verandering één lijn trekken met haar familie, maar ze weet ook hoe Noelle is.'

'Hoe kan ze nu achter dezelfde zus willen staan die jou doelbewust van haar heeft afgepikt?'

'Ik denk dat het voor haar gemakkelijker is het verleden te vergeten, nu ze gelukkig getrouwd is. Maar goed, het gaat erom dat ik niet zit te wachten op alle ellende die Noelle in mijn leven brengt, en dat ik er genoeg van begin te krijgen.'

Lourdes legde een schijfje tomaat op haar kalkoen. 'Dus dát zit je dwars.'

Hij legde een tweede snee brood op de eerste en pakte de sandwich met beide handen vast. 'Dat is wel heel zwak uitgedrukt voor wat ik voel. Ik heb haar jarenlang verdragen. Ik heb zelfs geprobeerd om aardig tegen haar te zijn. Ik hou mezelf maar voor dat er geen enkele reden is dat exen elkaar als vijanden zouden moeten behandelen. Maar wat ik ook doe, het lukt maar niet om haar uit mijn leven te bannen.'

'Zo te horen zit ze enorm met zichzelf in de knoop.'

'Daar heeft ze de diepgang niet voor. Ik hou het erop dat ze gewoon moeilijk is.'

'En nu dan? Wat ga je nu doen?'

'Haar negeren. Wat moet ik anders? Met een beetje geluk gaat het haar gauw genoeg vervelen en vindt ze een dankbaarder persoon om te treiteren.'

'En als dat niet gebeurt?'

'Dat zien we dan wel weer,' zei hij, maar hij had het nog niet gezegd of zijn telefoon ging over. Hij keek op het schermpje en fronste zijn wenkbrauwen, alsof het hem niet beviel wat hij zag.

'Wie is het?' vroeg ze.

'Dat is toch niet te geloven.'

'Wat niet?'

'Het is Ed Hamilton, de hoofdredacteur van de lokale krant.'

Er liep een koude rilling over haar rug. 'Enig idee waarom iemand van de krant jou op zondagavond belt?'

'Nee.'

'Jij denkt dat het over mij gaat.'

Toen hij haar meelevend aankeek, begreep ze dat ze haar tijdelijke toevluchtsoord kwijt was.

Hoofdstuk 15

Kyle liep rusteloos heen en weer tijdens het gesprek met Ed. Zoals hij meteen had gedacht toen hij zag wie er belde, was Noelle weer bezig geweest. Ze had de hoofdredacteur, tevens de enige vaste journalist van de krant, geattendeerd op het feit dat er een beroemdheid in hun stadje logeerde. Ze had hem zelfs verteld dat de verwarming in de boerderij kapot was en dat Lourdes tijdelijk bij Kyle in huis woonde. Daarop had Ed de telefoon gepakt om te kijken of er een interview in zat.

Hierna zou het een stuk moeilijker worden om Lourdes de privacy te geven die ze nodig had…

'Het komt niet zo vaak voor dat we een countryster in ons midden hebben,' zei Ed. 'Vooral niet een die zo bekend is als Lourdes Bennett.'

Kyle was bij de open haard aangekomen en draaide zich om. 'Maar we hebben wel een beroemde filmster die van tijd tot tijd in Whiskey Creek logeert, en die heeft je vaak genoeg een interview gegeven.'

'Klopt, maar hij brengt dit jaar de kerstdagen niet hier door,' wierp Ed tegen. 'Tenminste, niet voor zover ik weet.'

'Wat heeft dát er nou mee te maken?' informeerde Kyle.

'Ik ben op zoek naar goede kopij. Een krant moet elke keer wat nieuws brengen. Wat er drie of vier maanden geleden is gebeurd, is oud nieuws. Dus die interviews met Simon waren fantastisch, maar niet meer relevant. Mensen hier kennen hem nu wel. Het wordt tijd dat ze meer over Lourdes aan de weet komen.'

'Waarom? Ze zit niet te wachten op aandacht in de media. Ze heeft behoefte aan privacy. Dat begrijp je toch wel?'

'Wat ik niet begrijp is waarom je je zo opwindt,' zei hij. 'Ik zal haar niet lastigvallen. Ik wil alleen eventjes met haar praten.'

Hij leek niet te begrijpen dat hij haar daarmee juist lastigviel. Maar Kyle zou hier nog steeds zijn als Lourdes al weer weg was, en hij mocht Ed wel. Hij dempte zijn stem. 'Dat is misschien wel zo. Een enkel interview is het probleem ook niet. Maar zodra dat in de krant is verschenen, wil iedereen haar met eigen ogen zien en met haar praten. Dus nee, het spijt me, een interview zit er niet in.'

'Wacht even! Je hebt het haar niet eens gevraagd.'

Hij haalde een hand door zijn haar. Die ellendige Noelle. Hij had haar al lange tijd graag willen wurgen, maar nu nog liever dan eerst. Ze gaf geen moer om Ed of om de krant. Hij betwijfelde het of ze meer dan een paar nummers had gelezen. Ze had dit alleen maar gedaan omdat ze wist dat hij dat juist niet wilde – dat er problemen van zouden komen.

Waarschijnlijk hoopte ze dat hij zijn huurster zou kwijtraken…

'Ik zal tegen Lourdes zeggen dat je gebeld hebt, en als ze interesse heeft, belt ze je zelf,' zei hij. 'Is dat een idee?'

'Ik hoopte op iets meer,' zei Ed. 'Als ze bij jou logeert, kan ik toch wel even langswippen? Het hoeft niet lang te duren…'

'Heb je überhaupt naar me geluisterd, Ed? Niet hierheen komen.'

'Jee, rustig maar, Kyle. Ik doe gewoon mijn werk.'

'En ik probeer een vriendin te beschermen!'

'Waartegen? Ik zal haar echt niets doen! Maar weet je, laat ook maar. Ik wacht wel tot de verwarming in de boerderij het weer doet en dan wip ik er even langs om te kijken of ze er is. Dan ben jij tenminste niet in de buurt om je ermee te bemoeien,' zei Ed, waarna hij de verbinding verbrak.

Nijdig dat Ed niet bereid was de zaak te laten rusten, belde Kyle hem meteen terug. Maar Ed nam niet op. 'Laat. Haar. Met. Rust,' zei hij toen de voicemail het overnam.

Lourdes zat een tikje bleek om de neus op de bank. Hij zag dat ze net zo van streek was als hij, maar zijn woordenwisseling met Ed leek op haar een andere uitwerking te hebben. Ze zat roerloos op dezelfde plek terwijl hij niet kon stoppen met ijsberen.

'Zie je wat ik bedoel?' zei hij, zijn telefoon op de bank gooiend. 'Zie je hoe ze is?'

Lourdes keek hem handenwringend aan. 'Misschien moet ik dat interview dan maar doen. Dan heb ik dat maar gehad. Het is nooit goed om de media tegen je in het harnas te jagen.'

Hij schudde zijn hoofd. 'Je hebt toch zeker wel recht op een beetje privacy? Het is verdomme kerst!'

'Maar ik heb geen keus! Niet echt. Ik kan me op dit moment geen negatieve pers veroorloven.'

'Als je een interview geeft, komt de hele stad hierheen in de hoop een glimp van je op te vangen. Mensen zullen kennis met je willen maken. Ze komen langs met schalen vol koekjes, want dit is Whiskey Creek en het zijn vriendelijke mensen, maar ze zullen je niet met rust laten.' En als ze prijs stelde op haar rust, wilde hij haar liever niet blootstellen aan alle belangstelling, hoe goedbedoeld ook.

'Hij kan rustig in de krant zetten dat ik hier ben, Kyle, of ik hem nu een interview geef of niet. Hij zou er zelfs bij kunnen zetten dat ik in de boerderij woon, en dan weet iedereen waar ze me kunnen vinden.'

'Gelukkig dan maar dat je hier bent en niet in de boerderij,' zei hij. 'Ik stuur iedereen wel weg.'

'Jij bent de hele dag aan het werk. Trouwens, ik kan hier niet blijven als mensen straks weten dat ik hier ben. Wat zullen de bladen daar wel niet van maken? Ik heb al jaren een vaste relatie. De bladen zullen schrijven dat jij en ik een affaire hebben, want dat is de sappigste draai die ze eraan kunnen geven, en dat betekent dat ík de schuld krijg van de breuk met Derrick. Ze zullen niet alleen míjn goede naam door het slijk halen, maar ook die van jou.'

'Ik kan niet geloven dat ze je dit aandoet. Wat is haar probleem toch?' bromde hij.

'Ze wil je straffen omdat jij haar hebt afgewezen. Misschien is ze wel echt gevaarlijk.'

'Hoe bedoel je?'

'Net wat ik zei. Jij denkt niet dat ze ooit met een geweer voor de deur staat en je neerschiet of… of zoiets?'

'Nee.'

'Ik zou daar maar niet zo zeker van zijn. Er zijn gekkere dingen gebeurd.'

Hij vond het moeilijk om iemand die hij al zo lang kende te zien als een gevaar voor zijn leven. Maar hij wist tegelijk ook dat Noelle extreem wraakzuchtig en narcistisch kon zijn. 'Ik betwijfel of ze ooit zo ver zou gaan dat ze hier met een wapen opduikt, maar even afgezien daarvan zou het misschien beter zijn als je naar een andere plaats gaat,' zei hij. 'Bijvoorbeeld naar Placerville, waar je meer kans hebt om anoniem te blijven.'

'Wat voor garantie heb ik dat daar niet precies hetzelfde gebeurt? Dat mensen er niet achterkomen waar ik ben?'

'Placerville is niet zo ver. Ik zou de boodschappen voor je kunnen doen en zo. Je zou het huis niet uit hoeven.'

'Dat wil ik je niet aandoen.'

'Wat lijkt je zélf dan het beste om te doen? Teruggaan naar huis?' Hij wilde het eigenlijk niet voorstellen omdat hij vreemd genoeg moeite had met het idee, maar hij dacht dat het daar misschien uiteindelijk toch wel op uit zou draaien. En misschien was het ook wel het beste voor haar.

'Ik ga niet terug naar de plaats waar Derrick is. Daar ben ik nog niet aan toe.'

'Maar wat dan?'

'Ik geef dat interview wel. Ik ga net doen of het me niets uitmaakt, alsof ik hier ben om te ervaren hoe mensen in Gold Country kerst vieren. Hoe meer ik journalisten op afstand probeer te houden, des te hardnekkiger ze worden. We moeten een plan van aanpak bedenken, het op de juiste manier brengen.'

'En als je vrienden van vroeger uit Angel's Camp de krant zien en op de stoep staan?'

'Ze weten de boerderij niet zo makkelijk te vinden als de mensen hier. Het is nogal een lange rit, en dat zal ze ook tegenhouden. Dus zullen ze bellen en dan zeg ik tegen ze dat ik na de kerst wel een keer langskom, wanneer mijn nieuwe album klaar is.'

'Je houdt ze aan het lijntje.'

'Ja.'

Eindelijk ging hij zitten. 'Het spijt me.'

'Het is jouw schuld niet,' zei ze.

Opeens vastbesloten om recht te zetten wat Noelle had aangericht, sloeg hij een plaid om haar schouders en hield die onder haar kin vast. 'Geen zorgen,' zei hij. 'Geef jij dat verrekte interview maar en laat de rest aan mij over.'

'Hoe dan?' vroeg ze, naar hem opkijkend.

'Ik stuur iedereen weg, zoals ik al zei. Ik zorg dat niemand je lastigvalt.'

'Dus jij vindt dat ik hier toch maar moet blijven? Ondanks de ophef die dat misschien met zich meebrengt als de bladen er lucht van krijgen?'

'Ze publiceren maar wat ze willen. Dat is vast niet erger dan dat ze de waarheid over Derrick naar buiten brengen.'

'Klopt,' zei ze. 'Het is al kwetsend en gênant genoeg dat hij me bedriegt… maar met mijn grootste rivale? Ik kan je verzekeren dat er daardoor veel langer over gekletst wordt dan anders het geval zou zijn.'

'In dat geval is het misschien wel goed om jouw kant van het verhaal eerst naar buiten te brengen. Bovendien denk ik dat Noelle gek wordt als ze weet dat jij in de kamer tegenover die van mij slaapt.'

Maakte die wetenschap hém maar niet net zo gek. Toen ze haar hand in de zijne legde als bevestiging dat ze dit samen zouden klaren, had hij even de neiging om haar naar zich toe te trekken om haar te kussen. En dus stond hij haastig op en liep weg.

Lourdes zag er spectaculair uit, op en top de knappe zangeres die hij in de media had gezien voordat hij haar had ontmoet. Haar haar zat leuk, ze had make-up opgedaan en de gemakkelijke kleren die ze sinds haar komst hier had gedragen verruild voor iets modieuzers. Niets aan haar glimlach verried dat ze zich niet op haar gemak voelde. Ed Hamilton moest overtuigd worden dat er wat haar betrof geen vuiltje aan de lucht was.

Ze oogde kalm en professioneel, en Kyle was nog nooit zo trots op haar geweest.

'Hoe heb je Kyle leren kennen?' vroeg Ed.

Kyle probeerde zich niet te ergeren aan Eds overdreven beleefde houding. Hij had een krant, dus het was logisch dat hij op zoek was naar boeiende verhalen die hij kon plaatsen. De schrijvende pers had het moeilijk, nu bijna iedereen zijn nieuws van de televisie en van internet haalde. Maar als puntje bij paaltje kwam, was Kyle meer geneigd om zijn gaste te beschermen dan om zijn stadgenoot aan een goed interview te helpen.

'Ik heb hem een paar maanden geleden leren kennen,' antwoordde ze. 'Via mijn Facebookpagina.'

Het verraste Kyle dat ze deed alsof ze elkaar eerder hadden leren kennen dan in werkelijkheid het geval was. Hij wist vrijwel zeker dat het ook Noelle en de anderen zou verrassen, maar dat kon hem niets schelen. Het zou waar kunnen zijn. Niemand wist wat hij op zijn computer deed, alleen hijzelf.

'Dus besloot je om hem op te gaan zoeken.'

'Ik heb de boerderij gehuurd met de gedachte dat dat een mooie kans was om elkaar beter te leren kennen.'

'En toen bleek de verwarming stuk.'

'Precies. En zonder verwarming was het er te koud.'

'Vandaar dat je hierheen ging. Al had je natuurlijk ook kunnen kiezen voor een van de twee B&B's die we hier hebben.'

'Derrick en ik hebben wat… onenigheid gehad. Ik wilde me liever niet in het openbaar laten zien. En het was trouwens ook niet nodig, want Kyle was zo vriendelijk me hier te laten logeren.'

'Maar toch alleen tot de verwarming is gerepareerd, nietwaar?'

Kyle dacht bij zichzelf dat hij zelden zo'n sturende vraag had gehoord.

'Eerlijk gezegd weet ik nog niet of ik wel terugga.' Ze schonk hem een stralende glimlach. 'Kyle en ik hebben het erg naar onze zin samen.'

Ed ging rechtop zitten. 'Bedoel je dat je hier blijft? Bij Kyle?'

'Waarom niet?' Ze haalde haar schouders op. 'Hij is erg plezierig gezelschap.'

Kyle voelde de geschokte blik van de andere man op zich rusten, maar hij keek niet terug. Hij kon geen zinnige bijdrage leveren aan het gesprek omdat hij niet precies wist waar Lourdes heen wilde.

Ed schraapte zijn keel. 'Dus... jullie zijn goede vrienden?' vroeg hij in een poging haar een definitief antwoord betreffende hun relatie tot elkaar te ontlokken.

Kyle verwachtte dat ze zou zeggen dat dat inderdaad het geval was, dat ze elkaar weliswaar nog maar kort kenden maar dat het voelde alsof ze elkaar hun hele leven al kenden. Of in elk geval woorden van die strekking die de precieze aard van hun vriendschap in het midden lieten. Vandaar dat zijn mond openviel toen ze zei: 'Onze vriendschap gaat wel iets verder dan dat.'

Terwijl Ed driftig zat te schrijven, keek Kyle met opgetrokken wenkbrauwen naar Lourdes, die knipoogde. Kennelijk was het haar bedoeling om door middel van dit min of meer afgedwongen interview een beetje wraak te nemen op Derrick.

Noelle zou er ook niet blij mee zijn, maar ze had er zelf om gevraagd. Waarom zou hij haar niet laten geloven dat zijn seksleven opeens was opgebloeid? Er waren ergere dingen dan mensen in de waan te brengen dat hij de nieuwe liefde was van Lourdes Bennett. Misschien dat de mensen in Whiskey Creek dan eindelijk zouden geloven dat hij over Olivia heen was, dat er een einde zou komen aan de medelijdende blikken en gefluisterde opmerkingen die hem steeds vaker leken te achtervolgen terwijl de jaren verstreken en hij nog steeds alleen was.

Het probleem was alleen... dat hij door te impliceren dat Lourdes en hij een relatie hadden onwillekeurig aan al die dingen dacht die hij koste wat kost wilde vermijden.

'Hoe vond je het gaan?' Lourdes had zich inmiddels weer omgekleed en zat in kleermakerszit op de bank tegenover Kyle zodat ze het interview konden bespreken.

'Je hebt hem het interview van zijn leven gegeven,' antwoordde Kyle. 'Ed wist niet hoe snel hij hier weg moest om dat vervloekte artikel te schrijven. In de haast struikelde hij bijna over zijn eigen benen.'

Ze keek hem onderzoekend aan. 'Vind je het vervelend?'

'Dat je duidelijk suggereerde dat we met elkaar naar bed gingen?' Hij grinnikte. 'Nee hoor.'

'Het leek me beter om Ed, en wie er misschien nog meer naar vraagt, het gras voor de voeten weg te maaien. Het heeft geen zin om mensen van iets te beschuldigen dat ze ronduit toegeven. Dan is er geen lol aan.'

'Wel ironisch.'

'Wat?'

'Dat je het idee hebt dat je iets moet toegeven wat je niet gedaan hebt om een beetje rust te krijgen...'

In de loop van haar carrière had ze wel een paar dingen geleerd. 'Het leven van een ster. Fantastisch als het bergop gaat. Maar bergaf? Dan een stuk minder.'

'Vroeg of laat sta je weer aan de top. Reken maar vroeg.'

Ze apprecieerde zijn bemoedigende woorden. Ze had het gevoel dat hij ze meende, en dat hielp.

'Dus je denkt dat de pers ons nu wel met rust zal laten?' vroeg hij.

'Ik hoop het. Aangezien ik hem in feite heb verteld dat we meer zijn dan vrienden, is er geen groot geheim om te ontdekken, geen reden om me lastig te vallen of te blijven graven naar smerige details.'

'Slim.'

'Dat betekent wel dat jij het spelletje moet meespelen, anders is het niet geloofwaardig.'

'Geen probleem.'

'Mooi. Bedankt. Het spijt me dat ik het van tevoren niet met je besproken heb, maar ik ben het interview niet met een vastomlijnd plan in gegaan. Het kwam bij me op toen hij vragen in die richting begon te stellen, en ik ging erin mee omdat ik dacht dat het voor Olivia net zo goed was om te lezen als voor Derrick.'

Hij vouwde zijn handen achter zijn hoofd. 'Het kan Olivia niets schelen met wie ik naar bed ga.'

Daar was Lourdes niet zo zeker van. Kyle mocht dan fouten hebben gemaakt, maar hij was een bijzondere man. Daar kon niemand omheen. 'Het is altijd moeilijk wanneer een voormalige partner verdergaat,' voerde ze aan. 'Al was het alleen maar omdat het een bepaalde nostalgie oproept. Hoe dan ook, zelfs als het Olivia niet interesseert, zal Brandon blij voor je zijn. En je ouders ook. Nu kan het verleden misschien blijven waar het hoort en ziet ze je als haar zwager en niet meer als haar ex.'

'Dat zal de zondagse maaltijden bij mijn ouders wat draaglijker maken... al zullen die zich wel afvragen waarom jij niet meekomt.'

'Misschien moet ik dat dan maar doen.' Ze stelde zich voor dat ze zijn hand vasthield en verliefd naar hem opkeek; het leek haar niet zo moeilijk om dat te veinzen. 'We zouden er een hele show van kunnen maken.'

Toen hij daarom moest lachen, voelde ze dat hij hun spelletje amusant vond maar het niet serieus nam. 'Bedankt dat je net wilt doen of je mijn vriendin bent,' zei hij.

Ze grinnikte naar hem. 'Ik sta bij je in het krijt. En aangezien je niet in staat lijkt op eigen kracht een vriendin te vinden...'

'Ho eens even! Ik heb die vrouwen die je hebt geselecteerd nog niet eens gemaild!'

'Dat is ook zo. Dus wanneer ga je dat doen?'

'Gauw. Hoe dan ook, ik ben nog steeds verbaasd over wat je tegen Ed zei. Ik dacht dat ik degene was die jóú moest beschermen.'

'Jij hebt geen ervaring met de pers.'

Hij wendde zijn blik af en keek naar de boom die ze hadden opgetuigd. 'Hoe zal Derrick reageren als hij dit hoort? Want reken maar dat hij het zal horen.'

'Natuurlijk. Dat weet ik wel zeker. Ik weet alleen niet hoe hij erop zal reageren. Ik ben altijd zo loyaal geweest naar hem toe. Het zal wel een schok voor hem zijn dat ik hem kennelijk al achter me heb gelaten.'

'Maar zal hij het ook geloven? Ik bedoel... een week geleden waren jullie nog samen.'

'Ik heb hem een week geleden nog gezien, maar het is al een maand geleden dat we seks hebben gehad, zoals je weet. Hij zal wel denken dat jij de reden daarvan bent.'

'Ik heb hem nooit teruggebeld toen hij laatst belde en vroeg of ik even bij je wilde kijken.'

'Dat maakt dit verhaal des te overtuigender.'

'Misschien zegt hij wel tegen Crystal dat ze de pot op kan en komt hij hierheen.'

'Ik sluit niets uit.'

Kyle boog naar voren. 'Hoop je dat hij dat doet?'

'Nee. Ik kan niet naar hem teruggaan.' Ze stak een hand op om te voorkomen dat hij haar onderbrak. 'Het is niet alleen dat hij seks heeft gehad met een andere vrouw, al is dat op zich al erg genoeg. Hij heeft seks gehad met mijn concurrénte. We hebben andere problemen gehad – toen ik dat popalbum wilde maken, de manier waarop hij naar andere vrouwen kijkt, dat soort dingen – maar die hadden we nog wel kunnen oplossen. Geen enkele relatie is perfect. Het gaat erom dat hij me heeft laten zitten op een moment dat ik het kwetsbaarst was. Daardoor weet ik dat ik niet op hem kan rekenen wanneer ik hem nodig heb. En dus heb ik geen keus. Ik moet hem vergeten. Ik kan niet terug naar hem.'

'Dus we zitten in hetzelfde schuitje.'

'Ja. Jij moet over Olivia heen zien te komen en ik over Derrick.'

'Ik kan niet wachten tot Noelle dat artikel leest,' zei Kyle. 'Normaliter reageer ik niet op haar spelletjes – niet meer. Het duurde even voordat ik besefte dat ik met open ogen in de val liep wanneer ik me liet verleiden om ruzie met haar te maken. Dan bleef ik met een rotgevoel zitten en kon zij me ervan beschuldigen dat ik "net zo erg was" als zij. Maar deze keer... ik moet eerlijk bekennen dat het goed voelt.'

'Ze heeft erom gevraagd.'

Hij stond op. 'We hebben iets te vieren. Wil je een glas wijn?'

'Nee. Een kater per week is voor mij genoeg, dank je vriendelijk.'

'Zelfs niet één glaasje?'

Ze pakte haar gitaar om wat omhanden te hebben. 'Vanavond niet.' Ze wilde haar zelfbeheersing niet op de proef stellen. De breuk met Derrick had haar kwetsbaar gemaakt en ze moest haar hoofd koel houden. Met elke dag die verstreek, leek een leven met een man als Kyle alleen maar aantrekkelijker te worden.

Hoofdstuk 16

Waarschijnlijk zou Noelle de krant niet hebben gezien als ze er niet speciaal naar gevraagd had. En dat deed ze alleen maar omdat, toen ze die woensdagavond op haar werk verscheen, iedereen het over een bepaald artikel leek te hebben.

A.J. stond vanavond niet achter de bar, dus dat zat in elk geval mee. Hij had haar vaak genoeg gebeld sinds ze hem had gevraagd haar te helpen met de boiler, eerst erin en toen er weer uit. Ze wist dat hij een oogje op haar had, maar met een kind bij drie verschillende moeders en een strafblad voor onder andere huiselijk geweld, hield ze hem liever wat op afstand. Als ze ooit iemand aan de haak sloeg die in Whiskey Creek woonde, dan moest dat wel een respectabel iemand zijn, iemand die haar meer te bieden had dan ze nu had, en zeker niet minder. A.J. kon amper zijn eigen huur ophoesten. En echt knap was hij ook niet. Lang zo knap niet als Kyle.

Het was stom van haar geweest om Kyle te laten gaan. Ze was nota bene met hem getrouwd geweest – en ze had het verprutst. Goed, hij had haar die huwelijkse voorwaarden laten ondertekenen. Maar dat nam niet weg dat er niet veel kerels waren die zich zo loyaal zouden opstellen. De meeste mannen met wie ze daarna had gedatet zou het niets hebben kunnen schelen of ze al dan niet zwanger was. Ze zouden haar hooguit hebben afgezet bij de dichtstbijzijnde abortuskliniek.

Ze werd er nog steeds ziek van dat ze die rit vijfeneenhalfjaar geleden op eigen initiatief had gemaakt. Als ze de situatie anders had aangepakt, zouden Kyle en zij waarschijnlijk nog steeds bij elkaar zijn. Dan zou ze in elk geval een kind van hem hebben, en dat was iets wat hij nooit had kunnen veranderen.

'Wat moet je met de krant?' vroeg Pope, de barkeeper van dienst. Ze wist niet eens wat zijn echte naam was. Dat wist niemand. Iedereen noemde hem gewoon Pope.

‘Lezen natuurlijk!’ zei ze.

Hij was druk bezig de bar af te nemen. ‘Je vraagt nooit om de krant. Kun je überhaupt wel lezen dan?’ informeerde hij plagend.

Hij was een tand kwijtgeraakt bij dat vechtpartijtje dat een paar weken geleden was uitgebroken. Sexy Sadie’s had geen uitsmijters in dienst, vandaar dat Pope tussenbeide was gekomen en daarbij een elleboog in zijn gezicht had gekregen. Maar hij was eigenlijk best leuk. Jammer dat hij getrouwd was en, belangrijker nog, een trouwe echtgenoot was. Hij zei vaak dingen tegen Noelle die haar razend zouden hebben gemaakt als ze van iemand anders afkomstig waren geweest. Hij had een manier om alles wat hij zei te vergoelijken met die scheve grijns van hem. Hij bedoelde het nooit kwaad. Ze beschouwde hem inmiddels als een soort broer.

‘Kom op met die krant. Of wou je nog een tand kwijt?’ snauwde ze. Ze vond het leuk om een beetje met hem te dollen, maar op dit moment was ze daar niet in de stemming voor. Ze was nog niet binnen, of Genevieve had met zichtbaar genoegen iets verteld wat haar van streek had gemaakt. Ze hoopte vurig dat het niet waar was, dat Genevieve haar alleen maar terug wilde pakken vanwege dat gedoe bij haar thuis afgelopen zondag.

Pope grinnikte. ‘Zo, wat zijn we stoer vanavond.’

‘Ik meen het. Ik ben niet in de stemming.’

‘Dan heb je denk ik al gehoord dat je ex een nieuwe liefde heeft.’

‘Ze is zijn nieuwe liefde niet. Ze is een beroemde countryzangeres die hier maar voor even is. En hij gaat nooit uit Whiskey Creek weg. Dat weet ik beter dan wie dan ook.’

Pope schoof de krant die hij achter de bar bewaarde onder haar neus. ‘Daar zou ik maar niet zo zeker van zijn, als ik jou was. Dit zijn háár woorden, niet de zijne.’

Noelle hees zich op een kruk en pakte de krant. Boven het artikel stond: LOURDES BENNETT VINDT NIEUWE LIEFDE IN WHISKEY CREEK… ‘Wat een flauwekul,’ zei ze met een boze blik naar Pope, die zijn werkzaamheden had gestaakt om te zien hoe ze zou reageren.

'Rustig maar. Het is pure sensatiezucht. Het artikel is lang niet zo uitgesproken als de kop suggereert. Ze is hier pas sinds vorige week, dus echt verliefd zal ze niet zijn. Dat zegt ze trouwens ook niet. Ze logeert alleen bij hem terwijl ze aan haar nieuwe album werkt.'

'Wát? Ik dacht dat ze terug zou gaan naar de boerderij wanneer de verwarming gemaakt was. En hoe zit het met haar vriend? Ze stonden toch op het punt van trouwen?'

'Ze zijn uit elkaar. Dat zegt ze wel.' Hij wees naar een alinea iets verderop in het artikel.

Zo ver was Noelle nog niet. En verder lezen wilde ze eigenlijk ook niet meer. Ze had nooit kunnen denken dat er een heuse ster zou komen die de man zou inpikken naar wie ze altijd had gedacht terug te gaan. Kyle was van haar; hij was de man die haar in Whiskey Creek alles kon geven wat ze wilde.

Dit zou nooit gebeurd zijn als ze nog getrouwd waren, dacht ze. En ze zouden nog getrouwd zijn als zij niet die ene fatale vergissing had begaan. Het leek zo oneerlijk dat daardoor haar hele toekomst aan diggelen was.

Waarom verpestte ze alles toch altijd weer? En waarom maakte haar perfecte zus nooit fouten? Olivia was schijnbaar kapot geweest van de breuk met Kyle, maar toch had ze zich snel hersteld en was ze met zijn stiefbroer getrouwd. En nu was ze gelukkiger dan ooit!

Olivia kreeg altijd precies wat ze wilde. Moeilijk om haar daar niet om te haten. Zelfs haar ouders trokken altijd partij voor haar, al probeerden ze het nog zo goed te verbergen...

'Ik moet een borrel hebben,' bromde ze, starend naar de woorden, die op haar af leken te springen.

Pope hield zijn hoofd scheef. 'Dat meen je niet.'

'Nou en of wel. Ik wil een borrel.'

'Je wordt ontslagen als ik je een borrel geef.'

'Een klein slokje kan geen kwaad.'

'Dan ruik je net zo goed naar alcohol. Wil je echt je baan op het spel zetten? Denk je echt dat dat helpt?'

Nee, maar dat kon haar niet schelen. Kyle was de laatste goede optie in haar leven, en nu lag hij in bed met Lourdes Bennett. Lourdes Bennett, godsamme! Hoe kon ze zich ooit meten met een bekende countryzangeres, als ze niet eens competitie was voor haar bloedeigen zus?

'Wat is er toch mis met me, Pope?' vroeg ze toen de oude verbittering de kop opstak. 'Waarom kan ik geen vent vinden die van me houdt?'

'Er zijn mannen genoeg die maar al te graag een gokje zouden wagen bij jou.' Hij tikte op de bar om zijn woorden kracht bij te zetten. 'Maar jij kijkt alleen naar mannen die je niet kunt krijgen.'

Ze keek hem woest aan. 'Waarom zou ik met minder genoegen moeten nemen? Ik kan toch zeker wel iemand krijgen die minstens even goed is als die mijn zus heeft?'

'Misschien zou je je normen en waarden eens onder de loep moeten leggen,' zei hij, waarna hij wegliep.

Omdat ze zin had om ruzie te maken, stond ze op het punt hem iets na te roepen. Maar toen kwam de bedrijfsleider uit zijn kantoortje, dus hield ze haar mond en smeet in plaats daarvan de krant achter Pope aan. Hij belandde op de grond naast hem, en hij keurde haar amper een blik waardig voordat hij de glazen wegzette die afgelopen avond waren gespoeld.

Wat wist híj nou van normen en waarden?

'Wat zei ik je?'

Genevieve was achter haar komen staan terwijl ze nijdig naar Popes rug zat te staren en tegelijk een oogje op de bedrijfsleider hield. Zo vroeg in de avond waren er nauwelijks nog klanten, maar ouwe Crabtree zou het niet leuk vinden dat ze zat te lanterfanten onder werktijd. Volgens hem waren er altijd manieren om je nuttig te maken. Alsof het haar werk was om de boel hier te lopen schoonmaken.

'Hou je bek,' beet ze Genevieve toe.

'Waar blijf je nou met al dat geklets dat je teruggaat naar Kyle en zo,' zei Genevieve smalend. 'Hij wil je helemaal niet. Ik durf te wedden dat hij je nóóit heeft gewild. Wie trouwens wel?'

‘Ik zou mijn bek maar houden en ophoepelen,’ waarschuwde Noelle.

‘En anders?’

‘Je hebt me wel gehoord.’

‘Je kunt niks doen, en volgens mij wordt het tijd dat je de waarheid accepteert. Kyle is veel te hoog gegrepen voor jou.’

‘Hij is toch met me getrouwd, nietwaar? Alsof hij zo’n vet varken als jij ooit met een vinger zou willen aanraken.’

‘Hij is alleen met je getrouwd omdat jij hem erin hebt laten lopen!’ riep Genevieve uit. ‘En daarna was je te stom om te zien dat hij alleen maar bij je bleef vanwege de baby die jij hebt laten weghalen!’

‘Hoe kom je daar nou bij? Dat heb ik helemaal niet gedaan!’

‘Wel waar. Je hebt er grapjes over gemaakt. Dat heb ik zelf gehoord!’

‘Leugenaar!’ Noelle werd zo witheet van woede, dat ze pas voelde dat haar handen pijn deden nadat ze Genevieve was aangevlogen, haar op de grond had gegooid en haar met haar vuisten had bewerkt toen Pope tussenbeide kwam.

‘Ze viel me aan!’ riep Genevieve terwijl het bloed uit haar neus liep. ‘Dat mens is gestoord!’

‘Je hebt er zelf om gevraagd,’ zei Noelle.

Dat was niet hoe Crabtree erover dacht. Hij kwam aanlopen, wierp één blik op Genevieve, die haar handen voor haar gezicht hield en keek Noelle toen woedend aan. ‘Je bent ontslagen,’ zei hij. ‘Schiet op, wegwezen. En ik wil je hier nooit meer zien.’

‘Je kunt me niet ontslaan!’ schreeuwde Noelle. ‘Je hebt twee weken opzegtermijn.’

‘Heb je liever dat ik de politie erbij haal om een aanklacht in te dienen?’

‘Ja,’ riep Genevieve met een stem die zo nasaal klonk dat ze bijna niet te verstaan was. ‘Bel de politie. Ze hoort achter de tralies.’

Ze meende het echt, dat zag Noelle aan de haat in Genevieves ogen. En op het gezicht van de bedrijfsleider zag ze bijna hetzelfde.

Zelfs Pope stond zijn hoofd te schudden, alsof ze hem met afkeer vervulde.

'Wat heb ik met jou te maken,' beet ze haar voormalige vriendin toe. 'Wat heb ik met jullie allemaal te maken!' schreeuwde ze daarna tegen niemand in het bijzonder. Toen rukte ze het naamplaatje van haar borst, smeet het naar haar ex-werkgever en liep stampvoetend naar buiten.

Die donderdagochtend was Kyle bezig in de opslagruimte toen Morgan naar hem toe kwam om te zeggen dat Olivia op hem wachtte in zijn kantoor. Hij had geen idee wat ze kwam doen. Misschien vanwege het artikel in de krant van woensdag? Zou ze daar iets over te zeggen hebben?

Zo ja, dan was ze niet de enige die hem daarover wilde spreken. Er waren nogal wat mensen die hem hadden gebeld of erover begonnen wanneer ze hem troffen. Hij was nog nooit zo vaak op zijn rug geslagen. 'Mazzelpik,' had ouwe Murphy gniffelend gezegd. Hij had Kyle een por tussen de ribben gegeven toen hij vanochtend in de rij stond bij de Gas-N-Go om een pakje kauwgom te kopen. Zoiets had oude Murphy nog nooit gedaan.

En niemand was enthousiaster geweest over zijn zogenaamde nieuwe liefde dan Morgan. Ze had hem letterlijk overspoeld met vragen. Woont Lourdes bij jou in huis? Gaat ze niet terug naar de boerderij? Is de verwarming dan nog niet klaar? Ik heb anders wel de rekening voor het vervangende onderdeel betaald, zoals je vroeg. Heb je daarom maandag je sloten laten vervangen? Om haar privacy te beschermen tegen Zij Wier Naam Niet Genoemd Mag Worden? Dus je gaat eindelijk verder. Ik kan het bijna niet geloven. Kun je me een keer aan Lourdes voorstellen? Ik zou iets van papieren bij je thuis kunnen afgeven. Dan ligt het er niet zo dik bovenop…

Het had hem meer dan een uur gekost om Morgan zo ver te krijgen dat ze dat laatste plannetje opgaf.

Bang dat zijn secretaresse weer over Lourdes zou beginnen, hield hij zijn mond dicht en informeerde niet of ze wist wat Olivia kwam doen. Misschien had haar komst wel niets met het artikel in de krant te maken. Misschien had Brandon niet gezegd dat hij al verteld had dat er een baby op komst was, en kwam ze hem dat nieuws zelf vertellen.

Of misschien kwam ze haar excuses aanbieden. Hij kon nog steeds niet geloven dat ze Noelles bewering dat hij seks eiste in ruil voor de dingen die hij voor haar deed voor zoete koek had geslikt. Goed, hij had zich dat weekend waarmee alles was begonnen door Noelle laten verleiden, maar dat was jaren geleden. Hij had gedacht dat hij inmiddels toch wel iets van zijn geloofwaardigheid terug zou hebben gewonnen.

'Je krijgt een steeds interessanter leven,' zei Morgan.

Hij reageerde niet. Zijn gedachten werden in beslag genomen door de vraag wanneer het nieuws Derrick zou bereiken – en wat Derrick zou doen als hij wist dat Lourdes niet in haar eentje in een of andere afgelegen boerderij zat, treurend om de breuk tussen hen. Zou hij contact met haar opnemen? Nog een verzoeningspoging doen?

Kyle hoopte van niet. Het was nog maar een paar dagen geleden, maar ze leek nu al een beetje over hem heen te komen. Hij had soms het gevoel dat ze net zo opgelucht was dat haar relatie ten einde was als om uit de schijnwerpers te zijn. Ze had hem verteld dat ze Nashville had moeten verlaten om zich weer echt, weer een mens te voelen. Derrick maakte deel uit van die wereld. Een last minder. Hij had het idee dat ze geprobeerd had iets te laten werken wat vanaf het begin tot mislukken gedoemd was. Wat Derrick en zij gemeen hadden, was hun liefde voor muziek en een gezamenlijk professioneel doel, meer niet.

De vorige avond had hij haar overgehaald om in de hottub te gaan zitten in iemands achtertuin. Na iets van een halfuur waren ze betrapt en moesten ze rennen voor hun leven. Gierend van het lachen hadden ze de auto bereikt, die hij een eind verderop in de straat had geparkeerd. Hij had niet tegen haar gezegd dat de hottub in de tuin van een van zijn beste vrienden stond en dat die er helemaal geen probleem van zou maken. Hij wilde haar niet het gevoel geven dat ze uit beleefdheid kennis moest gaan maken. Bovendien was het veel leuker geweest om stiekem in en uit Ted Dixons achtertuin te glippen.

'Ah, daar ben je,' zei Olivia.

Hij wachtte tot Morgan terugkeerde naar haar eigen werkplek. Dat ging zo schoorvoetend, dat hij wist dat ze hoopte nog een deel van het gesprek mee te krijgen. Hij gebaarde dat ze een beetje door moest lopen en deed de deur vervolgens achter haar dicht. 'Vertel, wat kan ik voor je doen?' vroeg hij.

Olivia merkte kennelijk dat zijn hartelijkheid niet helemaal gemeend was en verstrakte. 'Om te beginnen hoef je niet in te zitten over het voorval afgelopen zondag,' zei ze.

'Dat doe ik ook niet.' Hij haalde zijn schouders op. 'Ik weet niet of mam het gezegd heeft, maar ik heb haar mijn excuses aangeboden. En die bied ik jou nu ook aan. Het spijt me dat ik me zo liet gaan.'

Ze keek hem aan alsof ze niet goed wist of zijn excuses gemeender waren dan zijn begroeting.

'En nu ben jij aan de beurt,' zei hij.

'Ik?'

'Om je excuses aan te bieden.'

'Omdat...'

'Je die flauwekul geloofde waar je zus mee aan kwam.'

'Het zou anders niet de eerste keer zijn dat ex-partners... eh, intiem met elkaar bleven.'

'Dat is het niet. Wat me echt dwarszit, was wat ze zei over seks in ruil voor geld of gunsten, dat weet je best. Om te beginnen ben ik echt niet zo wanhopig dat ik mijn toevlucht tot zoiets zou moeten nemen om een vrouw in bed te krijgen. Plus, Noelle is wel de laatste met wie ik dat zou willen.'

'Ik geef toe dat ik het al niets voor jou vond,' zei ze. 'Maar Noelle is mijn zus. En ze kan heel overtuigend zijn.' Ze schudde haar hoofd. 'Maar goed. Wat heb jij toch de laatste tijd?'

'Wat ik heb?' Normaliter zou hij zijn hart niet hebben gelucht over Noelle. Hij had het gevoel dat het zijn eigen fout was dat

Noelle nog steeds in zijn leven was en dat hij de gevolgen daarvan moest dragen zonder daarover te klagen, en al helemaal niet tegen Olivia, de persoon die hij onrecht had aangedaan door in te gaan op de avances van Noelle.

Maar misschien was het tijd om Olivia deelgenoot te maken van zijn kant van het verhaal. 'Ik word knettergek van je zus, dat heb ik,' zei hij. 'We zijn inmiddels vijf jaar gescheiden en ze laat me nog steeds niet met rust. Ze vraagt constant om extra geld. Vraagt of ik langskom om iets te maken wat helemaal niet kapot is – of wat ze expres kapot heeft gemaakt. Komt ongevraagd langs, soms op de gekste uren, bijvoorbeeld midden in de nacht na haar werk. In de stad kijkt ze rond of ze mijn auto ergens ziet staan, dus ongestoord ergens een hapje eten is er voor mij niet bij. Ze belt om te vertellen welke films er draaien. Ze probeert me over te halen samen uit te gaan, of alleen samen ergens te eten. Ze biedt me seks aan, al zeg ik dat ik niet geïnteresseerd ben, al niet meer voordat we gescheiden waren. Misschien kun jij me vertellen wat ik nog meer moet doen om van haar af te komen.'

Ze ging zitten. 'Heb je ooit van haar gehouden?'

'Dat is je antwoord?'

'Het is een eerlijke vraag.'

Misschien wel, maar ook een die de kern van zijn schuldgevoel raakte. 'Wat denk je?'

Ze keek hem smekend aan. 'Kunnen we misschien een open en eerlijk gesprek voeren, Kyle? Alsjeblieft? Er zijn zoveel onuitgesproken dingen tussen ons. We zaten allebei in hetzelfde emotionele schuitje, om het zo maar te zeggen. Er is veel drama en verdriet geweest. En nu zijn er littekens. Misschien is het tijd om... om alles een keer goed uit te praten.'

'Weet Brandon dat je hier bent?'

'Ja, natuurlijk. Hij vond het een goed idee.'

'Oké.' Hij dacht dat ze straks allebei misschien de komende paar minuten zouden betreuren, maar ging niettemin achter zijn bureau zitten. 'Waar wil je het precies over hebben? Ik heb nooit van Noelle gehouden. Dat weet je al.' En ze wist ook waarom, al voelde hij er weinig voor om die reden hardop te noemen. 'Ik heb het geprobeerd, maar het was vanaf het begin vergeefse moeite.'

Haar mondhoeken vertrokken. 'Zie je niet hoe tragisch dat is?'

Dus dit ging een potje medelijden hebben met Noelle worden? Daar voelde hij weinig voor. 'Ja, natuurlijk wel. Maar zie jij misschien niet dat haar onvermogen tot normaal functioneren datgene is wat me aan haar ketent?'

Toen ze hem zwijgend bestudeerde, was hij bijna opgestaan om aan te geven dat het gesprek wat hem betrof voorbij was. Wat moesten ze in vredesnaam verder nog bespreken? Het maakte niet uit of hij al dan niet nog steeds gevoelens voor haar koesterde; ze was met Brandon getrouwd en dat zou altijd zo blijven.

'Het spijt me als ik je verdriet heb gedaan,' zei ze.

Hij wreef over zijn gezicht. 'Dat is iets waar je je echt niet voor hoeft te verontschuldigen, Olivia. We weten allemaal dat het mijn schuld was en niet die van jou.'

'Ik ben niet verliefd geworden op Brandon om jou terug te pakken. Ik wil dat je dat weet.'

'Dat begrijp ik best. Hij is ook onweerstaanbaar.'

'Ga je nou sarcastisch doen? Echt waar? Dat is je reactie?'

Hij schraapte zijn keel. 'Sorry. Hoor eens, ik heb dit vorige week ook tegen Brandon gezegd, maar ik ben blij dat jullie gelukkig zijn samen. En dat meen ik oprecht.'

'Ja, daarom is de onderlinge verhouding tussen ons drieën ook zo goed. Er zijn niet veel mensen die in staat zijn om het verleden achter zich te laten, ongeacht wiens fout het was. En geloof me, ik weet best dat Noelle net zo veel of zo weinig schuld heeft aan wat er is gebeurd als jij.' Toen ze een beetje beschaamd naar hem lachte, realiseerde hij zich dat hij nu pas voor het eerst sinds haar komst dat sprongetje in zijn borst voelde – dat hij normaliter voelde zodra hij haar zag. 'Ik wil ervoor zorgen dat onze onderlinge verstandhouding, deze keer als familie, niet verpest wordt.'

Brandon had ook iets van die strekking gezegd, dus kennelijk hadden ze het er samen over gehad. 'Elke relatie is onderhevig aan verandering. Het komt wel goed.'

'Ik hoop dat je gelijk hebt.' Ze leek te ontspannen. 'Zo, je bent nu dus met Lourdes Bennett, hè? Een grote ster. Ted zei dat jullie gisteravond bij hem in de hottub zaten.'

'We doen leuke dingen samen, maar er is niets serieus tussen ons.' Dat was wat Lourdes en hij volgens afspraak tegen iedereen zeiden. Kyle vond het geen probleem om het spelletje mee te spelen – al waren er momenten dat het totaal niet voelde als een spelletje. Momenten waarop hij bepaalde dingen voelde die hij vroeger voor Olivia had gevoeld.

Dat wist Lourdes natuurlijk niet. Hij zou wel gek zijn als hij hun relatie serieus nam. Hij wist dat het nooit iets kon worden met haar; hun levens waren té verschillend.

'Ik snap het.'

Hij had de indruk dat Olivia had gehoopt dat hij wat meer zou zeggen over het onderwerp. Maar dat was hij niet van plan. Wel zat hij met een vraag die hij haar altijd al had willen stellen. Had het haar echt zo weinig moeite gekost om over hem heen te komen als dat had geleken? Want in dat geval had haar liefde voor hem niet erg diep gezeten. Dat ze er zo snel weer bovenop was geweest had een van die littekens veroorzaakt waar ze het over had gehad. Dat had veruit de diepste wond geslagen.

'Ik heb altijd wel geweten dat je een bijzondere vrouw zou tegenkomen,' zei ze.

Hij slikte De Vraag in en stond op. 'Bedankt. Fijn dat je even langskwam.'

Ze stond ook op en aarzelde toen. 'Er is nog iets anders.'

Het beviel hem niets dat ze hem opeens niet meer aankeek. 'En dat is...'

'Noelle kwam vandaag langs.'

'Dat gebeurt toch wel vaker?'

'Dat wel, maar... je hebt het zeker nog niet gehoord.'

'Wat gehoord?'

'Ze is gisteravond ontslagen.'

Hij liep om het bureau heen. 'Wat is er gebeurd?'

Ze hees de riem van haar tas wat hoger op haar schouder. 'Ze kreeg ruzie met een van de andere serveersters.'

Op de een of andere manier verbaasde het hem niets. 'Alles goed met die collega?'

'Ja. En met Noelle ook. Eerlijk gezegd ben jíj degene over wie ik me zorgen maak.'

Hij kreeg een ongemakkelijk gevoel. 'Hoezo?'

'Het slaat natuurlijk nergens op, maar eh… ze lijkt jou de schuld te geven.'

'Wat? Hoe kan ik er nou iets mee te maken hebben dat ze haar baan kwijt is?'

'Ze beweert dat jij haar aan het lijntje hebt gehouden. Dat jij bepaalde… beloftes hebt gedaan, haar in de waan hebt gelaten dat jullie weer bij elkaar zouden komen. En nu heb je iemand anders. Ze zei tegen me dat ze er schoon genoeg van had om als oud vuil door jou behandeld te worden.'

'Hoe komt ze erbij!'

'In ieder geval vond ik dat je toch maar even moest waarschuwen. Ze zegt de vreselijkste dingen en, eh… ik acht haar ertoe in staat om alles op jou af te reageren.'

Daar achtte hij haar zelf ook toe in staat. Ze was al naar de krant gelopen om te vertellen dat Lourdes Bennett in de stad was, in de hoop hem daarmee te raken.

Kennelijk beviel het haar niet hoe haar plannetje had uitgepakt.

'Ik weet niets concreets. Het is meer dat ik het gevoel kreeg dat ze veel kwader was dan zou moeten. De manier waarop ze over jou tekeerging, had iets van een waanidee. Alsof ze zelf volkomen geloofde dat jij beloofd had bij haar terug te komen, dat jij met naar bed bent geweest. Ze leek er volledig van overtuigd dat jij haar gebruikt hebt.'

Kyle kon niet verwoorden wat er allemaal door zijn hoofd ging. Het enige wat hij kon uitbrengen, was: 'Ik heb haar nooit in de waan gelaten dat ik ook maar iets met haar zou willen!'

'Alles wat je doet, draait ze in haar hoofd zo om, dat het lijkt alsof je wel degelijk om haar geeft. Anders zou je haar toch geen geld geven voor de reparatie van haar auto of wat dan ook? En ze heeft al vaker tegen me gezegd dat ze wilde dat ze je nooit had laten gaan. Ze wil het feit dat het echt voorbij is niet onder ogen zien en maakt zichzelf liever wijs dat er niets is wat een hereniging met jou in de weg staat.'

'Alleen nu wel.'

'Ja. Lourdes.'

Kyle kneep zijn ogen tot spleetjes. 'Ze zou Lourdes nooit kwaad te doen…' Hij had tegen Lourdes gezegd dat ze dat niet zou doen, maar wat hij nu van Olivia hoorde over haar zus… Opeens was hij er niet meer zo zeker van.

Olivia keek hem bezorgd aan. 'Ik denk niet dat ze Lourdes iets ergs zou aandoen, maar ik acht haar best in staat om haar op een of andere manier dwars te zitten.'

'Bijvoorbeeld…'

Ze hief haar handen op. 'Een hatelijke brief schrijven. Haar in het openbaar uitdagen. Haar afbranden in de media. Roddels en leugens verspreiden, hier en online. Dat soort dingen.'

Ja, daar achtte hij Noelle zelf ook heel goed toe in staat. 'Ik wil niet dat Lourdes' verblijf hier verpest wordt.'

Olivia lachte naar hem en legde toen spontaan even een hand op zijn arm. 'Je vindt haar echt leuk, hè?'

Gelukkig ging ze meteen verder voordat hij gevoelens moest toegeven of ontkennen.

'Ik wil het beste voor jou, dus ik zal net zo blij voor jou zijn als jij voor mij en Brandon bent. Ik hoop dat je dat van me wilt aannemen.'

'Ik weet dat je dat meent.' In een opwelling omhelsde hij haar even. Hij had zijn slechte humeur deels op haar afgereageerd, al was niet zij, maar haar zus de oorzaak ervan. Tot zijn opluchting voelde het… normaal. Niet achterbaks, alsof hij een excuus zocht om haar even vast te kunnen houden. Ook niet stijf of ongemakkelijk, zoals de incidentele korte omhelzing waar hij bij een familiebijeenkomst niet onderuit kon. Het voelde simpelweg gemeend en respectvol, zoals een omhelzing van een zwager en schoonzus hoorde te voelen, zonder resten van alles wat ze eens voor elkaar hadden gevoeld en waaraan het zo moeilijk ontsnappen was geweest.

'Ik denk dat we toch in staat zijn het verleden achter ons te laten, jij en ik,' zei hij zacht toen ze naar hem opkeek.

Alleen was zijn relatie met Lourdes gespeeld. En nu moest Lourdes misschien de prijs betalen voor hun kleine toneelstukje, met dank aan Noelle en haar wraakzuchtige karakter.

Hoofdstuk 17

'Het wordt tijd om die dames maar eens een berichtje te sturen, vind je niet?' Die avond zat Kyle met zijn laptop opengeklapt voor zich aan de ontbijtbar. 'Of in elk geval om te reageren op de vrouwen die contact met mij hebben gezocht.'

Lourdes was in de keuken bezig een chocoladecake te bakken. Ze zei dat ze het recept zelf bedacht had en dat hij het heerlijk zou vinden.

Het rook in elk geval hemels in huis. Hij merkte dat hij het fijn vond om haar om zich heen te hebben. Hij begon zich er steeds meer op te verheugen om aan het einde van de dag naar huis te gaan. Tegelijk probeerde hij zijn uiterste best te doen om niet te veel tijd met haar door te brengen. Er begonnen hem allerlei dingetjes op te vallen die hem niet opvielen bij zijn andere vriendinnen. Zoals de manier waarop haar ogen oplichtten als ze iets leuk vond, het aanstekelijke geluid van haar lach, de warmte van haar lichaam wanneer ze tegen hem aan kwam zitten als ze hem iets wilde laten zien op haar telefoon. Hij rook verdorie nog steeds haar parfum van toen ze een uur geleden zijn bord voor hem neer had gezet. Allemaal klassieke tekenen van een bovengemiddelde interesse in iemand, wist hij. En dus moest hij zijn uiterste best doen om te zorgen dat hij zichzelf niet in de problemen bracht.

'Zit je nu op die datingsite?'

Ze leek er een beetje van te schrikken, en dat begreep hij ook wel. Ze hadden het niet meer over de datingsite gehad sinds ze daar een profiel voor hem had aangemaakt. Dat had hij een beetje raar gevonden, aangezien ze in het begin zo enthousiast was geweest over haar project. 'Ik vond dat ik er maar eens werk van moest gaan maken.'

Na een korte stilte zei ze: 'Waarom nu opeens?'

'Je hebt moeite genoeg gedaan om een profiel voor me aan te maken op die site.'

'Op een site waarop je volgens jezelf helemaal niets te zoeken hebt?'

Meer belangstelling veinzend voor het profiel van ene Debbie Mayo dan hij in feite had, zei hij: 'Misschien dat ik daar toch wat te bekrompen over dacht.' Hij moest toch iets doen? Na meer dan zes jaar gevoelens van verliefdheid te hebben gehad waar hij zich enorm schuldig om had gevoeld, was het een opluchting dat dat nu eindelijk over leek te gaan. Maar het laatste wat hij wilde, was Olivia vervangen door een andere vrouw – een vrouw bij wie hij even weinig kans maakte. Dat was de reden dat hij vond dat hij misschien maar wat zijn best moest doen op het datingfront. Wie weet leerde hij op die manier iemand anders kennen, iemand met wie hij misschien een serieuze relatie zou kunnen krijgen.

Lourdes kwam bij hem staan om te zien wat hij deed. 'Ik geef toe dat ze best aantrekkelijk is...'

De geur van haar parfum kroop zijn neus weer binnen. Ze rook zo lekker, dat hij bijna zijn ogen had dichtgedaan en de geur diep had opgesnoven. Gelukkig kon hij die verleiding weerstaan. 'Maar?'

'Waarom zo'n haast?'

Hij had geen haast gehad – niet tot vandaag. Hij had gedacht dat zijn niet-aflatende devotie voor Olivia hem beschermde tegen de aantrekkingskracht die Lourdes op hem had. Maar dat schild leek dunner te worden. En met Lourdes zo aanwezig, zo bereikbaar, leek het opeens van het grootste belang dat hij snel een ander vond.

'Ik heb geen haast,' zei hij niettemin. 'Hoezo?'

'Nou ja, gezien, eh... je weet wel, wat ik tegen Ed heb gezegd. Wat er gisteren in de krant stond.'

'De suggestie dat we iets met elkaar hebben, bedoel je.'

'Ja. En die suggestie heb ik hem aangereikt omdat ik bij jou logeer en mensen dat uit zichzelf toch al zouden denken. Je zei immers zelf dat iedereen het geloofde.'

'Dat is zo.' Hij wees naar het profiel van de vrouw die zijn interesse had gewekt. 'Maar zij komt niet uit Whiskey Creek. Niemand van hier hoeft te weten dat ik met iemand date.'

'Ik had eigenlijk bedacht dat we je profiel er misschien beter af kunnen halen. Tijdelijk dan. Single Central is een van de bekendste datingsites, en je weet maar nooit wie er allemaal op zitten. En wanneer de grote kranten het nieuws oppikken dat ik Derrick heb ingeruild voor iemand anders, voor jóú, dan weet iedereen het.'

Dus daarom had ze het niet meer over het datingidee gehad. Puur uit praktisch oogpunt. Hij had stiekem gehoopt dat er nog iets anders meespeelde, dat ze zich misschien toch ook wel een beetje tot hem aangetrokken voelde. De manier waarop ze soms naar hem keek…

Maar misschien verbeeldde hij zich dat ook wel.

'Kan zijn dat ik het mis heb dat het nieuws landelijk bekend wordt,' zei hij. Per slot van rekening had hij zich ook vergist in de mensen van Whiskey Creek. Er waren nogal wat inwoners die hem hadden aangesproken op straat of tijdens zijn werk, maar ze hadden zich niet voor zijn deur verdrongen, zoals hij had gevreesd. 'Het kan best dat Eds artikel helemaal niet opgemerkt wordt, buiten Whiskey Creek en de directe omgeving. Wie maakt het nou wat uit wat het plaatselijke sufferdje allemaal afdrukt?'

'Dat lijkt op het moment misschien zo, maar er zijn speciale bureaus die lokale kranten uitpluizen op zoek naar alles wat maar interessant kan zijn voor de grotere kranten en de bladen. Die pikken dit echt wel op.' Ze veegde wat meel van haar wang. 'Het spijt me. Ik heb hier niet bij stilgestaan toen ik dat tegen Ed zei. Ik dacht dat ik ons allebei een dienst bewees; ik kon mijn gezicht redden door te suggereren dat ik een relatie met jou heb, en jij kon eindelijk onder het stigma uit dat je nog steeds hopeloos verliefd bent op de vrouw van je broer.'

'En dat is nog steeds een goed plan.' Hij hoopte alleen dat het de zaken niet juist erger zou maken…

'Zeker weten?'

'Ja, absoluut.' Hij gebaarde naar zijn profiel. 'Haal het er dan maar af. Als je belooft me te helpen het er weer op te zetten voordat je teruggaat.'

Ze trok de laptop naar zich toe. 'Klaar,' zei ze even later. 'Bedankt. Het laatste waar ik op zit te wachten is dat iemand je herkent en de media vertelt dat jij net zo'n bedrieger bent als Derrick. Dat ze zeggen dat ik niet in staat ben een man vast te houden of zo.' Ze trok een gezicht. 'Dat soort dingen zijn echt voer voor de bladen.'

'De Jennifer Anistonbehandeling.'

'Precies.'

Hij wilde haar niet blootstellen aan nog meer schandaaltjes. Ze begon zich hier net wat meer op haar gemak, wat veiliger te voelen. Hij wilde haar alle tijd geven die ze nodig had om te helen. 'Maar goed, wanneer is die cake eigenlijk klaar? Ik lust wel een stuk.'

Ze stond op en omhelsde hem even. 'Gauw.'

Opeens was hij zich sterk van haar bewust, en zodra ze hem losliet, liep hij naar de keuken, zichzelf vervloekend. Als hij niet kon daten – of zichzelf op zijn minst wat afleiden door online naar iemand te zoeken die hij aantrekkelijk vond – konden dit wel eens de langste drie maanden van zijn leven worden. 'Ik heb je het laatste nieuws nog niet verteld.'

'En dat is?'

'Noelle heeft gevochten op haar werk en is ontslagen. Kennelijk was ze behoorlijk overstuur door dat artikel.'

'Daar heeft ze anders zelf om gevraagd! Zij is degene die Ed heeft verteld dat ik in de stad was!'

'Klopt, maar Ed bellen is nog niets vergeleken bij andere dingen die ze zou kunnen doen. Misschien moet ik er maar even langs gaan om te kijken of ik de boel wat kan sussen.' Het laatste wat hij wilde was naar Noelle toe gaan, maar als hij daardoor kon voorkomen dat ze Lourdes kwaad deed…

'Nee, doe dat maar niet. Ik krijg steeds meer het idee dat ze zo iemand is die zichzelf een blauw oog slaat en vervolgens beweert dat jij haar hebt geslagen. Hoe meer ik over haar weet, des te minder ik haar vertrouw.'

'Ik maak me geen zorgen om mezelf,' zei hij. 'Ik ben geen publieke figuur, daarom ben ik veel minder kwetsbaar dan jij.'

'Voor mij hoef je het niet te doen,' zei ze. 'Ze heeft geen reden om het op mij gemunt te hebben.'

'Jaloezie is... jaloezie. Daar is geen reden voor nodig.'

'Dat is zo, maar het is nog maar de vraag of het zin heeft om bij haar langs te gaan. Helemaal omdat je haar niet kunt geven wat ze wil. Ik vind dat we haar beter kunnen negeren.' Ze gebaarde naar de woonkamer, waar de kerstboom in een hoek stond te stralen. 'Het is bijna kerst. Laten we proberen gewoon te genieten van de komende weken en alles en iedereen vergeten die voor onrust zorgt.'

'Hoe zit het met dat album waar je aan wilde werken?' vroeg hij.

Ze keek hem met een hoopvolle lach aan. 'Ik ben met de eerste song bezig, al gaat het wel moeizaam. Ik ben het geloof in mijn eigen kunnen een beetje kwijt. Maar ik hoop dat het mettertijd weer beter gaat.'

'Gewoon blijven proberen.'

'Precies.'

Hij zette zijn handen in zijn zij. Misschien dat hij zowel Noelle als zichzelf een dienst bewees als hij niet langer probeerde om op goede voet met haar te komen en in plaats daarvan alle communicatie staakte. Haar alleen nog elke maand een cheque stuurde, zoals hij had toegezegd.

Al had hij strikt genomen de alimentatie voor het komende halfjaar inmiddels al betaald, gezien het bedrag dat ze van hem had geleend. Maar als ze hem met rust liet en zich met haar eigen zaken bemoeide, zou hij met alle plezier zijn maandelijkse bijdrage overmaken. Nu ze een van haar twee baantjes kwijt was, zou ze dat geld meer dan ooit nodig hebben...

Opeens realiseerde hij zich dat hij wel degelijk iets aan Noelle kon doen.

'Geen zorgen,' zei hij tegen Lourdes. 'Alles komt goed.'

Het was al middernacht geweest toen Kyle Noelle belde. Lourdes was tot dat moment op gebleven. Hij wilde niet dat ze hoorde wat hij zei, maar hij wilde ook niet nog langer wachten met deze poging om toekomstige problemen af te wenden. Ook al was Lourdes ervan overtuigd dat hij niets moest doen, hij kende Noelle en wist dat ze er het type niet voor was om uit zichzelf in te binden. Zeker niet wanneer ze weer zo geobsedeerd was als de laatste tijd. Lourdes was toevallig op een slecht moment hierheen gekomen, tijdens een van de vele perioden dat Noelle geen vriend had en het daarom nog maar eens bij hem probeerde. Noelle voelde zich afgedankt en afgewezen, en Kyle wist vrijwel zeker dat ze hun het leven zuur zou maken als ze maar even haar kans schoon zag.

Terwijl hij heen en weer liep op het terras aan de achterkant van zijn huis, wachtend tot ze de telefoon opnam, speelden een paar van de akeligste ruzies die ze hadden gehad door zijn hoofd. Ze werd snel driftig en begon dan met dingen te smijten of vloog hem aan. Dat was deels de reden dat hij geweigerd had het grote huis, de dure sieraden, reisjes en kleren te betalen waar ze haar zinnen op had gezet. Hij wist wel betere manieren om zijn geld te besteden. Dat de zaken nu goed gingen, wilde niet zeggen dat ze ook altijd goed zouden blíjven gaan. Hij moest geld wegzetten voor eventuele magere jaren. Bovendien had hij absoluut geen zin om haar bizarre gedrag te belonen.

Gelukkig had ze hem nooit ernstig verwond tijdens een van haar driftbuien. Al was het soms zo erg geweest dat hij eigenlijk de politie had moeten bellen, hij had te veel trots om dat ook echt te doen. Hij wilde niet dat zijn ouders en zijn vrienden – de hele stad – te weten zouden komen hoe slecht zijn huwelijk in feite was. Wanneer ze hem te lijf ging, drukte hij haar simpelweg tegen de grond om het haar onmogelijk te maken hem te slaan, te schoppen of te krabben. Of, vaker nog, dan ging hij gewoon weg. Hij had heel wat nachten doorgebracht op kantoor, iets wat Morgan wist; dat was ongetwijfeld deel van de reden dat ze zo de pest aan Noelle had. Morgan was degene die hem de volgende ochtend aantrof op het luchtbed dat hij in een kast op zijn kantoor bewaarde. Waarschijnlijk had ze tegen andere mensen wel gezegd dat hij niet gelukkig was met Noelle, dus het was niet gelukt om zijn problemen verborgen te houden. Maar er was tenminste niemand die wist hoe erg de situatie in werkelijkheid was.

Noelle nam niet op, en dus probeerde hij het nog een keer. Ze had haar telefoon altijd bij de hand en als ze sliep, zou hij het net zo lang proberen tot ze wakker werd.

Ze leek er erger aan toe dan toen hij nog met haar getrouwd was, dacht hij terwijl hij haar telefoon hoorde overgaan. Roekelozer. Giftiger. Bereid om zelfs nog verder te gaan dan eerst. En hij was toen al geschokt geweest door haar gedrag. Dat baarde hem ook zo'n zorgen. Dat was de reden dat hij van plan was om haar heel duidelijk te maken dat ze maar beter niets kon doen om Lourdes' image te beschadigen of haar op een andere manier kwaad te berokkenen. Want dat zou hij niet laten gebeuren.

'Nou bel je me wel?' snauwde Noelle toen ze eindelijk opnam.

Ze klonk niet alsof ze had liggen slapen. Niet alleen klonk haar stem schel en snerpend, ze deed ook alsof hij verplicht was om contact met haar te houden, en of ze een of andere overwinning had behaald nu hij haar eindelijk belde.

'Wat bedoel je?'

'Door jou ben ik mijn baan kwijt! Dat bedoel ik!'

Na het gesprek met Olivia eerder die dag was hij min of meer voorbereid op die beschuldiging. Hij wist dat Noelle hem het voorval in de bar verweet, al was dat alleen in haar eigen ogen het geval. 'Dat is belachelijk. Zelfs jij moet toch weten dat ik daar niets mee te maken had. Het spijt me voor je, maar uit wat ik heb gehoord, heb je het alleen aan jezelf te wijten. Jij bent begonnen, toch?'

'Nee, dat ben ik niet! Zij daagde me uit!'

Hij wilde zich niet laten afleiden en vroeg dan ook niet wie die 'zij' was. 'Maar jij bent degene die is begonnen met meppen.'

'En dat zou ik nooit gedaan hebben als ik niet zo overstuur was geweest dat jij me als oud vuil behandelt!'

Daar was de schakel, gebracht met haar bekende verwrongen logica. Maar ditmaal kreeg zijn nieuwsgierigheid de overhand, meer dan de behoefte om de schuld te leggen waar die hoorde. 'Wie is die zij trouwens?'

'Genevieve Salter.'

'Je vriendin? Maar je vindt haar aardig! Ik heb jullie verscheidene keren samen gezien.'

'Ze wás mijn vriendin. Dat is ze nu niet meer.'

'Omdat...'

'Omdat ze...' Het bleef even stil terwijl ze naar een antwoord zocht, maar kennelijk kon ze geen acceptabel antwoord bedenken. 'O, laat ook maar. Je gelooft me toch niet. Ik ken je.'

'Ik ben eerlijk, Noelle, terwijl jij jezelf liever voor de gek houdt.'

'Rot op. Het doet er niet toe wat er gebeurd is. Genevieve is het niet waard om me druk over te maken.'

'En je baan?'

'Ik wilde toch al niet meer bij Sexy Sadie's werken. Het is een klotebar. Ik verdien iets beters.'

'Je had toch al moeite om rond te komen.' Ze had gezegd dat ze maar een paar honderd dollar spaargeld had – het geld dat ze volgens eigen zeggen aan een nieuwe boiler had kon spenderen. Die ze trouwens nog steeds nodig had, omdat ze zo dom was geweest de boiler die hij haar had gegeven uit haar huis te laten slopen. Maar volgens Olivia had Noelle haar ouders zo ver weten te krijgen dat die haar hielpen, dus misschien had ze toch nog een financieel vangnetje.

'Ik ben een goede serveerster,' zei ze. 'Ik vind echt wel ergens anders een baan.'

Hij betwijfelde het of dat in Whiskey Creek zou zijn. De banen lagen hier niet voor het oprapen en ze had natuurlijk haar reputatie tegen. Dat betekende dat ze naar een andere stad zou moeten, of misschien naar dat Indiaanse casino, niet zover hier vandaan...

Maar goed, ze moest zelf weten wat ze deed. Het was zijn probleem niet. 'Dat betekent dat je mijn maandelijkse alimentatie vast niet kunt missen...'

Het bleef weer even stil, deze keer wat langer. Toen ze eindelijk weer wat zei, hoorde hij de achterdocht in haar stem. 'Wat bedoel je daar precies mee?'

'Ik bedoel dat je geld nodig hebt om rond te komen, wat je ook doet. En dat je ervoor afhankelijk bent van mij.'

'Dat klinkt alsof je me een gunst bewijst, alsof je niet hóéft te betalen,' zei ze. 'Je bent verplicht me die alimentatie te betalen. Dat heeft de rechter bepaald. Als je dat niet doet, leggen ze beslag op je bankrekening.'

'Alleen heb ik al een paar duizend dollar vooruit betaald, en dat kan ik bewijzen.' Hij had niet precies uitgerekend hoeveel het was. Daar had hij geen behoefte aan gehad, maar het was allemaal te traceren. 'In feite zou ik je pas over zes maanden weer alimentatie hoeven te betalen, eerder niet.'

'Zes máánden?' riep ze uit. 'Nee, zoveel heb ik echt niet van je gehad.'

'Reken zelf maar uit. De afgelopen vijf jaar heb je me beschouwd als je persoonlijke pinautomaat. Ik heb meer dan tweeduizend betaald voor reparatie van je auto. Ik heb een paar maanden huur voor je betaald toen je krap zat. Ik heb rekeningen van je telecomprovider en gas en licht betaald. En nog niet zo lang geleden heb ik de eigen bijdrage voor die operatie betaald. Dat alleen was al drieeneenhalfduizend.'

'Haal je mijn operatie er nou echt bij? Mijn hemel! Wat voor iemand ben jij? Die operatie was noodzakelijk door de dood van onze baby!'

'Door je miskraam, ja. Bijna zes jaar geleden. Ik wil daar best wat dieper op ingaan, hoor, als je het nodig vindt om de baby ter sprake te brengen. Hoe dan ook, ik denk niet dat de rechter mij als de verantwoordelijke partij zou zien, als dit ooit op een juridisch conflict uitdraait.'

'Klootzak!'

Hij hoorde hoe geschokt ze was. Dit was de eerste keer dat hij haar hard aanpakte; dat was ze niet gewend. Maar hij had er genoeg van om alles maar over zijn kant te laten gaan. Hij was er helemaal klaar mee om zichzelf te straffen voor de gekwetste trots en de stupiditeit waardoor hij zich in haar netten had laten verstrikken. 'Verder kan ik aantonen dat ik me in allerlei bochten heb gewrongen om je te helpen.'

Verrassend genoeg leek ze moeite te doen om kalm te blijven.

'En daar ben ik dankbaar voor. Ik, eh... ik heb laatst toch lekker voor je gekookt?'

Dat trok in haar ogen de stand gelijk? 'Dat is waar. Dat was aardig van je.' Ook al had ze het alleen maar gedaan in de hoop hem in bed te krijgen... 'Daarom zal ik niet lullig doen en honderd piek in mindering brengen op het totaalbedrag.'

Stilte. Nu had hij haar echt geschokt. 'Wat wil je precies zeggen, Kyle? Dat ik vanaf nu geen geld meer van je krijg?'

Her en der waren plekken met sneeuw die glinsterden in het licht van de maan, zag hij. Hij zette de kraag van zijn jas op, hoewel hij de kou amper voelde. 'Nee, dat zeg ik niet. Ik zou niet willen dat je gedwongen was om weer bij je ouders te gaan wonen.' Hij wist dat ze alles zou doen om dat te voorkomen. Dan zouden ze erachter komen hoe haar leven er eigenlijk uitzag, dat ze hele nachten wegbleef om te drinken en feest te vieren, dat ze nu eens bij die en dan weer bij die sliep, dat ze allerlei dingen kocht die ze niet nodig had en vervolgens om een lening vroeg.

'Wat zeg je dan wel?' informeerde ze.

Ze voelde dat er iets aan zat te komen. 'Dat ik denk dat het tijd wordt dat wij een paar dingen afspreken.'

'Jij bent degene die het allemaal nog erger maakt,' zei ze beschuldigend.

'Nee, dat is niet waar.'

'Wel! Je bent zo vol van jezelf, nu je iemand anders hebt. Maar realiseer je wel dat Lourdes hier maar voor even is, Kyle. Een serieuze relatie met haar is uitgesloten. Wanneer ze straks terug is in Nashville is ze je binnen de kortste keren vergeten.'

Hoewel Noelle het op de valse manier bedoelde die haar eigen was, geloofde hij dat ze gelijk had. 'Wat er tussen Lourdes en mij gebeurt, gaat jou niets aan, Noelle. Dus hou je zogenaamde goede raad maar voor je. Ik wil alleen dat je je erbuiten houdt.'

'Ik zeg alleen maar dat je beter wat aardiger tegen me kunt zijn. Wanneer ze vertrokken is, heb je me misschien weer nodig.'

Hij kon zijn oren bijna niet geloven.

'Nee, absoluut niet, Noelle. Ik heb je niet nodig, ik heb je...' hij wilde eigenlijk zeggen 'nooit' maar dacht meteen dat het geen zin had om nodeloos wreed te zijn '... al heel lang niet meer nodig gehad. En even voor de goede orde, maar anders dan wat jij verkiest te denken, hebben we al geen seks meer gehad sinds we gescheiden zijn. De laatste drie of vier maanden van ons huwelijk sliepen we trouwens al apart, als je je dat nog herinnert.' Toen ze hem eenmaal had verteld dat ze de baby was kwijtgeraakt, had hij het risico van een nieuwe zwangerschap niet willen nemen. Hij had haar niet vertrouwd. Hij had haar trouwens ook niet begeerd. En hij had geen idee waarom ze dacht dat dat nu anders was; dat was ongetwijfeld weer iets wat ze zichzelf had aangepraat.

'Omdat jij altijd met een stijve rondloopt voor mijn zus, ook al is die met je bloedeigen broer getrouwd!' schreeuwde ze.

Die beschuldiging had ze hem talloze keren naar het hoofd gegooid. Dat was elke keer weer hard aangekomen – omdat het waar was. Maar vannacht, nu hij voelde dat hij haar woorden van zich af kon laten glijden, wist hij dat hij eindelijk over Olivia heen was. Eindelijk!

'Het zal je berouwen wat je me hebt aangedaan,' zei ze. 'Je hebt mijn leven verpest!'

Zijn onverschilligheid maakte haar alleen maar bozer. 'Niet ophangen.' Hij voelde dat ze dat wilde doen. 'Ik ben nog niet klaar.'

'Toe maar, zeg het maar,' riep ze. 'Je geeft me geen geld meer. Dat is toch wat je wilt gaan zeggen?'

'Of ik je al dan niet betaal, hangt helemaal van jezelf af.'

'Hoezo?' Het klonk eerder huilerig dan boos.

Aan het eind van het terras draaide hij zich om, maar hield zijn hoofd gebogen zodat Lourdes hem niet zou horen. 'Je laat Lourdes en mij helemaal met rust. Geen telefoontjes, meer, geen verzoekjes om hulp, geen "toevallige" ontmoetingen meer wanneer ik ergens een kop koffie drink of een hapje eet en je mijn auto ziet staan –'

'O, alsjeblieft, zeg,' onderbrak ze hem nijdig. 'Je doet net of ik je aan het stalken ben.'

Zo voelde het soms ook, maar hij ging verder alsof ze niets had gezegd. 'En je laat vooral Lourdes met rust. Als ik hoor dat je hebt lopen roddelen, leugens hebt gepost op internet of iets anders doet wat haar carrière kan beschadigen of haar op een andere manier kwaad doet, dan krijg je geen cent meer van me.'

'Je kunt me niet nooit meer betalen,' zei ze, maar het klonk iets minder uitdagend dan daarvoor.

'Misschien niet, maar wel tot het hele bedrag wat ik noemde verrekend is. En dan kan ik het erop aan laten komen. Mocht je het zover willen laten komen, dan daag ik je voor de rechtbank om de hoogte van de alimentatie aan te laten passen. Ik kan je verzekeren dat de maandelijkse cheque dan een heel stuk lager uitvalt dan nu, en dat je zelf heel wat meer rekeningen zult moeten betalen dan je nu doet.'

'Je hebt het bedrag al een keer laten verlagen! Dat gaat je geen tweede keer lukken.'

Hij hoorde aan haar stem dat ze daar niet helemaal van overtuigd was, wat ze ook mocht zeggen. Hij was zo gebrand geweest op een scheiding dat hij had ingestemd met een veel te hoog bedrag, vandaar dat hij de rechtbank later om een verlaging had verzocht. Maar de rechter had simpelweg toegewezen wat hij had aangeboden in plaats van het eerste bedrag. Dat was nog steeds meer dan hij in feite zou moeten betalen, gezien het feit dat hun huwelijk maar zo kort had geduurd en er geen kinderen waren. Hij had haar de afgelopen vijf jaar grotendeels onderhouden, een stuk langer dan de tijd die een kinderloze partner doorgaans nodig had om financieel weer op eigen benen te staan.

'Ben je bereid het erop te wagen?' vroeg hij. 'Het risico te nemen dat je met veel minder genoegen moet nemen? Of misschien zelfs met niets?'

Niets. Geen reactie.

'Zeg in elk geval dat je mijn voorwaarden begrijpt,' zei hij. 'Anders ga ik ervan uit dat je weigert mee te werken en komt er in januari geen cheque.'

'Dat kun je niet menen! Ik ben net mijn baan kwijtgeraakt, ik heb waarschijnlijk niet eens geld om te eten, en jij komt hiermee aanzetten?'

Ze kon altijd nog naar haar ouders, dus over dat eten maakte hij zich geen zorgen. 'Inderdaad,' zei hij.

'Dat is zo oneerlijk!'

'Ik wil van je horen dat je het begrijpt,' zei hij nogmaals. 'Dat is het enige.'

Na een paar seconden gromde ze: 'Ik begrijp het,' om er vervolgens aan toe te voegen: 'Maar ik vergeef het je nooit,' waarna ze ophing.

Hij voelde niet de opluchting die hij verwacht had te voelen na het telefoontje. Noelles laatste woorden zaten hem absoluut niet lekker. Om de lieve vrede te bewaren, om te zorgen dat het verleden geen schaduw zou werpen over het geluk van Brandon en Olivia en om te boeten voor zijn eigen fouten, had hij er altijd voor gekozen om een directe confrontatie uit de weg te gaan. Hij had Noelle ontlopen, afgekocht, genegeerd wanneer hij kon en compromissen met haar gesloten wanneer hij dat niet kon. Zijn standaardoplossing was altijd geweest om haar geld te geven, want daarmee was ze het snelst tevreden. Tot nu had hij haar nooit willens en wetens uit zijn leven gebannen, en hij wist niet zeker hoe ze daarop zou reageren.

Maar hij meende wat hij had gezegd. Ze kreeg geen cent meer als ze ook maar iets deed wat ze niet zou moeten doen.

Hij was er helemaal klaar mee om zijn leven te laten bepalen door zijn gevoelens voor Olivia. En hij was ook helemaal klaar met Noelle. Hij was met handen en voeten gebonden geweest aan de zussen, zij het om verschillende redenen. Maar nu verbrak hij zijn ketenen…

Hij haalde diep adem en lachte. Misschien dat hij toch wel opgelucht was.

Hoofdstuk 18

Zodra Noelle de verbinding met Kyle had verbroken, belde ze Olivia, maar die nam niet op. Dat was pas na de derde keer proberen het geval.

'Hallo?'

Eindelijk. Noelle hoorde aan haar lodderige stem dat ze had liggen slapen.

'Noelle? Ben jij dat?' zei Olivia toen Noelle niet meteen antwoordde.

Noelle, die omwille van het effect expres wat langer wachtte om iets terug te zeggen, frunnikte aan de afvoer van haar gootsteen. Die was vijf minuten geleden opeens gaan lekken, en tot nu toe had ze het probleem niet weten op te lossen. Ze had een loodgieter nodig – voor de afvoer en om een nieuwe boiler te installeren. Eigenlijk had ze nog veel meer nodig, allemaal dingen die ze nu waarschijnlijk niet zou krijgen omdat ze haar baan was kwijtgeraakt. Ze wist niet eens precies waarom ze überhaupt bij Sexy Sadie's was gaan werken. Waarom had zíj twee banen nodig terwijl iedereen om haar heen het een stuk gemakkelijker had? Olivia's werk bestond uit het plannen van bruiloften – alsof dát zo moeilijk was.

'Noelle?' herhaalde Olivia, deze keer met de gewenste ongerustheid. 'Alles goed met je?'

'Nee. Het gaat helemaal niet goed met me,' antwoordde ze, zogenaamd in tranen. 'Kyle belde net.'

Geritsel aan de andere kant. 'Zo laat nog?'

'Ik zei het toch? Hij is helemaal niet zo attent als jullie allemaal denken.'

Olivia zei niets, maar op de achtergrond hoorde Noelle Brandon zeggen: 'Wie is dat, schat? Wat is er aan de hand?'

'Het is mijn zus,' fluisterde Olivia. 'Ga maar weer slapen. Ik ga wel even naar de woonkamer.' In de telefoon zei ze: 'Wacht even,' en toen een paar seconden niets, natuurlijk om haar geliefde echtgenoot niet te storen. Dezelfde geliefde echtgenoot die niets van Noelle had willen weten. Hij was al net zo'n arrogante hufter als zijn stiefbroer.

'Goed dan. Wat is er aan de hand? Waarom heeft Kyle je gebeld? En zeg alsjeblieft niet dat het om een seksdate ging. Hij heeft me verteld dat jullie allang niet meer met elkaar slapen.'

'Natuurlijk zegt hij dat. Nu hij met de fantastische Lourdes Bennett in bed ligt, heeft hij mij niet meer nodig. Hij belde om te zeggen dat hij me geen alimentatie meer zal betalen. Heb je ooit zoiets idioots gehoord?'

'Kyle weet toch ook wel dat hij dat niet kan doen? Bij de scheiding heeft hij toegestemd jou maandelijks een bepaald bedrag te geven. Ik herinner me dat hij dat op een gegeven moment heeft laten verlagen, maar hij heeft wel altijd betaald, toch?'

'Hij is kennelijk van plan juridische stappen te ondernemen om dat bedrag tot nul te laten terugbrengen.' Ze haalde haar neus op. 'Ik heb geen idee hoe ik dan moet rondkomen.'

'Geen paniek. Ik denk niet dat de rechter –'

'Kyle heeft het geld om dure advocaten in te huren die dat voor hem kunnen regelen, Olivia,' viel ze haar zus in de rede.

'Ik vind het trouwens helemaal niets voor Kyle om zoiets te doen. Hij doet echt zijn best om je eerlijk te behandelen.'

'Dat zeg je alleen maar omdat je niet wilt geloven dat hij zo'n schoft kon zijn. Jij gelooft liever dat *ík* degene ben die al die problemen tussen ons veroorzaakt. Alles is *míjn* schuld. Ik heb het altijd gedaan.'

'Hou alsjeblieft op, Noelle. Ik probeer een reden te bedenken voor die plotselinge koersverandering. Hij is altijd gul voor je geweest. Hij heeft je zo nu en dan zelfs wat extra gegeven. Waarschijnlijk meer dan ik weet.'

'Gul? Ik dacht het niet. Weet je wat hij gedaan heeft? Hij heeft elke cent bijgehouden die hij me heeft gegeven, en dat trekt hij nu van mijn alimentatie af.'

'Dat zou iedereen doen, Noelle. Hij hoeft je helemaal geen extra geld te geven. Ik vind het al goed van hem dat hij je geld leent. Het enige wat hij je moet betalen, is het bedrag dat de rechter heeft bepaald. En dat betaalt hij trouw... vaak zelfs eerder dan nodig, omdat je altijd zo krap bij kas zit.'

'Moet ik hem daar soms dankbaar voor zijn? En waarom dan wel? Voor hem is het maar een fooi! Als we nog getrouwd waren, zou ik het net zo goed hebben als hij.'

'Maar jullie zijn niet meer getrouwd, al vijf jaar niet meer.'

'Dat doet er niet toe. Hij hoeft niet elke cent in rekening te brengen, vooral niet omdat hij toch veel meer heeft dan ik.'

Olivia maakte een geïrriteerd geluid. 'Die redeneringen van jou soms... Maar goed. Heeft hij je niet een boiler gegeven? Dat was toch aardig van hem, of niet?'

'Een gebruikte boiler.'

'Dat hoefde hij niet te doen. En ik weet zeker dat hij je die voor niets heeft gegeven.'

'Omdat hij het ding kwijt wilde en er geen betere bestemming voor had!'

Na een korte stilte slaakte Olivia een diepe zucht. Toen zei ze: 'Vervelend voor je. Het is allemaal ook wel veel. Nu je je baan kwijt bent, zit je niet op nog meer problemen te wachten.'

Zoals altijd wanneer het om Kyle ging, weigerde haar zus om haar kant te kiezen en zei ze maar wat om ervan af te zijn, dacht Noelle. Ze had groot respect voor Kyle, meer dan ze ooit voor háár zou hebben. Maar wie was Olivia om zich zo superieur te voelen? Ze deed net alsof ze iets geweldigs had gedaan door haar te vergeven dat ze met Kyle in bed was gedoken, ook al waren ze uit elkaar toen Noelle hem die avond bij Sexy Sadie's tegen was gekomen. Olivia was naar Sacramento vertrokken, had haar nieuwe bedrijf belangrijker gevonden dan haar zogenaamde 'liefde'. En toen Noelle erbij gekomen was om te pakken wat zij had achtergelaten, had ze opeens de martelares uitgehangen.

Ze had er altijd al een handje van gehad Noelle in een slecht daglicht te stellen, ook al was ze met Brandon getrouwd, een man die net zo knap en succesvol was als Kyle. Olivia had alles wat haar verwende hart maar kon begeren.

Was dat nou eerlijk? Hoe kon dat nou eerlijk zijn?

'Dat is alles wat je te zeggen hebt?' zei ze. 'Ik zit hier in dit stinkende hol van neef Harry dat ik een beetje leefbaar probeer te houden, terwijl het bijna kerst is, ik mijn baan kwijt ben en mijn ex bezig is de laatste nagel in mijn doodskist te slaan! En het enige wat je kunt zeggen is dat je het vervélend vindt?'

'Ik weet niet wat je verwacht dat ik zeg.'

'Waarom doe je niet een keer iets om me te helpen?' riep ze uit. 'Zet je die zogenaamde zusterliefde van je niet om in iets concreets, waar ik echt wat aan heb?'

'Noelle, heb je gedronken? Het lijkt wel of je beslist ruzie wilt maken.'

Noelle draaide me een woest gebaar de kraan wijd open en liet het water stromen. 'Ik heb een drankje gehad, klopt. Zou jij dat niet doen, als je net je baan kwijt was en de hele wereld zich tegen je keerde? Zelfs mijn eigen zus wil me niet helpen.'

'Op wat voor manier?'

'Jij hebt meer dan genoeg. Jij zou me best door deze moeilijke tijd heen kunnen helpen als je wilde.'

'Noelle, daar hebben we het al over gehad. Brandon en ik nemen alle beslissingen samen, en we hebben afgesproken dat we je geen geld gaan geven.'

'Omdat jullie daar te gierig voor zijn!'

'Dat is helemaal niet waar!' zei Olivia geprikkeld. 'Je mag best zeggen dat ik gierig ben, maar Brandon is een van de gulste mensen die ik ken. Het probleem is dat je mensen te vaak hebt gemanipuleerd. Daardoor vertrouwen ze je niet meer.'

'Wat een klote-excuus, zeg. Maar goed, als je me dan geen geld wilt lenen, ook al ben je verdomme mijn bloedeigen zus, doe dan op zijn minst een goed woordje voor me bij Kyle. Hij aanbidt de grond waarop je loopt. Je hoeft alleen maar door te laten schemeren dat je het niet accepteert dat hij mij zo slecht behandelt, en hij is meteen om. Hij zou alles voor je doen – Lourdes Bennett of geen Lourdes Bennett.'

'Dat weet ik nog zo net niet,' zei Olivia. 'Niet meer.'

'O, hou toch op. Kyle en ik zouden nog steeds bij elkaar zijn als jij er niet was. Jíj bent de reden dat mijn huwelijk mislukt is, en toch denk je nog steeds dat jíj reden hebt om verbitterd te zijn.'

'Ik kan bijna niet geloven dat je dat soort dingen zegt. Je wist dat Kyle niet verliefd op je was toen je met hem trouwde, dus hoe kun je mij nu de schuld geven dat het niets is geworden? Hoe je de gebeurtenissen ook verdraait – dat Kyle achter je aan zat en dat je in een moment van zwakte hebt toegegeven, of op welke manier je het me dan ook probeerde te verkopen – je bent naar bed gegaan met de man op wie je zus verliefd was. De man met wie je zus de afgelopen twee jaar naar bed ging, en je kon nauwelijks wachten tot ik mijn hielen had gelicht. Erger nog, je raakte zwanger van hem –'

'Alsof ik daar wat aan kon doen! En die baby ben ik verloren. Vind je niet dat ik genoeg heb geleden?'

Het was even stil, en toen zei Olivia langzaam en nadrukkelijk: 'Noelle, laten we hierover ophouden voordat... voordat we dingen zeggen waar we spijt van krijgen. Ik wil er niet bij betrokken worden. Je bent mijn zus en ik hou van je, maar wat er met Kyle en jou gebeurt... dat is tussen jullie.'

'Geweldig. Hartelijk dank,' zei ze boos, en ze verbrak de verbinding. Maar ze was niet van plan het erbij te laten zitten. Olivia, Kyle en Brandon en al die populaire, arrogante vrienden van ze hadden alles. Ze hadden altijd alles gehad, en nooit ook maar een vriendelijk woord voor haar over gehad.

Nou, ze zou ze terugpakken, al was dat het laatste wat ze deed.

Zes dagen later, op donderdag, bereikte het artikel in de Gold Country Gazette de nationale media. Lourdes wilde net met het avondeten beginnen toen ze diverse sms'jes van Derrick ontving.

> Wel verdomme! Je hebt nu al iemand anders? Wanneer had je me dat willen vertellen?

En:

> Geen reactie? Vind je niet dat je me na drie jaar wel een verklaring schuldig bent?

Hij had haar ook een paar keer geprobeerd te bellen, maar ze had de voicemail zijn werk laten doen. Als hij om haar gaf, als hij hun relatie had willen redden, dan had hij de zaken niet op hun beloop gelaten sinds haar ultimatum aangaande Crystal.

Bovendien vond ze dat ze eerst maar eens moest zien wat er precies in de media circuleerde voordat ze met hem in discussie ging.

Ze wreef over haar armen omdat er een koude rilling over haar rug liep, ging met haar laptop aan de keukentafel zitten en tikte haar naam in in een zoekmachine.

Er gingen inderdaad nogal wat tweets, Facebookberichten en vermeldingen in blogs rond op internet. Niet dat haar liefdesleven voorpaginanieuws was of zo, maar het kreeg flink wat aandacht van de wereld van de societyroddels. Bijna een uur later zat ze nog steeds berichten en artikelen te scannen.

> Houdt countryster Lourdes Bennett haar relatie voor gezien?
>
> Na meer dan drie jaar is er een einde gekomen aan Lourdes Bennetts relatie met haar manager, Derrick Meade. Volgens een interview in de Gold Country Gazette, een kleine krant in het stadje Whiskey Creek, waar ze een tijdje wil bijkomen van de muziekwereld, is er een nieuwe man in haar leven…

Daarmee had Lourdes geen moeite. Het klopte aardig. Veel andere waren ook voornamelijk gebaseerd op haar eigen woorden. Maar niet allemaal.

> Heeft Crystal 'Hottie' Holtree Lourdes Bennetts man ingepikt?

Al enkele maanden doen geruchten de ronde dat het huwelijk tussen de bekende countryzangeres Lourdes Bennett en haar manager en jarenlange relatie Derrick Meade, waar reikhalzend naar werd uitgekeken, in de wacht is gezet... of misschien wel helemaal niet doorgaat. Kennelijk heeft nieuwkomer Crystal Holtree Lourdes niet alleen de loef afgestoken op professioneel gebied, maar ook in haar privéleven. Een anonieme vriend wist I Heart Country te vertellen dat de verslagen Lourdes Nashville heeft verruild voor het veiliger klimaat van Noord-Californië, waar ze is opgegroeid.

Welke vriend kon dat geweest zijn? Waarschijnlijk eerder een vage kennis dan een vriend. Haar echte vrienden zouden haar nooit zo verraden. Het kon best een van de assistenten of stagiaires bij haar oude maatschappij zijn. Misschien dat iemand haar had horen ruziën met Derrick, op het parkeerterrein of zo. Want ze zou nooit zo onnadenkend zijn om haar ongenoegen en plein public te laten merken.

Het zou ook iemand van haar crew kunnen zijn, die hen gehoord had in haar trailer...

Ze had geen zin om de rest van het stuk te lezen en klikte op de volgende link.

Zaken of plezier?

Zeg het maar. Wat is er gaande tijdens deze tête-à-tête tussen de nieuwste lieveling van het countrypubliek, Crystal Holtree, en haar manager, Derrick Meade?

Op de foto die bij dit artikel stond, leek Derrick niet erg van streek door het verlies van de vrouw met wie hij had zullen trouwen. Afgaande op de vele tassen waren ze samen kerstinkopen wezen doen en sloten ze hun uitje nu af met een intieme lunch.

'Zaken? Geloof je het zelf?' bromde ze. De commentaren die onder het artikel stonden, waren dezelfde mening toegedaan. Onder de foto had de schrijver van het stukje drie grappig bedoelde multiplechoicemogelijkheden gezet.

> Crystal verdrijft Lourdes niet alleen uit de hitlijsten.

Dat deed zeer – en bracht ook de paniek terug die haar bij haar komst hier in Whiskey Creek had vervuld. Alles wat ze had opgebouwd was weg. Ze was negenentwintig, en het voelde alsof haar leven voorbij was.

Rustig blijven. Het gaat al zo'n stuk beter, hield ze zichzelf voor. Kyle had zo'n rustgevend effect op haar. Ze dacht even aan hem en zei tegen zichzelf dat hij zo wel thuis zou komen. Maar ze kon haar computer niet uitzetten voordat ze de rest van de voorgedrukte antwoorden had gelezen.

> Niet meteen het ergste denken! Crystal buigt zich heus niet zo ver voorover om Derrick goed zicht te geven op haar decolleté. Ze bespreekt alleen haar kansen op het maken van een baby, eh... kerstalbum met hem.

Baby. 'Nou, veel succes,' bromde ze. Ze wist bijna zeker dat Derrick geen kinderen wilde en dat hij niet bepaald een toegewijde vader zou zijn als hij ze wel kreeg.

De laatste mogelijkheid was:

> We gaan niemand veroordelen. Geef de man een sigaar. Als hij met zowel Lourdes Bennett als Crystal Holtree naar bed is geweest heeft hij meer geluk gehad dan welke man dan ook.

Ze trok een gezicht; ze vond het een walgelijk idee dat iemand zijn ontrouw kon toejuichen.

Ze hoorde een geluid bij de deur – de sleutel in het slot. Opgelucht keek ze op toen Kyle binnenkwam.

'Hé, hoe was het vandaag?' vroeg hij toen hij haar in het oog kreeg.

Zoals gewoonlijk was hij al vertrokken naar zijn werk voordat zij opstond. Dat werd zo langzamerhand de vaste routine. Hij ging bij het aanbreken van de dag naar zijn werk, zij stond een paar uur later op, deed wat yogaoefeningen en ging dan schrijven tot het tijd was om met het avondeten te beginnen. Tot haar opluchting was er niemand meer geweest sinds Noelle die maaltijd had gebracht. En ook die was niet meer teruggekomen voor de foto waar ze het over gehad had.

'Prima, tot ik de computer aanzette,' zei ze naar waarheid.

Hij gooide zijn sleutels op het aanrecht. 'Dus het is zover?'

'Ja. De aasgieren cirkelen rond, wachtend op een gelegenheid om mijn botten kaal te pikken. Je zou eens moeten zien wat ze allemaal schrijven...'

Toen hij naar haar toe liep, dacht ze dat hij met eigen ogen wilde zien wat er geschreven werd. Maar in plaats daarvan klapte hij haar laptop dicht. 'Doe dat maar niet.'

'Heb je het al gezien?'

'Nee, en dat wil ik ook niet.'

'Het is precies wat ik al zei – een gekkenhuis.'

'Ik geloof je meteen. Maar wat kan het ons schelen wat er gezegd wordt? Laat ze toch. Ze zien vanzelf hoe het zit wanneer je nieuwe album uitkomt en dat binnen een paar weken platina wordt.'

Ze trok haar knieën op en sloeg haar armen eromheen. 'Denk je echt dat me dat gaat lukken?'

'Ik ben ervan overtuigd.'

Dat hielp. De afgelopen avonden had ze hem stukjes laten horen van werk dat ze overdag had geschreven. Veel was het nog niet; een paar melodielijnen met wat tekst. Maar het waren zaadjes, goede zaadjes, en ze was dolblij dat ze tenminste was begónnen aan haar volgende album. Toen ze in Whiskey Creek was gearriveerd had ze geen enkel nieuw idee gehad. Ze was te veel van slag geweest, te veel bezig met alles wat misliep in haar leven.

Tot ze Kyle had ontmoet.

'Derrick zet zijn geld niet op mij.' Ze liet haar kin op haar knieën rusten en keek naar hem op. 'Hij gelooft niet dat het me lukt om een comeback te maken.'

Kyle trok een stoel bij en ging zitten. 'Hoe weet je dat?'

'Hij denkt dat Crystal meer kans op succes biedt. Anders zou hij niet bij haar blijven.'

'Dan is Derrick een grote stommeling.' Zijn lippen plooiden zich in de scheve grijns die ze zo leuk vond, en ondanks alles voelde ze een lachje om haar eigen mond spelen. Als Kyle in de buurt was, leek haar carrière en zelfs haar relatie met Derrick lang zo belangrijk niet als wanneer ze alleen was.

Hij wees naar haar laptop. 'Ik hoop niet dat je de hele dag op internet hebt doorgebracht.'

'Nee.'

'Bewijs het maar,' zei hij met zijn hoofd scheef.

Ze voelde haar wenkbrauwen omhooggaan. 'Hoe dan?'

'Pak je gitaar en laat horen wat je gedaan hebt.'

Ze had in elk geval niets aan het eten gedaan. Dat was het enige wat ze had laten zitten en dat zat haar helemaal niet lekker. Hij deed de boodschappen; zij kookte. Dat was de deal. Maar sinds die sms'jes van Derrick was ze in de greep geweest van dezelfde angst die het voor haar zo moeilijk had gemaakt om in Nashville te functioneren. 'Ik heb dat refrein dat je zo mooi vond wat verder uitgewerkt.'

'Prima. Hoe eerder je die song af hebt, hoe beter. Dat is een ongelooflijk goed nummer.'

Ze had een voorliefde voor songs over vrouwen die uitdagingen overwonnen of tegen de verwachtingen in slaagden; daarom waren Martina McBride en Kelly Clarkson altijd al twee van haar favoriete zangeressen geweest.

'En die ballade?'

'Ik heb wat aan de melodie gesleuteld en de toonsoort veranderd voor wat meer variatie. Dat is het.'

'Laat maar horen.'

Andere avonden aten ze eerst samen. Dan schonken ze een

glas wijn in en namen dat mee naar de woonkamer, waar ze vervolgens diverse songteksten of melodieën op hem uittestte. Hij leek het fijn te vinden om naar haar te luisteren. Hij beweerde zelf totaal niet over muzikaal inzicht of schrijftalent te beschikken, maar niettemin had ze een paar dingetjes veranderd aan de hand van zijn feedback. Ook had ze een titel bedacht plus een paar strofen voor een song waar ze hem nog niets over had verteld; Refuge, het nummer dat die eerste dag bij haar opgekomen was toen ze in zijn huis was getrokken en zich zo geïnspireerd voelde door de veilige haven waar ze terecht was gekomen. Dat nummer wilde ze eerst helemaal af hebben voordat ze het hem liet horen. Ze betwijfelde of hij enig idee had hoe hun vriendschap haar had geholpen, omdat die op zo'n kritiek moment was gekomen. Ze had zich voorbereid op de ergste kerst ooit, een periode die een en al hartzeer, verwarring en verdriet zou zijn. In plaats daarvan had ze een volkomen onverwacht gevoel van rust en stabiliteit gevonden.

'Nadat ik wat te eten heb gemaakt.' Ze stond op, maar in het voorbijgaan pakte hij haar hand vast.

'Laten we uitgaan. Je zit al meer dan een week binnen. De muren zullen inmiddels wel op je afkomen. Ik denk dat het goed zou zijn om er even uit te zijn. Dat het je zelfs kan helpen bij het schrijven.'

Ze had zich inderdaad een tikje opgesloten gevoeld. Maar ze wilde niet riskeren dat ze iemand tegen zou komen die haar herkende, vooral nu er op internet over haar gekletst werd.

'We zouden naar Jackson kunnen gaan,' zei hij voordat ze tegenwerpingen kon maken. 'Je zou een hoed en een zonnebril kunnen dragen, als je dat liever doet. En we zien alleen de bediening. Mocht er iemand anders naar ons toe komen, dan neem ik je meteen weer mee. Beloofd.'

Als ze minder vertrouwen in hem had gehad dan had ze misschien geweigerd. Maar ze wist dat hij goed op haar zou passen.

'We kunnen daarna een beetje rondrijden om naar de kerstlichtjes te kijken,' zei hij.

Het was een verleidelijk idee om wat make-up op te doen en de koele decemberlucht op te gaan snuiven. Dan was ze even bij de laptop weg, die nogal dreigend op de tafel leek te staan. Misschien kon ze vanavond gewoon een vrouw zijn die een hapje ging eten met een leuke man, en niet de zangeres die passé was, de in de steek gelaten vriendin van haar dubieuze manager. 'Prima. Waar gaan we heen?'

'Ik weet een gezellig restaurantje met uitstekend eten. Ik stel voor dat we daarheen gaan.'

Ze liep naar haar kamer. 'Ik ben over een kwartiertje klaar.'

Hoofdstuk 19

Kyle had niets meer van Noelle gehoord sinds hij haar had laten weten dat ze geen cent meer kreeg als ze hem voortaan niet met rust liet – en hij voelde zich als herboren. Hij had jaren geleden al moeten afdwingen dat ze geen contact met hem zou zoeken. Hij had zich niet gerealiseerd hoe verstikt hij zich had gevoeld, tot hij zich niet langer zorgen over haar hoefde te maken. Inmiddels was hij tot de conclusie gekomen dat hij net zo lief alleen wilde blijven wanneer Lourdes was teruggekeerd naar Nashville. Hij was van plan zijn vrijgezellenbestaan te omarmen en er het beste van te maken. Hij had altijd naar een gezin verlangd, al vanaf dat hij jong was, maar soms liep het in het leven nu eenmaal anders dan je wilde. En nu hij eindelijk loskwam van die oude gevoelens voor Olivia en de lange arm van zijn ex-vrouw, ontdekte hij misschien dat er andere manieren waren om gelukkig te worden.

De vrijheid die hij nu voelde, maakte hem toch ook gelukkig?

Dus misschien was het te riskant om op zoek te gaan naar een partner; een verkeerde keuze kon zijn leven verwoesten. Denk aan alle potentiële ruzies en gebroken harten die je ontloopt door alleen te blijven, zei hij tegen zichzelf. Goed, zijn vrienden waren gelukkig getrouwd. Maar hij had geen enkele garantie dat zijn volgende date ook maar een haar beter zou zijn dan Noelle – en dat was een beangstigende gedachte.

Hoe dan ook, er was later nog tijd genoeg om zijn besluit te heroverwegen. Misschien dat hij er over vijf jaar anders over dacht.

'Je lijkt je wel prettig te voelen,' zei Lourdes, hem bestuderend vanaf de bijrijdersstoel.

Ze stonden stil voor een van de twee stoplichten die Whiskey Creek rijk was, en dus hoefde hij even niet op de weg te letten. Maar hij keek haar amper aan. Hij wilde niet zien hoe aantrekkelijk ze was. Ze had geen zonnebril opgezet om herkenning te voorkomen, zoals hij had gesuggereerd. Ze had een zwart jurkje aangetrokken en was zo mooi uit de badkamer gekomen, dat ze zo het podium op kon.

Het was trouwens niet alleen haar uiterlijk dat hem aansprak. Hij genoot van haar gezelschap. Elke dag ging hij een paar minuten eerder naar huis.

Zijn blijdschap over het feit dat hij in staat bleek om Olivia en Noelle naar het verleden te verdrijven werd overigens wel getemperd door de nodige argwaan. Als hij niet oppaste, kon hij in een situatie belanden die net zo uitzichtloos was als de situatie waar hij net uit kwam.

Dat was iets waar hij zich tegen moest wapenen, zoals hij wist. 'Hoe zie je dat?'

'Omdat je glimlachte.'

'Ik moest ergens aan denken.'

'Waaraan?'

'Ik heb niets meer van Noelle gehoord. Had ik er maar eerder aan gedacht om te dreigen met het dichtdraaien van de geldkraan. Dan had ik mezelf heel wat ellende kunnen besparen.'

'Het verbaast me wel.'

'Wat, dat ik zo opgelucht ben?' vroeg hij droogjes.

'Nee, dat ze het zo gemakkelijk opgeeft. Ik maakte me best zorgen toen je vertelde dat je haar had gebeld. Jij bent duidelijk het beste wat ze ooit heeft gehad. Ik was bang dat ze je niet zo gemakkelijk zou laten gaan.'

'Wat kan ze doen? Niets, als ze geld van me wil krijgen.'

'Misschien is je geld minder belangrijk voor haar dan jijzelf bent.'

Dat was niet bepaald een geruststellende gedachte. 'Dat denk ik niet. Ze gaat met andere mannen naar bed en heeft na mij verschillende keren een relatie gehad. Dus zo veel geeft ze ook niet om me.'

'Stel dat ze door die relaties is gaan inzien hoe goed ze het eigenlijk met jou had? Misschien is dat de reden dat ze je niet los wil laten.'

'Maar we waren helemaal niet gelukkig samen. Dat moet zíj zelfs toegeven.'

'Dat hoeft niet. Er zijn mensen genoeg die alleen geloven wat ze willen geloven... en zij gelooft misschien wel dat haar leven perfect zou zijn als ze jou terug had. Hoe dan ook, je zult haar vast en zeker zo nu en dan tegen het lijf lopen. Dat is onvermijdelijk, tenzij je naar een andere plaats zou verhuizen.'

'Ik vind het geen probleem om haar een enkele keer tegen te komen. Zo lang ze maar uit mijn buurt blijft en me met rust laat.'

'Dus ze mag zelfs geen praatje met je maken?' vroeg ze met een lach.

'Nee. Ik ben er helemaal klaar mee. De grens is bereikt. Ik snap niet dat ik het zo lang met haar heb uitgehouden.'

Ze verstelde haar autogordel een beetje. 'Dus we gaan uit omdat we wat te vieren hebben. Je hebt je eindelijk ontdaan van je stalker.'

'Ik begrijp dat jíj niet zo veel te vieren hebt met al die troep die je over jezelf op internet hebt gelezen, maar het komt allemaal goed. Dat weet ik zeker omdat je echt heel getalenteerd bent.' Hij had gehoord wat ze kon doen; hij was een echte fan geworden die niet alleen naar haar albums luisterde maar ook naar de halve nummers die ze 's avonds aan hem liet horen. 'Je gaat een goede manager vinden en een nieuw label dat echt voor honderd procent achter je staat, en binnen de kortste keren sta je weer aan de top.'

'Ik hoop echt dat je gelijk hebt,' zei ze.

'Dat heb ik.' Hij zette de radio wat zachter. 'En, voel je je een beetje op je gemak nu je buiten bent?'

'Absoluut. Je had gelijk. Ik was toe aan verandering van omgeving. Niets beters dan Gold Country met kerst. Deze streek zou heel goed de inspiratiebron kunnen zijn voor al die idyllische kerstkaarten.'

Hij wilde dat hij haar Eves B&B kon laten zien, die altijd van onder tot boven versierd was voor de feestdagen, maar hij wilde haar niet onder druk zetten. Hij was al blij dat hij haar had kunnen overhalen om ergens een hapje te gaan eten. 'Je hebt weinig gelegenheid gehad om van de feestdagen te kunnen genieten.'

'Daarom vind ik dit ook zo fijn.'

Nu hij haar had kunnen overhalen met hem op stap te gaan, was hij vastbesloten te zorgen dat niets deze avond kon verpesten. Dus in Jackson aangekomen, liet hij haar in de auto wachten terwijl hij naar binnen ging om even iets met de manager te bespreken. Vervolgens nam hij haar via de achterdeur mee naar binnen, waar een gezette man die Mr. Hines heette hun via een smalle trap voorging naar een privékamer.

'Wat heb je tegen hem gezegd?' fluisterde ze toen hun gastheer even later weer naar beneden liep en ze zijn voetstappen langzaam hoorden verdwijnen op de trap.

Hun jassen waren aangenomen en ze hadden een menu plus wijnkaart gekregen. 'Dat we liever apart van andere gasten wilden eten.'

Ze keek om zich heen in de gezellige ruimte onder de hanenbalken waar plaats was voor maximaal zestien gasten. 'Leuk is dit. En de manager was zo respectvol. Ik zag dat hij me herkende, maar hij deed heel normaal.'

Kyle knipoogde naar haar. 'Je hoeft je nergens zorgen over te maken. Je hoeft zelf niet te koken, we gaan toch lekker eten en er zullen geen vervelende dingen gebeuren die de avond verpesten.'

'Hoe wist je eigenlijk dat deze ruimte er was? Ben je hier al eerder met een vrouw geweest?'

'Nee. We gaan hier altijd heen wanneer Simon in de stad is. Dan is het wel een beetje krap met de hele club, maar met wat passen en meten lukt het altijd wel.'

Ze vouwde het servet dat Mr. Hines op tafel had gelegd open op haar schoot. 'O, natuurlijk. Ik was even vergeten dat hij met een vriendin van je is getrouwd. Die kan zich denk ik nergens vertonen zonder dat er een oploopje ontstaat. Ik hoop niet dat je denkt dat ik me qua populariteit met hem wil meten.'

'Dat weet ik toch. Mr. Hines vindt het nooit een probleem om Simon de kans te geven om ongestoord uit eten te kunnen gaan, vandaar dat ik het het proberen waard vond om te vragen of hij voor jou hetzelfde wilde doen. Dat is alles.'

'Ontzettend aardig van hem om dat te doen – en heel goed van jou om eraan te denken.'

Hij boog zich naar haar toe en dempte zijn stem. 'Voordat je me bedankt, moet ik je wel even waarschuwen dat ik heb beloofd dat ik zou proberen jou zover te krijgen dat je het oké vindt dat ik hier een foto van je maak, zodat hij die beneden kan ophangen.'

'Natuurlijk. Dat is geen enkel probleem.'

'Hij komt naast Simons foto te hangen,' zei hij toen hij weer achterover ging zitten. 'Dus je bent in goed gezelschap.'

Ze sloeg haar menu open, liet het zakken en deed het toen weer omhoog.

Hij zag dat ze iets wilde zeggen. 'Wat is er?'

'Nou, ik zou het misschien niet moeten vragen omdat ik zelf zo gesteld ben op mijn privacy en zo, maar...'

'Maar?' drong hij aan.

'Zou je me misschien een keertje kunnen voorstellen aan Simon?'

'Tuurlijk. Als je hier nog bent wanneer hij weer langskomt.'

'Komt hij eind december niet op de bruiloft van je vriend?'

'Gail komt wel, en ze neemt de kinderen ook mee. Maar Simon is dan in Engeland, op de set van de film waaraan hij momenteel werkt. Hij heeft wel geprobeerd om vrij te krijgen, maar dat zou de productiemaatschappij op onverantwoord hoge kosten jagen.'

'Dus hij ziet jou niet in actie bij het inzegenen van het huwelijk.'

Kyle rolde met zijn ogen. 'Ik kan nog steeds niet geloven dat Riley en Phoenix me daarvoor hebben gevraagd.'

'Hoezo niet?'

'Omdat ik geen idee heb wat ik moet zeggen! Mijn eigen huwelijk heeft nog geen jaar geduurd. Ik ben de enige van ons groepje die alleen is... en dat blijf ik misschien wel de rest van mijn leven. Wie ben ik om zinnige adviezen over het huwelijk te geven?'

'Misschien gaat het hem daar niet om Misschien wil hij gewoon dat zijn huwelijk wordt ingezegend door iemand die veel voor hem betekent.'

'Heel vleiend,' zei hij, 'maar de meeste mensen willen toch een gedenkwaardige plechtigheid. En ik ben bang dat deze misschien wel gedenkwaardig wordt, maar om de verkeerde redenen.'

'Zeg wat je hart je ingeeft, dan komt het heus wel goed.'

'In dat geval zou ik zeggen: "Veel geluk. Dat zul je nodig hebben."'

Ze fronste haar wenkbrauwen maar wachtte met haar antwoord tot Mr. Hines water had gebracht en gezegd had dat hij snel terug zou komen om hun bestelling op te nemen. 'Niet alle huwelijken zijn zo problematisch als de relaties die jij en ik hebben gehad,' zei ze toen ze weer alleen waren.

'Misschien niet. Maar ik zou jou niet direct zien als een vurig pleitbezorger van het huwelijk. Stel dat je al met Derrick getrouwd was geweest toen Crystal op het toneel verscheen?'

'Gelukkig is dat niet gebeurd.'

Kyle besloot dat ze nu eigenlijk wel genoeg over hun falende liefdesleven hadden gepraat en grinnikte. 'Dus jij hebt misschien toch ook iets te vieren vanavond.'

'Misschien wel,' beaamde ze met een besmuikt lachje. 'Hoe dan ook, ik wil je best helpen om een tekst te schrijven voor het huwelijk.'

'Echt waar?'

'Natuurlijk. Ik ben op dit moment ook een tikje verbitterd, maar ik weet bijna zeker dat ik wel iets beters kan verzinnen dan "Veel succes".'

Aangezien hij al enkele vergeefse pogingen had gedaan om iets diepgaands te bedenken, betekende haar aanbod een enorme opluchting voor hem. In gedachten had hij de dagen afgeteld, had hij de grote dag steeds dichterbij zien komen zonder dat hij zich beter voorbereid voelde op zijn taak. 'Halleluja! Ik ben gered!'

'Ik weet niet of ik zover zou willen gaan,' zei ze. 'Maar er moet toch enige overlap zijn tussen het schrijven van een songtekst en het schrijven van een paar regels over liefde en trouw voor een huwelijk. Dus we moeten maar zien wat ik kan verzinnen. We kunnen de tekst natuurlijk ook samen schrijven.'

Toen ze opkeek, moest hij denken aan een ander moment dat beladen was geweest met een soortgelijke energie. De vorige avond hadden ze de televisie uitgezet en elkaar welterusten gewenst. Maar toen ze naar hun kamer liepen, had geen van beiden veel haast gehad om te gaan slapen, al was het best al laat geweest. En dus waren ze voor haar deur nog een tijdje blijven kletsen, waarna ze op haar tenen was gaan staan en hem met een korte omhelzing nogmaals had bedankt dat ze bij hem mocht logeren. Alleen was het niet de vriendschappelijke manier waarop hij en zijn vrienden elkaar zo vaak omhelsden. Zodra ze tegen hem aan stond, voelde hij de sterke aandrang om zijn handen over haar rug te laten glijden. Meer nog, hij meende zelfs dat zij ook iets onverwachts had gevoeld, want ze had hem meteen losgelaten.

En daarna hadden ze niet geweten hoe snel ze in hun kamer moesten verdwijnen.

Het was een ongemakkelijke situatie geweest, maar dat was niet wat hem de halve nacht wakker had gehouden. Hij was zich veel te veel bewust geweest van het feit dat ze twee deuren verderop sliep. Hij had urenlang naar het plafond liggen staren, met gespitste oren luisterend naar de geluiden die ze maakte terwijl hij zijn uiterste best deed om haar niet in gedachten uit te kleden.

Onder het mom dat hij een keuze uit het menu moest gaan maken, wendde hij zijn blik af. 'Ik zal proberen een bijdrage te leveren.'

Ze bestudeerde haar eigen menu. 'Goed. Waar heb je zin in?'

Hij had zin in háár. Dit uitstapje met Lourdes begon steeds meer op een date te lijken en bracht hem steeds meer in de war. Er was nog iets anders waar hij aan moest denken, namelijk dat het vast geen toeval was dat hij pas over zijn gevoelens voor Olivia heen kon komen nadat Lourdes haar intrede in zijn leven had gedaan...

'Verdomme.'

'Wat?' vroeg ze niet-begrijpend.

Hij schraapte zijn keel. 'Nee, niets. Ik neem de cowboysteak.' Hij keek op. 'Wil je wijn bij het eten?'

'Nee, dank je. Maar jij kunt rustig wat drinken, hoor. Ik kan eventueel op de terugweg ook rijden.'

'Vanavond heb ik geen behoefte aan alcohol.' Hij dacht bij zichzelf dat hij beter de komende drie maanden niet kon drinken – tot Lourdes vertrokken was en hij niet langer met de verleiding werd geconfronteerd om zijn leven te verwoesten terwijl hij daar net de controle over terug had.

Lourdes nam de zalm met kappertjes en dillesaus, die heerlijk was. Net als de chocoladesoufflé die ze deelden als dessert.

Toen de rekening kwam, pakte ze haar tas. Ze vond dat zij moest betalen omdat Kyle aldoor de boodschappen betaalde. Maar daar wilde hij niets van weten. Hij voldeed de rekening, nam de foto die hij aan de manager had beloofd en als klap op de vuurpijl droeg hij haar zelfs naar de truck zodat ze geen natte voeten zou krijgen.

Tijdens de terugrit rukte de wind aan de truck en de bomen langs de weg, blies ijzige sneeuwkristallen tegen de voorruit die meer op hagelstenen leken. Lourdes genoot van de rondvliegende sneeuwvlokken in de lichtbundels van de koplampen. Ze was niet gekleed op de kou buiten, maar in de cabine was het warm genoeg.

Tegen de tijd dat ze terug waren in Whiskey Creek was het pas tien uur, maar dat was op een doordeweekse dag laat genoeg om door het centrum van de stad te rijden zonder op te vallen. Hier en daar reed Kyle wat langzamer om haar een en ander aan te wijzen, zoals de fotostudio van een van zijn vrienden, de autoshop van een ander, zijn favoriete restaurant, een eettentje dat Just Like Mom's heette. Little Mary's, de B&B die hij haar had aanbevolen, leek zo weggelopen uit een schilderij van Thomas Kinkade. De veranda en het zwarte smeedijzeren hek dat om het terrein stond, waren versierd met groene slingers. Voor elk raam flakkerde een kaars op batterijen en aan de deur hing een enorme, rijkversierde krans. Zelfs de begraafplaats ernaast oogde feestelijk dankzij de kantachtige takken van de bladerloze bomen en het kerkje achter de als wachtposten opgestelde zerken.

'Ik snap best dat je hier niet weg wilt,' merkte ze op toen ze om het park aan de andere kant van de stad heen reden omdat hij haar de reusachtige kerstboom wilde laten zien. 'Het is echt heel bijzonder.'

'Het is thuis,' zei hij simpelweg.

Ze wees naar een vinyl spandoek dat aan het stoplicht klapperde. Het was haar op de heenweg niet opgevallen. 'Ik was vergeten dat Whiskey Creek een van de stadjes is waar Victorian Days plaatsvinden. Kijk, het begint dit weekend.'

'We kunnen ernaartoe gaan, als je wilt.'

'En me in het openbaar vertonen?'

'Waarom niet? Het onderschrijft alleen maar wat je toen tegen de krant hebt gezegd. Laat Derrick maar zien dat je echt niet moederziel alleen zit te treuren om wat er is gebeurd.'

'Zoiets heb ik ook tegen hem gezegd. Ik heb hem uiteindelijk een sms gestuurd om te zeggen dat hij ontslagen was en dat hij me verder met rust moet laten. Ik ben nog niet aan het rondkijken naar een nieuwe manager, maar daar ben ik ook nog niet aan toe. Dat doe ik in januari, wanneer ik verder ben met mijn nieuwe songs. Misschien dat ik dan wat samples kan rondsturen en iemand kan vinden die meer naar de kwaliteit van mijn werk kijkt dan naar de neerwaartse spiraal waarin mijn carrière zit.'

'Dat lijkt me een prima plan. Hoe reageerde Derrick trouwens?'

'Hij was niet blij. Zei dat ik een ondankbaar kreng was.'

'Goed zo. Daarmee krijgt hij je wel terug.'

'Niet dus. Maar vind je dat ik het nog erger moet maken door mensen gelegenheid te geven foto's van ons samen te maken die ze zo op internet kunnen posten? Gezien het feit dat hij toch al kwaad is, bedoel ik.'

'Ik zie niet in waarom jij jezelf zou moeten opsluiten en het hele kerstgebeuren aan je voorbij moet laten gaan, alleen omdat hij kwaad is. Híj is degene die bedrog heeft gepleegd, jij niet.'

En als ze het bij het rechte eind had, zag hij Crystal zelfs vaker in plaats van minder vaak. 'Ik wou dat ik wist waarom ik niet goed genoeg was.'

'Zo moet je niet praten. Je hebt niet verdiend wat hij heeft gedaan. Er is iets mis met hém, niet met jou.'

Niettemin viel het niet mee om niet het gevoel te hebben dat ze op een of andere manier tekort was geschoten. 'Ik neem aan dat iedereen die bedrogen is het gevoel heeft dat ze tekortschieten.'

'Die gedachte moet je van je afzetten. En je moet naar de Victorian Days gaan.'

'Het zou Noelle net zo goed kunnen provoceren als wij daar samen naartoe zouden gaan,' waarschuwde ze. 'Heb je daar wel aan gedacht?'

'Dat hoef ik niet. Ik wil mijn gedrag niet laten bepalen door wat Noelle wel of niet doet.'

'Dus je bent wel in voor een uitdaging?'

Ze zag witte tanden blikkeren toen hij lachte. 'En jij?'

'Waarom niet?' antwoordde ze. Hoe langer ze weg was uit Nashville, des te beter ze zich voelde. Ze was bang dat dat veel meer met Kyle te maken had dan ze durfde toegeven, maar ze wilde ook niet alle feestpret missen. Ze voelde een vonk, alsof de zorgen en twijfels die ze de afgelopen maanden met zich mee had gedragen lichter werden. Dat kleine vonkje wilde ze aanmoedigen om op te laaien tot een ziedend vuur van zelfvertrouwen, en ze zou niet toelaten dat Derrick of Noelle of wie dan ook het doofden voordat het echt levensvatbaar was.

'Geweldig. Dan kan ik je ook laten zien hoe Little Mary's er vanbinnen uitziet. Eve heeft tijdens Victorian Days altijd de lekkerste koekjes. En overal zijn stalletjes met mensen die kastanjes poffen en warme cider verkopen en allerlei cadeautjes.'

'Toen ik klein was, namen mijn ouders mij en mijn zussen soms mee hierheen.' Ze had er zelf heen kunnen gaan toen ze ouder was, maar indertijd had ze alleen maar kunnen denken aan Nashville – en later had ze eigenlijk alleen maar aandacht gehad voor de verkoopcijfers van haar platen. Het was dus eigenlijk wel ironisch dat het vooruitzicht van de kerstviering in een klein stadje zo verleidelijk was, ondanks haar angst de aandacht te trekken van roddelbladen en geklets op de social media. Dat leek er in dit idyllische stadje allemaal niet toe te doen. Ze begon zich zelfs af te vragen waarom ze in vredesnaam zo'n haast had gehad om Gold Country te verlaten toen ze jong was. Had ze er werkelijk iets beters voor in de plaats gevonden?

Nee. Ze was blij geweest met haar bekendheid, vooral omdat het fijn was om te weten dat andere mensen van haar werk genoten. Ook het geld was fijn geweest. Maar ze had er op andere vlakken een hoge prijs voor betaald. Op een bepaald punt leek ze de weg kwijtgeraakt te zijn en was ze nummers gaan schrijven en uitvoeren om anderen ter wille te zijn, in plaats van dingen te doen die uit haar hart kwamen...

'Daar is de ijssalon,' zei Kyle. 'Wil je misschien een ijsje?'

'Nee.' Ze legde een hand op haar maag. 'Het is voor vandaag wel genoeg geweest. Straks pas ik niet meer in mijn jurk.'

'Dat noem ik geen probleem, want zonder jurk zie je er nog beter uit.' Hij zei het alsof hij haar plaagde, alsof het niet meer dan een grapje was. Alleen paste zo'n grap niet in het stramien van dingen die je tegen een vriend kon zeggen. Ze betwijfelde het of zijn gedachten ooit in die richting zouden zijn gegaan als ze hem gisteravond niet had omhelsd. Het sloeg natuurlijk nergens op omdat hij nog steeds verliefd was op iemand anders, maar ze had opeens de onbedwingbare behoefte gevoeld om hem aan te raken, hem te voelen. En dus had ze hem even kort omhelsd – en meteen geweten dat het een vergissing was. Door die omhelzing was er iets tussen hen veranderd.

'Misschien kunnen we beter naar huis gaan,' zei ze, opeens nog meer aandacht veinzend voor de kerstverlichting waarmee praktisch elk gebouw was getooid. 'We moeten morgen allebei weer aan het werk.'

Eenmaal thuis bewaarde hij de nodige afstand. Ze zag dat hij zich opgelaten voelde door wat hij in de auto tegen haar had gezegd. Waarschijnlijk vroeg hij zich af waar zo'n opmerking opeens vandaan kwam, net zoals zij zich had afgevraagd waarom die onschuldige omhelzing allesbehalve onschuldig had gevoeld. Ze spraken beleefd tegen elkaar, bijna formeel, en vermeden zorgvuldig elk lichaamscontact, alsof ze bang waren dat ze spontaan bij de lichtste aanraking in brand zouden vliegen.

Ze probeerde de situatie weer recht te trekken door hem nog een keer te omhelzen, en deze keer wel als de vrienden die ze waren, zonder seksuele bijgedachten of wat dan ook. Als ze van plan waren de komende drie maanden onder één dak te wonen, dan moesten ze zorgen dat hun relatie zo snel mogelijk terugkeerde binnen de grenzen van de vriendschap.

Dat was de eerste seconde ook zo. Ze voelde dat hij haar losliet, hoorde hem welterusten zeggen. Heel gewoon. Net als anders. Ze wist dan ook niet precies waarom ze hem nog een keer omhelsde, en of zij haar hoofd nou omdraaide of dat hij dat deed, maar in elk geval raakten hun lippen elkaar – warm en nat en zoekend. En wat er toen gebeurde, had helemaal niets met vriendschap te maken.

Hoofdstuk 20

Toen het eindelijk tot Kyle doordrong wat er gebeurde, verstrakte hij en wilde zich losmaken. Hij wist wel beter dan Lourdes te kussen. Ze stonden zo dicht tegen elkaar aan, dat ze ongetwijfeld voelde dat hij een erectie had. Maar aan de andere kant… dit lag niet alleen aan hem. Hij was er bijna zeker van dat zíj hém kuste, en dat veranderde de zaak. Hij wilde haar geen douw geven, zei hij tegen zichzelf. Hij wilde haar niet afwijzen na alles wat ze had doorgemaakt.

Het was natuurlijk een belabberd excuus voor het overtreden van zijn eigen regels, maar het verlangen om haar tegen alles te beschermen wat negatief was, zijn eigen afwijzing incluis, werkte tegen hem.

Hij legde zijn handen om haar taille en trok haar een eindje omhoog, zodat hij haar beter kon kussen. Ergens hoopte hij dat zo'n agressieve aanpak haar zou afschrikken, dat ze zou terugdeinzen en de verantwoordelijkheid van hem over zou nemen. Maar dat deed ze niet. Het leek eerder of ze genoot van wat hij deed. Ze kreunde, alsof ze niets liever wilde dan dat hij haar kuste. Dat was het moment dat hij wist dat hij een probleem had. Hopelijk verwachtte ze niet dat híj hier een eind aan maakte.

Al snel gingen alle alarmbellen in zijn hoofd af. Dit was nou precies wat hij voor geen goud had willen doen! Ze was vér buiten bereik van iemand zoals hij – een vallende ster die de hemel doorkliefde. Als hij haar probeerde te pakken, zou hij een tijdje worden meegesleurd voordat hij met een pijnlijke dreun terug zou vallen op aarde.

Maar op dit moment had hij het gevoel dat zelfs een enkele nacht met haar de komende klap waard was. Drie lange jaren had hij geen vrouw gehad en nu wilde hij haar alleen maar neerleggen en zich tussen haar dijen posteren…

Nog even, en dan zou hij hier een einde aan maken, zei hij tegen zichzelf. Maar dat was op zijn best een halfhartige belofte, een belofte die hij onmogelijk kon houden. Hij bleef haar kussen, deed alles wat hij kon om te zorgen dat ze net zo gek van verlangen zou worden als hij.

Haar haren vielen over zijn handen. 'Dit moeten we niet doen,' mompelde hij, zijn gezicht verbergend in de zijdeachtige strengen. 'We zijn vrienden, meer niet.'

'Bovendien vind je me te jong.'

'Dat bén je ook.' Negen jaar was niet niks. Hij was al vijfentwintig toen zij pas zestien was. Ze scheelden bijna een decennium. Maar dat weerhield hem er niet van haar te blijven kussen.

'Ik ben oud genoeg,' murmelde ze. 'Bovendien is het zo lang geleden dat je met iemand was. Dus... ben ik bereid je uit de brand te helpen.'

Zijn lippen gleden over haar hals. 'Dat is tof van je.'

'Iemand moet een einde aan je seksuele droogstand maken, dus waarom zou ik die iemand niet zijn? En wat kan het nu voor kwaad – zo lang we allebei maar weten dat we daarna niets aan elkaar verplicht zijn?'

'Precies. Dat weten we allebei,' zei hij, de tijd nemend om haar zachte huid te likken.

'Mensen hebben constant vrijblijvende seks.' Ze hijgde een beetje terwijl ze haar handen onder zijn hemd liet glippen.

'O, vast. Zo vrijblijvend als maar kan.'

'Heb je iets van condooms?'

'In de slaapkamer.' Hij liet zijn handen zakken naar de ronding van haar heupen, en van daaruit naar haar billen. Het leek net of hij dat al een eeuwigheid had willen doen...

'Fijn.' Haar stem ging een eindje omhoog toen hij met zijn tong de lijn van haar decolleté begon te volgen.

'Fijn?' Hij wist niet of ze het over de condooms had of over wat hij aan het doen was, maar het kon hem eigenlijk ook niets schelen. Het voelde helemaal niet verkeerd om zijn laatste restje zelfbeheersing los te laten. Ze wisten wat ze van elkaar verwachtten. Ze hadden hun privacy. Waar kon een bekende persoon als Lourdes Bennett nu terecht voor dit soort ontspanning? Ze had in geen maand seks gehad, miste het waarschijnlijk. Hij wist nog goed hoe erg hij de fysieke aspecten van een liefdesrelatie had gemist toen Olivia was weggegaan. Het ene moment heel actief zijn en opeens helemaal niet, dat was moeilijk.

In elk geval kon ze ervan op aan dat hij haar niet opscheepte met een of andere ziekte. Of haar pijn deed. Of intieme details rondbazuinde wanneer het voorbij was…

'Ik ontferm me wel over je,' zei hij.

'Dat weet ik. Zoals je kust… Ik tintel van top tot teen. Ik zweer dat als alle mannen zo kusten als jij…'

Ze maakte haar zin niet af, maar dat hoefde ook niet. Haar woorden zweepten zijn opwinding tot ongekende hoogten op. De hemel mocht weten dat iets als dit hem niet dagelijks overkwam, niet in een stadje als Whiskey Creek. Hij zou wel gek zijn om zo'n kans te laten lopen.

Hij schoof haar jurk op tot boven haar heupen en plukte toen het lapje zijde weg dat doorging voor ondergoed. Daarna trok hij haar onderlichaam dichter tegen het zijne.

'Vrienden zijn soms de beste minnaars,' zei ze.

Hij vroeg zich af of ze daar misschien ervaring mee had, want dat had hij in elk geval niet. Maar dit samenzijn beviel hem tot nu toe goed. 'Dat geloof ik meteen.'

'Mooi. Laten we dan onze kleren maar uitdoen.' Haar handen trilden, maar dat was bij hem niet anders. 'Ik moet bekennen dat ik me heb afgevraagd hoe je naakt eruitziet,' zei ze, zijn overhemd uittrekkend.

'O ja?'

Ze kuste zijn borst. 'Jij niet dan?'

'Alleen elke nacht maar.' Hij pakte haar hand vast toen ze aan de knopen van zijn jeans begon. 'Weet je zeker dat je dit echt wilt? Dat je morgenochtend geen spijt hebt?'

'Nee, natuurlijk niet,' antwoordde ze, en dat was alles wat hij wilde horen. Wat hem betrof hadden ze het punt bereikt vanwaar geen terugkeer mogelijk was. Hij realiseerde zich nu dat hij haar had begeerd vanaf het moment dat hij haar voor het eerst gezien had. Het besef dat hij haar nu eindelijk kon aanraken maakte dat hij niet langer samenhangend kon denken, laat staan een argument verzinnen waardoor hij een andere koers zou kiezen.

'God, wat ben ik blij dat de verwarming in de boerderij stuk was,' zei hij, en daarna nam hij haar mee naar zijn slaapkamer.

Het was jaren geleden dat Lourdes met iemand anders naar bed was geweest dan Derrick. Voor die tijd was ze te gefocust geweest op haar carrière om een relatie te hebben. En ze was nooit het type geweest dat de risico's van een onenightstand wilde lopen. Op de middelbare school had ze een vriendje gehad, en daarna was er iemand geweest toen ze net in Nashville woonde. Met hem had ze een knipperlichtrelatie gehad die voornamelijk stoelde op lichamelijke aantrekkingskracht, want voor de rest hadden ze niets met elkaar gemeen. Toen ze die relatie verbroken had en verder was gegaan, had ze lange tijd celibatair geleefd.

Waarschijnlijk stond haar straks in Nashville weer zo'n lange periode van onthouding te wachten, dacht ze, dus kon ze zich tot die tijd net zo goed een beetje amuseren in Whiskey Creek. Kyle was geen man die je elke dag tegenkwam. Ze was het niet eens met Noelles methoden om hem vast te houden, maar ze zag wel waarom zijn ex hem liever niet kwijt wilde. Niet alleen was hij meer dan leuk om te zien, hij was ook te vertrouwen – en hij wist vast hoe hij een vrouw moest plezieren.

Net voordat ze bij zijn slaapkamer waren, trok ze hem terug voor nog een kus – en drukte haar gezicht tegen zijn warme hals terwijl hij haar jurk openritste. Het leven bracht tegenwoordig zoveel problemen en zorgen met zich mee. Maar nu, op dit moment, leek Kyle in staat die allemaal op afstand te houden. Hij gaf haar een gevoel van kracht, van positiviteit, en ze was niet van plan zichzelf datgene te ontzeggen wat ze het meest nodig had. Waarom zou ze, na wat Derrick had gedaan?

Ze keek hem aan, zag de opwinding op zijn gezicht toen hij haar meetrok naar zijn kamer toen hij klaar was met de jurk. Misschien was hij 'alleen maar' een vriend, maar bij hem voelde ze zich begeerlijker dan ooit tevoren. Hij overlaadde haar niet, zoals Derrick, met overdreven complimentjes of beloftes. Het was de manier waarop hij haar aanraakte, die vol betekenis leek.

Ze kreeg kippenvel op haar armen toen hij de tijd nam om te bekijken wat hij had onthuld. Ze had haar beha en slipje nog aan, maar er lag een brede lach op zijn gezicht, alsof het hem beviel wat hij zag, en hij maakte geen aanstalten om ook de laatste kledingstukken te verwijderen. Hij kuste haar tot ze zo klaar voor hem was dat ze op het punt stond dat dan maar zelf te doen – en toch verstijfde ze onwillekeurig toen hij eindelijk zijn hand in haar broekje liet glijden.

'Niet fijn?' vroeg hij, een beetje geschrokken.

Dat was het niet. Het probleem was dat het bijna té fijn was. Wat als ze, terwijl ze bezig was de deur naar haar relatie met Derrick dicht te knallen, met open ogen in een verliefdheid stormde die nog veel heftiger was – en verwoestender? Een liefde die de macht had te zorgen dat ze in een stadje als Whiskey Creek wilde blijven?

Dat was een beangstigend idee. Ze had gezworen dat ze op een dag geen provinciaaltje meer zou zijn, dat ze een carrière in de muziek zou opbouwen, en dat had ze gedaan. Waarom zou ze zichzelf ooit toestaan om terug te keren naar haar oorsprong? Om zo alsnog in haar moeders voetsporen te treden?

En toch... dit voelde helemaal niet zo mechanisch en louter fysiek als ze had verwacht. Er speelde een tederheid mee die gemakkelijk verkeerd begrepen kon worden...

Ze zou moeten uitspreken waar ze zich zorgen over maakte. Ze wilde niet dat een van hen beiden gekwetst zou worden. Wat een paar minuten geleden nog zo onwaarschijnlijk had geleken, was opeens heel wat minder onwaarschijnlijk. Dit was veel belangrijker dan zou moeten. Maar toen fluisterde hij dat alles goed zou komen terwijl hij zachtjes met zijn mond langs haar lippen streek, en daarna kuste hij haar zo intens teder, dat ze zich onwillekeurig tegen hem aan vlijde en haar angsten inslikte. Het volgende wat ze wist, was dat ze allebei naakt in zijn bed duikelden, kussend en tastend en proevend.

Ergens wilde ze stoppen, maar dat kón ze gewoon niet. Ze wentelde zich in het genot dat hij zo intuïtief, zo vanzelfsprekend leek te bieden. Alleen was het veel eerder afgelopen dan ze verwachtte. Hij wilde zich net in haar begraven toen er iemand op de voordeur bonsde en met een stem waarin paniek doorklonk, riep: 'Kyle, kom naar buiten! Snel!'

'Wat is er aan de hand?' Hoewel Kyle er niet blij mee was, had hij Lourdes achtergelaten in zijn bed en snel zijn broek aangetrokken om zijn buurman binnen te laten. Warren Rodman was de huurder van een van zijn huizen verderop langs de weg – het huis dat nog niet gerenoveerd was – en tevens een van zijn werknemers. Hij was al wat ouder, bijna vijfenzestig, en onlangs gescheiden. Het was niet gebruikelijk dat hij langskwam buiten werktijd, en zeker niet op dit tijdstip. Het was bijna elf uur. En hij was altijd heel gelijkmatig. Er moest heel wat aan de hand zijn dat hij zo opgewonden was.

'Er is brand in de fabriek,' zei hij. 'Ik kon de rook ruiken toen ik even op de veranda een sigaretje ging roken. Dus ben ik even een kijkje gaan nemen en… ja hoor.'

Kyle keek hem verbijsterd aan. Het kon zijn dat hij nog een tikje van de wereld was door de gebeurtenissen vlak voor Warrens komst, want hij dacht dat hij hem had horen zeggen dat er brand was in de fabriek. Zíjn fabriek.

Voordat hij die woorden had verwerkt en een passend antwoord had kunnen bedenken, kwam Lourdes al naar buiten in een van zijn boxers en een T-shirt – het eerste het beste wat ze had kunnen vinden en wat ze sneller aan kon schieten dan haar jurk. 'Heb je 112 gebeld?' vroeg ze aan Warren.

'Ja. De brandweer is onderweg maar…' nu wendde hij zich weer tot Kyle '… ik dacht dat je misschien zelf wilde komen kijken of er nog iets te redden valt.'

Eindelijk drong de waarheid door de dikke testosteronmist heen die tussen hem en de echte wereld had gehangen. Nu rook hij zelf ook dat er ergens brand was. 'God, ja, dat wil ik zeker,' zei hij, waarna hij zich omdraaide om de sleutels van het aanrecht te pakken.

Lourdes besefte waarschijnlijk dat hij ondanks de kou en de besneeuwde grond in alleen zijn broek naar buiten zou spurten, want ze hield hem tegen en liep haastig naar binnen om schoenen voor hem te pakken.

'Hoe erg is het?' vroeg Kyle aan Warren.

Die wreef over zijn nek. 'Geen idee, baas. Ik ben er niet heel dichtbij geweest. Ik zag een oranje gloed in de lucht en ik wist meteen wat er aan de hand was. En dus heb ik 112 gebeld en ben daarna meteen hierheen gekomen.'

Toen Lourdes een paar seconden later terugkeerde, had ze niet alleen zijn laarzen, maar ook een trui bij zich. 'Wees voorzichtig,' zei ze, even in zijn arm knijpend. 'Er is daar niets om je leven voor te wagen.'

Hij wist niet eens of hij reageerde voordat hij zijn blote voeten in zijn laarzen schoof en de deur uit holde, terwijl hij ondertussen de trui aantrok. Hij had zo veel tijd en moeite in zijn bedrijf gestoken, en nu was het eindelijk uitgegroeid tot het bedrijf dat hem altijd voor ogen had gestaan. Dit kon onmogelijk waar zijn. Een brand kon hem op maanden of zelfs jaren achterstand zetten als de hele fabriek in vlammen opging.

Hij gaf plankgas, maar niettemin leek het ritje van drie of vier minuten uren te duren. Ging het maar weer sneeuwen, dacht hij. Dat hielp misschien om de brand te blussen. Maar de harde wind was het enige wat restte van de sneeuwbuien van eerder die avond – en wind was wel het laatste waar hij op zat te wachten.

Toen hij de truck met piepende remmen parkeerde naast het kantoor en eruit sprong, zag hij wel meer dan de 'oranje gloed' waar Warren het over gehad had. Vlammen sloegen uit het raam waar Morgans bureau zich bevond. Hij werd misselijk van de stank. Hij had geprobeerd om niet in paniek te raken, aangezien 'brand' van alles kon zijn. Er waren binnenbrandjes die snel gedoofd waren en weinig schade aanrichtten.

En dan had je een uitslaande brand, zoals hier…

'Verdomme!' schreeuwde hij, om het gebouw heen rennend. Hij voelde eerst hoe warm de deur was voordat hij hem opendeed. Gelukkig stond niet de hele fabriek in lichterlaaie – nog niet. Zijn machinepark en voorraden waren ettelijke miljoenen waard. Misschien kon de brandweer die redden… als ze snel ter plekke waren tenminste. Maar de brandweer bestond uit vrijwilligers die afkomstig waren uit allerlei plaatsen in de buurt, niet alleen uit Whiskey Creek. Het kon even duren voordat ze er allemaal waren.

Hij pakte de brandblusser die net om de hoek van de deur hing en hield die voor zich uit. Maar de rook en de hitte dwongen hem achteruit nog voordat hij het eigenlijke vuur had bereikt. De brand was uitgebroken in het kantoor. Hij had geen idee hoe dat mogelijk was, of waar de brand precies was begonnen, maar dat was van later zorg. Nu was het zaak de computers te redden. Morgan hoorde regelmatig een back-up te maken van alle bestanden, maar hij had geen idee hoe trouw ze dat had gedaan. Ontbrekende dossiers, aankooporders en contracten zouden hem ernstig benadelen bij de uitvoering van het lopende werk.

Hij zag vrijwel niets en kreeg moeite met ademhalen. Hij bukte zich, in de hoop dat hij de voorkant kon bereiken als hij dicht bij de grond bleef. Het meubilair en de kantooruitrusting waren verloren, plus de papierstroom tussen zijn bureau en dat van Morgan. Maar als hij de computers kon redden en als de brandweer maar op tijd arriveerde om de vlammen te doven voordat de brand het achterste deel van het bedrijf had bereikt, zou hij er binnen afzienbare tijd weer bovenop komen.

Hoe dichter hij bij zijn kantoor kwam, des te zekerder hij wist dat het te laat was. Dat het kantoorgedeelte van de fabriek al verloren was.

Het oorverdovende gebrul van de vlammen herinnerde hem aan een gebeurtenis een jaar geleden, toen hij en zijn vrienden met opzet een van zijn huizen in brand hadden gestoken. Een huis dat op de nominatie stond om gesloopt te worden. Hoewel dat een gecontroleerde brand was geweest, had die Kyle duidelijk gemaakt hoe snel een vuur om zich heen kon grijpen.

Als Warren geen alarm had geslagen, zou hij alles kwijtgeraakt zijn.

Dat kon nog steeds...

Een luid gekraak overstemde het gebrul van de vlammen. Toen hoorde hij glas breken – een raam dat uit de sponningen werd geblazen – waarna een deel van het dak naar beneden kwam. Een brandend brok van een of ander materiaal kwam een meter voor zijn voeten terecht.

Hij besefte dat hij het moest opgeven. Het was onmogelijk om de computers of wat dan ook te redden. Hoeveel zijn bedrijf ook voor hem betekende, zijn leven was hem altijd nog net iets meer waard.

Hij was op de weg terug naar buiten toen hij iemand zijn naam hoorde roepen.

'Ik kom eraan,' riep hij terug. Op datzelfde moment begon hij onbedaarlijk te hoesten en voelde hij zijn longen schroeien. Hij had te veel rook ingeademd.

Hij drukte een hand tegen zijn mond, maar enkele minuten later kwamen twee brandweerlieden in volledige uitrusting naar binnen, grepen hem vast en sleepten hem min of meer naar buiten.

'Ik ben oké!' verzekerde hij hen tussen de hoestbuien door. 'Ik probeerde alleen een paar dingen te redden. Laat me los, dan kunnen jullie die verdomde brand gaan blussen!'

Ze lieten hem pas los op aanzienlijke afstand van het gebouw en zeiden dat hij daar moest blijven. Toen haastten ze zich naar het groepje mannen toe dat al bezig was waterslangen op de vlammen te richten.

'Shit.' Hoe had dit kunnen gebeuren? Misschien moest hij Warren niet zo dankbaar zijn. Misschien had Warren tegen hem gelogen over de plaats waar hij zijn sigaretje had opgestoken. Was het mogelijk dat hij zo onbedoeld brand had gesticht?

Het kon bijna niet anders. Warren – en Lourdes en hijzelf natuurlijk – waren de enigen die op dit uur van de avond in de buurt van de fabriek waren.

Maar toen ving hij een glimp op van iets waardoor zijn nekharen recht overeind gingen staan. Was dat wie hij dacht dat het was?

Niet ver bij het fabrieksgebouw vandaan bevond zich een straatlantaarn, dus het was er niet helemaal aardedonker, ook zo ver van de stad niet. Met alle koplampen van allerlei voertuigen die aan kwamen rijden en de koortsachtige activiteit van de brandweerlui die haastig van de ene kant naar de andere liepen, was hij er niet helemaal zeker van.

Maar een auto die verdacht veel op Noelles gedeukte japanner leek, draaide het parkeerterrein op, reed een stukje achteruit en verdween toen weer met hoge snelheid richting stad.

Hoofdstuk 21

Lourdes had een jeans met een trui aangetrokken. Ze wist dat de brandweer niet bepaald zat te wachten op nog iemand die in de weg liep bij dit soort calamiteiten, maar ze maakte zich zo'n zorgen over Kyle – over zijn veiligheid en over wat deze tragedie met hem deed – dat ze zijn dikke jack aantrok en te voet naar de fabriek vertrok. Ze was er weliswaar nooit eerder geweest, maar met alle voertuigen die af en aan reden, was die niet moeilijk te vinden.

Tegen de tijd dat ze er arriveerde, wemelde het er van de hulpverleners. De sirenes waren weliswaar stil, maar de zwaailichten op de brandweerwagens en een paar politieauto's draaiden nog rond. Mannen liepen van hot naar her om een betere blusplek te vinden of de situatie beter te kunnen overzien. Een van de brandweermannen gaf via een megafoon instructies aan de anderen.

Met een frons tussen haar wenkbrauwen nam ze de schade in ogenschouw. De voorkant van het gebouw had geen dak meer; ook was een deel van een muur en beide ramen verdwenen. Met alleen de gehavende, verkoolde resten nog overeind leek dat deel van de fabriek op de opengesperde bek van een monster, dat op het punt stond een hap uit een nietsvermoedende passsant te nemen. De vlammen achter de opening fungeerden als de duivelse ogen. Maar er waren tenminste genoeg brandweerlieden op de been.

Het besef dat Kyle hier in zijn eentje en als eerste naartoe was gegaan, maakte haar onrustig. De brand was veel groter dan ze had verwacht. Maar de eerste man die ze aansprak, wist haar te vertellen dat er niemand meer in het gebouw was. Hij wees naar een eenzame figuur, die met zijn handen in zijn zakken van een afstandje toekeek hoe het water het weinige verwoestte dat nog niet door het vuur verbrand was.

'Gaat het een beetje?' vroeg ze toen ze bij hem was.

Hij haalde zijn vingers door zijn haar, maar wendde zijn ogen niet af van zijn brandende fabriek. 'Jawel.'

Ze was niet overtuigd. 'Gelukkig is er niemand gewond geraakt,' zei ze in een poging hem wat op te beuren. 'Dat is het belangrijkst. Als de brand overdag was uitgebroken terwijl er binnen allerlei mensen aan het werk waren...'

'Uitgebroken?' Hij beet haar het woord bijna toe, alsof zijn kaken zo verkrampt waren dat hij nauwelijks kon spreken. 'De brand is niet vanzelf ontstaan.'

'Dat zou toch kunnen? Ik heb wel eens gehoord –'

'Nee. Zo is het niet gegaan.'

Ze voelde haar mond openvallen. 'Bedoel je dat iemand dit met opzet heeft gedaan? Dat de brand is... aangestoken?'

Hij kneep zijn ogen samen. 'Dat zou me niets verbazen. Het is allemaal heel verdacht, met die dreigementen van Noelle. En ik weet bijna zeker dat ik haar heb gezien.'

Ze bekeek de mensen die naar de brand stonden te kijken eens wat beter. Sommige van hen waren waarschijnlijk vrienden of familie van de brandweerlieden. Anderen waren gewoon achter de brandweer of de politie aan gereden. Sommige mensen deden dat soort dingen. Hoe dan ook, er hadden zich inmiddels heel wat mensen verzameld, tot ongenoegen van de drie politieagenten, die er hun handen vol aan hadden om te zorgen dat ze niet te dicht bij de brandende fabriek kwamen.

'Zó ver zou Noelle toch niet gaan?' zei ze. 'Je zei zelf immers ook dat ze geen serieus gevaar vormt. En je fabriek in brand steken... dat mag je rustig serieus noemen.'

Hij slaakte een zucht. 'Misschien was het een ongeluk. Misschien stond Warren hier een sigaretje te roken in plaats van bij zijn huis. Misschien heeft hij het peukje weggeschoten en kwam het ongelukkig terecht. Maar die Honda die ik zag...'

'Dat was Noelles auto?' vroeg Lourdes. 'Rijdt Noelle in een Honda?'

'Ja.'

'Wanneer zag je hem?'

'Vlak nadat de eerste lichting brandweerlieden was gearriveerd.'

'Weet je zeker dat het niet een van de hulpverleners was, die op eigen gelegenheid hierheen is gereden? Of dat Noelle hier iemand afgezet heeft?'

'Heel zeker. Ik herken die auto van haar uit duizenden, dus ik weet zeker dat zij het was. En ze bleef niet lang genoeg staan om iemand uit te laten stappen. Ze kwam aanrijden, draaide de parkeerplaats op en wist toen niet hoe snel ze weer moest wegrijden. De rillingen liepen me over de rug toen ik haar zag. Ik kreeg het gevoel dat ze terugkwam om haar werk in ogenschouw te nemen. Alsof ze tevreden kon zijn met het resultaat.'

Het was moeilijk te geloven dat iemand zo ver kon gaan, maar ze wist ook dat sommige mensen tot alles in staat waren. 'Heb je misschien bewakingscamera's hangen die uitsluitsel kunnen geven?'

'Nee. Er was nooit noodzaak om die te installeren. Het is niet eens bij me opgekomen om dat te doen.'

'In elk geval kunnen ze onderzoeken of het misschien brandstichting is geweest als de brand is geblust en alles afgekoeld is.'

Hij reageerde niet. Hij bleef alleen maar strak naar de fabriek kijken, alsof hij zijn ogen niet van die akelige aanblik kon losmaken.

'Je bent hoop ik wel verzekerd?'

'Ja, natuurlijk, alleen is dit een gevoelige klap voor mijn bedrijfsvoering. En het is maar afwachten of de verzekering alles vergoedt wat zou moeten. Verzekeringsmaatschappijen staan erom bekend dat ze alles doen wat ze kunnen om een claim af te wijzen of uit te kleden.'

Ze wilde dat ze meer kon doen om hem te troosten. 'Ik vind het echt erg voor je, Kyle. Ik leef met je mee.'

'Het is koud. Je zou naar huis moeten gaan,' zei hij.

'Je bent bang dat ík het koud heb? Ik ben anders degene die een jas aan heeft… jouw jas. Hier, neem jij hem maar. Die trui ziet er niet bepaald warm uit.'

Hij wuifde haar aanbod weg. 'Hou maar aan. Ik voel helemaal niets.'

Ze sloeg haar armen over elkaar om haar handen te beschermen tegen de snijdende wind. 'Als zij het was, Noelle, dan zit ze goed in de problemen. Brandstichting is een zwaar misdrijf, toch?'

'Ik weet niet of dat in de rest van het land zo is, maar hier in Californië in elk geval wel. Als ze veroordeeld wordt, draait ze de gevangenis in.' Hij schudde zijn hoofd. 'Ze is gewend om steeds weer weg te komen met alle ellende die ze aanricht. De mensen hier hebben haar gedrag jarenlang gedoogd. En haar familie haar hele leven al. Maar misschien dat ze nu eindelijk te ver is gegaan.'

Het kostte de brandweer meer dan twee uur om de brand te blussen en te zorgen dat alles zo nat was dat hij niet weer kon oplaaien. Kyle voelde zich verdoofd. Hij stuurde Morgan een sms. Hij wist dat ze 's nachts haar telefoon uitzette en dat ze zijn berichtje pas de volgende ochtend zou lezen, maar hij wilde niet naar haar huis gaan om haar wakker te maken. Morgenochtend was vroeg genoeg voor het slechte nieuws dat hij had. Dan had ze nog tijd genoeg om de rest van zijn personeel te bellen, zodat niemand voor niets naar de fabriek zou rijden.

Met een laatste sombere blik op dat waar hij zo trots op was geweest, stapten Lourdes en hij in zijn auto om naar huis te gaan. Hij had geprobeerd haar zover te krijgen dat ze alvast vooruit zou gaan. Er was geen enkele reden dat ze op dit uur zo in de kou zou moeten blijven wachten. Maar ze had er niets van willen weten. Ze zei dat vrienden elkaar steunden in tijden van nood.

Hij was blij dat ze de aard van hun relatie verduidelijkte; de grens tussen vriendschap en iets anders was namelijk behoorlijk aan het vervagen geweest voordat Warren op de stoep had gestaan.

Aan de ene kant had Warren geen ongelukkiger moment kunnen uitkiezen, dacht Kyle. Lourdes noch hijzelf had de lichamelijke ontlading gevonden die ze hadden gezocht. Hij was zo van slag door wat er met de fabriek was gebeurd dat zijn humeur, mede door een flinke portie seksuele frustratie, een ongekend dieptepunt had bereikt.

Aan de andere kant was het misschien ook wel zo dat Warren precies op het juiste moment op de deur had gebonsd, aangezien die storing hun de kans gaf om een stapje terug te doen en stil te staan bij waar ze mee bezig waren. Kyle kon zich niet voorstellen dat Lourdes' leven minder gecompliceerd zou worden als ze seks met hem had – of het zijne gemakkelijker zou worden wanneer ze vertrokken was.

Hij had behoefte aan een flinke knokpartij, dacht hij. Hij was nooit het type geweest dat meteen met zijn vuisten klaarstond, niet als er ook een andere keus was, maar hij had serieus behoefte aan een uitlaatklep.

'Ga je je verdenkingen aan de politie vertellen, of wacht je liever af wat ze over het ontstaan van de brand ontdekken?' vroeg Lourdes.

Hij minderde vaart toen hij de weg op draaide en de resten van zijn fabriek achter zich liet. Commissaris Bennett was poolshoogte komen nemen, samen met twee andere agenten uit Whiskey Creek, maar die hadden het druk gehad met het helpen van de brandweer en daarna met het op afstand houden van omstanders. Ze hadden politielint gespannen zodat niemand per ongeluk te dichtbij zou komen of het gebouw binnen zou gaan voordat het sein brand meester was gegeven. Hij had even met Bennett gesproken maar niets gezegd over de Honda die hij had gezien. Daar was later tijd genoeg voor. Bennett had gezegd dat hij Kyle de volgende ochtend zou bellen, en die wist dat hij dan wel de gelegenheid zou hebben om zijn vermoedens kenbaar te maken. 'Dat weet ik nog niet. Als ze echt een grondig onderzoek gaan instellen, wacht ik dat misschien wel af.'

'Misschien dat de verzekering staat op een grondig onderzoek, ook als je dat zelf niet ziet zitten. Maar wat doe je ondertussen aan Noelle? Laat je haar wel weten dat je haar hebt gezien?'

Hij kreeg de kans niet om antwoord op die vraag te geven. Hij had zijn auto net op zijn oprit geparkeerd toen hij in de achteruitkijkspiegel een paar koplampen zag opdoemen. Iemand parkeerde achter hem.

'Wie is dat?' Lourdes draaide zich om, maar door het verblindende licht zag ze waarschijnlijk niet meer dan de voorbumper van de auto van zijn broer.

'Brandon.' Hij nam aan dat zijn stiefbroer alleen was; pas toen hij uitstapte, zag hij dat Olivia ook was meegekomen.

'Kyle, man, ik kan het niet geloven.' Brandon gooide het portier van zijn auto dicht en beende met grote passen naar zijn broer toe. 'Wat is er in godsnaam gebeurd?'

Kyle maakte een hulpeloos gebaar. 'Wist ik het maar. Van wie hoorde je het?'

'Onze buurman zit bij de vrijwillige bandweer,' zei Olivia, die er inmiddels ook bij was komen staan. 'Toen hij thuiskwam en bij ons nog licht zag branden, kwam hij even langs. Hij dacht dat we het wel wilden weten.'

'Het had best tot morgen kunnen wachten. Jullie hadden hier echt niet zo laat nog naartoe hoeven komen.'

'Jawel,' zei Brandon. 'Je had me meteen moeten bellen.'

'Waarom? Om samen toe te kijken hoe de boel afbrandde? Ik heb helemaal niets kunnen redden uit mijn kantoor of dat van Morgan. De computer, het archief, de meubels – alles is weg, zelfs een deel van de muren. Ik was er niet op tijd bij. Maar goddank is het de brandweer gelukt om de brand te blussen voordat die de opslag bereikte.'

Olivia had geen make-up op, wat bewees dat Brandon en zij op het punt hadden gestaan naar bed te gaan. Ze had Brandon alleen hierheen kunnen laten gaan, maar dat had ze niet gedaan. Ze leek echt bezorgd. 'Heb je al een idee hoe de brand heeft kunnen ontstaan?' vroeg ze.

Kyle voelde Lourdes' blik op zich rusten. Ze vroeg zich af of hij Noelle zou noemen. Het was moeilijk om dat niet te doen. In zijn ogen was het onmogelijk dat de brand spontaan was uitgebroken – of omdat Warren bij de fabriek had staan roken. Die mogelijkheid had hij al verworpen. Het was te toevallig dat hij Noelle uitgerekend op dat moment het parkeerterrein op had zien rijden. 'Nee,' zei hij. 'Nog niet.'

Hij haalde de huissleutel uit zijn zak en gebaarde dat ze hem moesten volgen. Hij had zoveel adrenaline in zijn bloed dat hij de kou niet voelde, maar Lourdes' neus en wangen kleurden roze. Ze had al veel te lang buiten in de kou gestaan. 'We kunnen beter naar binnen gaan. Persoonlijk heb ik wel behoefte aan een borrel.'

'Dan doe ik met je mee,' zei Brandon.

Terwijl Kyle de deur van het slot deed, zei Brandon tegen Lourdes: 'Je had vast niet verwacht dat het leven hier zo opwindend zou zijn toen je hierheen kwam.'

'Nee. Er waren veel meer dingen die ik niet had verwacht.'

Kyle dacht dat Brandon zich wel zou afvragen wat ze daarmee bedoelde. Dat vroeg hij zich zelf ook af. Intrekken bij een onbekende man? Horen dat Derrick zijn slippertje toegaf?

Of misschien dat ze een paar uur geleden niet hadden geweten hoe snel ze elkaar de kleren van het lijf moesten scheuren om samen in bed te duiken?

Heel even zag hij haar borsten weer voor zich… herinnerde hij zich hoe ze voelden, hoe ze smaakten. Hij wilde tegen Brandon en Olivia zeggen dat ze naar huis moesten gaan zodat hij haar naar zijn kamer kon sleuren, zodat hij alles kon vergeten wat er gebeurd was door zichzelf in haar te verliezen. Misschien dat hij daarna zou kunnen slapen.

Die gedachte schoof hij direct weer terzijde. Wat hij voor haar had gevoeld voordat ze werden gestoord had niets te maken met vriendschap. Hij wilde een échte relatie, en dat betekende dat het vrijen met haar echt het laatste was wat hij moest doen. Zijn fabriek was deels afgebrand; hij zat er niet op te wachten zichzelf nog meer reden te geven om boos of teleurgesteld te zijn.

'Wat heb je in huis?' informeerde Brandon. 'Hopelijk wel iets sterkers dan wijn.'

'Ik moet ergens nog een fles whiskey hebben.' Kyle keek naar Olivia en Lourdes. 'Doen jullie met ons mee?'

'Voor mij geen alcohol,' zei Olivia.

'Nee, dank je.' Lourdes schudde haar hoofd. 'Mijn maag is toch al wat van streek door al die nare dampen die ik heb ingeademd.'

Kyle overhandigde Brandon een glas whiskey. Daarna gaf hij Olivia en Lourdes een glas water en liet hij zich neerploffen op de bank. 'Wat een nacht,' bromde hij, en daarna ging het gesprek opnieuw over de brand – hoe hij had geweten dat er brand was, of er soms bepaalde stoffen te dicht bij andere chemicaliën waren opgeslagen, of Warren misschien gelogen had over de plek waar hij zijn sigaretje had gerookt, wie de fabriek had afgesloten en welke stappen Kyle van plan was te nemen. Hij betaalde een hoge verzekeringspremie, maar had nooit verwacht een beroep te moeten doen op zijn verzekering. Het leek hem het beste om de volgende ochtend meteen zijn tussenpersoon te bellen, dan zou die de verdere afhandeling wel voor zijn rekening nemen.

'Financieel gezien is het voor jou toch niet een al te grote aderlating?' vroeg Olivia. 'Ik bedoel... je weet dat Riley alles laat vallen om je te helpen alles zo snel mogelijk weer op te bouwen.'

'Riley gaat over een paar weken trouwen,' zei Kyle.

Ze nam een slokje water. 'De bruiloft regel ik grotendeels, en in de bouw is het op dit moment heel rustig. Ik wil wedden dat hij meteen komt. En mocht dat niet lukken, dan hebben je klanten daar vast alle begrip voor. Dit is iets waar je niets aan kon doen. Een ongelukkig toeval. Het had iedereen kunnen gebeuren.'

Kyle was heel wat minder optimistisch over het inlevingsvermogen van zijn klanten; hij verwachtte niet dat ze veel consideratie met hem zouden hebben. Waarschijnlijk waren er wel een paar die bereid waren iets langer te wachten, maar... 'Mijn klantenbestand bestaat voornamelijk uit grote bedrijven, Olivia,' zei hij. 'Het kan ze geen bal schelen of ik pech heb gehad. Ze willen hun zonnepanelen volgens schema geplaatst hebben. En als ik die niet kan leveren, gaan ze naar iemand anders toe. Ik ga proberen dat te voorkomen door ze extra korting te geven als ze bereid zijn iets langer te wachten, maar het heeft hoe dan ook invloed op de winst, ook als de verzekering de andere schade dekt.'

Haar gezicht betrok. 'Maar je hebt zo hard gewerkt. Hoeveel tijd gaat het je kosten om de fabriek weer volop te laten draaien?'

'Geen idee.' Hij staarde naar de vloeistof in zijn glas. 'Ik mocht niet naar binnen, ook niet toen de brand eenmaal was geblust. Alles was gloeiend heet. En ze waren bang dat het dak nog verder zou instorten.' Hij wist niet eens of hij de dampen wel had kunnen verdragen. De brandweerlieden hadden gezegd dat die giftig waren, en te oordelen naar de afschuwelijke stank konden ze daar best gelijk in hebben. 'Het zal wel even duren voor de omvang van de schade bekend is... en dan moet alles nog gerepareerd of vervangen worden.'

'Zou het aan de elektrische bedrading hebben kunnen liggen?' vroeg Brandon.

Kyles nieuwsgierigheid naar het mogelijke ontstaan van de brand verdrong zijn voornemen om zijn vermoedens voor zichzelf te houden. 'Jullie weten zeker niet toevallig waar Noelle vanavond was, hè?'

Het werd stil. Zelfs Lourdes keek hem met grote ogen aan. Maar als Noelle een geloofwaardig alibi had, wilde hij dat liever meteen weten. De gedachte dat ze zijn levenswerk had gesaboteerd uit kleingeestige jaloezie, afgunst of wraak maakte hem woest.

'Waarom wil je dat weten?' informeerde Olivia.

Quasinonchalant haalde hij zijn schouders op. 'Zomaar. Ik vroeg me gewoon af of... of ze haar baan nog terug had gekregen, of ze vanavond misschien bij jullie is geweest om iets te drinken of dat jullie ergens iets met elkaar zijn wezen drinken...'

'Noelle is de weg een beetje kwijt en loopt allerlei stomme dingen te roepen, dat heb ik je al verteld,' zei Olivia. 'Maar ze zou nooit moedwillig je fabriek in brand steken, als je daarop doelt. Waarom zou ze dat risico nemen? Stel dat er nog iemand in het gebouw was? Stel dat jíj er nog geweest was, zoals gewoonlijk tot diep in de nacht aan het werk?'

'Dan zou ze vast wel gezien hebben dat mijn auto er nog stond. En alles was donker op het terrein, op die ene lantaarnpaal op het parkeerterrein na.'

'Noelle heeft ontzettend domme dingen gedaan, onnadenkende en egoïstische dingen. Maar zo ver zou ze nooit gaan.' Olivia keek Brandon aan om bevestiging van haar woorden te krijgen, maar hij verraste Kyle door met een verontschuldigend gezicht terug te kijken, alsof hij het wel met haar eens wilde zijn maar dat niet kon omdat hij ook eerlijk wilde zijn.

'Volgens mij is ze er best toe in staat,' zei Kyle, in de hoop een beginnende ruzie door Brandons gebrek aan steun af te wenden. Hij wilde niet dat zijn broer onenigheid kreeg met Olivia omdat Brandon een andere mening over Noelle had dan zij.

Gelukkig werkte zijn truc.

'Dus jij denkt wel degelijk dat zíj het was!' Olivia zette haar glas neer en stond met een ruk op.

Lourdes schoof ongemakkelijk heen en weer, alsof ze iets wilde zeggen, maar deed het niet.

'Nee,' zei Kyle. 'Laat maar.' Verdomme! Hij had zijn mond moeten houden. Hij kon zichzelf op het moment niet vertrouwen, daar was hij te kwaad voor.

'Nu zeg je gewoon wat je denkt dat ik wil horen,' zei Olivia. 'Nou, misschien denk jíj dat zij het was, maar ik denk daar anders over.'

'Heb je vanavond nog iets van haar gehoord?' vroeg Brandon aan zijn vrouw.

Olivia keek hem met open mond aan. 'Brandon, hou op! Niet jij ook!'

Hij spreidde verontschuldigend zijn handen. 'Kyle is mijn broer, schat. En zij is de enige die een wrok tegen hem koestert. Het kan geen kwaad om na te gaan waar ze vanavond was. Als ze werkelijk niets te verbergen heeft, hoef je nergens bang voor te zijn.'

Brandons woorden troffen kennelijk de juiste snaar, want Olivia's schouders gingen naar beneden. 'Weten ze überhaupt al of de brand is aangestoken of niet?'

'Nog niet,' zei Kyle. Daarom had hij ook moeten wachten. Het ene moment zei hij tegen zichzelf dat hij moest afwachten; het volgende wilde hij Noelle met zijn verdenkingen confronteren.

Hij had die knokpartij nodig. Hier een beetje zitten drinken was veel te passief, vooral ook omdat hij zijn ogen niet van Lourdes kon afhouden – en haar ondanks alles nog net zo heftig begeerde.

‘Waarom vroeg je dan in vredesnaam waar ze was?’ vroeg Olivia strijdlustig.

‘Omdat hij haar bij de fabriek zag,’ zei Lourdes, die kennelijk haar mond niet langer kon houden. ‘Vanavond.’

Olivia trok wit weg en keek Kyle met grote ogen aan. ‘Noelle was bij de fabriek? Wanneer dan?’

Kyle leegde zijn glas. ‘Nadat de brand was uitgebroken.’

‘Waarschijnlijk kwamen er wel meer mensen poolshoogte nemen,’ zei ze. ‘Volgens Stanley, onze buurman, had hij nog nooit een brand geblust waar zo veel mensen rondliepen.’

‘Dat geloof ik meteen,’ zei Kyle. ‘Zo vaak gebeurt er niet iets in Whiskey Creek, dus logisch dat zo’n brand veel belangstelling trekt.’

‘Maar Stan bedoelde hulpverleners,’ zei Brandon. ‘En Noelle is geen lid van de vrijwillige brandweer, dus… wat kwam ze precies doen? Kijken?’

‘Ik weet niet wat ze kwam doen,’ zei Kyle, waarna hij in het kort vertelde wat hij had gezien en hoe snel ze er vandoor was gegaan.

Olivia beet op haar lippen. ‘Dus je weet niet zeker of het haar auto was. Je zegt zelf dat het moeilijk te zien was. Dat het er heel chaotisch aan toeging met al die rook en vlammen.’

Kyle wisselde een blik met Brandon. ‘Dat klopt.’

‘Prima.’ Ze kneep haar ogen een beetje samen, een teken dat ze niet bepaald blij was dat Brandon de kant van zijn broer koos. ‘Ik zal haar nu meteen even bellen om te vragen waar ze vanavond was.’

‘Het is al laat,’ zei Kyle. ‘Laten we eerst maar afwachten of de politie iets vindt. Ik bracht haar alleen maar ter sprake omdat ik hoopte dat ik van jullie te horen zou krijgen dat ze de hele avond bij jullie was.’ Bovendien wilde hij eigenlijk dat ze nu weg zouden gaan, voordat de negatieve emoties die in hem ziedden op een of andere manier naar buiten kwamen.

Maar Olivia wilde er niets van weten. Na een korte aarzeling haalde ze haar telefoon uit haar zak.

Iedereen keek naar haar terwijl ze de telefoon naar haar oor bracht en naar de open haard drentelde. ‘Ha, daar ben je. Ik was even bang dat je misschien al in bed lag, maar aan de andere kant ben je natuurlijk een echte nachtbraker.'

Noelle had kennelijk opgenomen; Kyle voelde zijn hart sneller kloppen.

'Ik bel alleen even om te vragen of je het al hebt gehoord van Kyles fabriek,' zei Olivia. 'Nee?' Ze wierp hen een blik toe waaruit opluchting sprak. 'Er is brand uitgebroken vanavond… Ja, enorm. Bijna helemaal afgebrand… Wat? Nee, dat weten ze niet… Ja, natuurlijk is het een grote strop voor hem… Dat moet je niet zeggen. Je bent nu misschien kwaad op hem, maar hij heeft veel voor je gedaan… Onze buurman. Die is bij de vrijwillige brandweer… omdat we net een film hadden gekeken… Ik vind het zo erg voor Kyle. Hij is ten einde raad –'

Kyle hoorde het knarsetandend aan. Als Noelle de brand had gesticht, wilde hij niet dat ze wist hoe diep hij was geraakt, dat ze haar beoogde doelwit midden in het hart had geraakt. Hij wilde dat Olivia ophing. Hij had genoeg gehoord.

'Ja, wie niet,' ging Olivia verder. 'Natuurlijk is hij verzekerd, maar zo eenvoudig is het niet. De materiële schade zal ongetwijfeld vergoed worden, maar er is ook immateriële schade. Bijvoorbeeld opdrachten die hij misloopt omdat de fabriek tijdelijk gesloten is. De klanten die niet willen wachten op hun zonnepanelen gaan naar een andere leverancier…'

Kyle vond het moeilijk om de telefoon niet uit haar hand te rukken en tegen Noelle te zeggen dat ze moest ophouden met liegen. Zelfs als ze niet verantwoordelijk was voor de brand, hij wist dat ze daar was geweest.

'Wat zei ze?' informeerde Brandon toen Olivia eindelijk klaar was met haar telefoontje.

'Ze leek echt verrast,' antwoordde Olivia.

'Ze liegt dat ze barst!' Kyle, die niet in staat was nog langer te blijven zitten, stond met een ruk op. 'Ze wist al dat er brand was geweest voordat jij het haar vertelde. Ik heb haar daar gezíén. Waarom zou ze anders doen alsof ze het niet wist?'

'Misschien dácht je alleen dat je haar zag,' zei Olivia.

Brandon stond ook op en sloeg een arm om zijn vrouw heen. 'Het spijt me, schat. Ik weet dat je niet wilt geloven dat ze zoiets afschuwelijks zou doen, niet nu jullie eindelijk beter met elkaar overweg kunnen. Maar ze is niet normaal. Het kan haar niets schelen wat de gevolgen voor anderen zijn van de dingen die ze doet, dingen waarvoor ze geen enkele verantwoordelijkheid neemt. Ik acht haar er eerlijk gezegd wel toe in staat om Kyles fabriek in brand te steken.'

Olivia keek hem smekend aan. 'Ga er alsjeblieft niet van uit dat zij het heeft gedaan voordat we daar bewijs van hebben, oké? Kyle was overstuur toen hij dacht dat hij haar auto zag. Hij kan zich vergissen. Ik kan je verzekeren dat ze aan de telefoon heel overtuigend overkwam.'

Kyle kneep in zijn neusbrug in een poging zijn irritatie nog wat langer te bedwingen. 'Omdat ze goed kan liegen. Dat is altijd al zo geweest.'

'Toch zou het best kunnen dat je je vergist,' hield Olivia vol.

'Dat zou kunnen.' Kyle zette zijn glas neer. 'Maar dat is niet zo.'

Hoofdstuk 22

Tegen de tijd dat Brandon en Olivia vertrokken, was Lourdes doodmoe. Maar ontspannen kon ze zich niet. Kyle was te opgefokt. Ze voelde zijn agitatie, voelde de lucht bijna tintelen van alle energie die zich in hem had opgebouwd – en alle dingen die ze niet tegen elkaar zeiden, maakten dat alleen maar erger. Ze wilde zijn stemming toeschrijven aan de brand, maar ze wist dat er meer aan de hand was. Steeds als hij naar haar keek, was er een boze frons tussen zijn wenkbrauwen, alsof zij opeens zijn vijand was in plaats van Noelle.

'Vind je niet dat we het even moeten hebben over... over wat er daarvoor gebeurde?'

'Je bedoelt toen ik je naakt onder me had? Nee.' Zijn gezicht bleef strak staan terwijl hij het glas weer pakte dat hij een paar minuten daarvoor opzij had geschoven. Zo nu en dan trilde er een spiertje in zijn wang.

Ze schraapte haar keel. 'Ik snap dat het een beetje verwarrend was, omdat... omdat het voelde alsof er iets meer gaande was dan een van ons had verwacht.'

'Iets meer?' Zijn blik richtte zich op haar als een hittezoekende raket. 'Kreun je ook zo wanneer je seks hebt met je andere "vrienden"?' Hij schudde zijn hoofd. 'God, zoals je naar me keek, zoals je reageerde toen ik mijn vinger in je –'

'Stop!' Beschaamd streek ze haar trui glad. 'Ik dacht dat jíj wel zou weten hoe vrijblijvende seks werkt. Je kunt onmogelijk verliefd zijn geweest op die vrouw, die na een paar dates je naam op haar arm liet tatoeëren, en toch ben je met haar naar bed geweest. Dat heb ik nog nooit gedaan met iemand met wie ik geen vaste relatie had. Ik probeerde alleen om... om een soort overeenstemming met je te bereiken zodat we allebei konden krijgen wat we hebben wilden.'

'Oké, dat kan zijn, maar je verbaasde me gewoon, na al dat gepraat over dat het zo vrijblijvend was en zo.'

'Jij mij ook!' Maar wat hadden ze nog meer kunnen doen om zichzelf te beschermen? Het was niet háár schuld dat hun avontuurtje niet volgens plan was verlopen, niet háár schuld dat alles wat ze hadden gezegd in één klap weggevaagd was zodra hij haar aanraakte, alsof niet de woorden telden maar de daden. Er was totaal geen emotionele afstand tussen hen geweest, wat haar trouwens net zo had beangstigd als hem.

'Vergeet maar dat ik erover begonnen ben,' zei ze. 'Ik dacht... Het leek me goed om de lucht te klaren, maar jij bent daar kennelijk nog niet aan toe.'

'Hoe zou dat nou komen,' zei hij sarcastisch.

'Wat wil je dat ik doe?' vroeg ze.

'Niets. Ik wil helemaal niets van je. Ga naar bed.'

Dat was ze niet van plan. Daarvoor zat het haar te veel dwars.

Na een korte stilte begon ze over iets anders, in de hoop hem wat af te leiden. 'Aardig van Brandon en Olivia om even langs te komen.'

Hij bromde iets instemmends, maar dat was het dan ook. Toen stond hij op om zich nog een drankje in te schenken; deze keer had hij de fles bij zich toen hij weer ging zitten.

'Het begint laat te worden,' zei ze.

Ook daar reageerde hij niet op; hij sloeg alleen de inhoud van zijn glas achterover en schonk het nog eens vol.

Ze stond op en liep naar hem toe.

Zijn wenkbrauwen gingen omhoog toen ze de fles pakte die hij nog steeds in zijn hand had.

'Weet je zeker dat je je wilt bezatten?' vroeg ze. 'Denk je dat het al niet moeilijk genoeg zal zijn om morgen naar de fabriek te gaan?'

Ze dacht even dat hij de fles uit haar hand zou rukken. Daar had hij het volste recht toe. Het was niet aan haar om hem te vertellen wat hij wel en niet kon doen. Maar ze probeerde alleen een beetje op hem te passen. Dat leek hij ook te begrijpen, want na een paar tellen vloekte hij zachtjes maar hield haar niet tegen toen ze de fles buiten zijn bereik zette.

'Kom op. Naar bed jij.' Ze trok hem overeind en bracht hem naar zijn slaapkamer, waar hij zich geheel gekleed achterover op de matras liet vallen.

Ze trok zijn laarzen uit en wilde de dekens over hem heen trekken, maar hij keek haar aan met een blik die haar aan de grond nagelde. 'Wat is er?' vroeg ze.

'Gaan we nog neuken of hoe zit dat?' vroeg hij.

Haar adem stokte. 'Denk je dat seks niets betekent als je er zo over praat?'

Zijn ogen glinsterden van boosheid en verdriet. 'Ik laat je wel zien hoe het is wanneer het puur om de seks gaat,' zei hij, haar boven op zich trekkend.

Toen ze niet tegenstribbelde, niet probeerde weg te komen, ritste hij haar broek los. 'Die stilte beschouw ik maar als instemming.'

Ze deed haar ogen dicht. Ze zou hem weg moeten duwen, maar dat was wel het laatste wat ze wilde. Als ze nu wegging, zou ze hier over vijf minuten – of eerder korter – weer staan en tegen die tijd was hij misschien wel diep in slaap. 'Ja,' fluisterde ze.

Hij wist niet hoe snel hij hen beiden uit de kleren moest krijgen, maar in plaats van haar te kussen en vast te houden zoals eerder, in plaats van zijn tong en zijn handen en zijn stem te gebruiken, deed hij een condoom om en draaide haar op haar buik.

Hij wilde geen tederheid voelen, besefte ze. Hij was alleen op zoek naar fysieke ontlading. Niet dat ze van plan was hem die te ontzeggen. Ze wilde hem net zo graag in zich voelen als hij in haar wilde zijn, al kon het kennelijk alleen op deze manier.

Alleen ging het allemaal veel te snel voor haar. De dierlijke intensiteit was opwindend, totaal anders dan alles wat ze ooit eerder had ervaren, maar ze voelde een vreemde teleurstelling toen hij klaar was.

Ze maakte aanstalten om overeind te komen. Ze had van tevoren geweten in welke stemming hij was – hoe overstuur hij was en hoeveel hij had gedronken. Ze dacht bij zichzelf dat ze geen reden had om verrast te zijn, zich beledigd te voelen, aangezien hij alleen maar had gedaan wat hij zei. Zíj was degene die had toegestemd in dat wat hij wilde geven. Daarom schrok ze bijna toen hij een arm om haar taille sloeg, haar op haar rug legde en haar vasthield.

Hij keek haar aan met een ondefinieerbare uitdrukking op zijn gezicht. Ze meende iets van spijt te zien en hoopte dat hij wat zou verzachten... dat hij haar zou kussen en strelen zoals eerder die avond.

Dat deed hij niet. Hij hield haar handen boven haar hoofd vast terwijl hij haar borsten kuste en likte. Toen liet hij zijn mond kussend en bijtend over haar buik gaan.

Ze hapte naar adem toen hij haar benen over zijn schouders legde en ze daar hield. Hij liet niet toe dat ze zich bewoog, dat ze zich wegtrok. Hij had de controle overgenomen. Alleen wilde ze helemaal niet ontsnappen...

Kronkelend lag ze op zijn bed en klauwde met haar handen in de matras terwijl zijn mond haar naar een snelle en heftige climax bracht.

Hoewel ze in films genoeg voorbeelden van dierlijke, kleren-van-lijven-scheurende seks had gezien, had ze die nooit zelf aan den lijve ondervonden. Vanavond was de eerste keer. Ze moest toegeven dat het iets opwindends en erotisch had, al gaf ze toch de voorkeur aan de tederheid waarmee Kyle haar voor de brand had aangeraakt. Maar hij had een punt willen maken, en ze kon niet ontkennen dat hij dat voortreffelijk had gedaan.

Toen ze aanstalten maakte om terug te gaan naar haar eigen bed, hield hij haar weer tegen; deze keer trok hij haar terug in zijn armen.

Ze zei tegen zichzelf dat ze zou wachten tot hij in slaap was gevallen en dan naar haar eigen kamer gaan. Gezien de tijdelijke aard van hun relatie leek het haar niet verstandig om zich lekker tegen hem aan te nestelen. Dat paste niet goed bij de snelle, harde en bijna zakelijke seks die ze hadden gehad.

Maar ze was zelf ook moe. En zijn lichaam was zo heerlijk warm, en ze lag zo lekker tegen hem aan dat elke beweging te veel moeite leek. Pas de volgende ochtend, toen het leek alsof er een aantal mensen tegelijk op de deur bonsden en aanbelden, deed ze haar ogen open en realiseerde zich dat ze nog steeds bij hem in bed lag.

Ook Kyle werd gewekt door het kabaal. Hij stond op en trok haastig wat kleren aan. Toen wierp hij een lange blik op haar en fronste zijn wenkbrauwen, alsof hij allesbehalve blij was haar daar te zien.

Ze trok de dekens op tot haar kin en keek met dezelfde frons terug. 'Geen zorgen. Ik ben echt niet van plan om je naam op mijn arm te laten zetten of zo. Je hebt goed je best gedaan om te zorgen dat ik seks niet aanzie voor liefde.'

Hij haalde zijn vingers door zijn haar. Het stond alle kanten uit en toch slaagde hij erin om er sexy uit te zien. 'Tja, ik ben denk ik toch wel iemand van alles of niets.'

'Ik heb je niet gevraagd om me te laten zien hoe "niets" eruitziet,' zei ze. 'Ik heb je alleen maar naar bed gebracht. Wat er daarna gebeurde, is voor jouw rekening.'

'Weet ik. Het was een slecht idee van me.'

'Je had gedronken. Had ik nee moeten zeggen?'

'Niet omdat ik had gedronken. Het was niet de schuld van de drank. En ook niet van jou.'

'Maar het zit je niet lekker.'

'Nee, natuurlijk niet. Ik heb me gedragen als een grote klootzak.'

'Mensen doen rare dingen wanneer ze niet gekwetst willen worden. Maar even voor de goede orde… ik wil ook niet gekwetst worden.' Toen ze voor de brand samen waren, was hij kwetsbaar geweest, had hij meer gevoelens gehad dan hij wilde. En zij ook. Dus was het voor haar niet zo'n schok dat hij na de brand geprobeerd had te krijgen wat hij wilde, maar dan met de barrières die hem tegen ongewenste gevoelens beschermden. 'Hoe dan ook, voor vrijblijvende seks was dat lang niet slecht.'

Hij wierp haar een blik toe maar zei niets.

'Goed dan,' zei ze. 'Misschien moet ik het ons allebei gemakkelijker maken. Zou je graag willen dat ik straks naar de boerderij verkas?'

Met zijn shirt nog in zijn hand, draaide hij zich met een ruk naar haar toe. 'Nee, dat wil ik niet. Na wat iemand met de fabriek heeft gedaan wil ik niet dat je ergens alleen bent. Begrepen?'

'Je bedoelt dat je denkt dat Noelle misschien zal proberen om me iets aan te doen.'

'Ik bedoel dat je nergens naartoe moet gaan zonder mij totdat we weten wat er gaande is.'

'Kyle!' riep iemand; het was een vrouwenstem die Lourdes niet herkende.

'Wie is dat?' vroeg ze.

Hij trok haastig zijn shirt aan en keek op zijn horloge. 'Eve. Op vrijdagochtend gaan we altijd met de hele club koffiedrinken in de stad. Ze zullen wel besloten hebben om hierheen te komen toen ik niet kwam opdagen. Brandon en Olivia zullen wel verteld hebben wat er is gebeurd.'

Iemand begon op de deur te bonken. 'Hallo? Doe eens open! Baxter is terug, man!' Dat was een mannenstem.

'Ik kom eraan!' riep Kyle terug terwijl hij zijn broek dichtknoopte.

Lourdes trok de dekens nog wat hoger. 'Weet ik ook wie Baxter is?'

'Dat denk ik niet. Hij is een van mijn beste vrienden, maar hij woont in San Francisco.' Bij de deur bleef hij even staan en zei op iets mildere toon: 'Je kunt rustig hier blijven als je dat liever wilt,' waarna hij in de gang verdween.

Even later drong het rumoerige geluid van een groep mensen die naar binnen stommelden tot Lourdes door. Allemachtig, hoeveel vrienden had Kyle wel niet?

Ze zei tegen zichzelf dat ze beter hier kon blijven, zoals hij gezegd had. Zo blij was ze niet met hem vanochtend, welke excuus hij ook had voor zijn gedrag. Wat hij voor haar voelde, kon onmogelijk gecompliceerder zijn dan wat zij voor hem voelde. Maar toen hoorde ze dat diverse mensen naar haar informeerden. Toen begon er een baby te huilen, en aan het geluid hoorde ze dat het een heel jong baby'tje was.

Kennelijk was Callie er ook met haar zoontje.

Ze kroop dieper weg in bed en trok de dekens over haar hoofd om het maar niet te horen. Ze wilde niet aan baby's denken. De kans was groot dat ze die zelf nooit zou krijgen. Nu helemaal. Er waren te veel dingen in haar carrière die rechtgezet moesten worden. Maar toen ze vier of vijf mensen hoorden klagen dat ze haar nu niet zouden zien, voelde ze zich egoïstisch en schuldig dat ze zich hier verstopte.

Met de bedoeling ongezien naar de badkamer te glippen om zichzelf wat presentabeler te maken, liet ze zich uit bed glijden en deed de jeans en de trui aan die ze de vorige avond aangetrokken had toen ze naar de brand ging kijken. Maar haar make-up en haarborstel waren in haar eigen kamer, en toen ze de deur opendeed om die te gaan halen, kwam er een man aan die haar uit Kyles kamer zag komen.

Hij grinnikte. 'Jij moet Lourdes zijn.'

Kyle was verrast dat Lourdes opdook. Hij had niet verwacht dat ze het bezoek onder ogen wilde komen, vooral omdat ze de kans niet had gehad om even te douchen of zich om te kleden. Hij zag dat ze niet echt op haar gemak was en dat verbaasde hem niet, aangezien ze net uit zijn bed kwam. Niet alleen zat haar haar in de war, maar ze had ook dezelfde kleren aan als de vorige nacht. En toen Brandon hem aanstootte, wist hij dat zijn broer dat ook had gezien.

'Het begint serieus te worden tussen jullie, hè?' fluisterde Brandon.

Kyle kreeg niet de kans om te reageren, want ze kwam samen binnen met Noah, die zei: 'Kijk eens wat ik op de gang heb gevonden.'

'Lourdes!' riep Eve uit. 'Dus je bent écht in de stad. Ik begon al te denken dat Kyle last had van grootheidswaanzin.'

Lourdes grinnikte om Eves grapje. 'Het spijt me dat ik niet wat socialer ben geweest, maar ik had het nogal... druk. Maar als jullie het niet erg vinden, fris ik me even wat op en dan kom ik zo terug.'

Toen ze naar de badkamer verdween, draaiden de vrienden zich om naar Kyle en keken hem met grote ogen aan. 'Wauw, niet te geloven, man,' bromde Riley. 'Je hebt iets met Lourdes Bennett!'

'Dat was Lourdes Bennett?' vroeg Baxter. 'Dé Lourdes Bennett?'

Brandon keek hem aan. 'We hebben je toch net bij Black Gold verteld van Kyle en Lourdes?'

'Ik had gedacht dat Kyle dat zélf wel tegen me zou zeggen.' Hij sloeg zijn armen over elkaar. 'En ik heb niks van hem gehoord.'

'We hebben geen relatie of zo, hoor,' zei Kyle. 'Ze gaat terug naar Nashville wanneer ze genoeg materiaal heeft voor haar nieuwe album.'

'Maar Noelle is toch over de rooie gegaan toen ze het van jullie twee hoorde?' vroeg Cheyenne.

Olivia schoot meteen in de verdediging. 'Hoho, we weten helemaal niet of het Noelle wel was die de brand heeft gesticht.'

Cheyenne keek haar gechoqueerd en vol ongeloof aan. 'Waar heb je het over? Ik doelde op de ruzie een paar avonden geleden bij Sexy Sadie's. Ik hoorde Genevieve Salter gisteren de caissière in de supermarkt in geuren en kleuren vertellen hoe Noelle haar aanvloog.'

Olivia kreeg een kleur als een biet. 'O. Nee, laat maar.'

Iedereen keek vol verwachting naar Kyle, maar die wilde Olivia's zus niet beschuldigen, met als enig bewijs dat hij haar auto bij de fabriek had gezien. Ze reed voortdurend langs zijn huis. Nu hij er een nachtje over had geslapen en de dingen weer wat helderder zag, zag hij in dat het best mogelijk was dat ze alleen weer in een van haar stalkbuien was. Nu kwam het hem zelf ook wel heel vergezocht voor dat zij – of iemand anders die hij kende – opzettelijk zijn levenswerk in brand had gestoken. 'We weten niet wat er gebeurd is,' zei hij. 'Nog niet tenminste.'

Voordat ze hem verder over het onderwerp konden doorzagen, kwam Lourdes terug van de badkamer. Ze had niet gedoucht en zich ook niet opgemaakt; het enige wat ze had gedaan was haar haar opsteken in een losse knot. Kyle vond dat ze er net als altijd adembenemend uitzag, en kon zichzelf wel schoppen om de manier waarop hij haar afgelopen nacht had behandeld. Het was duidelijk dat ze begreep hoe moeilijk de situatie voor hem was. Als ze zich beledigd had gevoeld door zijn gedrag, zou hem dat misschien juist de ruimte hebben gegeven die hij nodig had om over zijn gevoelens voor haar heen te komen.

Hij schraapte zijn keel om zijn vrienden erop te attenderen dat ze klaar was en begon ze aan haar voor te stellen. Hij realiseerde zich dat hij haar overlaadde met namen omdat al zijn vrienden ook een partner hadden, op Baxter na dan, en dat ze al die namen natuurlijk nooit kon onthouden. 'Dit zijn Dylan en Cheyenne en hun zoontje Kellan,' zei hij. 'En dit is Baxter, onze vriend die net vanuit San Francisco is terugverhuisd naar Whiskey Creek.' Brandon en Olivia kende ze al, maar Noah en Addy, Callie en Levi, Sophia en Ted – die van de hottub – Eve en Lincoln en hun baby van twee maanden en Phoenix en Riley niet.

Lourdes was tegen iedereen vriendelijk, maar leek toch de meeste aandacht te hebben voor Callies pasgeboren kindje; Eves spruit lag te slapen in de wagen. 'Nog gefeliciteerd met je prachtige zoontje,' zei ze tegen Callie.

'Dank je wel.' Callie lachte trots. 'Wil je hem misschien even vasthouden?'

Lourdes' ogen werden groot. 'Eh, is dat wel verstandig? Ik bedoel, hij is zo klein en... en teer.'

'Maak je maar geen zorgen,' zei Callie geruststellend. 'Hou hem maar gewoon zo vast, in de kromming van je elleboog.'

Hoewel Lourdes de slapende Aiden door Callie in haar armen liet leggen, leek ze het doodeng te vinden. Kyle wilde haar al gaan redden door de baby van haar over te nemen, maar zag toen dat Lourdes zich hoe langer hoe meer op haar gemak begon te voelen met hem. Nadat ze het gehad hadden over haar muziek en haar carrière en Angel's Camp, waar ze opgegroeid was, trok ze zich terug op de achtergrond. Kyle zag dat ze op de bank ging zitten met de baby op haar schoot en naar hem keek alsof hij het grootste wonder was dat ze ooit had gezien... alsof ze volkomen betoverd was.

Niet dat hij heel blij werd van die aanblik. Hij had zichzelf overtuigd dat hij een bestaan als vrijgezel prima vond, alleen leek het op dit moment niet erg aantrekkelijk om nog vijf jaar alleen te blijven. Misschien dat het gemakkelijker zou zijn als hij in de grote stad woonde, waar meer afleiding was. Maar hij was geboren en getogen in een klein stadje, waar alles draaide om vrienden en familie. Dingen die hij ook wilde.

Hij had altijd gedacht dat hij getrouwd zou zijn, dat hij vader zou zijn ook, als hij een jaar of dertig was. Maar inmiddels was hij bijna veertig...

Nadat ze het erover eens waren dat ze de uitslag van het politieonderzoek moesten afwachten om zekerheid te hebben over hoe de brand was ontstaan, en Riley hem had beloofd dat hij tijd zou vrijmaken om Kyle te helpen met de herbouw van de fabriek, hadden ze het met Baxter over zijn verhuizing en de toestand van zijn vader. Baxter had een goedbetaalde baan als beurshandelaar in San Francisco opgegeven en was van plan zich bezig te gaan houden met de daghandel via internet. Hij wilde meer tijd doorbrengen met zijn vader, die afgelopen zomer te horen had gekregen dat hij prostaatkanker had. Mr. North reageerde niet goed op de behandeling, wat slecht nieuws was. Het was algemeen bekend dat Baxter en zijn vader niet goed met elkaar overweg konden, wat evenmin positief was. Mr. North had Baxters geaardheid nooit kunnen accepteren. Nadat Baxter uit de kast was gekomen had zijn vader een hele tijd niet met hem willen praten.

'Maar de daghandel is behoorlijk riskant toch?' vroeg Ted. 'Ik heb een vriend die dat wel eens wilde proberen, en die is in korte tijd een vermogen kwijtgeraakt.'

'Ja, er zitten flinke risico's aan,' beaamde Baxter. 'Maar wat moet ik anders doen in Whiskey Creek?'

'Het leek fantastisch met je te gaan in San Francisco,' merkte Riley op.

‘En hoe kom je hier in dit afgelegen gebied ooit aan een date?’ vroeg Eve.

‘Het gaat nu even niet om mij, jongens,’ zei Baxter. ‘Ik denk niet dat mijn vader het haalt.’

Noah klopte hem op zijn rug. ‘Zo moet je niet denken. Natuurlijk haalt hij het.’

Onwillekeurig hield Kyle Baxter extra in de gaten wanneer hij met Noah praatte. Ze waren van jongs af aan boezemvrienden geweest. Een paar jaar geleden nog maar had Noah ontdekt dat Baxter in het geheim al jaren verliefd op hem was. Dat had Baxter hem verteld toen hij met het nieuws over zijn geaardheid naar buiten was gekomen, en Noahs reactie had dat wat hij voelde er niet gemakkelijker op gemaakt.

‘Ik ben liever voorbereid op het ergste,’ zei Baxter.

‘Ik vind het fantastisch dat je dit doet.’ Callie stak haar arm door die van Baxter. ‘Ik zal nooit vergeten hoe goed je me hebt geholpen toen ik problemen met mijn lever had. Maar weet je wel zeker dat je bij je ouders wilt wónen? Denkt je vader er nu anders over en kun je helemaal jezelf zijn bij ze?’

Baxter haalde zijn schouders op. ‘Afwachten. En een paar maanden houd ik het altijd wel vol.’

Kyle was bang dat Mr. North helemaal niet anders was gaan denken over zijn zoon. Baxter liet zich zo nu en dan een opmerking ontvallen waaruit bleek dat zijn vader nog steeds een probleem had met zijn geaardheid. Maar hij was blij dat zijn vriend terug was op het oude nest. En Baxter praatte tenminste niet de hele tijd over kinderen, zoals zijn andere vrienden – omdat hij nog geen vaste partner had gevonden.

‘Kyle, heb je al enig idee wat je op de bruiloft gaat zeggen?’ wilde Phoenix weten.

‘Daar heb ik al heel wat over nagedacht.’ Hij probeerde iets te bedenken wat hij kon zeggen als ze op nadere details aandrong, maar Lourdes kwam tussenbeide voordat het daarvan kwam.

‘Hebben jullie allemaal al ontbeten, of zullen Kyle en ik iets voor jullie maken?’

'Je hoeft voor ons echt geen moeite te doen, hoor,' zei Sophia. 'We komen net bij Black Gold vandaan.'

'Volgens mij zijn jullie daar maar heel even geweest,' zei Kyle. 'Dus laat het ontbijt maar aan ons over.'

De vrienden wisselden blikken uit. 'Als je erop staat,' zei Addy.

Lourdes gaf de baby terug aan Callie. 'Ik mag mijn laatste album dan verprutst hebben, maar ontbijt maken kan ik als de beste,' zei ze met een knipoog.

Tegen de tijd dat het ontbijt op tafel stond, lachte en grapte ze met zijn vrienden alsof ze hen haar hele leven al kende.

'Wat is ze lief,' fluisterde Cheyenne toen ze Kyle later omhelsde voor ze wegging. 'En zo verrassend gewoon.'

Ted was de volgende die hem omarmde. 'Goed gedaan.'

Kyle voelde zich een oplichter. Hij had nog nooit eerder tegen zijn vrienden gelogen. Maar hij kon moeilijk zeggen dat er niets tussen hem en Lourdes was terwijl ze haar die ochtend uit zijn slaapkamer hadden zien komen.

'Hopelijk werkt de verzekeringsmaatschappij een beetje mee,' zei Noah. 'Die brand is natuurlijk een ramp, maar je komt er wel weer bovenop.' Hij wierp een veelbetekenende blik op Lourdes. 'En op andere gebieden gaat het je tenminste voor de wind.'

'Ja,' zei hij droog. Gelukkig ging zijn telefoon op dat moment en kon hij van de rest afscheid nemen door zijn hand even op te steken en zich terug te trekken uit het gedrang bij de deur.

Het was de politiecommissaris die belde. Kyle voerde een kort gesprekje met hem en trok daarna een jas en laarzen aan en verliet het huis vlak na zijn vrienden. Hij had gezegd dat hij met commissaris Bennett en een brandexpert had afgesproken bij de fabriek.

Lourdes pakte haar gitaar en sloeg een paar akkoorden aan. Hoe zou de fabriek eruitzien op klaarlichte dag? Zou de schade nog groter blijken dan Kyle vreesde?

Ze hoopte van niet. Ze hoopte ook dat uit het onderzoek zou blijken hoe de brand was ontstaan. Als Noelle dat op haar geweten had, verdiende ze het om gestraft te worden. Het was hartverscheurend geweest om naar Kyle te kijken terwijl hij zijn levenswerk in vlammen zag opgaan.

Maar dat was niet het enige wat haar bezighield. Ze moest ook steeds maar denken aan wat er was gebeurd toen ze afgelopen nacht met Kyle naar bed was gegaan. Ze was bijna een jaar met Derrick verloofd geweest, en ze had al drie jaar een relatie met hem. Had ze er niet naar moeten verlangen om in zíjn armen te liggen in plaats van die van Kyle? Want er was geen moment geweest dat ze ook maar even aan Derrick had gedacht.

'Wat heb ik toch?' fluisterde ze in de stilte van de verlaten woonkamer. De meeste dingen die in Nashville zo belangrijk leken, waren dat hier veel minder. De roem, het geld, de verkoopcijfers. Maar het laatste wat ze ooit had verwacht, was dat ze zo snel over het verlies van de 'liefde van haar leven' heen zou komen. Waarom miste ze Derrick niet?

Misschien had het ermee te maken dat ze de laatste maanden zoveel meegemaakt had dat ze al langer bezig was over hem heen te komen. Met elke ruzie een beetje meer. Misschien dat ze, te midden van al die boosheid en gewonde trots, plus haar eigen overtuiging dat hij de ware voor haar was, gewoon niet had gemerkt dat hij minder voor haar betekende dan ze zelf was gaan geloven.

Als dat het geval was, dan had Crystal haar een grote dienst bewezen, dat stond vast. Ze moest nog wel uitzoeken hoe ze haar carrière weer op de rails moest zetten nu ze geen manager meer had, maar ze was in elk geval niet getrouwd met een man die haar vertrouwen niet waard was. Ze was vrij en in staat om verder te gaan…

Maar waarheen? Kon ze het allemaal hebben… een carrière, een man, een gezin? Of zou ze, net als haar moeder, gedwongen worden om te kiezen?

Hoofdstuk 23

Kyle liep door de uitgebrande resten van wat gisteren nog zijn kantoor was geweest en merkte dat het hem moeite kostte om niet weer opnieuw razend te worden. Gelukkig waren zijn voorraden en zijn apparatuur gered. Alleen het kantoorgedeelte van het complex zou herbouwd moeten worden. Maar gezien de drukte van de laatste tijd was dat al vervelend genoeg.

Toen hij een uur geleden was gearriveerd, was hij verscheidene van zijn werknemers tegengekomen die van niets wisten en net als altijd naar hun werk kwamen. Het politielint had ervoor gezorgd dat iedereen buiten bleef, maar de aanblik van de fabriek in de huidige staat was voor zijn werknemers een grote schok geweest. Ze waren allemaal ook heel benieuwd naar de oorzaak van de brand. Maar commissaris Bennett en de brandexpert die hij had meegenomen, een kalende, bebrilde man die luisterde naar de naam Ronald Lee, hadden hem op het hart gedrukt om niets te zeggen over het feit dat hij Noelle afgelopen nacht bij de fabriek had gezien. En dus zei Kyle tegen zijn personeel dat hij niet wist wat er was gebeurd, wat ook zo was, en had hij iedereen naar huis gestuurd met de boodschap dat hij ze zou berichten wanneer ze weer aan het werk konden. Ook al zou het lukken om het fabrieksgedeelte van het bedrijf weer snel operationeel te krijgen, dan nog zou het volgens Bennett en Lee enkele dagen duren om te bekijken of het gebouw veilig was, om de oorzaak van de brand te achterhalen en eventuele bewijzen van brandstichting te verzamelen. Daarna zou Riley komen om de ravage op te ruimen en de noodzakelijke steunpalen en draagmuren te herbouwen.

Aangezien het over tien dagen al kerst was, dacht Kyle dat het dan al wel half januari zou zijn. Gelukkig had hij zijn personeel al maanden geleden toegezegd dat ze met de kerst een week vrijaf kregen. Dat zou de gevolgen van de brand voor hen enigszins verzachten. Maar het doorbetalen van zijn werknemers gedurende de rest van de gedwongen sluiting zou een flinke hap uit zijn budget betekenen.

Morgan was ook naar de fabriek gekomen, ondanks de sms die Kyle haar afgelopen nacht had gestuurd. Ze was iets later dan de rest, aangezien ze tot die tijd had geprobeerd om zoveel mogelijk personeelsleden te bereiken om te voorkomen dat die voor niets naar hun werk zouden komen. Maar ze had het gewoon met eigen ogen willen zien, had ze tegen hem gezegd.

Met een frons tussen zijn wenkbrauwen keek hij naar zijn gesmolten en verkoolde computer. Die deed het niet meer, wat niet zo verwonderlijk was. Morgans computer was er net zo aan toe; hij was er des te dankbaarder om dat ze de vorige ochtend nog een back-up van de bestanden op beide computers had gemaakt. Dat had ze hem verzekerd voordat hij haar naar huis stuurde, net als de rest. Ze was het ook met hem eens dat ze zich min of meer konden redden door vanuit huis te werken tot het kantoorgedeelte was herbouwd. Voordat ze wegreed, gaf hij haar de creditcard van het bedrijf mee zodat ze nieuwe computers kon kopen.

'Mr. Houseman?'

Kyle zat op zijn hurken voor zijn bureau en probeerde de laden open te krijgen. Bij het horen van de stem van de brandexpert kwam hij overeind. Commissaris Bennett had Lee vergezeld terwijl ze nauwlettend het gebouw en het terrein rondom hadden geïnspecteerd, beginnend bij de minst beschadigde delen en eindigend bij de meest beschadigde. Maar nu was de expert alleen; de commissaris was even naar zijn auto gelopen om iets op te halen, vlak voordat Kyle was gaan kijken of hij nog iets van waarde kon redden uit zijn kantoor. 'Ja?'

'De brand is aangestoken. Geen twijfel mogelijk.'

'U bedoelt dat het brandstichting was?'

Lee knikte. Hij kwam over als iemand die alles strikt volgens de regels deed, iemand die over weinig sociale vaardigheden beschikte. Kyle kon niet zeggen dat hij hem sympathiek vond, maar hij leek wel heel bekwaam. Daarom kon het Kyle niets schelen dat hij kortaf was.

'Volgens het vlammenpatroon is de brand niet ver van de entree ontstaan.'

Kyle had al vermoed dat het brandstichting was geweest, maar niettemin kwam de bevestiging van zijn vermoeden als een grote schok. Hoe durfde Noelle zo ver te gaan... 'Maar alles was afgesloten. U was er vanochtend bij toen mijn secretaresse dat bevestigde. Dus of iemand had een sleutel, wat heel onwaarschijnlijk is aangezien mijn secretaresse en ik de enigen zijn die over een sleutel beschikken, of er is ingebroken.'

'Ze hebben ingebroken. Een raam ingeslagen,' verklaarde Lee zonder een spoor van twijfel in zijn stem. 'Niet ver van de entree lag een steen tussen allemaal veel kleinere stenen. Ik denk dat de dader die steen bij aankomst op het terrein van de rand heeft meegenomen en die gebruikt heeft om het raam naast de deur in te tikken. Vervolgens heeft hij alcohol op het tapijt gegoten en –'

'Alcohol?' onderbrak Kyle hem. 'Hoe weet u dat het alcohol was?'

'Brandbare vloeistoffen met een hoge dampdruk laaien even hoog op en blijven dan branden, terwijl die met een hoger kookpunt eerder gloeien, smelten en smeulen. En ik zie duidelijk een patroon dat bij de eerste soort past.' Hij schoof zijn bril wat hoger op zijn neus. 'Bovendien ligt er een kapotte fles Jack Daniels op het parkeerterrein. Tenzij uw werknemers gewend zijn om alcohol mee te nemen naar het werk, kunnen we rustig aannemen dat degene die de brand heeft gesticht zich naar zijn auto heeft gehaast en de fles per ongeluk heeft laten vallen en de scherven heeft laten liggen. Me dunkt dat het te veel tijd zou hebben gekost om ze op te rapen. Hopelijk vinden we een vingerafdruk op de resten, of in elk geval een gedeeltelijke. Hij heeft vast geen handschoenen gedragen, anders zou hij de lege fles niet mee terug hebben willen nemen.'

Hij... of zij? Als het lukte om een vingerafdruk te isoleren, dan had Kyle iets concreters om aan te tonen dat Noelle erachter zat dan alleen die flits van de auto die hij had gezien...

'Ik heb geen aansteker aangetroffen,' zei Lee ondertussen, 'dus ik neem aan dat de brandstichter een lucifer heeft gebruikt – of een heel mapje lucifers.'

'Van Sexy Sadie's misschien?' informeerde Kyle tussen neus en lippen door.

'Pardon?'

'De lokale kroeg.'

'Juist, ja. Waar uw ex-vrouw werkte voordat ze ontslagen werd. Ik herinner me dat u dat zei. Als er een heel mapje is gebruikt, is dat volledig verbrand, dus kan ik niet bewijzen waar het vandaan kwam. Natuurlijk is mijn onderzoek nog niet afgerond, maar tot nu toe heb ik nog niets van dien aard gevonden.'

Kyle voelde zich niettemin opgetogen. Er leek Lee niets te ontgaan – even afgezien van de subtiele nuances in een stem of in lichaamstaal. 'Dus het was snel en gemakkelijk,' zei hij. Zo gemakkelijk dat zelfs iemand die zoiets nog nooit eerder had gedaan, iemand als Noelle bijvoorbeeld, de brand had kunnen stichten.

Lee noteerde een paar dingen op zijn klembord. 'Ontzettend gemakkelijk. Er was niemand, het was donker. Er is geen bewaking – al had ik die hier eerlijk gezegd ook niet verwacht. En geen naaste buren. Dus ja, het was gemakkelijk.'

Dat maakte het een des te groter wonder dat Warren een brandlucht had geroken. Als hij niet precies op dat moment naar buiten was gelopen om een sigaretje te roken, zou de hele fabriek vermoedelijk zijn afgebrand. Er schoot Kyle een eerdere gedachte te binnen, namelijk dat Warren misschien te dicht bij de fabriek had staan roken. Hij betwijfelde nu ten zeerste of dat het geval was geweest, maar voor de zekerheid wilde hij het toch even vragen. 'Weet u zeker dat de brand niet ontstaan is door een willekeurig weggeschoten peukje?' vroeg hij.

'Er was niets willekeurigs aan deze brand. Mr. Houseman,' zei Lee. 'Weet u misschien of er, afgezien van uw voormalige echtgenote, iemand is die iets te winnen heeft door uw bedrijf in brand te steken?'

Kyle wreef over zijn slapen. Toen hij Noelles naam had genoemd tegenover commissaris Bennett, had die hem aangekeken alsof dat een reële mogelijkheid was; hij kende Noelle. Lee had alleen haar naam en adres maar genoteerd. Maar nee, Noelle was de enige die hij kon bedenken. 'Nee.'

'Dus het is alleen deze… Noelle.'

'Ja.'

'Juist, ja. U en uw ex-vrouw zijn vijf jaar geleden gescheiden en er zijn geen kinderen. Correct?'

'Ja.'

'En u betaalt trouw de verschuldigde maandelijkse alimentatie.'

'Ik lig zelfs voor met betalen, en dat kan ik ook aantonen.' Dat had hij eerder gezegd, en Lee kwam op hem niet over als iemand tegen wie je alles twee keer moest zeggen.

'Zou ze zich dan geen zorgen maken of u wel in staat bent om de alimentatie te blijven betalen als er iets met de fabriek gebeurt?'

'Dat is alleen te begrijpen als u haar kent.'

'Dat neemt niet weg dat ze nooit eerder zoiets heeft gedaan.'

Kyle voelde zijn lichaam verstrakken – door uitputting, teleurstelling, frustratie én irritatie. 'Dat heb ik u al verteld. Ze vertoont obsessief gedrag. In het verleden waren er andere relaties waardoor ze afleiding had. Maar wanneer die stuklopen, richt ze haar aandacht weer op mij. Het is een cyclus.'

'Is ze ooit eerder gewelddadig geweest?'

Hij dacht aan al die keren dat ze hem was aangevlogen, maar dat had hij nooit gemeld en daarom zouden ze niet serieus worden genomen als hij er nu over begon. 'Ze is afgelopen week een collega te lijf gegaan.'

'Dat hebt u al gezegd, en ik zal dat verder onderzoeken. Is er ondertussen nog iemand anders die mogelijk een wrok tegen u koestert?'

'Dat heb ik al gezegd. Nee.'

'Geen wraakzuchtige werknemers of klanten?'

'In elk geval niet wraakzuchtig genoeg om brand te stichten!'

Lee keek op van zijn klembord. 'Hebt u een risicoverzekering, Mr. Houseman?'

Kyle wilde dat de commissaris terugkwam. Het beviel hem totaal niet wat deze man suggereerde. 'Natuurlijk. Dat hebben de meeste bedrijven toch?'

'Ik vraag het alleen maar.' Hij noteerde iets. Toen draaide hij zich om en wilde vertrekken, maar Kyle hield hem tegen.

'Wacht even. Als iemand de boel in brand heeft gestoken, dan was dat mijn ex-vrouw. Ik heb geen enkele reden om dat zelf te doen, mocht u dat soms denken. Dit is geen kwestie van verzekeringsfraude.'

'Dat is het in negentig procent van deze gevallen wel, Mr. Houseman.'

Uit de mond van iemand anders zou dat een regelrechte beschuldiging zijn, maar bij deze man... Kyle wist het niet zeker. Niettemin vond hij de suggestie alleen al beledigend. 'Dat maakt uw werk in die gevallen dan gemakkelijk, maar ik ben bang dat u deze keer wat meer uw best zult moeten doen.'

Lee trok zijn wenkbrauwen op, alsof hij geschokt was door Kyles antwoord.

'Trek mijn financiën maar na,' zei Kyle. 'Dan ziet u dat ik geen financiële problemen heb, dat ik geen enkele reden heb om mijn levenswerk te vernietigen.'

'Dat zal ik zeker doen. Dat hoort bij mijn werk,' zei Lee, waarna hij weer aan het werk ging.

Als Kyle nog een deur had gehad, zou hij die achter hem hebben dichtgesmeten. 'Niet te geloven,' zei hij hardop. Werd hij nu zélf verdacht van brandstichting?

Lourdes was van plan geweest om haar familie pas na de kerstdagen op de hoogte te brengen van de breuk met Derrick. Maar nu dat nieuws was doorgedrongen tot de roddelbladen had ze geen keus meer. Dus verzekerde ze haar moeder en haar zussen dat ze vrede had met het feit dat ze haar verloving had verbroken, en dat ze in januari op zoek zou gaan naar een andere manager.

Het kostte haar meer moeite om haar moeder ervan te overtuigen dat Kyle gewoon een vriend was. Niet alleen had haar moeder gelezen wat daarover gezegd was, ze had ook gehoord hoe Lourdes klonk toen ze over de brand vertelde – en had de logische conclusie getrokken. Of tenminste, wat zij als de logische conclusie zag...

'Als je niet naar huis komt met de kerstdagen is er vast iets wat je vasthoudt in Whiskey Creek,' hield haar moeder koppig vol.

Lourdes begon er spijt van te krijgen dat ze haar kostbare werktijd had onderbroken om dit telefoontje aan te nemen. Dat zou ze nooit gedaan hebben als ze zich beter had kunnen concentreren – en dat kon ze niet omdat ze veel te benieuwd was om te horen wat de commissaris en de brandexpert te zeggen hadden. 'Ik boek eindelijk wat vooruitgang met mijn nieuwe album, mam. Daarom wil ik op dit moment hier niet weg.'

'Maar als je alleen de media maar het gras voor de voeten wilde wegmaaien door die dingen te zeggen in de krant, waarom ga je dan niet terug naar de boerderij, nu de verwarming daar gemaakt is? Daar moet toch een reden voor zijn?'

'Die heb ik je al verteld. Ik zit hier goed bij Kyle, zo goed dat er eindelijk weer eens wat werk uit mijn handen komt. Het gaat om de muziek. Daarom ben ik hierheen gekomen. Ik wil het risico niet lopen dat ik weer blokkeer.'

'Dus dan betekent hij niet iets speciaals voor je?'

Ze duwde het beeld van Kyles bed de afgelopen nacht weg. Daar dacht ze toch al veel vaker aan dan goed voor haar was. 'Nou, goed dan. Ik mag hem graag,' gaf ze toe. 'Maar ik ben niet het soort vrouw naar wie hij op zoek is.'

'Elke man zou zijn handjes mogen dichtknijpen met jou,' zei haar moeder.

Lourdes legde haar gitaar weg en stond op om een glas water te pakken. 'Dat zeg je alleen omdat je mijn moeder bent, mam.'

'Het is gewoon zo!'

'Kyle gelooft in me en hij steunt me geweldig in wat me voor ogen staat met mijn carrière, maar voor de rest is hij niet in me geïnteresseerd. Hij ziet een totaal andere toekomst voor zich, meer zoals pap. Hij wil graag hier blijven, waar hij is geboren en getogen. Hij wil een simpel leven, en jij weet hoe hectisch het kan zijn met al dat reizen en optreden dat ik doe. Het is moeilijk om een relatie te hebben als je partner zo vaak weg is, altijd maar bezig is met dat ene grote doel, vooral een ongrijpbaar doel als succes hebben in de muziekwereld.' Dat was een van de redenen waarom ze had gedacht dat Derrick en zij perfect bij elkaar pasten, waarom ze daar nooit vraagtekens bij had gezet – in het begin niet, tenminste.

'Daar zou je wel een oplossing voor vinden.'

'Heb je niet gehoord wat ik zei?'

'Ik hoor dat je om hem geeft.'

'Ja, maar we hebben geen toekomst samen. Ik heb gezien welke concessies jij hebt gedaan voor papa, en die weg wil ik niet gaan.'

'O, hou toch op. Ik heb een goed leven gehad. Ik heb geen spijt.'

Lourdes rolde met haar ogen. 'Jawel, dat heb je wel. We hebben het daar al vaker over gehad. Je hebt zelfs een betere stem dan ik. Je had een ster kunnen zijn.'

'Ik wilde alleen dat hij wat flexibeler was geweest, me meer ruimte had gegeven om mijn eigen doelen na te streven. Maar we hebben het fijn gehad samen. Als ik niet met hem getrouwd was, zou ik jou en de tweeling niet hebben gehad. En jullie betekenen alles voor me.'

Lourdes vroeg zich af of ze er later spijt van zou hebben dat ze gekozen had voor zo'n veeleisende carrière. Misschien niet, dacht ze. Die man en kinderen konden nog steeds… alleen niet nu. Later, wanneer ze de miskleunen had goedgemaakt die ze de afgelopen paar jaar had begaan. 'Het is moeilijk om kinderen te missen die ik niet heb, mam. Ik wil niet blijven hangen in Whiskey Creek, of waar ik dan ook maar het gevoel heb dat ik moet stoppen met zingen. Als ik met iemand trouw die mijn passie voor wat ik doe niet begrijpt, dan zou ik me alleen maar schuldig voelen, elke keer dat ik weg was. Voor een concert of een opname of promotie. En zo wil ik niet leven.' Met andere woorden, Kyle en zij wisten dat ze niet hetzelfde doel hadden. Waarom dan iets beginnen dat tot mislukken gedoemd was?

'Ik dacht dat je wel helemaal kapot zou zijn door de breuk met Derrick, maar daar lijkt het helemaal niet op.'

Het ging in elk geval een stuk beter met haar dan ze had verwacht. Natuurlijk was ze teleurgesteld. En voelde ze zich boos en gekwetst omdat ze was bedrogen door iemand om wie ze gaf. Maar de scherpe, verlammende pijn die ze de laatste paar maanden had gevoeld was weg. Op de een of andere manier had Kyle haar daarvan genezen. 'Ik geef nog steeds om Derrick, maar op een andere manier. Ik denk dat mijn romantische liefde voor hem de afgelopen maanden het loodje heeft gelegd.'

'En nu heb je iemand anders gevonden. Goede mannen zijn zeldzaam, schat. Dus als Kyle speciaal is, zou ik er nog maar eens goed over nadenken.'

'Bedankt voor het advies, mam, maar nu weet ik het wel. Zullen we het over iets anders hebben?'

'Natuurlijk.' Haar moeder bracht haar op de hoogte van het laatste nieuws over Mindy en Lindy, die alles deelden, waaronder een appartement en een baan als serveerster in hetzelfde toprestaurant in het centrum van Nashville. Renate wilde dat ze iets beters met hun leven gingen doen, dat ze wat meer ambitie toonden nu ze allebei waren afgestudeerd. Maar ze waren nog jong en wilden plezier hebben. Lourdes had al een hele tijd geleden gemerkt dat haar zussen niet dezelfde drive hadden als zij. Ze had zo hard gewerkt om ergens te komen – en ondanks al haar inspanningen leek het alsof ze uiteindelijk niet meer zou zijn dan een voetnoot in de wereld van de countrymuziek.

Het gesprek met haar moeder was net afgelopen toen ze opnieuw werd gebeld, deze keer door Derrick. Ze nam niet op, maar opende het fotoalbum op haar telefoon en bladerde erdoor. Ze had zo veel foto's van hem – in Parijs, in allerlei Amerikaanse steden waar ze langs toerden, bij Lake Powell, op de woonboot die ze afgelopen zomer hadden gehuurd. Ze staarde naar hun lachende gezichten en herinnerde zich hoe leuk ze het samen hadden gehad. Ze zou veel meer verdriet moeten hebben, nu ze niet langer bij elkaar waren. Dat had ze voor die tijd wel gehad. Dus waar waren al dat verdriet en de wanhoop van de laatste paar maanden gebleven?

Ze wist het niet. Ze kon in elk geval geen antwoord bedenken dat hout sneed. Het enige zinnige antwoord kwam in wezen neer op hetzelfde wat haar moeder een paar minuten daarvoor had gezegd. Dat haar gevoelens voor Kyle alle verschil van de wereld maakten.

Kyle belde tussen de middag om te vertellen dat er inderdaad sprake was van brandstichting, maar verder was hij de hele dag weg. Toen ze hem eindelijk weer zag, leek hij nog even chagrijnig als daarvoor. Maar hij had tegen zijn vrienden gezegd dat ze naar de Victorian Days zouden gaan, en uit niets bleek dat hij van gedachten was veranderd.

Natuurlijk kon ze zelf ook zeggen dat ze niet ging, maar ze had het gevoel dat het misschien verstandig zou zijn om haar gezicht te laten zien in het openbaar. Dat zou mogelijk de dingen die ze tegen Ed van de krant had gezegd onderschrijven en speculaties over de reden dat ze niet gezien wilde worden de kop indrukken. Zich in het openbaar vertonen en net doen alsof alles oké was zou duidelijk maken dat de ophef over de breuk met Derrick overdreven was – en wellicht oud nieuws – en dat zou het einde zijn van de berichtgeving erover in de bekende roddelbladen.

De manier waarop Kyle naar haar keek toen ze haar kamer uit kwam, liet haar weten dat het hem beviel wat hij zag, maar hij zei niets. Sinds ze met elkaar naar bed waren geweest had hij gezorgd dat er genoeg afstand tussen hen bleef. Als ze toevallig iets te dichtbij kwam, deed hij een stapje bij haar vandaan. Als ze in de keuken bezig was, en hij moest erlangs om iets te pakken wat hij nodig had, vroeg hij of ze het hem aan wilde reiken of wachtte hij tot ze wegliep zodat hij het kon pakken zonder haar aan te raken.

'Weet je zeker dat je dit wilt?' vroeg ze terwijl hij de deur openhield zodat ze hem kon voorgaan naar de truck.

'Wat bedoel je?'

'Samen uitgaan.'

'Waarom zou ik dat niet willen?'

Ze aarzelde even voordat ze doorliep. 'Omdat je fabriek afgelopen nacht is afgebrand en je daar zo woest over bent dat je nauwelijks een woord kunt uitbrengen.'

'Ik krijg de fabriek niet terug door thuis te blijven. Daar zal ik mee moeten leren leven, of ik het nu leuk vind of niet.'

En als ze niet thuis waren, konden ze ook niet met elkaar in bed kruipen. Ze wist dat ze allebei aan weinig anders zouden kunnen denken als ze thuisbleven. 'Dus je wilt er nog steeds heen.'

'Ik wil niet dat jij het mist. Je moet er even tussenuit.'

Ze haalde diep adem, genietend van de schone, verfrissende winterlucht. 'Beginnen we bij de B&B van Eve?'

'Ja. Daar verzamelen we ons. Eve zelf gaat niet mee; die moet daar blijven om koekjes te verkopen. De opbrengst gaat naar een goed doel voor kinderen. De meeste van mijn vrienden helpen meestal ook mee om geld op te halen. Callie schenkt in de regel het bedrag dat ze verdient met foto's die ze tijdens de Victorian Days maakt, al is dat dit jaar denk ik niet het geval vanwege de nieuwe baby. Noah en Addy verloten een fiets. Het is altijd even afwachten wie er komen. En na de B&B gaat iedereen zijn eigen weg.'

'Klinkt goed,' zei ze, en dat was het ook. Lourdes werd op slag verliefd op Eves B&B, Little Mary's, die uitbundig was versierd met hulstslingers en kerstkransen en de mooiste kerstboom die ze ooit had gezien. Het rook er verrukkelijk naar kaneel en vanille, en de koekjes die Eve serveerde, waren niet alleen prachtig gedecoreerd, maar ook nog eens overheerlijk. Toen Eve op een gegeven moment weg moest om haar baby te voeden, nam Lourdes haar plaats achter de toonbank even in. Ze vond het enig, en toen mensen doorkregen wie er stond, was ze al snel bezig haar handtekening op kassabonnen te zetten.

'Zoveel geld als dit jaar hebben we nog nooit bij elkaar gebracht,' zei Eve, die glunderend naar de lange rij keek toen ze weer terug was.

Lourdes kon alleen maar blij zijn dat ze mee was gekomen. Niet alleen had ze het erg naar haar zin, ze hielp ook nog eens mee aan het goede doel – wat haar echt voldoening gaf.

'Waar is de baby?'

'Lincoln heeft hem mee naar achteren genomen zodat hij kan slapen.'

Lourdes voelde dat Kyle naar haar keek. Hij stond een eindje verderop tegen de muur geleund en praatte met diverse vrienden en andere mensen. Ze kreeg de indruk dat hij erop lette dat niemand te dicht bij haar kwam of onbeschoft tegen haar was. Dat gaf haar het gevoel dat ze speciaal voor hem was, ook al deed hij nauwelijks een mond open tegen haar.

Niet lang daarna besloot Eve om, na overleg met Lourdes, een bord neer te zetten waarop stond dat klanten voor twintig dollar een foto konden laten maken van zichzelf met Lourdes, te maken door Eve met hun eigen mobiele telefoon. Ook dat geld was bestemd voor het goede doel.

Kyle liet dat een tijdje doorgaan. Toen vond hij kennelijk dat het genoeg was geweest, want hij liep naar haar toe om haar te redden. 'Ik wil Lourdes de rest van het festival ook nog laten zien,' zei hij tegen Eve. 'Dus we gaan nog even rondlopen voordat alles dicht is.'

'Ja, natuurlijk,' zei Eve. 'Ze heeft hier meer dan genoeg gedaan.' Ze wendde zich tot Lourdes. 'Heel erg bedankt. Dankzij jou is Little Mary's de topattractie van het hele festival geworden!'

Ze sloeg haar armen om Lourdes heen om haar een knuffel te geven, maar toen ze haar wilde loslaten, hield Lourdes haar bewust nog even vast, zodat ze niet alleen de ontvanger van de dankbetuiging was maar ook de gever. 'Nee, jíj bedankt. Het was enig.' De hemel wist dat ze wel wat afleiding kon gebruiken...

Eves glimlach werd nog warmer. 'Graag gedaan.'

'Ik mag Eve echt graag,' zei Lourdes toen ze even later met Kyle op straat liep. 'Eigenlijk mag ik al je vrienden.'

Kyle bromde iets.

'Wat ben je knorrig vanavond.'

'Knorrig?'

'Ja. Wat heb je toch?'

Hij bleef staan en keek haar zo lang aan dat ze even dacht dat hij haar ging kussen. Toen schudde hij zijn hoofd, pakte haar hand en liep door.

'Ga je nog vertellen wat er is?'

'Het doet er niet toe.'

'Wát doet er niet toe?'

Weer bleef hij staan, maar deze keer draaide hij zich met een ruk naar haar toe alsof hij boos was. Instinctief deinsde ze achteruit, maar hij deed een stap naar voren, bracht zijn gezicht zo dicht bij het hare dat ze zijn aftershave kon ruiken. 'Het doet er niet toe hoe ik me voel.'

'Natuurlijk wel!'

'O ja? Wil je horen hoe ik me voel? Ik ben woest op Noelle omdat ze brand heeft gesticht. Ik ben woest op de brandexpert omdat hij suggereert dat ik het zelf heb gedaan. Maar ik ben vooral woest op mezelf omdat ik steeds aan je moet denken. Mijn fabriek is voor de helft verwoest en ik heb de grootste moeite om mijn kop erbij te houden en niet te denken aan de manier waarop je vannacht aanvoelde. Ik próéf je bijna, alsof het net gebeurd is. En het ergste is nog dat ik niet genoeg heb gehad, dat ik het niet op de manier heb gedaan waarop ik het écht wilde doen.'

Ze waren op de Victorian Days; dit was wel het laatste wat ze verwacht had dat hij zou zeggen. Ze keek om zich heen. Gelukkig leek niemand gemerkt te hebben dat ze de B&B hadden verlaten. Ze hoorde een tiener tegen haar moeder zeggen dat ze met Lourdes Bennett op de foto stond. Maar iedereen was zo dik ingepakt tegen de kou en het was zo druk op straat dat niemand leek te merken dat ze nu tussen hen stond. 'Hoe wilde je het dan echt doen?' vroeg ze met een droge keel en een bonzend hart.

Met een uitdagende glinstering in zijn ogen kwam hij dichterbij. 'Ik wil naar je kijken terwijl ik je laat beven. Ik wil je gezicht zien wanneer –'

Meer liet ze hem niet zeggen voordat ze hem bij zijn jas pakte en hem meetrok naar het dichtstbijzijnde gebouw. 'Waar wacht je dan nog op?' vroeg ze, hem naar zich toe trekkend.

Hoofdstuk 24

Kyle had verwacht dat hij Lourdes de stuipen op het lijf had gejaagd met zijn ontboezeming. Ze had net een pijnlijke breuk achter de rug en zou het op een lopen hebben moeten zetten door de dingen die hij zei. Dat was tenminste zijn bedoeling geweest. Hij moest een manier vinden om de oorlog te winnen die hij tegen zichzelf voerde, en hij had gedacht dat ze, als hij onthulde dat hij seks wilde die allesbehalve vrijblijvend was, er wel vandoor zou gaan om zichzelf te beschermen tegen zoveel intensiteit.

Maar nee. In plaats van hem te laten staan, had ze hem meegetrokken naar de donkere steeg achter Callies fotostudio. En nu had ze zijn hemd omhooggeschoven, haar mond op zijn borst en haar handen wat lager, op nog veel gevoeliger terrein, al had hij zijn broek nog aan. Hij zou haar mee naar huis moeten nemen, dacht hij. Als ze dan toch weer met elkaar naar bed gingen, dan in elk geval niet hier. Ze verdiende beter. Maar hoe langer hij wachtte om haar tegen te houden, des te moeilijker dat werd.

Er kon van alles gebeuren op de rit terug naar huis. Zo konden ze hun verstand terugkrijgen. En dat wilde hij beslist niet. Nog niet.

'Lourdes, er kan iemand aan komen.' Hij voelde zich verplicht haar te waarschuwen. Kennelijk kon zij evenmin meer helder nadenken. Ze had heel wat meer te verliezen dan hij als er compromitterende foto's op internet opdoken. Maar wie kwam er nou op dit uur in deze steeg? De activiteiten vonden plaats in het centrum. En ze leek dezelfde desperate behoefte te voelen als hij.

Hoewel het te donker was om het goed te zien, meende hij te zien dat ze met een lach naar hem opkeek terwijl ze zijn broek losknoopte. Toen knielde ze voor hem neer en nam hem in haar mond, en het intense genot dat hij voelde, maakte korte metten met de laatste restjes gezond verstand die hij nog had. Zijn knieën knikten en hij moest tegen de muur leunen om er niet doorheen te zakken. Maar voordat hij de controle helemaal verloor, trok hij haar overeind. Hij wilde niet op die manier komen; hij wilde in haar zijn zodat ze elkaar konden aankijken. Dus hielp hij haar om de dikke zwarte maillot die ze onder haar rok droeg naar beneden te stropen en haalde het condoom uit zijn portefeuille.

Terwijl hij haar met haar rug tegen het gebouw omhoogschoof, hoorde hij zijn stadgenoten kerstliederen zingen bij de grote kerstboom in het park een blok verderop, maar het interesseerde hem niet. Hij moest en zou haar hier hebben, tijdens de Victorian Days, omdat dat het enige ter wereld was wat ertoe leek te doen.

Misschien móést het gewoon zo zijn met haar, dacht hij. Anders zouden ze gaan nadenken, gaan twijfelen of ze het wel moesten doen. Naderhand was hij te hard aan het hijgen om een woord uit te kunnen brengen, maar toch wilde hij haar nog niet laten gaan. Hij bleef haar vasthouden, voelde zijn hart tekeergaan terwijl hij zijn gezicht tegen haar hals drukte en worstelde om op adem te komen.

Ze leek zelf ook geen haast te hebben om los te komen. Ze had zijn haar met beide handen vast en liet haar hoofd tegen het zijne rusten, alsof deze paar seconden net zo belangrijk waren als wat eraan voorafging.

Toen hij haar eindelijk liet zakken en ze zich haastig weer aankleedden en hun kleren rechttrokken, hielp hij haar ook met haar haar. Het hing nu zo wild om haar gezicht dat het leek alsof ze net uit bed kwamen, en hij wilde niet dat dat hen zou verraden.

Hij was bang dat ze iets zou zeggen, dat ze wilde 'praten'. Dat wilde hij niet. Het boeide hem niet te weten wat er precies gaande was. Wat had dat voor zin? Het veranderde niets aan de feiten. Niet dat hij haar tot dezelfde 'nu-heb-je-echt-je-leven-verpest'-fouten wilde rekenen van de categorie Noelle, maar hij wist dat hij gewoon vroeg om teleurstelling en verdriet. Waar het om Lourdes ging, leek hij niet in staat zich te beheersen.

Gelukkig zei ze niets. Ze keek hem alleen aan terwijl hij zijn best deed om de kleine dingetjes te doen die ze zelf zonder spiegel niet kon. 'Zo,' fluisterde hij. 'Je ziet er geweldig uit. Prima. Niemand die iets ziet.'

Ze stond toe dat hij haar hand pakte. Hij wilde haar net meenemen naar de verlichte straat in de hoop dat ze zich ongezien weer tussen de mensen konden begeven, toen een verbitterde stem die hij maar al te goed kende de stilte verbrak.

'Nou, dat was een hele voorstelling.'

Lourdes voelde de moed in haar schoenen zinken. Kyles hand sloot zich steviger om die van haar toen hij zich met een ruk omdraaide naar zijn ex-vrouw. 'Wat kom je hier doen?' beet hij haar toe.

'Kennelijk iets anders dan jullie,' antwoordde ze uitdagend.

Lourdes kromp ineen. Ze had nog nooit seks gehad in het openbaar. Niet te geloven dat ze meteen de eerste keer betrapt was. Zou Noelle foto's hebben genomen?

Vast niet. Het was veel te donker geweest om foto's te maken.

'Je bent me weer aan het volgen,' zei Kyle.

'Omdat ik met je moet praten.'

'Nee, helemaal niet. We hebben elkaar niets te zeggen.'

'Zeker wel! We zijn getrouwd geweest. Dan kun je me toch zeker wel een paar minuten geven?'

'Waarvoor?' snauwde hij.

Lourdes voelde zijn woede groeien. Ze wist dat Noelle dat ook moest voelen. Het was iets wat ze niet had verwacht, en ze wist niet goed hoe ze moest reageren op iets wat ze nog niet eerder van hem had gezien. Met de brand was hij alle geduld verloren.

Noelles ogen schoten in haar richting, al waren haar woorden voor Kyle bestemd. 'Je moet ophouden om tegen de politie te zeggen dat ik de brand heb aangestoken, Kyle. Dat is niet waar.'

'Denk je nou echt dat ik dat geloof?' vroeg hij. 'Ik heb je gezíén.'

'Ik hoorde sirenes en ik eh… ik was toch al in de buurt. Dus ben ik er even naartoe gereden om te zien wat er aan de hand was. Maar het was voor mij net zo'n schok om de vlammen te zien als voor iedereen.'

'Daarom ging je er zeker als een haas vandoor? Omdat je schrok toen je zag dat er brand was? Wel vreemd dat de rest juist naar de brand kwam kijken.'

'Ik was bang dat je me zou zien! Ik wilde niet dat je wist dat ik weer langs je huis was gereden.'

'Natuurlijk! Je kwam toevallig op dat moment langsrijden.'

Noelle stapte uit de schaduw in het licht, en nu pas werd de angst in haar ogen zichtbaar. 'Ik doe dat vaak. Dat weet je wel. Maar ik zweer dat ik het niet heb gedaan! Ik... Ik zou je nooit zoiets aan kunnen doen. Jij...' Ze haalde diep adem en gooide het toen over een andere boeg. 'Je probeert me alleen voor eens en altijd kwijt te raken en daarom heb je de politie op me afgestuurd om vingerafdrukken te nemen in de hoop dat ze me in de gevangenis gooien.'

'Ik geef toe dat niemand je liever achter slot en grendel zou zien dan ik,' zei hij.

'Kyle!' Noelle zei het op zo'n manier, dat Lourdes begreep dat zijn opmerking haar echt gekwetst had.

'Laat me met rust,' zei hij, waarna hij Lourdes met zich meetrok alsof Noelle er niet toe deed, alsof ze lucht voor hem was.

Dat was Noelle echter niet van plan. Ze liep hen achterna en riep: 'Je moet naar me luisteren! Je moet ze terugfluiten! Alsjeblieft!'

Lourdes gaf een rukje aan Kyles hand om te beduiden dat hij moest blijven staan voordat ze de drukte hadden bereikt. Ze wilde niet dat dit uitgroeide tot een publiek spektakel, waarbij Noelle zo hard als ze kon liep te schreeuwen dat ze net gezien had dat ze seks hadden gehad achter de fotostudio.

Kyle bleef staan, net als Noelle. Die leek te begrijpen dat ze te maken had met een man die anders was dan de man die ze kende. Ze was te ver gegaan. 'Lourdes, ga naar Eve en wacht daar op me,' zei hij. 'Ik wil je niet dat je hier nog verder bij betrokken raakt.'

'Nee, ik blijf hier,' zei ze. Ze vertrouwde Noelle voor geen cent. Ze kon straks wel beweren dat Kyle haar had geslagen of zelfs aangerand. Daar achtte Lourdes iemand die brand had gesticht best toe in staat, helemaal iemand die zo wanhopig leek als Noelle vanavond was.

'Ik heb genoeg van je leugens,' zei hij. 'Ik heb schoon genoeg van jou. Hoe je eruitziet. Wat je zegt. Hoe je denkt. Al die zogenaamde noodgevallen. Wat moet ik doen om van je af te zijn?'

Toen ze terugdeinsde, vloekte hij binnensmonds, alsof het niet zijn bedoeling was geweest om zo wreed te zijn. Zijn woorden werden ongetwijfeld ingegeven door zijn frustratie, gevoed door alle andere extreme emoties die hij de afgelopen vierentwintig uur had ervaren. 'Hoor eens, ik wil zulke hatelijke dingen helemaal niet zeggen. Het spijt me. Maar... Ik wil alleen dat je me met rust laat, oké? De politie onderzoekt de brand. Als je vingerafdrukken overeenkomen met de afdrukken die bij de fabriek zijn gevonden, zullen ze je arresteren. Zo niet... dan was het misschien toch iemand anders.'

'Maar ik ben in de fabriek geweest. Ik heb dingen aangeraakt. Weet je nog die keer dat A.J. en ik de boiler kwamen ophalen? Dus ook al vinden ze mijn vingerafdrukken daar, dan wil dat nog niet zeggen dat ik de brand heb aangestoken,' zei ze, maar de felheid van eerst was verdwenen.

'Jij bent de enige die een wrok koestert, Noelle,' zei hij. 'Jij bent de enige die me het leven zuur heeft gemaakt.'

Lourdes had het idee dat Noelle elk moment in tranen kon uitbarsten, al was ze er niet zeker van.

'Het... het moet Genevieve geweest zijn,' zei Noelle. 'Zij heeft het gedaan omdat ze wist dat je mij de schuld zou geven. Dat is haar manier om wraak te nemen voor... voor die bloedneus die ik haar in de kroeg heb geslagen.'

'O, dus nu is het Genevieves schuld?' Kyle keek haar woest aan. 'Wil je alsjeblieft ophouden? Stop met liegen! Ophouden. En de hemel sta je bij als je Lourdes ooit iets aandoet. Als je ook maar één toespeling maakt op wat je vanavond gezien hebt, dan vertel ik iedereen wat je met onze baby hebt gedaan – en dat je vervolgens doodleuk alle steunbetuigingen voor je "miskraam" in ontvangst hebt genomen.'

Als ze nog iets had willen zeggen, dan nu in elk geval niet meer. Het was moeilijk te zeggen in het vale licht, maar Lourdes had het idee dat Noelle lijkbleek was geworden.

Kyle sloeg zijn arm om Lourdes heen en leidde haar door de drukte heen. Ze had verwacht dat hij voorzichtiger zou zijn en haar in het openbaar niet zou aanraken. Maar het leek hem allemaal niet te interesseren. Hij bracht haar naar de auto en toen reden ze samen naar huis.

Thuis aangekomen schonk Kyle een borrel in voor zichzelf. Hij bood Lourdes ook een drankje aan, maar ze sloeg dat af.

'Denk je dat Noelle gelijk had met wat ze over die Genevieve zei?' vroeg ze. De weg terug naar huis had ze helemaal niets gezegd, en ze was ook niet begonnen over wat ze in het steegje hadden gedaan. Hij was er blij om.

Hij wendde zijn blik af van de whiskey in zijn glas. 'Nee, maar ik denk dat de politie die mogelijkheid niet zal uitsluiten.'

'Ik ben heel benieuwd wiens vingerafdrukken uiteindelijk op die kapotte fles blijken te staan.'

'Heb je niet gehoord wat Noelle zei?' zei hij. 'Ze probeert zich in te dekken door te zeggen dat ze al een paar keer in de fabriek is geweest.'

'Dus ze zou die fles al eerder hebben kunnen laten vallen?'

'Volgens mij probeert ze dat te suggereren.'

'Je denkt niet dat het Genevieve geweest kan zijn?'

'Dat lijkt me echt heel onwaarschijnlijk.'

'Ken je Genevieve goed genoeg om haar te bellen en te vragen wat ze die avond heeft gedaan?'

'Nee. Ik heb haar maar een enkele keer ontmoet. Ze woont hier nog niet zo lang.' Maar misschien dat hij haar toch wel even belde. Noelle had zich vanavond kwetsbaarder dan ooit opgesteld, al kon dat natuurlijk ook gespeeld zijn. Ze kon fantastisch toneelspelen.

Lourdes legde haar tas op het aanrecht. 'Je zei iets tegen Noelle... over de miskraam.'

Hij nam de laatste slok van zijn drankje en zette het glas neer. De verleiding was groot om er nog een te nemen, maar hij deed het niet. 'De abortus, bedoel je?'

'Ja. Waarom zou ze het gedaan hebben, denk je? Wilde ze geen kinderen?'

'Kennelijk niet. Die zwangerschap was gewoon weer iets om te gebruiken, iets waar ze haar voordeel mee kon doen. Die had zijn waarde natuurlijk al bewezen. Dankzij die zwangerschap had ze de vriend van haar zus kunnen stelen. Had ze kunnen bewijzen dat Olivia niet beter was dan zij.' Hij haalde mismoedig zijn schouders op. 'De baby had zijn nut gehad.'

Ze kwam bij hem zitten aan tafel. 'Maar ze heeft het niet tegen je gezegd? Je niet bij die beslissing betrokken?'

'Nee. Ze zei dat het een miskraam was en heeft al het mogelijke gedaan om mijn medelijden op te wekken. Ze suggereerde zelfs dat het mijn schuld was, omdat we de avond ervoor ruzie hadden gehad.'

'Heb je haar verhaal ooit nagetrokken? Gekeken of je bewijs kon vinden?'

'Ik heb wat rondgebeld, maar dat zijn dingen die onder het beroepsgeheim vallen. Geen van de klinieken die ik heb gebeld wilde zeggen of ze daar geweest was, ook al was ik de vader.' Hij wreef over zijn gezicht terwijl hij terugdacht aan die tijd. 'En ik heb ook niet zo grondig gezocht. Ergens wilde ik haar geloven, ook al was het niet waar wat ze zei. Als ze had gedaan wat ik vermoedde, zou ik haar alleen maar meer gehaat hebben.'

'Dus je probeerde er maar het beste van te maken.'

'Een tijdlang wel. Ik vind dat een huwelijk net zo goed met trouw heeft te maken als met liefde. Nou, liefde was er niet, maar dat gemis probeerde ik te compenseren door extra mijn best te doen. Ik wist dat ze zelf haar ergste vijand was en ik dacht dat ik haar kon helpen. Dat ze op een of andere manier aardiger of anders zou worden als ik haar gelukkig kon maken, haar zekerheid bood. In mijn hart hoopte ik dat ik misschien wel zou leren om van haar te houden.'

Lourdes sloeg haar benen over elkaar. 'Ook al had je het vermoeden dat ze de zwangerschap liet beëindigen die de aanleiding tot jullie huwelijk vormde? Dat is een wel heel smalle basis.'

'Het bleek zelfs onmogelijk. Ik kon haar daarna nauwelijks meer aanraken. Kortom, mijn bedoelingen waren goed, maar...' nu schonk hij zich toch dat tweede drankje maar in '... ik bereikte het tegendeel van wat me voor ogen stond.'

'En daar voel je je schuldig over.'

'Dat is de reden dat ik het zo lang met haar heb uitgehouden. Ik probeerde haar gelukkig te maken, maar ik kon mijn hart niet dwingen.' En nu wilde hij Lourdes, alsof een leven met een countryster wel tot de mogelijkheden behoorde. Hij vloekte. Die had hij niet zien aankomen, en hij kon hem niet meer ontwijken.

'Je zei dat je niet wist wat je bij de voltrekking van het huwelijk van Riley en Phoenix moest zeggen. Me dunkt dat je dat best weet, zoals je nu over trouw en toewijding praat.'

'Dat is een totaal ander geval.'

'Dat is waar. Zij houden wel van elkaar. Maar dat wil niet zeggen dat toewijding en trouw niet meetellen.'

Hij keek haar eens goed aan. 'Waar ben je mee bezig? Heb je spijt dat je hebt toegezegd dat je mijn speech voor me zult schrijven?'

'Ik probeer alleen je gedachten in een bepaalde richting te sturen.' Ze trok haar laptop naar zich toe. 'Waarom maken we niet vast een begin?'

'Vanavond niet.' Hij was doodmoe. Hij miste de energie om een speech te schrijven, en toch had hij Lourdes mee kunnen nemen naar zijn kamer om haar uren bezig te houden. Ze hadden twee keer een korte vrijpartij gehad, wat iets heel anders was dan een hele nacht lang met haar de liefde bedrijven.

Hij was nog bezig zichzelf zover te krijgen dat hij alleen naar zijn kamer ging toen haar telefoon pingelde.

'Derrick?' vroeg hij.

Ze keek op het schermpje. 'Ja,' zei ze met een zucht. 'Hij belt de laatste tijd steeds vaker.'

Dit was een sms'je. 'Wat zegt hij?'

'"Ik moet je iets vertellen. Bel me alsjeblieft,"' las ze hardop.

Kyle had zijn tweede glas op. 'Ga je dat ook doen?'

'Nee.' Ze legde haar telefoon weg.

'Maar je gaat terug. Naar Nashville. Je zou er niet over piekeren om hier te blijven...' Met ingehouden adem wachtte hij af. Hij had het recht niet om zo veel van haar te vragen, maar hij kon haar ook niet laten gaan zonder haar te vertellen dat hij over Olivia heen was. Dat hij van háár hield en dat hij haar alles kon bieden wat hij had en wie hij kon zijn.

Met een bedrukt gezicht keek ze hem aan, en nog voordat ze antwoord gaf, wist hij dat het niet genoeg zou zijn. 'Ik heb nog nooit iemand als jij ontmoet, Kyle. Ik zou... ik zou verliefd op je kunnen worden. Misschien ben ik dat al. Vanaf het begin had je... iets. Maar we willen zulke verschillende dingen in het leven. Jij hebt duidelijk gemaakt dat je Whiskey Creek nooit ofte nimmer zult verlaten. En ik kan hier niet blijven.'

'Je zou nog steeds op tournee kunnen gaan. Wanneer dat nodig was.' Hij had nooit kunnen denken dat hij die concessie zo snel zou doen. Maar elk stel had zijn eigen uitdagingen. Het was misschien niet zijn gedroomde toekomst, niet wat hij had gewild of gepland, maar hij was natuurlijk ook nooit van plan geweest om verliefd te worden op een countryzangeres.

Voordat ze kon reageren, kwam er een tweede sms'je binnen.

Aangezien Kyle de woorden kon zien, las hij het samen met Lourdes. 'Kom op, Lourdes,' had Derrick geschreven. 'Dit is geheid een hit. Die wil je niet missen.'

'Zo te zien heeft het met werk te maken,' zei Kyle.

Toen hij opkeek, zag hij hoe opgewonden ze raakte door het bericht en in de verleiding was om te reageren. Hij kon het haar niet kwalijk nemen. Ze wilde haar carrière redden en Derrick kon haar daarbij helpen. Hij niet. 'Ik zou hem maar gauw bellen,' zei hij, waarna hij naar bed ging om haar de nodige privacy te geven.

Hoofdstuk 25

Derrick had de perfecte song gevonden. Hij had hem aan Crystal kunnen geven, maar hij had hem voor haar bewaard. Hij had hem haar zelfs voorgespeeld. Hij had heel wat gunsten moeten verzilveren en een flink bedrag moeten betalen aan de schrijver van het nummer, die hem nog iets verschuldigd was. Anders was de kans groot dat die de song aan Miranda Lambert had verkocht, die ook belangstelling had getoond. Maar Derrick had er vertrouwen in dat de song geknipt voor haar was, en ze kon niet anders dan het daarmee eens zijn.

Zijn talent om goede songs te vinden en zijn zakeninstinct waren de twee dingen waar ze nooit aan getwijfeld had. Hij had haar geholpen de carrière op te bouwen die ze tot nu toe had gehad, en met zijn steun zou het een stuk gemakkelijker zijn om de weg naar de top terug te vinden. Hoewel ze van plan was geweest om in januari op zoek te gaan naar een nieuwe manager, overwoog ze nu om Derrick toch maar weer aan te nemen. Hij was een bekende naam, iemand met veel ervaring in en kennis van de muziekwereld.

Het was nog maar de vraag of ze ooit iemand kon vinden die maar half zo goed was…

Dat hij haar dit nummer wilde geven, was zijn manier om haar terug te krijgen in zijn stal. Dat realiseerde ze zich heel goed. Maar daar was ze niet helemaal op tegen, ondanks de dingen die hij had gedaan.

Toen haar telefoon opnieuw ging, keek ze verbaasd op. Ze had het gesprek met Derrick net beëindigd – ze had de telefoon zelfs nog in haar hand – dus waarom belde hij zo snel weer terug? Ze had tijd nodig om na te denken…

Het was Derrick niet. Het was Crystal.

Lourdes balde haar vrije hand tot een vuist. Had ze wel zin om met haar 'rivale' te praten? Wat kon Crystal haar in 's hemelsnaam te zeggen hebben?

Uiteindelijk won haar nieuwsgierigheid het van haar tegenzin. Hopend dat ze er geen spijt van zou krijgen, veegde ze de antwoordknop met haar vinger naar rechts. 'Hallo?'

'Lourdes? Fijn dat je opneemt. Ik, eh... ik hoop niet dat ik een en ander nog erger maak, maar er is iets wat ik tegen je moet zeggen.'

Lourdes liet zich op de rand van haar bed zakken. 'Ik kan me niet voorstellen wat dat kan zijn.'

'Nou, om te beginnen zijn we het er denk ik wel over eens dat ik je mijn verontschuldigingen moet aanbieden. Het spijt me echt heel erg. En verder wil ik even kwijt dat het verschrikkelijk is om te zien wat Derrick over zich heen krijgt, terwijl ik net zo goed schuld heb als hij. Ik kan niet precies uitleggen wat er die avond gebeurde, maar –'

'Wacht even. Bedoel je dat het maar één keer is gebeurd?' Had Derrick haar dan toch de waarheid verteld wat dat betrof?

'Ja, zo is het. Dat zweer ik. We hadden wat te veel gedronken. En we waren door het dolle heen omdat mijn album zo goed verkocht. We waren plannen aan het maken en het werd nogal laat en... en voordat we het wisten, ging het allemaal te ver. Ik wilde dat Derrick het meteen aan je zou vertellen, maar hij was zo bang dat hij je kwijt zou raken, dat hij me liet zweren dat ik mijn mond zou houden.'

'Ik zag een foto op internet langskomen waar jullie tijdens een lunch wel heel intiem zijn samen, Crystal.'

'Dat leek maar zo! We hadden het over... over jóú en wat we moesten doen om het weer goed te maken en hoe afschuwelijk we ons voelden.'

'Dus nu zie je hem niet meer.'

'Nee. Absoluut niet. Onze relatie is strikt professioneel. Ik heb hem gevraagd om me niet te weg te sturen. Mijn carrière is net begonnen en ik heb hem echt nodig om verder te komen. Maar privé zien we elkaar niet meer en... ik vind... als er iets is wat ik kan doen om te zorgen dat het weer goed komt tussen jullie, dan moet ik dat doen.'

Lourdes wreef over haar rechterslaap. Ze zei tegen zichzelf dat ze er niet in moest trappen, dat dit weer een van Derricks trucjes was om haar zover te krijgen dat ze hem vergaf, en dat hij haar de volgende keer doodleuk weer zou bedriegen. Maar Crystal klonk zo oprecht. 'Ik heb amper iets van hem gehoord sinds hij de waarheid heeft opgebiecht.'

'Omdat hij praktisch dag en nacht op zoek is geweest naar de perfecte song voor jou. Hij zei tegen me dat dat misschien wel het enige is wat je lang genoeg kan terughalen naar Nashville om hem de kans te geven zichzelf te bewijzen.'

'Hij had hierheen kunnen komen.'

'Hij zei dat hij daarmee je carrière niet hielp.'

Haar carrière misschien niet, maar háár wel. Kon dat hem dan niets schelen? Hoe kon hij niet weten dat liefde en geborgenheid voor haar het allerbelangrijkst waren?

Eigenlijk hoefde dat haar niet te verbazen. Dat was altijd zo geweest; daarom had een groot deel van hun relatie dan ook om haar carrière gedraaid.

'Hoe dan ook, dat nummer wat hij voor je heeft gevonden, is echt perfect. Het heet Crossroads en hij heeft het me vanmorgen laten horen. Het is zo'n prachtige song dat ik groen van jaloezie zie omdat hij die voor jou heeft bewaard. Maar ik begrijp wel waarom hij dat doet.' Ze liet een korte stilte vallen en voegde er toen aan toe. 'Geloof me. Dit wordt je volgende grote hit.'

Lourdes dacht aan de avond dat Kyle Derrick had gebeld onder het mom dat hij journalist was bij een muziekblad, en dat Crystal toen kennelijk bij hem was geweest. 'Ik weet niet of ik je wel kan geloven,' zei ze.

'Waarom niet?' vroeg Crystal. 'Ik heb geen reden om te liegen. Ik heb er toch geen baat bij als je terugkomt? Of het bijlegt met Derrick? De bladen zullen alles zo draaien dat het lijkt of ik iemand ben die niet eens de vent kan vasthouden die ze probeerde te stelen. Dat is niet bepaald vleiend. Maar ook al probeerde ik hem niet stelen, ik verdien niet beter en dus neem ik die slechte pers maar op de koop toe. Ik doe dit alleen omdat ik wil proberen dingen recht te zetten.'

Opeens leek alles honderdtachtig graden te draaien. Crystal had haar overtuigd: Derrick terugnemen als haar manager en een fantastisch nummer als Crossroads opnemen, waren de twee dingen die haar terug konden brengen aan de top. Ze was zelf ook aan het schrijven en wat ze tot nu toe had, zou fantastisch eigen materiaal opleveren als follow-up van de nieuwe song.

'Bedankt,' zei ze tegen Crystal. 'Ik waardeer je telefoontje echt. Het zal niet makkelijk zijn geweest om die stap te zetten.' Ze haalde diep adem. 'Ik heb er ook respect voor,' bekende ze. 'Deze dingen maak je tegenwoordig niet vaak mee.' Vooral niet in de entertainmentwereld.

'Dank je wel dat je naar me wilde luisteren. Ik ben er niet op uit om iemands leven of carrière of wat dan ook te verwoesten. Ik zeg altijd maar, wie goed doet goed ontmoet.'

Nadat Lourdes de verbinding had verbroken, sprong ze overeind en begon rusteloos heen en weer te lopen. Haar hoop en haar dromen werd nieuw leven ingeblazen! Ze had een tweede kans gekregen!

Waarom voelde ze zich dan zo akelig bij de gedachte uit Whiskey Creek te vertrekken? Goed, ze gaf om Kyle, maar die hield van Olivia. Daar had hij geen geheim van gemaakt. Hij had haar vanaf het begin te verstaan gegeven dat hij nooit over de vrouw van zijn stiefbroer heen zou komen.

Ze kon maar het beste zo snel mogelijk een ticket kopen om naar huis te gaan. En zich niet druk maken over andere dingen.

Alleen wist ze diep in haar hart dat Kyles gevoelens voor Olivia veranderd waren – net als haar gevoelens voor Derrick.

Kyle nam een douche en liet zich toen languit op zijn rug op zijn bed vallen. Hij hoorde het zachte gemurmel van Lourdes stem niet meer, dus ze was niet meer aan het bellen. Misschien kwam ze wel naar hem toe, dacht hij. God, wat wilde hij graag dat ze dat deed. Maar ze kwam niet en toen de minuten wegtikten, wist hij dat ze niet meer zou komen. Ze ging terug naar Nashville. De verleiding van de song die Derrick haar had gestuurd was groter gebleken dan haar wil om te weigeren.

Het was bijna een uur toen zijn telefoon aangaf dat er een sms'je binnenkwam. Hij was inmiddels half in slaap en had weinig zin om te kijken van wie het bericht was. Maar na de brand en wat er vanavond was gebeurd met Noelle, durfde hij het niet te negeren.

'Wat heb je nu weer gedaan?' gromde hij, maar de sms kwam niet van haar. Hij was van Brandon.

Zeg dat je vanavond geen seks met Lourdes hebt gehad in de steeg achter Callies studio.

'Verdomde Noelle,' bromde hij, en sms'te zijn broer terug. Nee.

Leugenaar. Noelle is hier in tranen om haar beklag te doen bij Olivia.

Noelle moet haar mond dichthouden.

Ze zegt dat jij haar haat en wilt dat ze de bak in gaat.

Een harde beschuldiging, maar Kyle kon zichzelf er niet toe brengen die te ontkennen. Verbaast dat je?

Niet echt. Maar ik ben bijna overtuigd dat zij niet achter de brand zit.

Niet naar haar luisteren. Ze kan liegen als de beste.

Klopt. Maar toch. Ze klinkt overtuigend.

Ze had motief en gelegenheid. En ze heeft geen alibi.

Denk je niet dat het Genevieve geweest kan zijn, zoals ze beweert?

Ik heb Genevieves auto niet als een speer zien wegrijden.

Goed punt. Maar even over Lourdes. Het begint dus serieus te worden, hè?

Kyle staarde naar de woorden met het gevoel alsof er een loodzwaar gewicht op zijn borst drukte.

Nee. Niet echt. Ze heeft een of ander aanbod gekregen. Ik denk dat ze gauw teruggaat naar Nashville.

Wanneer dan? Niet voor de bruiloft toch? Riley en Phoenix hoopten dat ze iets wilde zingen. Het nummer voor de openingsdans.

Ik denk niet dat ze hier dan nog is.

Jammer! Komt ze nog wel mee naar het proefdiner morgenavond?

Als ze dat wil, schreef hij terug. Hij leunde net opzij om zijn telefoon weg te leggen toen er zachtjes op de deur werd geklopt.

'Kom binnen.'

De deur ging open en Lourdes kwam binnen. 'Ik, eh... ik kwam alleen even zeggen dat ik aanstaande dinsdag wegga,' zei ze.

Het maakte niet uit dat hij dat min of meer al verwacht had; het kwam niet minder hard aan. 'Je gaat terug naar Derrick.'

'Nee, ik ga terug naar Nashville, níét naar Derrick,' verduidelijkte ze.

Het feit dat ze niet lang meer zou blijven, kwam in elk geval niet zomaar uit de lucht vallen. Dat had hij vanaf het begin geweten. Het was alleen veel eerder dan de bedoeling was. 'Ik had al zo'n idee. Derrick kan je geven wat je nodig hebt.'

'Op professioneel gebied, ja.' Ze kwam dichterbij. 'Het spijt me.'

'We wisten dat je weer weg zou gaan.' Waarom had hij zijn dwaze hart dan niet beter beschermd? 'Fijn dat je het even komt zeggen.'

'Dat is het?' informeerde ze. 'Meer heb je niet te zeggen?'

Hij slaakte een diepe zucht. 'Wat moet ik nog meer zeggen, Lourdes?'

Ze trok haar T-shirt uit en stond daar alleen in haar slipje naar hem te kijken, nerveus op haar lippen bijtend. 'Het duurt nog drie dagen voordat ik vertrek. Die zijn voor jou, als je wilt.'

Zijn ogen gingen naar haar borsten, en hij zei tegen zichzelf dat hij niet zo stom moest zijn. Hij gaf toch al veel te veel om haar. Bij de snelheid waarmee hij bezig was voor haar te vallen, zou hij na drie dagen tot over zijn oren verliefd op haar zijn. Het zou een hele tijd duren voordat hij over haar heen was. Misschien wel net zo lang als het bij Olivia had geduurd.

Maar drie dagen waren wel drie hele dagen. En dus sloeg hij de dekens terug ten teken dat ze welkom was in zijn bed. Als hij dan toch ten onder ging aan zijn verliefdheid, dan liever nadat hij de tijd van zijn leven had gehad.

Deze keer was Kyle totaal anders in bed. Om te beginnen had hij geen enkele haast. En hij was zo teder dat ze bijna tot tranen toe geroerd was. Ze was verbijsterd door de intensiteit van zijn gevoelens – en die van haarzelf, gezien het feit dat ze hem nog maar zo kort kende. Die intensiteit verhoogde het genot van elke kus, elke streling, elke omhelzing.

Al snel besefte ze dat het een grote fout was geweest om naar hem toe te komen. Wat ze eerder hadden gedeeld had haar al diep genoeg geraakt. Nooit eerder had ze een dergelijke rauwe, wilde sensualiteit ervaren, laat staan dat ze daardoor alles om zich heen vergat en er geen been in zag zich in het openbaar te laten gaan. Maar ze vertrouwde Kyle meer dan ze ooit een man had vertrouwd. En nu hij die ervaring in de steeg liet volgen door deze lome, sensuele aanpak, werd haar verliefdheid alleen maar groter. Het was allemaal zo snel gegaan – en toch was het nu al zo moeilijk om te vertrekken. Daar veranderde zelfs de wetenschap dat er in Nashville een fantastische song op haar wachtte niets aan.

Toen Kyle haar voorhoofd kuste, had ze het gevoel dat haar verblijf in Whiskey Creek al snel eerder een droom dan een herinnering zou lijken. Ze was hierheen gekomen als een vleugellamme vogel, en Kyle had haar in huis gehaald en haar liefdevol verzorgd tot ze weer kon vliegen. Het contact met hem had haar op een of andere manier geheeld.

Hun ogen ontmoetten elkaar toen hij haar op haar rug draaide en een condoom omdeed. Hoewel ze al twee keer eerder met elkaar naar bed waren geweest, voelde het alsof dit de eerste keer zou worden dat ze de liefde met elkaar bedreven.

Hij bleef haar aankijken terwijl hij bij haar binnenging en wendde ook zijn blik niet af toen hij begon te bewegen. Hij steunde op zijn armen terwijl hij boven haar hing en stootte langzaam en methodisch in en uit haar, alsof hij het liefdesspel zo lang mogelijk wilde rekken. Ze zag zijn ogen glinsteren toen haar ademhaling sneller ging en ze duwde haar heupen omhoog, zag zijn neusvleugels trillen toen ze naar adem hapte, vlak voordat ze een lange kreet van verlossing slaakte. Toen speelde er een nauwelijks waarneembaar lachje om zijn lippen en sloot hij zijn ogen om zich op zijn eigen climax te concentreren, die niet lang op zich liet wachten.

Aan de manier waarop hij haar naderhand naar zich toe trok en zijn arm beschermend om haar heen sloeg, wist ze dat hij overmand was door gevoelens. Ze was blij dat hij ze niet benoemde. Dat zou het alleen maar moeilijker hebben gemaakt om weg te gaan.

Misschien besefte hij dat zelf ook.

De volgende ochtend stonden ze samen onder de douche – wat in een vrijpartij onder de warme waterstralen eindigde. Voor Kyle voelde het als wittebroodsweken, of tenminste zoals wittebroodsweken hoorden te zijn. Nu Lourdes en hij zichzelf toestemming hadden gegeven om van deze laatste dagen samen te genieten, konden ze bijna niet van elkaar afblijven. Weg waren de reserves. Weg waren de beperkingen. Weg waren ook de pretenties. Het enige wat ze wilden, was bij elkaar zijn en zo weinig mogelijk tijd verspillen aan andere aspecten van het leven, zoals eten of slapen of vrienden en familie.

Na het douchen kropen ze weer in bed, waar ze het nog eens dunnetjes over deden.

'Jij bent snel weer paraat,' merkte ze plagend op.

'Omdat je me dwingt om een heel leven in drie dagen te persen. Maar nu is het feest voorbij. Ik ben door mijn condooms heen.' Hij liet zich naast haar op bed vallen. 'Een man die drie jaar geen seks heeft gehad, krijgt meestal niet zo'n buitenkans in de schoot geworpen. Ik had er niet op gerekend.'

Lachend leunde ze opzij om een kus op zijn schouder te drukken. 'Er is toch wel een winkel in Whiskey Creek?'

'Zeker. Ik wil je alleen niet zo lang missen om erheen te rijden.'

Ze liet haar vingers over zijn wang glijden terwijl ze hem in de ogen keek. 'We kunnen niet de hele tijd dat ik hier nog ben binnen blijven. We zullen er toch een keer uit moeten. En jij hebt bijvoorbeeld vanavond dat proefdiner.'

'Klopt.' Hij deed even zijn ogen dicht, genietend van het gevoel van haar vingers op zijn huid. Toen opende hij ze weer. 'Ga je vanavond met me mee?'

'Ben ik dan uitgenodigd?'

'Natuurlijk. Riley en Phoenix waren van plan te vragen of jij wilt zingen bij de openingsdans op de bruiloft. Dat sms'te Brandon me vannacht.'

'Heb je verteld dat ik hier dan niet meer ben?' Ze leek teleurgesteld dat ze dat verzoek niet kon vervullen.

Hij knikte. Alleen wanneer haar vertrek ter sprake kwam, leek er iets van spanning tussen hen te komen. Maar hij wist dat ze, nu Derrick een gegarandeerde hitsong had gevonden die haar terug zou brengen aan de top, haar draai niet meer zou kunnen vinden in Whiskey Creek, ook niet als het hem lukte om haar over te halen om te blijven. Voor hem zou dat nog erger zijn dan haar te laten gaan.

Ze liet haar hand zakken en wendde haar ogen af, alsof ze zich schuldig voelde dat zij uiteindelijk degene was die hen uit elkaar rukte. 'Goed, ik ga mee vanavond.'

Kyle deed zijn best om hun onvermijdelijke afscheid uit zijn hoofd te zetten. 'Prima. Dan hoef ik je dus niet aan het bed te ketenen terwijl ik weg ben.'

Ze lachte. 'Dat was het alternatief?'

'Het enige redelijke alternatief, ja. Als je niet met me mee zou gaan, zou ik dat alleen maar kunnen verdragen als ik wist dat jij thuis op me wachtte, naakt in mijn bed.'

'Ik weet bijna zeker dat je dan eerder naar huis zou komen.'

Hij kuste haar nek, snoof de geur op van de zeep die ze onder de douche hadden gebruikt. 'Of misschien zou ik dan wel helemaal niet weggaan.'

'Dat zou ik best begrijpen. Na drie jaar celibaat wil je de verloren tijd natuurlijk inhalen.'

'Wat hier tussen ons gebeurt, heeft daar niets mee te maken,' zei hij.

'Nee? Hoe weet je dat?'

Hij streek het haar uit haar gezicht. Ze was hem aan het plagen, maar wat hij te zeggen had, was bloedserieus. 'Omdat ik van je houd, Lourdes.'

Ze werd meteen ernstig. 'We kennen elkaar nog maar net, Kyle.'

Hij schudde zijn hoofd. 'Dat maakt niet uit.'

'En Olivia dan?'

'Ik geloof dat ik over haar heen was op het moment dat ik jou uit je huurauto zag stappen. Tot die tijd.... had ik gewoon de juiste vrouw nog niet ontmoet.'

'Houd je dan niet meer van haar?'

'Jawel, maar op een andere manier... als mijn schoonzus.' Hij wist zelf niet hoe hij Lourdes zo gemakkelijk kon geven wat Noelle altijd had willen hebben. Maar zo was het wel.

Met een bedrukt gezicht keek ze hem aan. 'Kyle, ik... ik had geen idee dat het zo snel zou gaan.'

Hij trok de dekens over hen heen. 'We zagen het geen van beiden aankomen.'

'Zul je me haten wanneer ik weg ben?'

'Omdat je mijn hart hebt gebroken?' Hij fronste zijn wenkbrauwen. 'Misschien wel, een tijdje,' zei hij toen plagend.

Hoofdstuk 26

Lourdes was dol op Kyles vrienden. Ze hadden haar zo hartelijk opgenomen in hun midden en ze leken zo naturel en op hun gemak in haar buurt – ze plaagden haar net zoals ze elkaar onderling plaagden.

Natuurlijk vonden ze het fantastisch dat Kyle eindelijk geïnteresseerd was in iemand anders dan Olivia. Lourdes zag dat ze elkaar aanstootten wanneer hij niet keek. Niemand zei hardop iets tegen hem – tegen haar trouwens ook niet – maar ze kon aan ze zien dat ze het hem uit de grond van hun hart gunden dat hij eindelijk verder kon met zijn leven.

Ze hielden van hem...

Dat betekende dat ze straks het hart van iedereen hier zou breken.

Ze had echter geen keus. Ze moest terug naar Nashville. Wat kon ze anders doen? Daar was haar carrière.

Ze wist dat Derrick, zodra ze terug was, erop zou aandringen dat ze hem vergaf voor Crystal zodat ze konden trouwen, zoals oorspronkelijk het plan was geweest. Maar zijn slippertje met Crystal was niet het grootste probleem dat ze met hem had. Ze hield gewoon niet langer genoeg van hem om met hem te trouwen.

Ze voelde zich verscheurd door haar innerlijke conflict. Ze wilde Kyle niet opgeven. Maar wat had ze voor keus? Ze wist wat haar carrière van haar eiste; ze wist ook dat dat niet het leven was waar hij zich gelukkig bij zou voelen. Hoe moest ze ruimte voor hem maken in de komende zes tot twaalf maanden?

Terwijl de anderen smulden van chips en salsa, garnalen en dips, komkommersandwiches en andere kleine hapjes, sloeg zij alles af en nipte aan het water dat ze genomen had in plaats van champagne, zoals de anderen. Ze was helemaal niet in de stemming om te feesten, dacht ze terwijl ze naar Kyle keek, die aan de andere kant van de kamer zat te geinen met zijn stiefbroer. Kyle en zij hadden verteld dat ze binnenkort zou terugkeren naar Nashville om een heel speciale song op te nemen, maar ze hadden er niet bij gezegd dat ze niet terug zou komen. Dit waren hún drie dagen, de drie dagen die ze hadden voordat alles anders zou worden, en die wilden ze niet laten verpesten of verspillen door anderen toe te laten in hun wereld.

'Verveel je je al?' informeerde Baxter, die even bij de tafel met drankjes kwam staan om nog een glas champagne te pakken.

'Nee, hoor, helemaal niet,' antwoordde ze lachend.

'Jammer dat je met de bruiloft niet in Whiskey Creek bent,' zei hij. Toen riep Riley hem en liet hij Lourdes alleen, zodat ze haar studie van Kyle kon voortzetten.

Hij was knap, het soort knapheid waarover ze kon dromen wanneer ze weer thuis was. Ze kon haar ogen vanavond niet van hem afhouden, of bij zichzelf denken dat hij er zónder kleren zelfs nog beter uitzag...

Kyle keek in haar richting, betrapte haar dat ze naar hem keek en lachte.

Hoe was het toch mogelijk dat ze nauwelijks verdriet had om de breuk met Derrick, en tegelijk dat zeldzame maar heerlijke gevoel had dat ze bezig was verliefd te worden?

'Je gezicht licht helemaal op als je naar hem kijkt.'

Ze draaide zich om naar Olivia en voelde dat ze bloosde. Dat uitgerekend Olivia moest zien welk effect Kyle op haar had...

Of misschien was dat ook wel logisch. Misschien was Olivia zich bewuster van wat er rond Kyle speelde dan de rest van de groep. Ze had waarschijnlijk nog steeds een speciale band met hem. Dat was misschien ook nodig om het delicate evenwicht te bewaren dat nodig was om als vrienden met elkaar te blijven omgaan.

'Ik ken niemand zoals hij,' gaf ze toe.

Olivia's lippen krulden zich in een samenzweerderig lachje. 'Dat heb je goed gezien. Ik mag dan niet meer op die manier van hem houden, maar hij heeft nog steeds een speciaal plekje in mijn hart.' Ze stopte een chipje in haar mond. 'Dus je bent over Derrick heen? Dat ligt allemaal achter je?'

Lourdes bespeurde een lichte ongerustheid. De vrienden waren blij voor Kyle, maar ze wilden ook zeker weten dat ze geen spelletje met hem speelde. 'Grotendeels. We werken nog wel samen. Tenminste, dat gaan we proberen.'

Olivia glimlachte. 'Ik hoop dat dat gaat lukken.'

'Ik ook.' In een poging haar besluit goed te praten, zei ze tegen zichzelf dat ze net zo gemakkelijk over Kyle heen zou komen als over Derrick. Haar eerste vriendje in Nashville had een keer tegen haar gezegd dat ze geen diepgang genoeg had om echt van iemand te houden. Misschien had hij gelijk... en als dat het geval was, bewees ze Kyle een grote dienst.

Het was voor hen allebei beter dat ze terugkeerde naar Nashville, weer aan het werk ging. Ze wíst dat muziek haar leven was, wíst dat ze daar verder in wilde. Al het andere was veel minder... duidelijk.

'Het is anders wanneer de ware langskomt,' zei Olivia.

Was dat wat er met Brandon was gebeurd? Hij was langsgekomen en Olivia had het op een of andere manier geweten? Hoe dan? En was Kyle en niet Derrick de ware voor háár, Lourdes? Of was dat iemand die ze nog niet kende, die ze pas later zou ontmoeten?

'Hoe weet je wanneer je de ware hebt gevonden?' vroeg ze.

Olivia kreeg de kans niet om daar antwoord op te geven, want Kyle kwam naar hen toe. 'We zijn klaar,' zei hij. 'Zullen we gaan?'

Lourdes nam met een knikje afscheid van Olivia en de rest en liep met Kyles arm om haar schouders naar buiten. Hij vroeg of ze misschien naar de film wilde of wilde gaan schaatsen in Sacramento, waar een ijsbaan was aangelegd voor de feestdagen. Maar ze zei dat ze liever even naar de winkel wilde.

'Voor...'

'Wat dacht je?'

Hij knikte ten teken dat hij het begreep. 'Tuurlijk. Hoe kon ik dat nou vergeten? Eerst langs de winkel dan maar.'

Hij kreeg maar net de tijd om condooms te kopen, naar huis te rijden en de motor uit te zetten voordat ze hem begon te kussen. Ze voelde zich vreemd bezitterig ten opzichte van hem. Het had vast te maken met de korte tijd die ze nog hadden en alles wat ze de komende twee dagen nog moesten doen dat er zoiets dringends zat in de manier waarop ze hem aanraakte.

Hij klaagde niet toen ze schrijlings op hem ging zitten nog voordat hij de kans had het portier open te doen. 'Heb ik soms iets wat je wilt?' informeerde hij plagend.

'Ja, dit,' zei ze, zijn broek losknopend.

Hij liet zijn handen onder haar kleren glijden. 'Het is koud hier. Wil je niet liever naar binnen gaan?'

'Nee. Ik wil heel dicht bij je zijn. Nu.'

Even later ging de claxon per ongeluk, maar zelfs dat hield hen niet tegen. 'Geen zorgen, Warren is het weekend naar zijn kinderen toe,' fluisterde Kyle schor.

Ze beet net hard genoeg op zijn lip om duidelijk te maken dat stoppen geen optie was.

Op de een of andere manier slaagde hij erin hen weg te krijgen bij het stuur, wat nog een hele prestatie was omdat ze allebei half uit de kleren waren. Maar de claxon zweeg in elk geval. Toen legde hij haar op haar rug, spreidde haar benen en nam haar net zo hard en snel als in de steeg.

Ze zette zich schrap tegen het dashboard en de zitting terwijl ze zich uitleverde aan de sensatie bij hem te zijn. Tegelijk zei ze tegen zichzelf dat ze het prima zou redden zonder dit. Zonder hém.

Want Nashville was alles wat ze ooit had gewild.

Kyle keek naar Lourdes die achter de computer zat. Het was nog vroeg, maar ze hadden slaap genoeg gehad. Ze hadden in bed gelegen sinds ze de avond ervoor waren teruggekomen van het proefetentje, pratend, lachend, elkaar masserend, stoeiend, slapend of vrijend. Ze zouden vermoedelijk nog steeds in bed hebben gelegen als ze niet zo'n honger hadden gehad.

Toen ze eenmaal in de keuken waren, haalde hij haar over om hem te helpen bij het schrijven van zijn toespraakje. Hij wilde er voor haar vertrek klaar mee zijn; hij had het gevoel dat hij haar input niet kon missen. Hij had op internet gezocht naar voorbeeldteksten en die had hij ook gevonden, maar hij wilde de huwelijksvoltrekking van Riley en Phoenix een persoonlijk tintje geven.

'Als je me om te beginnen nu eens vertelt wat er zo speciaal of uniek aan ze is,' zei Lourdes.

'Nou, heel wat. Op de middelbare school zijn ze een tijdlang een stel geweest. Phoenix was niet het type waar Riley mee omging. Hij was heel sportief en ging uit met cheerleaders of meisjes van de leerlingenraad, dus Phoenix was voor hem een soort... trendbreuk. Zijn ouders vonden haar absoluut niet geschikt voor hun zoon. Ze kwam uit een treurig, disfunctioneel gezin, ze ging altijd in het zwart gekleed en was niet bepaald een modelleerling. Niet dat ze niet slim is.' Hij nam een slokje van de koffie die naast hem stond. 'Maar goed, zijn ouders zeiden dat ze niet van plan waren zijn studie te betalen als hij beslist "zijn leven wilde vergooien met die meid". Toen hij uiteindelijk toegaf aan de druk en de verkering uitmaakte, was Phoenix helemaal kapot. Ze was zwanger, al wist niemand dat toen nog, en doodsbang. En ze was stapelverliefd op hem, dus ze had ook nog eens een gebroken hart.'

'Bij het proefdiner hoorde ik iemand zeggen dat ze lang in de gevangenis heeft gezeten. Waarvoor?'

Hij schoof zijn mok met zijn elleboog aan de kant. 'Daar kom ik zo. Vlak voor de diploma-uitreiking van de middelbare school werd Lori Mansfield aangereden. Het meisje met wie Riley iets kreeg toen het uit was met Phoenix.'

'Aangereden? Met een auto, bedoel je?'

Hij knikte. 'Phoenix werd natuurlijk meteen verdacht. Iedereen wist hoe jaloers ze op Lori was. Er waren aanwijzingen dat zij inderdaad de schuldige was, in elk geval genoeg om haar te veroordelen. Pas vorig jaar kwam de waarheid aan het licht.'

Lourdes trok wit weg. 'Bedoel je dat ze onschuldig was?'

'Ja. Ze namen haar haar baby af – gaven hem aan Riley, die hem heeft grootgebracht – en daarna heeft ze jarenlang vrijwel niets van Riley en hun zoontje Jacob gehoord.'

'Wat verschrikkelijk!' zei Lourdes.

'Ja. Maar hoe dan ook, zodra ze op vrije voeten kwam, is ze meteen teruggekomen naar Whiskey Creek omdat ze haar zoon wilde leren kennen. Om een lang verhaal kort te maken, Riley en zij hebben elkaar weer gevonden en kwamen tot de ontdekking dat ze nog steeds van elkaar hielden. Hun verhaal is niet alleen bijzonder, maar ook,' hij zocht even naar het juiste woord, ' inspirerend, denk ik. Dit is niet zomaar een huwelijk. Dit is Phoenix die eindelijk krijgt wat ze altijd verdiende.'

'Misschien zou je dan iets kunnen zeggen over liefde die alles overwint.'

'En over vergeving,' zei hij. 'Als ze niet in staat was geweest om te vergeven, zou er helemaal geen huwelijk zijn.'

'Hoe oud is hun zoon?'

'Jake doet dit jaar eindexamen.'

'Dan heeft ze lang moeten wachten.'

Hij nam nog een slok koffie. 'Begrijp je nu wat ik bedoel? Waarom ik het gevoel heb dat ze iemand met meer ervaring dan een gescheiden kerel nodig heeft om deze gebeurtenis gedenkwaardig te maken?'

Lourdes liet haar kin op haar vuist rusten terwijl ze nadacht over wat hij haar had verteld. 'Waarom begin je niet met te zeggen dat sommige dingen, sommige van de mooiste dingen in het leven, zo moeilijk te krijgen zijn maar boven alles uitstijgen?'

'Liefde overwint alles.'

'Precies.'

Hij aarzelde even. 'Die benadering bevalt me wel, maar we moeten wel oppassen dat we het niet te sentimenteel maken. Ik wil geen tranen in mijn ogen of zo. Dat zou ik niet overleven.'

Lachend boog ze zich naar hem toe om hem te kussen. 'Bedoel je dat niemand mag weten dat je diep vanbinnen eigenlijk een grote softie bent?'

'Het probleem is dat je helemaal niet zo diep hoeft te gaan om dat te ontdekken.'

Nog steeds met een lach op haar gezicht wilde ze iets zeggen om hem te plagen – dat zag hij aan de glinstering in haar ogen – maar op dat moment ging zijn telefoon.

Hij stond op om hem aan te nemen; hij verwachtte een telefoontje van commissaris Bennett over de vingerafdrukken op die kapotte fles en wilde dat niet mislopen.

Het was inderdaad het telefoontje waar hij op had zitten wachten.

Hij liet Lourdes zien wat er op het schermpje stond en nam toen op. 'Zeg dat er vingerafdrukken zijn gevonden op die fles, commissaris,' zei hij nadat ze elkaar hadden begroet.

'Ja. Dat is het goede nieuws. Die fles wemelt van de vingerafdrukken.'

'Weten we van wie ze zijn?'

'Dat weten we.'

Kyle hield zijn adem in. 'En het slechte nieuws?'

'Dat we er minder door aan de weet zijn gekomen dan we hoopten. We hebben vingerafdrukken gevonden van zowel Genevieve Salter als van je ex-vrouw.'

'Wát?' Kyle leunde tegen het aanrecht alsof hij dat nieuws even moest verwerken. 'Heeft Genevieve een alibi?'

'Ze zegt dat ze thuis lag te slapen.'

'En haar moeder bevestigt dat?'

'Haar moeder zegt dat ze Genevieve heeft horen thuiskomen die nacht, maar ze heeft geen idee hoe laat dat was. Ze lag zelf al in bed en was half in slaap.'

'Dus het was al laat.'

'Dat hoeft niet. Marilee is om negen uur naar bed gegaan, toen Genevieves zoontje eindelijk sliep.'

'Moest Genevieve die avond werken?'

'Ja, maar het was zo rustig bij Sexy Sadie's dat ze haar om tien uur al naar huis hebben laten gaan in plaats van pas om twee uur.'

'Dus ze had in elk geval gelegenheid om het te doen.' Hij wist niet goed wat hij ervan moest denken. Wat hem betrof, had ze veel minder reden om zijn bedrijf in brand te steken dan Noelle.

'We hebben tot nu toe niets gevonden dat haar uitsluit.'

Zachtjes vloekend liep hij terug naar de tafel en ging zitten. 'En wat nu?'

'Genevieve zegt dat ze bereid is een leugendetectortest te ondergaan. Ze geeft toe dat ze de pest aan Noelle heeft, maar niet genoeg om het bedrijf van iemand anders in brand te steken.'

'Dat klinkt niet onlogisch.'

'Ook al lijkt Noelle door haar de schuldige partij?'

'Er zijn wel andere dingen die ze kan doen om Noelle terug te pakken. Veel directere dingen.'

'Ze zweert bij hoog en bij laag dat ze het niet heeft gedaan. Ze heeft trouwens ook geen strafblad.'

Dat zei niet veel. Noelle had ook geen strafblad, maar zou dat wel hebben als hij ooit aangifte tegen haar had gedaan. 'Ga je er iemand bij halen om haar die test af te nemen?'

'Ja, ik denk er inderdaad over om een expert in te huren.'

'En Noelle, gaat die de test ook doen?'

'Nee. Die heeft geweigerd, jammer genoeg. Ze zei dat de leugendetector zich kan vergissen en dat ze er daarom het nut niet van inziet.'

Oftewel, ze wist al dat ze er niet doorheen zou komen...

Kyle herinnerde zich Noelles paniek in de steeg, nadat ze hem en Lourdes had gevolgd. Ze had behoorlijk overtuigend geklonken.

Meteen daarop echter dacht hij terug aan het moment dat hij haar auto had gezien bij de brandende fabriek en zijn nekharen gingen recht overeind staan. Als ze niet verantwoordelijk was voor de brand, zou ze vast wel gestopt zijn om te vragen wat er was gebeurd. Er was heel wat volk aangetrokken door het geluid van de sirenes. Ze zou op zijn minst aan de brandweermensen hebben gevraagd wat er gaande was. Ze was zo geobsedeerd door hem dat ze vast had willen weten wat er aan de hand was, ook al wilde ze niet dat hij wist dat ze in de buurt was. Ze zou gedacht hebben dat ze zich er later wel weer uit zou liegen, zoals altijd. In plaats daarvan was ze er als een haas vandoor gegaan en had vervolgens gedaan alsof ze niets van de brand wist toen Olivia haar later belde.

'Het was Genevieve niet,' zei hij vol overtuiging.

'Hoe weet je dat?' informeerde commissaris Bennett.

'Ik ken mijn ex-vrouw.'

'Ik kan niet iemand arresteren op grond van jouw intuïtie, Kyle.'

'Jij denkt toch ook dat zij het was?'

'Dat is zo,' gaf hij toe. 'Die arme Genevieve was in tranen toen ik haar ondervroeg. Echte tranen. Noelle leek eerder... voldaan. Mijn politie-instinct zegt dat zij het was. Maar ik heb bewijzen nodig en die zijn er niet.'

Verdomme! Niet alleen zou Lourdes binnenkort vertrokken zijn, maar hij stond ook nog eens voor de taak om de opruimwerkzaamheden en de herbouw van zijn fabriek te coördineren in de wetenschap dat degene die de brand had gesticht opnieuw kon toeslaan. En omdat ze een vrouw was, kon hij haar niet op dezelfde manier ter verantwoording roepen als wanneer ze een man zou zijn geweest.

'Wat is er?' wilde Lourdes weten.

Kennelijk zag ze aan zijn gezicht dat hij zich iets had voorgenomen. 'Ik ga Noelle een bezoekje brengen.'

'Doe geen stomme dingen,' zei de commissaris. 'Laat het liever aan mij over. Uiteindelijk krijg ik de waarheid wel boven tafel.'

Hoe graag Kyle dat ook wilde geloven, hij had er totaal geen vertrouwen in. Noelle was te slim, kon te goed liegen. Ze had bedrog tot een kunstvorm gemaakt waaraan ze haar hele leven had lopen schaven tot ze die in de perfectie beheerste. Ze was met bijna alles weggekomen door te draaien, te ontwijken of de waarheid te verbloemen.

Maar deze keer zou hij zijn kennis van zijn ex-vrouw en haar methoden gebruiken om haar op haar eigen terrein te verslaan.

Hier kwam ze niet mee weg.

Hoofdstuk 27

Met een glimlach keek Noelle toe hoe Kyle zijn auto voor haar huis parkeerde. Daar was hij dan... eindelijk. En wat een perfecte timing ook. Ze was net thuisgekomen van haar werk in de boetiek, waar ze dertig uur per week werkte, en dus had ze haar mooie kleren nog aan. Hij zou haar zo meteen zien in de nauwsluitende zwarte kokerrok en doorschijnende blouse met de kanten beha eronder. Die outfit had ze gekocht met hem in gedachten. Hij hield van stijlvolle, niet te uitgesproken kleding. Deze kleren voldeden helemaal aan zijn norm, en tegelijk stonden ze enorm sexy. Een toerist die door het stadje reed, was bijna tegen een winkelpui geknald toen hij haar uit de boetiek had zien komen. Cup DD stond borg voor de nodige aandacht van mannen, vooral onder de blouse die zíj aan had.

Het zou ook Kyle niet ontgaan.

Nadat ze een blik in de spiegel had geworpen om te kijken of haar haar en haar make-up nog goed zaten, liep ze naar de deur, waar ze even wachtte om niet al te gretig over te komen. Pas toen hij voor de tweede keer aanklopte, deed ze open – nadat ze een enigszins verrast gezicht had getrokken.

'Kyle! Wat doe jij hier nou?'

'Heb je even?' vroeg hij.

Ofschoon ze haar ogen wijd opensperde om te suggereren dat ze verbaasd was dat hij haar kwam opzoeken, was dat niet het geval. Ze had wel verwacht iets van hem te horen. Hij had een tijdje gedacht dat hij de overhand had door te dreigen met inhouden van de alimentatie, maar daar had ze hem voor gestraft. Nu moest ze alleen nog zorgen dat ze hem in bed kreeg, hem eraan herinneren dat er ook positieve kanten aan hun huwelijk hadden gezeten. 'Jawel,' zei ze. 'Nu ik nog maar één baan heb, hoef ik me niet te haasten om op tijd bij Sexy Sadie's te zijn.'

Hij reageerde niet op die opmerking, ook al vond ze dat hij zijn excuses wel eens had mogen aanbieden. Als hij haar niet zo beroerd had behandeld, zou ze zich die avond nooit zo hebben laten gaan.

'Kom binnen.' In plaats van hem voor te gaan naar binnen, deed ze een stapje opzij zodat hij zich langs haar heen moest wurmen – waarbij ze ervoor zorgde dat zijn arm in contact kwam met haar borsten.

'Heb je inmiddels al een nieuwe boiler?' vroeg hij toen ze de deur achter hem had dichtgedaan en hem was gevolgd naar de woonkamer.

'Nee, nog niet. Maandag komt een kennis van mijn ouders een nieuwe boiler installeren. Tot die tijd kan ik bij Olivia douchen.'

'Dus je hebt je zus vanmorgen nog gezien?'

'Ja. Eventjes maar.'

'Heeft ze je verteld dat Lourdes teruggaat naar Nashville?'

'Nee, maar dat was ze toch altijd al van plan?' Ze lachte een tikje neerbuigend naar hem om haar punt te benadrukken. 'Ze is een grote ster, Kyle. Je had toch niet verwacht dat ze hier zou blíjven?'

Er trilde een spiertje in zijn wang, maar zijn stem bleef rustig. 'Ik bedoel dat ze veel eerder teruggaat dan we dachten.'

'Definitief?'

'Daar ziet het wel naar uit.'

Het werd beter en beter. Lourdes had voor een groot probleem gezorgd. Het was fijn om te weten dat ze al gauw vertrokken zou zijn. Misschien dat Kyle dan wat realistischer werd, niet meer naar iets streefde wat hij toch nooit zou krijgen en genoegen nam met een vrouw die hem wél wilde. Zoals zij. 'Ik wil wedden dat je dat niet leuk vindt.'

'Ik zou willen dat ze bleef. Maar er zijn wel meer dingen die ik zou willen. Bijvoorbeeld dat mijn bedrijf niet was afgebrand.'

Ze ging op het puntje van de stoel zitten die zich het dichtst bij hem bevond en boog zich naar voren om hem een onbelemmerde blik op haar twee grootste pluspunten te geven. Lourdes had een aardig figuur, maar wat Noelle betrof, had ze van boven wel wat rijker bedeeld mogen zijn. Dat was iets waar Kyle oog voor had, zoals ze wist. 'Ik heb niets met die brand te maken,' zei ze.

'Weet je dat zeker?'

Ze glimlachte liefjes. 'Heel zeker.'

'Heeft commissaris Bennett verteld dat jouw vingerafdrukken zijn gevonden op de kapotte fles die op het parkeerterrein lag?'

'Ja, dat heeft hij verteld. Hij kwam speciaal langs om dat te vertellen. Maar hij zei dat Genevieves vingerafdrukken er ook op stonden. En dat vind ik verdacht, zoals ik ook al tegen hem heb gezegd. Kijk, ik ben natuurlijk vaker in je fabriek geweest. Laatst nog tweemaal op dezelfde avond, toen A.J. en ik die oude boiler hebben opgehaald, weet je nog?'

'Daar heb je me al eerder aan herinnerd. En ja, dat weet ik nog, want ik was er zelf bij. Maar toen is er niets uit zijn auto gevallen. Die fles lag er niet toen jullie wegreden.'

'Nou, en? Misschien ben ik daarna nog wel een keer bij de fabriek geweest om te kijken wat jij uitvoerde. Het is helemaal niet vreemd dat er toen dingen van mij zijn achtergebleven, zoals een fles drank die Genevieve en ik samen soldaat hebben gemaakt. We dronken zo vaak samen. Daar heb ik nooit een geheim van gemaakt.'

'Maar je ontkent dat jij die brand hebt gesticht.'

Met een hopelijk charmante frons tussen haar wenkbrauwen zei ze: 'Ja, natuurlijk ontken ik dat. Ik heb het namelijk niet gedaan, Kyle. Dat heb ik al tegen je gezegd.'

'Waarom wil je dan niet meewerken aan een leugendetectortest?'

Ze maakte een wegwerpgebaar, alsof dat een volkomen bespottelijk idee was. 'Vertel mij wat over leugendetectors. Die zijn absoluut niet betrouwbaar. Zo'n test is pure tijdverspilling, wat mij betreft.'

'Zelfs als het mij gerust zou stellen?'

Zou ze een leugendetectortest kunnen overleven? Zo ja, dan zou dat de beste vooruitzichten bieden. Aan de andere kant zou het stom zijn om onnodige risico's te nemen. 'Probeer me nou maar niet over te halen. Je hoopt gewoon dat ik de test niet doorsta, zodat je tegen iedereen kunt zeggen dat ik het heb gedaan. Weet je, ik denk dat ik je niet echt meer kan vertrouwen.'

'Jij vertrouwt mij niet.' Hij lachte zachtjes. 'Dat is sterk.'

'Waarom doe je zo moeilijk de laatste tijd?' vroeg ze klaaglijk.

'Heb je daarom mijn fabriek in brand gestoken? Om me terug te pakken? Om me in het gareel te krijgen?'

Ze sloeg haar armen over elkaar, zich terdege bewust van het feit dat ze haar borsten daarmee omhoogduwde zodat ze tegen de dunne stof van haar blouse werden geperst. 'Het spijt me dat je er zo van overtuigd bent dat ik tot zoiets in staat zou zijn, maar het doet er natuurlijk niet toe wat jíj denkt. Commissaris Bennett zei hij me niet gaat arresteren. Dat kan hij niet. Hij heeft geen bewijs.'

Kyle boog zich zo dicht naar haar toe dat ze zijn geur kon ruiken. Het was een geur die ze zich zo goed herinnerde, een geur waarnaar ze hunkerde. Ze kwam even in de verleiding om een hand op zijn arm te leggen, maar deed het niet. Met een beetje geluk was er straks gelegenheid genoeg om hem aan te raken. 'Wat is dat toch?' zei hij zacht.

Ze was even van haar stuk gebracht. 'Hoe bedoel je?'

'Waaraan heb ik al die aandacht te danken die jij me schenkt?'

Wist ze dat maar. Ze zei voortdurend tegen zichzelf dat hij haar beslist niet verdiende. Welke andere vrouw zou het zo lang volhouden, wetend dat hij verliefd was op haar zus? 'We zijn voor elkaar bestemd, Kyle. Net zoals Phoenix en Riley. Phoenix heeft altijd van hem gehouden, maar hij heeft jarenlang gedacht dat zij Lori Mansfield heeft doodgereden en daarom wilde hij niets met haar te maken hebben. En nu weet hij dat het allemaal niet waar was. Jij verdenkt mij ook van de vreselijkste dingen, maar net als Phoenix ben ik helemaal niet zo slecht als jij doet voorkomen.'

Hij leunde achterover en bekeek haar koeltjes. 'Bedoel je dat je onze baby níét hebt laten weghalen?'

Ze dwong zichzelf hem aan te blijven kijken, al had ze haar ogen het liefst willen afwenden. 'Nee! Zoiets zou ik nooit doen! Ik weet wel dat we best vaak ruzie hadden en dat ik… dat ik me kinderachtig en veeleisend heb gedragen. Maar ik hield van je. Dat doe ik nog steeds. En jij zou ook van mij houden, als je maar wilde zien hoe ik veranderd ben!'

Hij gooide zijn hoofd achterover en barstte in lachen uit.

Meestal kostte het haar geen moeite om mensen ergens van te overtuigen als ze er echt haar best voor deed, zoals nu. 'Waarom lach je nou?' vroeg ze verongelijkt.

'Je bent veránderd?'

'Ja!'

'Je hebt net mijn fabriek in brand gestoken!'

Hij was anders, tegenwoordig. Veel assertiever en minder toegeeflijk, en dat bracht haar van haar stuk. Ze moest proberen het hem voor eens en altijd duidelijk te maken. 'Nee, dat heb ik niet!'

'Ja, dat heb je wel gedaan, dus hou op met dat gelieg. Ik ben hier om je te vertellen dat je geen cent meer van me krijgt, Noelle. De cheque die je 1 december van me hebt gehad? Dat was de laatste die je ooit zult krijgen.'

De donkere woede die ze had gevoeld toen ze de baby had laten weghalen – het verlangen om hem echt te raken – groeide in haar borstkas en maakte het moeilijk om niet te gaan schreeuwen. 'Kyle, pas op je woorden. Ik begin kwaad te worden.'

Hij haalde schijnbaar onbezorgd zijn schouders op. 'Word maar kwaad. Dat maakt me niet uit.'

Ze stond op. 'Misschien dat je het een paar maanden kunt rekken, maar uiteindelijk zul je me toch moeten betalen. We hebben het hier al eerder over gehad. Ik kan je dwingen.'

Hij kwam ook overeind. 'Nee, dat kun je niet. Al moet ik elke cent die ik heb uitgeven aan advocaten.'

'Dat zeg je alleen omdat je denkt dat ik het me niet kan permitteren om terug te vechten. Je vergist je. Mijn ouders staan volledig achter me. Die zullen niet toestaan dat jij me dit aandoet. Wij halen er ook juridische hulp bij.'

'Als je het zover wilt laten komen, prima. We kunnen al ons geld aan advocaten uitgeven. Maar wanneer het voorbij is, krijg je nog steeds geen cent. Ook niet als je wint.'

'Wát?' Hij had wel vaker zijn poot stijf gehouden, bijvoorbeeld toen ze een nieuw huis of een nieuwe auto wilde hebben en hij dat onzin vond. Maar zoals nu had ze hem nog nooit meegemaakt. 'Olivia zal het je enorm kwalijk nemen als je me zo behandelt.'

'Ik hoop van niet, maar dat risico zal ik moeten nemen.'

Ze kreeg het gevoel dat hij niet langer om Olivia gaf; nog een verandering die ze in hem bespeurde. 'Dan draai je de bak in.'

'Dan moet dat maar,' zei hij toonloos. 'Ik ben eindelijk tot het inzicht gekomen dat ik alleen maar van je af kom als ik bereid ben alles te accepteren wat daarvoor nodig is. En dat punt heb ik nu bereikt. De gevolgen kunnen me niets meer schelen. Je hebt geen macht meer over me. Begrepen?'

Ze balde haar vuisten en ging vlak voor hem staan. 'Klootzak!'

Hij keek haar hoofdschuddend aan, alsof ze de meest meelijwekkende persoon was die hij ooit had gezien. 'Je had mijn bedrijf niet in brand moeten steken, Noelle.'

Toen ze hem probeerde te raken, pakte hij haar pols vast, wat haar nog bozer maakte. 'Laat me los!' schreeuwde ze.

'Waag het niet ooit nog een hand tegen me op te heffen,' zei hij.

Hij was altijd gevoelig geweest voor tranen, en dus begon ze driftig met haar ogen te knipperen en te sniffen. 'Het zou allemaal zo anders kunnen zijn, voor ons allebei, als jij maar wilde.'

Het raakte hem niet. 'Hou maar op met die spelletjes, Noelle. Ik houd niet van je, ik heb nooit van je gehouden en dat zal ik ook nooit doen,' zei hij, waarna hij haar losliet.

'Je bent een grote hufter!' krijste ze. 'Ik ben blíj dat ik het heb gedaan. Ik voelde me rot dat ik me had laten meeslepen door mijn drift, maar nu ben ik woest dat ik die verdomde fabriek niet tot de grond heb laten affikken! Volgende keer zorg ik dat jij binnen zit!'

Hij vernauwde zijn ogen. Zo dreigend had ze hem nog nooit zien kijken. 'Bedreig je me nou?'

'Je hebt me wel gehoord,' snauwde ze. 'Ik zou maar gewoon die alimentatie blijven betalen, anders raak je heel wat meer kwijt dan alleen je fabriek.'

Hij deed een stap naar achteren. 'En stel dat ik commissaris Bennett bel en hem vertel wat je net hebt gezegd?'

'Dan ontken ik het natuurlijk. Het is dan mijn woord tegen het jouwe – een ex-echtgenoot die onder zijn alimentatieverplichting probeert uit te komen.'

De glimlach om zijn lippen leek zo in tegenspraak met de boosheid van even geleden – en met de dingen die zij had gezegd – dat ze een akelig voorgevoel kreeg.

'Tja, ik ben bang dat dat weinig zin heeft,' zei hij.

Ze had een fout gemaakt. Kon ze de klok maar een paar minuten terugzetten. 'En waarom niet?'

'Omdat ik niet de enige ben die je bekentenis heeft gehoord.' Hij schoof zijn shirt omhoog om haar te laten zien dat er een microfoontje op zijn borst zat getapet.

'Je... je hebt een microfoontje? Je hebt me erin geluisd?' Haar hand ging naar haar keel omdat het opeens leek alsof ze geen lucht meer kreeg. Wie had ooit kunnen denken dat er in het achtergebleven Whiskey Creek zulke hightechmiddelen zouden worden gebruikt? Ze had gedacht dat zoiets alleen in films gebeurde, of misschien in grote steden zoals Chicago en Los Angeles.

'Ik vond het tijd worden voor de waarheid,' zei hij, en het volgende wat ze wist, was dat commissaris Bennett in de woonkamer stond en haar in de boeien sloeg.

Zodra Kyle terug was, legde Lourdes haar gitaar weg. Ze had geprobeerd om verder te werken aan haar album, om maar niet te hoeven denken aan haar aanstaande vertrek uit Whiskey Creek, en had zichzelf verrast door enorme vorderingen te maken met het nummer dat ze voor hem had geschreven. Op de een of andere manier kwam het opeens allemaal bij elkaar. Maar ze wilde het hem nog niet laten horen. Eerst moest het helemaal af zijn, misschien zelfs al opgenomen, zodat het op zijn best zou klinken.

Bovendien was ze heel benieuwd hoe het was gegaan met Noelle.

'Hoe ging het?' vroeg ze. 'Ik heb je nog ge-sms't, maar je reageerde niet.'

'Ik ben gisteravond vergeten om mijn telefoon op te laden,' zei hij. 'Hij was leeg tegen de tijd dat Noelle werd gearresteerd.'

Lourdes sprong op. 'Gearrestéérd? Ze gaat naar de gevangenis?'

'Ja. Mijn plannetje heeft gewerkt. Ik hoefde haar alleen maar wat te voeren, haar zo boos te maken dat ze haar zelfbeheersing verloor... en toen gaf ze het toe.' Hij aarzelde. 'Of eigenlijk was het meer zo dat ze het me voor de voeten gooide omdat ze dacht dat ik het toch niet tegen haar kon gebruiken.'

'En commissaris Bennett heeft het allemaal gehoord?'

'Elk woord.'

'Ik wou dat je míj had laten gaan.'

'Ik betwijfel of ze het ook gedaan had als jij er was geweest. En na vandaag ben ik er alleen maar meer van overtuigd dat ze niet goed bij haar hoofd is. Dat zeg ik al jaren maar dan bedoelde ik het anders dan nu. Ik wil jou beslist niet te dicht bij haar in de buurt hebben. Nooit. Ze kan het wel opeens in haar hoofd halen dat jij achter het geintje zit dat we vanavond hebben uitgehaald, of dat ik wel voor haar zou kiezen als jij er niet was of zoiets. Ze verdraait alles, dus het is onmogelijk te zeggen wat ze met de onschuldigste dingetjes doet.'

Ze pakte zijn hand en trok hem mee naar de bank. 'Weten Olivia en Brandon het al?'

'Nee. Mijn telefoon is leeg, weet je nog? Ik ben meteen naar huis gekomen toen commissaris Bennett haar in zijn auto had gezet. Maar ze hebben het ondertussen vast al gehoord. Noelle zal haar ouders inmiddels wel hebben gebeld, en die hebben op hun beurt natuurlijk meteen Brandon en Olivia gebeld.'

Ze probeerde zich voor te stellen hoe het zou zijn om te horen dat een van haar zussen ergens brand had gesticht. Ze kon het niet. 'Ik heb met ze te doen. Het is al erg genoeg om te horen dat ze schuldig is aan brandstichting, maar dat ze iemand wilde raken die ze kennen en om wie ze geven? Dat zal ongetwijfeld voor gemengde gevoelens zorgen.'

'Niet bij Brandon. Die heeft vanaf het begin gezegd dat Noelle niet helemaal spoort. Die zal ongetwijfeld vinden dat ze haar verdiende loon krijgt. Maar Olivia? Die heeft zich altijd schuldig gevoeld dat zij populair was, dat iedereen haar graag mocht en Noelle niet. Daarom heeft ze zoveel van Noelle geslikt en is ze haar best blijven doen om goed met haar op te schieten.'

'Denk je dat het hiermee is afgelopen? Dat Noelle je vanaf nu met rust zal laten?'

Hij streek met een hand over zijn gezicht. 'Wie zal het zeggen? Ze begon vanavond over Riley en Phoenix, dat Phoenix al die jaren dat ze in de gevangenis zat van Riley is blijven houden, en dat maakt me wel een beetje onrustig.'

Lourdes lachte flauwtjes. 'Dat snap ik best, vooral omdat Noelle niet zo lang achter de tralies zal zitten als Phoenix, toch?'

'Nee. Bennett had het over twee tot zes jaar, afhankelijk van de rechter. En dan eerder twee dan zes, omdat er geen gewonden zijn gevallen.'

'Dus dat betekent dat ze op een dag weer terug zal zijn.'

'Hola!' Hij stak zijn hand op. 'Laten we het daar nu niet over hebben. Laten we liever genieten van het feit dat ze een flinke tijd uit beeld is.'

'Prima.' Ze nestelde zich tegen hem aan. Het was voor nu genoeg om de warmte van zijn lichaam te voelen, om zijn hart zo gestaag te horen kloppen.

Zo zaten ze een tijdje in stilte bij elkaar. Toen zei hij: 'Nog één dag.'

Ze deed haar ogen dicht en sloeg haar armen om hem heen. 'Laten we het daar ook niet over hebben.'

Toen Lourdes de volgende ochtend wakker werd, was Kyle al weg. In de veronderstelling dat hij wel bezig zou zijn met de nasleep van de brand of van Noelles arrestatie, sloeg ze haar armen om zijn kussen en dacht terug aan de tedere momenten die ze afgelopen nacht hadden gedeeld.

Zo was ze nog nooit geweest, dacht ze. Zo intens verliefd. Gezien haar situatie sloeg het nergens op dat ze zulke heftige gevoelens voor hem had. Ze was naar Whiskey Creek gekomen met het idee dat ze iemand had van wie ze hield. En toch had ze nu deze gevoelens. Ze kon alleen maar hopen dat ze het in Nashville zo druk zou krijgen, dat ze geen tijd had om dag en nacht aan Kyle te denken.

Ze gooide de dekens van zich af, ging rechtop zitten en zocht naar haar telefoon. Derrick had haar de vorige dag verscheidene keren ge-sms't. Hij had ook geprobeerd haar te bellen, maar ze had niet opgenomen. Derrick kon wachten tot morgen, wanneer ze terug zou zijn in Nashville, of tot later in de week. Maar haar moeder had ook gebeld, om even te horen hoe laat haar vliegtuig precies zou landen.

Ze belde haar moeder als eerste terug, en installeerde zich toen in de kussens terwijl ze de andere sms'jes en mailtjes beantwoordde waar ze niet op had gereageerd.

Derrick had een paar zakelijke punten. Hij had met haar oude platenmaatschappij gesproken en die was geïnteresseerd in een demo van de nieuwe song. Dat was goed nieuws. Ze had Boondock Records nooit moeten verlaten om de droom na te jagen dat ze nog groter zou worden door over te stappen naar de popmuziek. Als dat Taylor Swift niet zo schijnbaar moeiteloos was gelukt, zou ze het waarschijnlijk nooit hebben geprobeerd.

Hoe dan ook, Derrick had hier en daar zijn voelhoorns uitgestoken en niet zonder resultaat.

Er was ook een sms'je van Crystal.

Ik ben zo blij dat je naar huis komt. Binnenkort een keer samen lunchen?

Lourdes vond het maar niets dat Derrick haar plannen besprak met de vrouw met wie hij haar had bedrogen, net zo min als het feit dat ze nog steeds nauw contact met elkaar hadden. Niet dat ze jaloers was; het gaf haar alleen een vreemd gevoel dat ze allemaal gewoon doorgingen alsof er niets was gebeurd. Maar goed, lunchen met Crystal was uit professioneel oogpunt een goed idee. Op die manier konden ze de wereld laten zien dat ze niet vochten om

Derrick, zoals sommige mensen misschien dachten of verwachten.

Prima. Ik bel je wanneer ik geacclimatiseerd ben, sms'te ze terug, waarna ze zich uit bed liet glijden om haar gezicht te wassen en haar tanden te poetsen.

Toen ze dat gedaan had, pakte ze haar gitaar. Kyles song beloofde zelfs nog beter te worden dan de song die Derrick voor haar had weten te bemachtigen, en ze kon niet wachten om hem af te maken.

Ze werkte er een uurtje aan en hoorde toen Kyles sleutel in het slot. Ze legde haar gitaar weg en stond op om hem bij de deur te begroeten.

'Waar zat je?' vroeg ze.

Hij grinnikte. Ze zag dat hij vanochtend de tijd niet had genomen om te douchen. Hij had zijn kleren aangetrokken, een pet opgezet en was vertrokken. Ze hield er wel van als hij er een tikje ruig uitzag. 'Ik moest iets ophalen.'

'Wat dan?'

'Misschien moesten we eerst maar ontbijten,' zei hij, opeens niet helemaal op zijn gemak.

Ze keek naar de zak in zijn hand. Daar stond het logo van de Black Gold op. 'Heb je ontbijt opgehaald?'

'Muffins in alle soorten en maten.'

'Dat klinkt heerlijk maar… probeer je me vet te mesten zodat ik er op het podium niet uitzie?' informeerde ze plagend.

'Zou je dan blijven?' vroeg hij.

Toen hun ogen elkaar ontmoetten, zag ze dat hij dat veel serieuzer bedoelde dan hij klonk. 'Kyle, ik kán niet blijven.'

'Zelfs niet als ik je dit geef?' Hij stak zijn hand in de zak met muffins en haalde er een klein fluwelen doosje uit, dat hij aan haar gaf.

Dus toch maar niet eerst ontbijten. Kennelijk had hem dat te lang geduurd. Alleen durfde ze het doosje niet aan te nemen. Ze kon wel raden wat erin zat. 'Kyle…'

Hij stopt zijn handen in zijn zakken. 'Ik moest iets doen. Ik moest het in elk geval proberen.'

In de hoop dat ze het bij het verkeerde eind had, dat het een halsketting was of een paar oorbellen als herinnering aan hem, opende ze het doosje toch maar… en staarde naar de verlovingsring die ze zelf ook uitgekozen zou hebben.

'Eve vertelde me dat je foto's van de ring die je wilde op Twitter had gepost. Ze heeft me foto's van soortgelijke ringen gestuurd. Die waren allemaal van geelgoud, vandaar dat ik daarvoor heb gekozen.'

Ze kon amper lucht krijgen. 'Geelgoud vind ik het mooist,' zei ze. 'Ik krijg er een beetje genoeg van dat al die sieraden tegenwoordig van witgoud moeten zijn.'

'En ze zei ook dat je een prinses geslepen diamant het mooist vond.'

'Je hebt exáct gekozen wat ik zelf ook gekozen zou hebben.' En afgaande op de grootte van de diamant, was geld geen issue geweest.

'Maar?' drong hij aan.

Ze hief haar hoofd op. 'Je weet wat erop tegen is.'

'We zouden kunnen zorgen dat het werkt.' Hij nam haar handen met de ring erin tussen zijn handen. 'Wat maakt het uit dat onze levens niet zo goed bij elkaar passen als wij. Dat is misschien niet zoals we het graag zouden zien, maar het verandert niets aan mijn gevoelens. Ik wil niet dat je weggaat. Wil je met me trouwen, Lourdes?'

Tranen brandden in haar ogen. 'Je begrijpt het niet.'

'Jawel, ik begrijp het wél. Dat vele reizen, dat zal niet meevallen. Je moet jezelf opsplitsen tussen hier en daar en ik zal het verschrikkelijk vinden dat je zo veel weg bent. Maar ik kan je niet laten gaan – niet zonder tegen je te zeggen dat ik alles wil doen wat ik kan, alles wil geven wat ik heb om jou gelukkig te maken. Ik steun je carrière. Ik sta achter je, welke weg je ook kiest.' Hij liet zijn voorhoofd tegen het hare rusten. 'Niemand kan zo van je houden als ik,' fluisterde hij.

De tranen liepen haar nu over de wangen.

'Zeg ja,' drong hij aan. 'Je carrière is belangrijk. De mijne ook. Maar wat we voor elkaar voelen, dat is ook belangrijk. Dat is iets wat… wat niet elke dag gebeurt.'

'Kyle, ik heb tijd nodig,' zei ze. 'Dit... Dit gaat te snel.'

'Dat begrijp ik. Maar ik moest het tegen je zeggen voor je weggaat. Je moet weten wat er hier op je wacht – als je dat wilt.'

Ze probeerde de brok in haar keel weg te slikken en knikte.

'Wil je hem even passen?' vroeg hij.

Er drupte een traan van haar kin. Natuurlijk wilde ze niets liever dan de ring omdoen, maar ze kon het niet. Ze was bang dat haar hart zou breken als ze hem weer af moest doen.

Hij droogde haar tranen, zette het doosje op tafel en tilde haar kin op. 'Het geeft niet. Het is te snel. En het is een grote beslissing voor je. Je hoeft nu geen antwoord te geven.'

Ze streek met haar duimen over de stoppels op zijn wang. 'Deze dag mag nergens door verpest worden,' fluisterde ze.

'Dat gebeurt ook niet,' zei hij, waarna hij haar optilde en naar de slaapkamer droeg.

Hoofdstuk 28

Ze was weg. Kyle had gehoopt dat Lourdes hem antwoord op zijn aanzoek zou geven voordat ze vertrok. Hij wilde iets hebben waar hij zich aan kon vastklampen. Maar dat had ze niet gedaan. Voor zover hij wist, had ze de ring nooit gepast. Ze was er ook niet meer op teruggekomen. En het duidelijkste teken, tenminste in zijn ogen, was dat ze, toen ze was weggereden, bijna meteen weer was omgedraaid, uit de auto was gesprongen, hem hartstochtelijk had omhelsd en gefluisterd had dat ze hem nooit zou vergeten.

Als ze van plan was om terug te komen, zou ze dat vast niet hebben gezegd.

'Alles goed met je?' vroeg Morgan.

Ze had zijn nieuwe computer geïnstalleerd en hielp hem nu om de bestanden terug te zetten, maar Kyle had zijn hoofd er vandaag niet bij. Hij bleef maar naar de keukenla kijken waarin hij het fluwelen doosje met de ring had opgeborgen. Hij had de ring gekocht bij Hammond & Sons Fine Jewelry, de enige juwelier van naam in de stad. Toen hij gisteren Eve had opgetrommeld om hem van advies te dienen, had hij George Hammond thuis moeten bellen en hem uit zijn bed moeten halen om zijn winkel eerder te openen, maar George had daar helemaal niet moeilijk over gedaan. Kyle kende hem goed genoeg om te weten dat hij de ring terug kon brengen. Misschien moest hij dat maar doen, voordat George aannam dat de twintigduizend die Kyle had betaald definitief van eigenaar waren gewisseld. Kyle had nooit gedacht dat hij zo veel geld zou uitgeven aan een enkel sieraad, maar als Lourdes de ring had geaccepteerd, zou dat geld hem gestolen kunnen worden.

'Ik heb het tegen jou.' Morgan knipte pal voor zijn gezicht met haar vingers.

Hij knipperde geschrokken met zijn ogen. 'Wat zei je?'

'Ik vroeg of het wel goed met je ging.'

'Ja, prima. Dat heb je me nou al twee keer gevraagd vandaag.'

'Omdat je jezelf niet bent.'

'Laten we het zakelijk houden.'

'Ook goed,' zei ze. 'Want er is heel wat te bespreken. De man van de verzekering belde. Hij wil morgenochtend langskomen om het gebouw te bekijken. Hoe laat schikt het jou?'

'Hoe eerder hoe beter.' Gelukkig had Riley, zoals beloofd, zijn planning omgegooid zodat hij meteen aan de slag kon. Hij was al bezig met een offerte om de verzekeringsman een globale schatting van de kosten te geven.

'Ik zou zeggen acht uur, maar hij moet uit Sacramento komen, dus dat zal wel negen of tien uur worden.'

'Spreek maar wat af, maar overleg ook even met Riley. Die wil ik er als het even kan graag bij hebben.'

'Die komt geheid. Je vrienden doen alles voor je.'

'Ja,' zei hij. Pas toen ze hem een por gaf, besefte hij dat hij wat te afwezig had gereageerd.

'En ik ook. Dus kop op, alsjeblieft? Als ik naar je kijk, wil ik het liefst een potje janken, en ik jank nooit.'

Hij glimlachte geforceerd. 'Hoezo? Ik ben niet verdrietig.'

Ze rolde met haar ogen. 'Geintje zeker? Je bent zo ten einde raad dat ik bijna het gevoel krijg dat ik bij je thuis naar slaappillen of wat dan ook moet zoeken waarmee –'

'Hou op!'

Ze grinnikte naar hem. 'Bekijk het van de positieve kant. Lourdes mag dan weg zijn, maar dat geldt ook voor Noelle. Die wordt gestraft voor wat ze heeft gedaan.'

Daarmee had hij zijn fabriek niet terug. Maar hij was wel blij dat ze hem niet langer kon lastigvallen. Wat dat betreft kon het de komende maanden niet beter worden… 'Ze was er nog bijna mee weggekomen.'

'Ja, dat scheelde niet veel. Hoe reageerden Olivia en Brandon op het nieuws?'

'Het verbaasde Brandon niets. Olivia voelde zich rot, maar ze gaf mij tenminste niet de schuld. Noelle heeft het allemaal aan zichzelf te wijten.'

'En ze probeerde het Genevieve in de schoenen te schuiven. Dat vond ik echt het toppunt!'

'Genevieve is ook ontzettend blij dat de waarheid aan het licht is gekomen, dat kun je je wel voorstellen.'

Hij handelde een paar telefoontjes af van klanten die hadden gehoord dat er brand geweest was en nu wilden weten hoe het met hun order stond.

'Ben je trouwens helemaal klaar voor Rileys bruiloft?' vroeg Morgan daarna.

'Bijna.' Hij moest de puntjes nog op de i zetten van de toespraak waarmee Lourdes hem had geholpen. En de vrijgezellenparty zou aanstaande vrijdag plaatsvinden, twee dagen voor kerst. Zijn vrienden konden niet wachten, maar zelf had hij de grootste moeite om ook maar ergens warm voor te lopen.

Lourdes was blij dat haar moeder haar van het vliegveld haalde en dat die zich niet door Derrick had laten ompraten, zodat hij in haar plaats kon gaan. Kennelijk had hij dat wel geprobeerd. Haar moeder had een groot boeket met dure, exotische bloemen bij zich die van hem afkomstig waren, maar Lourdes dacht bij zichzelf dat ze het kaartje dat erbij zat later wel zou lezen.

Hoewel ze niet onder een gesprek onder vier ogen met Derrick uit kon, was ze daar nu nog niet klaar voor. Ze had hem geen enkele reden gegeven om te denken dat ze op een verzoening uit was, maar ze nam aan dat het voor hem niet meer dan logisch was om te denken dat hij nog een kans had. Ze was maar drie weken weg geweest. Doorgaans veranderde je leven in zo'n kort tijdsbestek niet zo drastisch.

'Ik ben zo blij dat je besloten hebt om de kerstdagen toch met ons te vieren,' zei haar moeder met een veel te opgewekte glimlach; ze had zich vast voorgenomen Lourdes' bedrukte stemming te negeren.

Lourdes knikte. Het was fijn om haar moeder te zien. Ze hadden altijd een goede band gehad. Maar ze had de liefde van haar leven achtergelaten in Whiskey Creek, en ze kon het nummer dat ze voor Kyle had geschreven niet uit haar hoofd krijgen. Ze had in het vliegtuig verder gewerkt aan de ruwe versie van de tekst en kon niet wachten om die af te maken. Ze neuriede de laatste paar regels steeds opnieuw, zodat ze ze niet zou vergeten. Wat er ook gebeurde, dat nummer zou ze aan hem opdragen.

'Vertel... hoe was het in Californië?'

Ze wendde haar hoofd af en keek naar buiten. Ze miste het idyllische stadje nu al. 'Prima.'

'Nog bekenden gezien?'

'Uit Angel's Camp, bedoel je? Daar ben ik niet geweest. Geen tijd voor gehad.'

'Ga je na de kerstdagen terug om het album af te maken?'

Ze ervoer een gevoel van immens verlies. De hele terugreis had ze met zichzelf geworsteld. Ze was bang dat ze een vreselijke fout had gemaakt, dat ze de deur dicht had gedaan naar wat Kyle en zij waren begonnen. Maar ze wist hoe moeilijk het zou zijn om een langeafstandsrelatie in stand te houden, hoe anders zo'n relatie zou zijn dan wat Kyle altijd had gewild... en hoe geneigd ze zou zijn om te proberen om hem gelukkig te maken als hij dat niet was, net zoals haar moeder met haar vader had gedaan. 'Nee.' Ze schraapte haar keel. 'Waarschijnlijk niet. Ik denk dat ik het hier afmaak.'

De volgende tien minuten reden ze in stilte verder. Toen wierp haar moeder haar een tersluikse blik toe. 'Ga je het goedmaken met Derrick?'

'Absoluut niet.'

Renate zette de radio wat zachter. 'Hij lijkt te denken van wel.'

Lourdes keek naar de grijze lucht. 'We moeten een manier vinden om met het verleden om te gaan.'

'Dus je blijft wel met hem werken.'

'Als dat lukt.'

'En Kyle?'

'Wat bedoel je?'

'Blijf je hem zien?'

'Nee.'

'Omdat...'

‘Omdat een van ons daar verdriet om zou krijgen.’

‘En dat heb je nu niet?’

‘Daar kennen we elkaar niet lang genoeg voor, en het is gemakkelijker om nu elk onze eigen weg te gaan dan later.’

‘Dus je weet zeker dat het niets zou worden.’

‘Anders zou ik dit niet doen.’

‘Oké. Zolang jij gelukkig bent, ben ik dat ook.’

Lourdes glimlachte naar haar moeder om niet te laten merken dat ze het liefst wilde huilen, en gelukkig begon Renate daarna over een ander, vrolijker onderwerp. Er zouden een paar neven en nichten komen eten met kerst. Lourdes’ tuinman had fantastisch werk geleverd met het aankleden van de bomen en struiken in haar tuin. Mindy had een sollicitatiegesprek op de school waar ze graag wilde lesgeven, dus het leek alsof die eindelijk iets ging doen met haar leven.

Zodra Renate de auto op de oprit had geparkeerd, bedankte Lourdes haar voor het ophalen en pakte snel haar bagage uit de kofferbak. Ze was bang dat haar moeder nog mee naar binnen wilde komen. Ze hadden elkaar immers enkele weken niet gezien. Maar die realiseerde zich kennelijk dat ze behoefte had aan privacy; na een korte omhelzing zei Renate dat ze moest bellen als er iets was en ging weer achter het stuur zitten.

Lourdes haastte zich naar binnen. Ze had gedacht dat ze troost zou vinden in bekende dingen, in haar eigen huis, gekocht met haar eigen geld, verdiend met haar eigen talent. Maar het huis voelde alleen maar… leeg.

De volgende dag veegde Lourdes haar klamme handpalmen af aan haar jeans. Ze had met Derrick afgesproken samen te ontbijten. De vorige avond had ze hem niet willen zien. Ze had tijd nodig om te acclimatiseren, om na te denken hoe het nu verder moest. Maar ze kon hem niet eeuwig afwimpelen; ze hadden veel te bespreken.

Toen hij gezegd had dat hij haar wel zou oppikken, had ze gezegd dat ze liever op eigen gelegenheid naar hun favoriete crêpetentje reed. Daar kwamen ze regelmatig. Net als Taylor Swift, Keith

Urban en zijn vrouw en tal van andere bekende mensen. Sommige van de gewone gasten staarden wel naar alle beroemdheden, maar vielen ze niet lastig en maakten ook geen foto's. Lourdes was blij met die terughoudendheid, en ook met het feit dat de eigenaren van The Crepe Café erop letten dat ze niet werden gestoord; ze hielden een oogje in het zeil en vroegen als dat nodig was of de al te opdringerige fan zo vriendelijk wilde zijn om te vertrekken. Vooral vandaag was Lourdes de eigenaren dankbaar voor die houding, want ze was toch al nerveus genoeg. Ze hadden ook bij Derrick thuis of desnoods bij haar kunnen afspreken, alleen had ze liever gehad dat de ontmoeting op neutraal terrein zou plaatsvinden, ergens in het openbaar, waar ze kon weglopen als dat nodig was.

Ze ging met een kop thee aan een tafeltje zitten en keek beurtelings van de deur naar de klok. Hij had haar ge-sms't dat hij een paar minuten later zou komen omdat hij nog een zakelijk telefoontje moest afhandelen, maar ze verwachtte hem nu elk moment.

Ze wilde net haar telefoon pakken om hem te bellen toen ze zijn auto het parkeerterrein op zag draaien. Hij was niet zo knap als Kyle, had niet die ruige aantrekkingskracht. Hij begon een buikje te krijgen, had een zwakke kin die hij verborg onder een dichte baard, en er zaten grijze strepen in zijn haar. Maar hij verzorgde zich altijd tot in de puntjes en ging goed gekleed. En hij was geniaal in zijn werk.

Ze wachtte tot hij zijn auto had geparkeerd en naar de ingang was gelopen, en stond toen op om hem te begroeten.

'Wat zie je er fantastisch uit!' zei hij, maar aarzelde toen, alsof hij niet wist of hij haar nu moest omhelzen of niet. Uiteindelijk nam ze zelf het initiatief maar voor een korte omhelzing, die eigenlijk alleen maar bevestigde wat ze al wist. Ze ging niet met hem trouwen. Die gevoelens waren weg.

'Jij ook,' zei ze. 'Ben je helemaal klaar voor de kerst?'

'Nee. Ik moet alle inkopen nog doen. En het is al bijna zo ver.'

'Dus alles wat ik op die foto op internet van Crystal en jou aan pakjes zag, was van haar?'

Hij werd rood, maar knikte niettemin. 'We hadden afgesproken om samen te lunchen om… om een en ander te bespreken, zoals ik al zei.'

'Ja, dat herinner ik me nog.'

'Maar je bent blij met die song die ik voor je gevonden heb?'

'Crossroads?'

'Als we besluiten die titel te handhaven.'

'Ja, ik vind het een fantastisch nummer. Alleen,' ze schoof de vaatjes met zout en peper tegen elkaar aan, 'misschien wil je hem niet meer aan me geven nadat we met elkaar hebben gepraat.'

Hij hief een hand op om te beduiden dat ze even moest wachten en richtte zijn aandacht toen op de serveerster die aan kwam lopen om hun bestelling op te nemen.

Toen ze weer alleen waren, trok hij zijn jas uit en schoof zijn stoel wat dichterbij. 'Voordat je verdergaat, zijn er een paar dingen die ik graag wil ophelderen.' Hij keek haar in de ogen en vervolgde, zelfverzekerder nu: 'Ik geloof ik jou en in je talent, en ik ben er heilig van overtuigd dat we, professioneel gezien, de afgelopen zes maanden helemaal goed kunnen maken. Op het persoonlijke vlak wil ik alleen maar kwijt dat ik van je houd en dat ik spijt heb van wat ik heb gedaan.'

Ze nam nog een slokje thee, eerder nog slechter op haar gemak dan gerustgesteld. 'Het is goed. Ik vergeef je.'

Zijn stem kreeg een hoopvolle klank. 'Echt waar?'

'Ja. Alleen…' ze legde beide handen om haar kopje zodat ze niet ging handenwringen '… dat wil niet zeggen dat we verdergaan met elkaar, Derrick. Ik ben bang dat het tussen ons echt voorbij is. Mijn gevoelens voor jou zijn veranderd.'

Hij keek haar een paar seconden vol ongeloof aan, maar herstelde zich toen voldoende om te kunnen reageren. 'Het is veel te vroeg om zo'n radicale beslissing te nemen. Laten we het wat tijd geven. Dat kan toch?'

Ze schudde haar hoofd. 'Dat heeft geen zin.'

Hij staarde naar de vloer. 'Is het die man met wie je in Whiskey Creek was… Kyle Houseman?' vroeg hij, zijn hoofd opheffend. 'Is híj de reden?'

'Gedeeltelijk,' zei ze. 'Wat er tussen Kyle en mij gebeurde, was...' Ze schudde haar hoofd, alsof ze zocht naar de woorden om hun gevoelens voor elkaar te beschrijven. 'Zo anders dan alles wat ik ooit heb ervaren.'

'Met mij, bedoel je.'

'Niet alleen met jou.'

'Juist, ja.' Hij leunde achterover toen de serveerster hem zijn koffie bracht. Toen dempte hij zijn stem. 'Had je al contact met hem voordat je daarheen ging, zoals ik heb gelezen in al die blogs en... en artikelen? Is dat de reden dat je voor Whiskey Creek hebt gekozen?'

Haar mond viel bijna open. 'Nee, dat zei ik alleen om mijn gezicht te redden.'

'Ik weet niet of ik dat wel geloof, gezien het feit dat er zoveel is veranderd.'

'Meen je dat nou serieus?' vroeg ze. 'Ben je vergeten dat jíj met me mee zou gaan naar Whiskey Creek? Dat jij degene bent die besloot om toch maar hier te blijven?'

'Maar je leefde daar met hem sámen.'

'Puur toeval. Als jij bij me geweest zou zijn, was dat nooit gebeurd. Dan zouden we naar een B&B zijn gegaan toen de verwarming kapot bleek te zijn.'

'Ik ben alleen maar in Nashville gebleven omdat ik het te druk had om ertussenuit te gaan, Lourdes. Anders was ik natuurlijk wel gekomen.'

'Ik klaag niet,' zei ze. 'Ik vertel je alleen maar dat het allemaal niet gepland was wat er gebeurde. Dingen gaan soms gewoon zo.'

Hij zuchtte en haalde zijn vingers door zijn donkere haar alsof hij overspoeld werd door emoties, alsof hij niet wist of hij nu iets kapot wilde slaan, schreeuwen... of misschien zelfs huilen. 'Toen je zo snel terugkwam naar huis, dacht ik... dacht ik dat ik nog een kans had. Of was het alleen omdat ik die song voor je had gevonden? Is dat de enige reden dat je bent teruggekomen? Dat nummer?'

Hij had haar die song als lokkertje voorgehouden, dus het was nu op zijn minst een beetje vreemd dat hij boos op haar was dat ze voor die song was teruggekomen. 'Voor die song, ja... en voor mijn carrière.'

Hij wilde net een slok koffie nemen, maar nu zette hij zijn kopje weer neer. 'Je meent het echt. Het is voorbij tussen ons.'

'Ja. Ik ben bang van wel.'

'Na drie weken.'

Ze knikte.

Hij pakte zijn telefoon van tafel en stopte die in zijn zak. Toen stond hij op; kennelijk wist hij alles wat hij wilde weten.

'Ga je weg?' vroeg ze.

'Wat moet ik anders?' Hij pakte zijn jas. 'Je hebt me net verteld dat je van iemand anders houdt.'

'We hebben het nog niet over onze zakelijke relatie gehad.'

'Welke zakelijke relatie? Je hebt me ontslagen, weet je nog?'

'Ik heb me bedacht. Ik zou graag willen dat je mijn manager bleef.'

'Ja, weet je... dat gaat niet. Dat zou ik te moeilijk vinden.'

'Je hebt Crystal altijd nog,' merkte ze op. 'Ook al heb ik je gesmeekt om haar te laten gaan.'

'Dus dat zit je nog steeds dwars, hè? Je zegt dat je me vergeeft maar je bent nog steeds boos om dat ene foutje waarvoor ik al ik weet niet hoe vaak mijn excuses heb aangeboden?'

Ze had heel wat te zeggen over 'dat ene foutje', zoals hij het noemde. Het was makkelijk om over zoiets heen te stappen als je niet de benadeelde partij was. Maar ze dacht niet dat hij dat zou begrijpen en besloot dat het verstandiger was om zich te concentreren op wat nu belangrijk was. 'Ik ben niet boos. Ik probeer je alleen te laten zien dat je jezelf tegenspreekt.'

'Met Crystal is het anders. Ik hou niet van haar. Mijn hart breekt niet als ik met haar in de studio sta of op tournee ga en haar al die tijd wil aanraken terwijl ik weet dat ze me niet terug wil.'

'Dus we verbreken alle banden?' Dat was iets waar ze bang voor was geweest; de reden dat ze zo nerveus was. Ze wist dat het verlies van Derrick haar carrière geen goed zou doen.

Hij haalde zijn schouders op. 'Weet ik niet. Geef me de kans om daarover na te denken.'

Dat was waarschijnlijk het verstandigst. 'Goed.' Ze knikte. 'Laten we het er na de kerst over hebben.'

'Ik heb je nog nooit zo… zo ongevoelig gezien,' zei hij.

Ze was alleen maar ongevoelig tegenover hém. Kyle en haar carrière betekenden nog steeds alles voor haar, maar ze wist niet of ze wel allebei kon hebben, en het feit dat ze moest kiezen joeg haar de stuipen op het lijf. 'Het spijt me, Derrick.'

'Dus je hield van de ene op de andere dag gewoon niet meer van me?'

'Ik denk dat het al langer speelt. Al sinds we problemen begonnen te krijgen.'

'Toen Crystal in beeld kwam, bedoel je?'

'Ik denk dat zij het slechtste in ons beiden blootlegde.'

'Ga je terug daarheen of komt hij hierheen?' Hij zei het op een manier die haar vertelde dat hij niet blij zou zijn als Kyle naar Nashville kwam.

Onder de tafel wrong ze haar handen. 'Dat weet ik nog niet. Waarschijnlijk geen van beide.'

Derrick hing zijn jas terug en ging weer zitten. 'Waarom niet?'

'We willen allebei zulke verschillende dingen in het leven. We gaan allebei een andere kant uit.' Ze geloofde nog steeds dat het beter was om er een einde aan te maken nu het nog kon, om de herinneringen te koesteren die ze hadden in plaats van door te gaan, te falen en zo álles te bederven.

'In dat geval wil ik wel met je blijven werken,' zei Derrick. 'Zolang er hoop voor ons is, kan ik dat wel aan.'

'Bedoel je dat je me aan de kant zou zetten als ik terugging naar Kyle?'

'Het zal niet gemakkelijk worden om je carrière nieuw leven in te blazen. Ik wil het proberen omdat ik van je houd, maar als ik je niet kan hebben en dit strikt zakelijk is… dan kijk ik daar anders tegen aan.'

'Dus geen song. Geen Crossroads.'

'Hoe hufterig dat ook klinkt, maar inderdaad… geen Crossroads. We doen dit samen, Lourdes, of we doen het niet. Je kunt niet alleen de krenten uit de pap halen, alleen de dingen van me pakken die je wilt en de rest weigeren.'

Ze knikte. Ergens maakte dat haar kwaad. Hij zou gewoon moeten doen wat hij voor ál zijn cliënten deed om hun carrière verder te helpen. Maar hij had in het verleden het vuur uit zijn sloffen gelopen voor haar, en toen ze tegen zijn advies in de popkant was op gegaan, was dat voor hem ook een terugslag geweest. Ook zou Crystal net zo makkelijk als zij een hit van die song kunnen maken. In dat geval zouden de onderhandelingen over het contract en de publiciteit die nodig was om het album te verkopen ook een stuk makkelijker verlopen; Crystal had immers geen mislukt album om goed te maken.

'Dus je dwingt me te kiezen tussen Kyle en mijn carrière?'

Hij excuseerde zich niet. 'Wil je er nog even over nadenken? Of weet je al wat je wilt?'

Ze wilde wat elke artiest wilde. Ze wilde aan de top staan, gevraagd worden, elk jaar een nieuw album uitbrengen dat het nog beter deed dan het vorige. Muziek was haar leven, en na alles wat ze de afgelopen twaalf maanden had doorstaan, was ze als de dood dat ze zonder Derrick niet in staat zou zijn om haar brood te verdienen. Hij had de ervaring, kende de juiste mensen. Hij wist de weg in de muziekwereld beter dan wie ook. Ze wist niet eens zeker of het wel zou lukken om een andere manager te vinden, niet in de situatie waarin ze zich momenteel bevond. Maar Derrick wilde het alleen nog maar een keer met haar proberen omdat hij romantische gevoelens voor haar koesterde.

'Ik kan niets beloven.'

'Ik vraag alleen of je open wilt staan voor me en me de kans wilt geven om mijn liefde te bewijzen.'

Ze haalde diep adem. Wat maakte het ook uit als zij en Kyle toch niet echt een kans hadden? 'Wanneer gaan we de studio in?'

Hoofdstuk 29

Kerstmis begon somber en koud, met sneeuwbuien en bewolking. Kyle dacht dat de meeste mensen een witte kerst wel mooi zouden vinden, maar zelf zei het hem niets. Hij ging langs bij Morgan en bij zijn andere werknemers om hun kerstpakket te brengen. Daarna keerde hij terug naar zijn eigen huis, ging bij de kerstboom zitten en luisterde naar de albums van Lourdes... zelfs die met de popsongs.

Maar wat hij ook deed, er was niets wat hij kon doen om het gapende gat te vullen dat Lourdes had achtergelaten.

'Hou op! Je hebt haar maar drie weken gekend,' gromde hij. 'Stel je niet zo aan.'

Maar of hij zich nu aanstelde of niet, hij kon alleen maar aan haar denken. Hij pakte zijn telefoon en staarde ernaar. Hij stierf van verlangen om haar te bellen, om te horen hoe het met haar ging en met de songs waaraan ze werkte voor haar nieuwe album. Hij was zelfs nieuwsgierig hoe het nu verderging met Derrick.

Hij wilde alleen geen inbreuk maken op haar leven. Van iedereen wist hij misschien wel het beste hoe naar het was als een oude vlam niet los wilde laten. Hij had Lourdes verteld dat hij van haar hield. Hij had haar een ring gegeven, een ring die hij nog niet had teruggebracht, wat natuurlijk heel sneu was, een bewijs te meer van zijn complete adoratie.

'Ze weet wat ze achter heeft gelaten,' zei hij zacht. Niet dat hij het haar kwalijk nam dat ze was weggegaan. Ze had zoveel talent. Ze verdiende het om in de muziekwereld tot ongekende hoogten te stijgen. Hij had haar niets te bieden wat kon wedijveren met roem en fortuin, en dat hij dat al die tijd had geweten, hielp geen moer.

Hij stond op het punt om haar toch maar een sms te sturen, alleen om haar fijne feestdagen te wensen, toen Brandon belde.

Met een zucht van opluchting nam hij op.

'Hé, waar zit je?' informeerde Brandon.

Hij verstrakte. Het kerstdiner was pas over drie uur. 'Ik ben thuis. Jij dan?'

'In de auto, op weg naar de footballwedstrijd op school. Het zal een koude, modderige bedoening worden, maar ik heb er geweldig veel zin in. Heb je mijn bericht niet gekregen?'

Kyle herinnerde zich dat hij wel iets binnen had horen komen, maar aangezien hij toen net bezig was geweest met zijn routeplanner had hij er verder geen aandacht aan besteed. 'Sorry. Gemist omdat ik even bezig was.'

'Maakt niet uit. Een paar van mijn oude schoolkameraden zijn terug voor de feestdagen en hebben deze wedstrijd georganiseerd. Ted en Noah en de anderen doen niet mee, maar ik zou het top vinden als jij wel kwam.'

Kyle keek met gefronste wenkbrauwen naar de kerstboom die hij voor Lourdes had omgehakt. Hij had toch weinig te doen behalve zichzelf kwellen, dus waarom niet? 'Ik kom eraan.'

Zodra hij de verbinding had verbroken, keek hij naar het scherm waar hij 'Fijne kerstdagen' had ingetikt, maar voordat hij op de knop drukte om het berichtje te versturen, realiseerde hij zich dat hij haar geen groter geschenk kon geven dan haar los te laten, nu ze een ander pad had gekozen.

En dus verwijderde hij het.

Lourdes zat bij haar moeder thuis op de bank, de heerlijke geuren die uit de keuken kwamen opsnuivend terwijl ze ondertussen de song speelde die ze voor Kyle had geschreven. De melodie van Refuge speelde de hele dag door haar hoofd, wat het nog onmogelijker maakte om hem te vergeten.

'O, hou jezelf toch niet voor de gek,' bromde ze boos. Ze zou hem sowieso nooit kunnen vergeten.

Met een zucht zette ze de gitaar weg zodat ze even kon liggen. Ze was zo moe sinds ze terug was, alsof ze helemaal geen energie had...

Ze had haar ogen nog maar net dicht toen haar zussen uit de

badkamer kwamen, nog steeds kibbelend over wie nu die bepaalde oogschaduw had gekocht, iets waar Lourdes zich liever buiten had gehouden.

'Lourdes, je kunt nu geen dutje gaan doen,' zei Mindy zodra ze haar zus opgekruld op de bank zag liggen. 'De familie kan hier elk moment zijn. Ze zijn helemaal uit Florida hierheen komen vliegen om jou te zien, en jij hebt je nog niet eens omgekleed.'

Ze kon haar ogen maar met moeite open krijgen. 'Ze komen voor ons allemáál.'

Lindy zette haar handen in haar zij. 'Laten we wel wezen. Ze komen vooral voor jou. Jij bent beroemd, dus iedereen wil jou zien.'

Jammer dat dat omgekeerd niet het geval was. Hoewel ze had gedacht dat het echt leuk zou zijn om Jesse en Lisa met de kerst weer eens te zien, en kennis te maken met hun echtgenoten, leek ze momenteel nergens belangstelling voor te kunnen opbrengen, zelfs niet voor haar muziek. De vorige dag had Derrick geprobeerd om haar de studio in te krijgen om verder te gaan met het opnemen van Crossroads, maar ze had tegen hem gezegd dat ze zich niet lekker voelde en dat ze liever wilde wachten tot na de kerstdagen.

'Wat is er?' Haar moeder, die het gesprek had gevolgd, verscheen in de deuropening van de woonkamer.

Lourdes schudde haar hoofd. 'Niets.'

Renate droogde haar handen af, gooide de theedoek op de tafel en kwam naar haar toe. 'Lieverd, je bent jezelf niet meer sinds je weer terug bent.'

'Natuurlijk wel,' zei ze.

'Nee. Je bent heel stil en sloom,' zei Mindy. 'Ben je ziek of zo?'

'Je hebt nauwelijks een woord gezegd sinds je vanmorgen hier kwam,' zei Lindy verwijtend. 'Je zit maar steeds dezelfde melodie op die gitaar te tokkelen.'

'Ik ben niet ziek, ik rust uit. Dat wil zeggen, dat probéér ik...'

Die hint hielp weinig om een eind te maken aan de vragen. 'Slaap je niet goed dan?' informeerde haar moeder.

Nee, ze sliep helemaal niet goed. En ze at ook nauwelijks. Maar als ze dat tegen haar moeder zei, zou die nog vaker langskomen om te kijken hoe het ging dan ze nu al deed. 'Er is niks aan de hand. Ik ben blij dat ik mijn manager niet kwijt ben en dat Derrick me gaat helpen om mijn carrière weer op te bouwen. Ik ben blij dat Crystal en ik nog vrienden zijn… of nou ja, in elk geval nog met elkaar door één deur kunnen. En dat we volgende week een keertje samen gaan lunchen, ondanks wat zij en mijn voormalige verloofde hebben gedaan. En Derrick heeft een geweldig nummer voor me waarover iedereen een heel goed gevoel heeft en dat vast platina wordt. Dus het gaat allemaal de goede kant op.'

'Waarom zit je dan zo in de put?' vroeg Lindy.

'Ik moet gewoon weer even wennen hier, dat is alles.'

'Heeft het te maken met die man die je in Whiskey Creek hebt ontmoet?' informeerde haar moeder. 'Kyle.'

Lourdes gaf geen antwoord. Ze wreef over haar slapen alsof ze hoofdpijn had, maar die pijn die ze voelde had geen specifieke oorsprong.

'Waarom bel je hem niet?' stelde Mindy voor. 'Om even met hem te kletsen? Te horen hoe het met hem gaat?'

Lourdes liet haar handen zakken. 'Omdat we uit elkaar zijn. Omdat ik het niet nog moeilijker wil maken dan het nu al is.'

'Het is Kerstmis,' zei Lindy. 'Hij vindt het vast fijn om iets van je te horen.'

Misschien moest ze dat maar doen, als ze zichzelf er tenminste van kon weerhouden om te zeggen dat ze hem zo miste en dat ze niets liever wilde dan bij hem zijn. Dat zou hem alleen maar hoop geven, hoop die tot niets zou leiden omdat ze Nashville niet achter zich kon laten.

'Het is gewoon beter zo,' zei ze.

'Het is beter om je zo ellendig te voelen?' informeerde Lindy.

'Soms moet je offers brengen voor datgene wat je wilt.'

Haar moeder fronste haar wenkbrauwen. 'Ik weet niet zeker of je wel wéét wat je wilt.'

'Als ik voor Kyle kies, kan ik mijn carrière wel vaarwel zeggen,' zei Lourdes. 'Dat is gewoon geen optie.'

'Het een hoeft het ander echt niet uit te sluiten,' zei haar moeder, zich over haar heen buigend om het haar van haar voorhoofd te strijken.

Lourdes ging rechtop zitten. 'Jawel, in dit geval wel. Derrick zal me laten vallen. Dat heeft hij gezegd. En dat betekent geen Crossroads en waarschijnlijk ook geen deal met mijn oude platenmaatschappij. Derrick heeft Crystal binnengebracht. Het label wil hem te vriend houden zodat hij nog meer jong talent voor ze binnenhaalt.'

'Dat is je angst die spreekt,' zei haar moeder spottend.

'Wát?' zei Lourdes.

'Je hebt helemaal geen songs van anderen nodig,' vervolgde haar moeder. 'En ik durf te wedden dat je ook Derrick en je oude label niet nodig hebt. Er zijn andere mensen die goede muziek maken en die geïnteresseerd zouden zijn in een groot talent als jij.'

'En als dat niet zo is?'

Ze pakte Lourdes' hand. 'Misschien is een grote ster zijn niet het enige wat je gelukkig maakt. Misschien is het niet het eindresultaat, het succes dat je gelukkig maakt. Misschien schuilt het geluk vooral in leven, liefhebben… en proberen.'

'Maar het is zo riskant,' zei ze zacht. 'Vooral omdat ik Kyle nog helemaal niet zo goed ken.'

'En je zult hem ook nooit beter leren kennen als je jezelf die kans niet geeft,' zei Renate, waarna ze opstond om terug te gaan naar haar potten en pannen.

Kyle was waarschijnlijk net zo nerveus over Rileys bruiloft als Riley zelf. Hij kende de dingen die hij wilde zeggen uit zijn hoofd en stond er zelf helemaal achter. Maar dat was misschien tegelijk ook het probleem. Het was veel gemakkelijker om grappen te maken met zijn vrienden en zijn ware gevoelens te verbergen achter gelach en geklets. Hij zag er tegen op om ten overstaan van de halve stad uit te dragen hoe hij diep vanbinnen over de liefde en het huwelijk dacht. Na alles wat hij had meegemaakt – dingen waar iedereen van op de hoogte was – voelde hij zich naakt en kwetsbaar.

'Je zult het geweldig doen,' zei Eve zacht terwijl ze hem even omhelsde toen ze zich voor hem langs haastte in haar tealkleurige bruidsmeisjesjapon. Hij wist wel beter dan die groen te noemen; bij het versieren en inrichten van de zaal was het verschil hem goed duidelijk gemaakt.

Lincoln, de man van Eve, kwam erachteraan met de baby; hij kneep hem alleen even in zijn arm, alsof hij wilde onderschrijven wat ze tegen hem had gezegd – dat het hem prima zou afgaan. Kyle glimlachte alsof hij zich totaal geen zorgen maakte, maar het echtpaar was nog niet weg of hij keek alweer op zijn horloge. Het is zo weer voorbij, dacht hij bij zichzelf.

Tien minuten voordat de ceremonie zou beginnen, vroeg Olivia of hij zijn plaats vast wilde innemen. Ze stond helemaal in de regelmodus; hij zag het aan de intensiteit waarmee ze zich concentreerde op haar taak.

'Klaar?' vroeg ze.

Hij knikte en ze haastte zich weg om te zorgen dat alles volgens plan zou verlopen.

De vrienden en familie die op tijd op hun plaats waren gaan zitten, keken hem afwachtend aan. Hij kon alleen maar hopen dat de gasten uit Rileys felicitatierij zich gauw bij hem zouden voegen, zodat niet iedereen alleen maar naar hém zou kijken. Hij begon te transpireren en wilde dat hij zijn das wat losser kon doen. Het was weliswaar een koude, droge dag – de sneeuwbuien tijdens de kerstdagen waren weggetrokken – maar binnen leek het bloedheet. Hij rechtte zijn rug en probeerde zijn zenuwen de baas te blijven terwijl er meer en meer mensen binnenkwamen, lachend en kwebbelend.

Kyle herkende Rileys ouders, die vroeger zo op Phoenix tegen waren geweest. Zelfs de ouders van het meisje dat Phoenix zou hebben doodgereden waren er, samen met hun overgebleven dochter. Hun zoon, Buddy, was er niet bij. Kyle ging ervan uit dat die niet zou komen; hij had bijzonder naar tegen Phoenix gedaan toen iedereen nog dacht dat zij schuldig was aan de dood van zijn zus.

Er waren heel veel mensen, maar hij zag Phoenix' moeder nergens. Misschien dat Lizzie achteraf toch niet had willen komen. Maar op dat moment zag hij Phoenix' oudere broers, met wie hij een uur geleden kennis had gemaakt, binnenkomen met hun moeder. Lizzie was zo dik dat ze niet in een rolstoel paste, en dus had ze geen andere keus dan zelf lopen. Voetje voor voetje schuifelde ze met opgezette, paarse enkels door het middenpad, maar ze droeg wel een jurk en ze was naar de kapper geweest. Ook prijkte er een corsage op haar borst.

'Ik hoef niet vooraan te zitten,' zei ze tegen de mensen die haar ondersteunden. Riley boog zich naar haar toe, en kennelijk wist hij haar ervan te overtuigen dat ze haar wel degelijk op haar 'ereplaats' wilden hebben, want ze klemde haar lippen op elkaar, keek strak naar de met rozenblaadjes bestrooide vloer voor haar en liet zich door hem en de anderen half dragen, half slepen naar het bankje dat speciaal voor haar helemaal vooraan was neergezet.

'God, wat is het warm hier!' Ze zei het zo hard dat bijna iedereen het hoorde. Toen depte ze haar bovenlip droog, draaide zich met een nijdige blik om naar de mensen die naar haar staarden en haalde een waaier uit haar tas.

Kyle had spijt dat hij zoveel aandacht voor haar binnenkomst had gehad toen Lizzie zijn kant opkeek en haar waterige rode ogen dichtkneep. 'Wat zit jíj nou te kijken?' snauwde ze.

'Geen aandacht aan besteden,' fluisterde Riley, die inmiddels naast hem was komen staan. 'Ze voelt zich gewoon niet op haar gemak.'

Phoenix' oudste broer haastte zich naar buiten, en even later klonk er muziek. Het ging beginnen...

Als eerste kwam Jacob over het middenpad aanlopen; hij bleef naast Riley staan. Daarna was het de beurt aan de bruidsjonkers met de bruidsmeisjes, en toen kwam de bruid zelf, aan de arm van haar oudste broer.

Terwijl ze steeds dichterbij kwam, oogverblindend in een jurk in zeemeerminstijl, probeerde Kyle zijn zenuwen de baas te worden. Hij wilde dit voor geen goud voor haar verpesten. Ze had zoveel moeten doorstaan...

De tattoos van haar broer kwamen een heel eind boven de kraag van zijn overhemd uit. Hij had piercings in zijn oren en zijn gebleekte stekelhaar stond recht overeind; hij leek zich nog minder op zijn gemak te voelen dan Kyle. Het was duidelijk dat hij het niet makkelijk had gehad in het leven, en dat hij niet gewend was om een pak te dragen. Kyle durfde te wedden dat dit de eerste keer was.

Maar Riley leek het allemaal niet te zien; die had alleen maar oog voor zijn bruid.

'Is ze niet beeldschoon?' fluisterde hij zonder zijn ogen van Phoenix af te wenden. Op de een of andere manier stelde dat Kyle op zijn gemak. Dit huwelijk was voorbestemd. Misschien wat dit het perfecte moment voor enkele serieuze gedachten over liefde en trouw, zelfs al kwamen die in dit geval van hem.

Helaas verdween dat troostende gevoel weer toen Phoenix' broer haar hand in die van Riley legde en het bruidspaar zich omdraaide om hem aan te kijken. Hij schoot vol. Hij had er geen verklaring voor dat hij zo emotioneel reageerde, behalve dan dat Riley en Phoenix hem zo na aan het hart lagen. Het probleem was niet dat hij zo om ze gaf; het was gewoon dat hij niet voor het oog van iedereen die hij kende wilde instorten.

Hij schraapte zijn keel in een poging zichzelf in de hand te krijgen. Dat hielp niet echt; hij schraapte zijn keel nog maar eens, en nog maar een keer, tot Lizzie uiteindelijk ongeduldig uitriep: 'Nou, komt er nog wat van?'

Gelukkig verbrak dat de impasse. Hier en daar werd gegniffeld. Toen kon Kyle ook lachen en de ceremonie beginnen door tegen Riley en Phoenix, en de rest van de aanwezigen, te zeggen wat de Beatles al zo goed hadden verwoord. Love is all you need.

Hoofdstuk 30

Het was geweldig geweest om Riley en Phoenix in de echt te verbinden en om getuige te zijn van hun geluk. Ook was het fantastisch geweest om Gail weer eens te zien, want zo vaak gebeurde dat niet. Hoewel hij altijd graag tijd met zijn vrienden doorbracht, had hij voor vandaag wel genoeg mensen gezien, dacht Kyle. Hij wilde het liefst naar huis, alleen kon hij het niet maken om nu al weg te gaan. De receptie was nog niet voorbij. Ze hadden gegeten en foto's gemaakt en op het bruidspaar gedronken en gedanst, maar de band zou tot elf uur doorspelen, en dat duurde nog een uur, en bruid en bruidegom waren ook nog niet vertrokken voor de huwelijksreis. Hij stond bij de champagnetafel met zijn das los te kijken naar zijn vrienden die met hun eigen bruid dansten of hun baby's vasthadden. Alleen Baxter stond naast hem.

'Er is heel wat veranderd de afgelopen vijf of zes jaar,' zei Baxter peinzend.

'Ja. Maar grotendeels ten goede. Bijna iedereen is gelukkig,' zei Kyle. 'En daar gaat het om.'

Baxter koos een glas champagne uit. 'En jij?'

Kyle haalde zijn schouders op. 'Ik voel me een stuk beter nu de fabriek bijna is herbouwd.'

'Dat bedoelde ik niet.'

'Weet ik.' Hij nam een slokje. 'Hoe gaat het met je vader?'

'Ik maak me zorgen om hem, anders zou ik niet teruggekomen zijn. Ik vind het hier geweldig, ik vind het geweldig met jullie. Maar ik zou niet teruggekomen zijn als het niet vanwege mijn vader was.'

'Ik dacht al zoiets,' zei Kyle. 'Het is een rotreden. Ik hoop dat hij het overleeft.'

'Hij is koppig genoeg om het niet op te geven.'

Ze bleven een tijdje zwijgend naar het feestgedruis kijken tot Kyle zijn glas leeg had. 'Denk je dat ze het zouden merken als we ervandoor gingen?' vroeg hij, zijn glas wegzettend.

Baxter keek op zijn horloge. 'Het is nog te vroeg.'

Toen kwam Callie eraan en trok hem mee. Ze was iemand tegengekomen die een vraag had over een bepaald aandeel en ze hoopte dat Baxter die zou kunnen beantwoorden. Dat gaf Kyle de kans om zich ongezien richting uitgang te bewegen. Hij had zijn steentje bijgedragen. Het feit dat ze allemaal hadden geholpen de boel te versieren had Riley geld bespaard; het opruimen en schoonmaken zou gedaan worden door Rileys ouders, enkele vrienden van de kerk en het ingehuurde personeel.

Hij liep naar buiten en bleef even bij de open deur staan om zijn das af te doen en in zijn zak te stoppen. Hij had net een paar keer diep ademgehaald toen er een nieuwe song werd ingezet. Die werd gezongen door een vrouw, wat vreemd was, aangezien hij zich niet herinnerde dat de band een zangeres had. Hij was wel nieuwsgierig, maar niet nieuwsgierig genoeg om weer naar binnen te gaan. Hij maakte aanstalten om naar zijn auto te gaan, maar verstijfde toen hij de stem opeens herkende.

Lourdes was nog nooit zo nerveus geweest voor een optreden. Het was niet alleen dat ze onuitgenodigd op een bruiloft verscheen. Door terug te komen naar Whiskey Creek zette ze haar hele toekomst, haar hele carrière op het spel – om nog maar te zwijgen van haar hart. Na het succes dat ze had gehad, weer was kwijtgeraakt en zo zielsgraag terug wilde, kostte het haar moeite om op haar intuïtie te vertrouwen. Ze had haar beste kans op succes laten liggen door op het vliegtuig te stappen dat haar hierheen had gebracht. Maar ze wist dat ze nooit gelukkig kon zijn, ook niet als ze de ene na de andere hit scoorde. Niet als dat een leven zonder Kyle betekende.

Bovendien verscheen ze niet echt onuitgenodigd op de bruiloft; ze zouden haar immers gevraagd hebben om te komen zingen als ze langer was gebleven.

Op YouTube had ze filmpjes gezien van Maroon 5, die onuitgenodigd op bruiloften opdoken om hun song Sugar te zingen, wat iedereen geweldig had gevonden. Hopelijk ging het haar net zo goed af. Ze zou geen betere gelegenheid weten om voor de eerste keer het nummer te zingen dat ze speciaal voor Kyle had geschreven.

'Al die dingen die ik niet wist... voor ik jou kende,' zong ze; het waren de eerste regels van het refrein.

Het was stil geworden in de zaal. Niemand danste meer. Ze herkende een aantal van de gezichten die verbaasd naar het podium keken, waaronder dat van Phoenix en Riley. Noah en Addy. Ted en Sophia, Brandon en Olivia. Ze waren er allemaal, en de rest van Kyles vrienden ook.

Maar Kyle zelf zag ze niet.

'O, mijn god, het is Lourdes Bennett!' hoorde ze iemand uitroepen. Vervolgens ging haar naam als een golf door de menigte, en die bereikte zelfs de mensen helemaal aan de rand, die nog niet door hadden wat er gebeurde.

Ze hoorde ook Kyles naam vallen. Ze merkte dat mensen hem zochten. Maar waar was hij? Waarom was hij er niet?

Ze begon zich serieus zorgen te maken dat hij al weg was toen de menigte uiteenweek en ze hem zag staan, midden op de dansvloer met zijn kraag los en zonder das. Hij zag er nonchalant en elegant tegelijk uit.

Heel even bekroop haar een afschuwelijke angst. Had ze een fout gemaakt door dit in het openbaar te doen? Of misschien door dit überhaupt te doen? Toen ze tegen Derrick had gezegd dat ze terugging naar Whiskey Creek, had hij meteen een einde gemaakt aan hun overeenkomst en Crossroads aan Crystal gegeven. Lourdes had niet anders verwacht. Nu stond ze er helemaal alleen voor en zou ze opnieuw moeten beginnen, met misschien nog een lichte voorsprong op al die andere artiesten die probeerden het oor en het vertrouwen van de juiste mensen te winnen. Maar of het nu wel of niet lukte om een comeback te maken, ze hoopte daarbij Kyle als haar man en levensgezel aan haar zijde te hebben.

Als het niet lukte om terug te komen aan de top, kon ze altijd nog op bruiloften zingen, dacht ze, en moest onwillekeurig glimlachen om de dingen die ze bereid was te doen voor de man die langzaam naar haar toe liep.

'Ik wist niet wat liefde was… voor ik jou kende,' besloot ze.

Het bleef muisstil toen de laatste klanken van het lied waren weggestorven. Iedereen ging te veel op in dat wat zich voor hun ogen afspeelde om te applaudisseren.

Een tikje trillerig en ademloos zette ze haar gitaar weg en liep terug naar de microfoon. 'Ik wens Phoenix en Riley alle geluk van de wereld toe, en ik hoop niet dat ze me deze kleine verrassing kwalijk nemen.'

'Helemaal niet!' riep Riley terwijl iedereen begon te klappen.

Ze grinnikte naar hem. 'Het nummer heet Refuge, en dit is voor het eerst dat ik het in het openbaar heb gezongen, maar het leek niet meer dan juist om het hier te doen omdat ik het tijdens mijn verblijf in Whiskey Creek heb geschreven.' Haar ogen bleven rusten op Kyle. 'En de man voor wie ik het heb geschreven is een van jullie beste vrienden.'

Hier en daar klonk gefluit terwijl ze Kyle wenkte om bij haar te komen staan op het podium.

'Wat ben je van plan?' zei hij zacht toen hij naast haar stond, met dat halve lachje om zijn zachte lippen dat ze zo sexy vond.

'Voor degenen die dat niet hebben gehoord, hij vroeg wat ik van plan was,' zei ze in de microfoon. 'En om eerlijk te zijn, dat weet ik niet precies. Ik heb nog nooit alles op alles gezet in de liefde, zoals ik nu doe. Want weet je, Kyle wil eigenlijk geen countryzangeres als vrouw, vooral niet als die zo vol voor haar carrière gaat als ik. Desondanks heeft hij me voor mijn terugkeer naar Nashville ten huwelijk gevraagd. Daar heb ik geen antwoord op gegeven. Ik was te bang om ja te zeggen en ik wilde geen nee zeggen. En dus… ben ik teruggekomen om te zien of hij me nog een keer zal vragen.'

Ze dacht dat hij misschien moeite zou hebben met haar aanpak. Ze had hem per slot van rekening voor het blok gezet en waarschijnlijk geneerde hij zich. Maar hij leek te veel op te gaan in het moment om zich ook maar ergens iets van aan te trekken. Hij wendde zijn ogen geen seconde van haar af.

'Het maakt me niet uit dat je een artieste bent,' zei hij, nu zelf in de microfoon sprekend. 'Wat belangrijk is voor jou is belangrijk voor mij. Daarom zal ik je steunen in je carrière en alles doen wat ik kan om te zorgen dat je nooit spijt hebt dat je bent teruggekomen naar Whiskey Creek – als je met me trouwt.'

'Vind je me dan niet te jong?' vroeg ze plagend.

'Tja, ik weet niet… Negen jaar is wel negen jaar.'

Iedereen begon boe te roepen.

'Maar ik geloof dat ik in de minderheid ben,' zei hij lachend. 'Hoe oud je ook bent, je bent gewoon de ware voor mij.'

'Dan heb je je antwoord. Dat antwoord is ja,' zei ze, en hij nam haar in zijn armen om haar te kussen.

'Zeg alsjeblieft dat je die ring nog hebt,' fluisterde ze te midden van al het gejuich en de felicitaties die mensen hun toeriepen. 'Die is beeldschoon.'

'Ik heb hem teruggebracht,' zei hij.

Ze maakte zich los uit zijn armen. 'Wát! Ik ben pas een week geleden weggegaan!'

Hij grinnikte om haar reactie. 'Hij ligt thuis op je te wachten,' zei hij, en toen kuste hij haar opnieuw.

Hoofdstuk 31

Vier weken later...

'Dus we moeten nóg een bruiloft organiseren?'

Kyle schoof zijn stoel een eindje op om plaats te maken voor Baxter. Omdat die wat later bij Black Gold Coffee was gearriveerd, was bijna elk plekje aan de tafeltjes die ze tegen elkaar hadden geschoven al bezet. Maar nu hij weer in de stad woonde, was de club die op vrijdagochtend koffie kwam drinken weer compleet, en dit was een van die vrijdagen. Zelfs Eves echtgenoot, Lincoln, die vanwege zijn bijzondere verleden zijn gezicht zelden liet zien in Whiskey Creek, was samen met haar uit Placerville gekomen om met de rest koffie te drinken.

'Hadden jullie dat dan niet verwacht na wat er op mijn bruiloft gebeurde?' vroeg Phoenix, die moest lachen om Baxters verbazing.

Die trok zijn wenkbrauwen op. 'Het laatste wat ik hoorde, was dat die nog wel even op zich zou laten wachten.'

Toen Lourdes even in Kyles hand kneep, voelde hij dezelfde golf van geluk die hij elke dag voelde sinds ze was teruggekomen. Ze was veel in Nashville geweest – meer dan hem lief was – maar de weekenden bracht ze met hem door, en hij was ook met haar mee geweest naar Nashville. Hij hoopte dat ze genoeg compromissen konden sluiten; hij wist dat hij zijn uiterste best zou doen om er een succes van te maken. 'Dat is ook zo,' zei hij. 'Volgende winter pas, ook op 1 december.'

'We verdelen nu alleen alvast de taken,' zei Lourdes.

Baxter keek van hem naar Lourdes. 'Krijg ik ook een taak?'

Lourdes grinnikte naar Kyle. 'Olivia doet de planning,' zei hij.

'Uiteraard,' zei Callie. 'We kunnen toch geen bruiloft hebben die Olivia niet organiseert?'

'En Brandon is ceremoniemeester.'

'Uiteraard,' zei Noah.

'En de rest van jullie? Jullie staan allemaal in mijn felicitatierij –'

Voordat iemand 'uiteraard' kon zeggen, zei Lourdes snel: 'Behalve de vrouwen. Die staan in mijn rij.'

'Wij allemaal?' vroeg Addy verrast.

'Ja, allemaal, samen met mijn moeder en mijn zussen.'

Dylan floot. 'Dat wordt dan een hele rij.'

Lourdes gaf hem een knipoog. 'Gelukkig is er geen limiet.'

'Klinkt geweldig,' zei Riley. 'We zullen er allemaal zijn, bereid om te helpen met wat dan ook.'

'Blij dat te horen.' Kyle keek naar de man die als laatste de bruidegom was geweest. 'Vooral uit jóúw mond.'

Rileys ogen werden groot. 'Wat? Je bedoelt toch niet –'

Kyle sloeg hem op zijn rug. 'Zeker! Jij gaat ons in de echt verbinden, jongen.'

Riley schudde zijn hoofd. 'Daar heb ik om gevraagd, denk ik.'

'Je zult het geweldig doen,' zei Lourdes, met een liefdevol kneepje in zijn arm.

Kyle vond het fantastisch dat ze zich zo snel bij de vrienden thuis voelde, hoe goed ze in de club paste.

'Als je maar niet volschiet, zoals Kyle,' zei Noah grinnikend.

'Daar gaan we weer,' bromde Kyle.

'Zo jammer dat ik dat moment heb gemist,' zei Lourdes.

'Nee, helemaal niet,' mopperde Kyle. 'Ik wou dat iedereén dat moment had gemist.'

'Ik vond het juist mooi,' zei Phoenix, maar dat was ook geen wonder. Phoenix had meer empathie in haar pink dan de meeste mensen in hun hele lijf.

Kyle wreef over zijn kin. 'Ik wist op dat moment al dat ik dat de rest van mijn leven zou moeten horen. Dus ik hoop dat jij ook volschiet,' zei hij tegen Riley. 'Ik hoop dat je staat te blèren als een baby.'

Riley gebaarde dat ze stil moesten zijn omdat hij daar iets over wilde zeggen. 'Het zal moeilijk worden om jou te evenaren,' zei hij in volle ernst. 'Maar ik zal mijn best doen. Misschien dat ik tegen die tijd wat meer ervaring heb met dit hele huwelijksgedoe.' Hij leunde opzij en drukte een kus op Phoenix' lippen, waarop Noah een opgerold servet naar zijn hoofd gooide.

'Genoeg zo! Mijn hemel, wat zijn jullie ook een klef stel tortelduiven.'

Callie stootte hem even aan. 'Ik hoop maar dat je een geintje maakt, want het is echt niet zo lang geleden dat je zo met Addy zat.'

'Zo zitten we nog steeds,' zei hij, een arm om zijn vrouw leggend.

'Weet je eigenlijk al wat je met je huis in Tennessee gaat doen?' vroeg Eve aan Lourdes.

'Verkopen,' zei ze. 'Ik ga hier bij Kyle in Whiskey Creek wonen, dus het heeft weinig zin om het aan te houden.'

'Waar logeer je dan wanneer je in Nashville moet zijn, zoals volgende week bijvoorbeeld?' wilde Ted weten. 'Wanneer je gesprekken hebt met mensen die je overweegt als manager en met je oude platenmaatschappij voor de demo van Refuge?'

'Mijn moeder had het erover dat ze terug wilde naar Angel's Camp,' antwoordde ze. 'Ze mist het. Of misschien komt ze ook wel hier wonen, want dat is in de buurt. Maar in Nashville kan ik altijd bij mijn zussen logeren. Die vinden Nashville geweldig en zijn voorlopig niet van plan om te verhuizen.'

Cheyenne brak een stukje muffin af voor haar zoontje van één. 'Dus het gaat lukken om alle ballen in de lucht te houden?'

Lourdes ging wat dichter tegen Kyle aan zitten. 'Dat denk ik wel,' zei ze.

Hij pakte haar hand, die met de verlovingsring, en kuste een voor een haar vingers. 'Het komt helemaal goed. Zorgen jullie nou maar dat je klaar bent voor de bruiloft. Laat de rest maar aan ons over.'